東瀛之愛（繁體字版, ED 2）

LOVE IN JAPAN (A NOVEL IN TRADITIONAL CHINESE CHARACTERS,ED 2)

B杜

British Library Cataloguing-in-Publication Data. A CIP catalogue record for this book is available from the British Library.

ISBN 978-1-913080-35-8 (ebook)
ISBN 978-1-913080-34-1 (print)

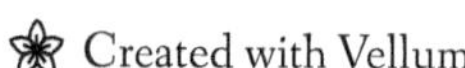 Created with Vellum

For my Family

第一章/本田家

"さようなら"我和花野真衣、劉培偉站在機艙口跟乘客道別，此時我服務的頭等艙客人林先生走了過來，他刻意放緩腳步，我對他鞠了個躬，他躊躇一會兒後，走了。

飛機從上海起飛，座艙長給了我們三人一份名單，讓我們在頭等艙客人上機前熟背他們的姓氏及座位號。

我清楚地記得，用完午餐沒多久，坐在9C的林先生便推說頭疼，問我有沒有阿斯匹林？我答空服員不能隨便給乘客藥物，即便是頭痛藥也因人而異，譬如兒童、孕婦、肝病及哮喘病患者就不適合服用阿斯匹林。

"如果您不介意的話，我可以幫您刮痧，通常刮痧過後，頭痛現象會減輕許多。"我建議。

"好的，麻煩妳了。"

我請他移駕到空服員的專用座位上，以免影響到別的乘客。

林先生鬆了領帶和前三個鈕扣，我用刮痧板沾水，開始在他的脖子和肩膀部位刮痧。

刮完痧，我問他覺得好點兒了嗎？

"好很多了。"他扣上鈕扣說。

我把刮痧板和水放回廚房準備間，出來時發現林先生還留在原地打領帶，一直打不好。

"領帶一向是旁人幫我打的，我老打不好。"他有些羞澀地解釋。

"我來幫您打，可好？"我問。

他點頭同意。

這條領帶是黃色絲質面，上面繡了幾匹正在奔騰的紅色小馬，我認出是日本中央競馬會俱樂部的領帶，只有馬主人才有資格配戴。

"秋季天皇賞又開始了，林先生的馬匹是否也參賽？"我邊打領帶邊問。

林先生很驚訝我的未卜先知，我指指他的領帶，他恍然大悟。

"嗯！我家的'愛神丘比特'也參賽了，是這期的大熱門。"他答。

上海飛東京只有三個小時的航程，廣播中傳來機長的談話聲，他簡短介紹飛機所處的高度及東京現在的時刻和天氣，並且提示飛機正在下降中，預計三十分鐘後會降落成田機場。

機長談話完畢，我看見9C座位上的紅色小燈亮起，花野小姐上前服務，沒多久便往廚房準備間的方向走去。

她一走開，9C座位上的燈又亮了，我趕忙向前："林先生，有什麼可以效勞的？"

"能告訴我名片上寫什麼嗎？"

這是一張東京香格里拉酒店的名片，上面用日文寫著地址、電話及郵址，背後是地圖。我注意到地圖的空白處寫著一行小字：**今晚總統套房等妳，林桑。**

日文中桑（さん）是敬語，林桑就是林先生的意思。

我正想回絕，花野小姐回來了，手中拿著Evain礦泉水。

"妳拿好，別搞丟。"林先生快速丟給我這句話，然後轉頭向花野真衣道謝，日本話說得挺溜的。

我把名片塞進粉紅色的花圍裙口袋內，轉身回到空服員的專用座位上。

我和同事拖著行李箱排隊出關，劉培偉插隊站在我身側。

"那個老色鬼有沒有對妳圖謀不軌？"他問。

"什麼老色鬼？"

劉培偉要我別裝了，任何人都看得出來，從上飛機起，9C的客人就對我目不轉睛，眼珠子都快掉出來了。

雖然林先生給我酒店的名片，讓人浮想聯翩，但他是個外表體面、談吐有禮的中年男士，和印象中的猥瑣男有很大的出入。

"太誇張了，他是客人，我是空服員，如此而已。"我答。

劉培偉嘿嘿嘿地笑，讓人很不舒服。

"並んでください、良いですか？"排在我後面的人還是對插隊者提出抗議。

我趕緊要劉培偉乖乖排隊去，他聳聳肩，拉著行李箱走到隊伍後面。

走出成田機場，我没坐地鐵回到我東京的小公寓，而是走向停在停車場的別克轎車。

"道中ご苦労さまでした"老司機說我一路辛苦了。

我趕忙答這是我的工作。

他又客套幾句，我也說些無關痛癢的話，然後福山先生放我休息，畢竟從成田機場到京都約有三、四個小時的車程，我又剛下飛機，正需要休養生息。

没多久，在車子的搖搖晃晃中，我迷迷糊糊地進入夢鄉。

京都位於日本西部近畿京都府南部，是一座內陸城市，由於坐落在盆地內，夏天炎熱且潮濕，冬天又非常寒冷，偶爾還會下雪。

自公元794年，桓武天皇遷都至此，京都一直都是日本的首都。長年的歷史積澱使得京都擁有相當豐富的歷史遺跡，也是日本傳統文化的重鎮之一。

母親經營的本田家日式溫泉旅館正位於京都金閣寺附近，除寺廟本身是有名的古刹外，賞楓和泡溫泉也是遊客來此一遊的原因。

別克車繞過外牆全是金箔裝飾的舍利殿後，沿著小徑往裏開，經過一座石橋，石橋兩旁有許多青翠的竹子，微風吹來，竹葉搖搖擺擺像一波又一波的綠色浪濤。

我把車窗打開，聞到了竹葉的清香，真令人心曠神怡。

約莫一刻鐘後，車子在一棟典型的日式檜木建築物前停了下來，一位身穿淺紫色和服的女性站在門口，領子和袖口都鑲有金線，腳上套著白色的絲質足袋（即二趾鞋襪），踩著木屐走上前來。

我問福山先生，今天本田家是否有貴客臨門？他答佐藤桑一早即來到，是他到關西機場接的機。

原來是佐藤秀中，難怪母親會穿上昂貴的和服。

"杉杉，班機晚了？"母親問。

"是的，上海有大暴雨，晚了兩小時才起飛。"我下車。

福山先生把行李從後車廂拿出來，小雪接了過去，帶進屋裏。

"快進來，"母親帶笑說，"秀中等妳很久了。"

這一季，佐藤秀中改飛歐洲航線，我們已經很久沒在同一個航班上。

"我先進房梳洗一下。"我答。

長途旅行，臉色一定很不好看，見客前總得重新上妝。

母親點頭表示贊同，在這方面她比我還慎重。

"穿上那套新做的銀色福字和服吧！秀中喜歡。"母親說。

佐藤秀中不過是提過那麼一回，說他喜歡看女性穿和服，誰知母親從此便牢牢記住了。

"好的。"我没有反對。

第二章/佐藤秀中

日本和服有多種類型，依場合及婚姻狀況而有不同的選擇。

我和佐藤秀中不是第一次見面，但也不是親密的朋友，母親要我穿上銀色福字和服，也算合乎禮節，畢竟它是付下和服，花紋雖有特定位置卻沒有真正的繪羽圖案，是介乎日常衣著和禮服之間的服裝。算一下時間，母親應該是要我和佐藤秀中共進晚餐，那麼這種和服的選擇算貼切的了。

母親派小雪來服侍我穿和服，和服是層層疊上去的。我把衣服脫光，穿上一件薄的襯衣，然後在腰上圍上一條毛巾，接著穿上會露出領子的粉色襯衣，繫上一條窄的腰帶後，再綁上一塊板子在腹部，最後才穿上外衣及綁正式腰帶。

外衣是母親選的帶有福字圖案的銀色服，所以腰帶我便選擇比較鮮豔的深紫色，另外加上一條黃色串珠。

一旁的小雪將我的腰部勒得很緊，因爲和服的美就是要把身體弄成一個沒有曲線的長方型。如此一來，走路姿勢必得擡頭挺胸，蹲身起步也要小心翼翼，真難爲日本女性了。

穿完和服，小雪問我想紮什麼樣的髮型？我答簡單一點兒的，因爲我是下午五點多才進的門，花在沐浴及穿和服的時間又過長，現在已是晚上七點半，我怕客人等太久……

於是小雪快速幫我側紮了花苞頭，爲了符合時尚感，還用珍珠髮飾做點綴，提升了優雅氣質。

“謝謝妳，小雪。”

“哪裏，這是我應該做的。”她對我點個頭，然後拉開障子門走出去。

本田家爲木造的兩層式建築，創建於18世紀初，約有300年的歷史，至今仍保留著古老的日式風情，幾乎所有的客房都能欣賞到庭園和池塘景色。

母親特意選了最大的客房招待佐藤秀中，房間寬敞漂亮，牆上掛著浮世繪，有著濃濃的東洋味。

因爲已經錯過晚餐時間，小雪奉上綠茶和熱毛巾後，馬上交待廚子上菜。

本田家的餐點採用了四季應季食材的懷石料理（原爲在茶道中，主人請客人品嚐的飯菜，現已不限於茶道，反而成爲日本常見的高檔菜色），所用的餐具則是日本佐賀縣有田町出產的“有田燒”瓷器，厚重而樸實。

由於傳統的懷石料理一定得照順序上菜（依序爲七點前菜、碗盛、生魚片、揚物、煮物、燒物及食事、甜食），所以小雪先呈上七點前菜，附帶月桂冠的日本清酒，讓我們在等待主食到來前能放鬆心情，邊喝邊聊。

“這次休假幾天？”母親問佐藤桑。

“客機飛行員通常飛幾天就休息幾天，這次我飛四天，所以能休息四天。”他畢恭畢敬地答。

我將清酒倒入客人的小陶瓷杯裏，佐藤秀中向我點頭道謝。

"杉杉呢？"母親轉頭問我。

我答我只有兩天假期，還是和同事對調的，明天晚上得回東京，否則趕不上隔天一早的班機。

"なるほど～"

母親感嘆一聲，並且將尾音拉長，好讓佐藤桑能接話，果然他開口了："杉杉，明天晚上我們一起回東京吧！我恰好要拜訪朋友。"

母親馬上眉開眼笑："那正好，同行有個伴。"

我沈下臉來，母親太激進了，我怕佐藤桑誤會，但嘴巴没說反對的話。

我和佐藤秀中是前後期進入全羽空航空的，偶爾碰個面也僅限點頭微笑。有一次我們被分派到同一班機飛北京，我聽到他對中國人講普通話，頓時好感倍增。坐下來時，我問他在哪裏學的漢語？他答他是北大的留學生。

"失敬，失敬，北大可是中國的頂尖學府呀！"我讚揚。

"哪裏，哪裏，我是關公面前舞大刀。"

呵呵！他這是在讚美我嗎？

他的謙虛態度和超乎想像的中文能力讓我眼前一亮。

後來他約我出去吃過幾次飯，我提到母親在京都經營旅館，他說他過幾天到京都辦事，也許會登門拜訪，問我有沒有東西需要他托帶？

日本人很會講場面話，如果他們邀請你上家裏坐坐，通常是禮貌用語，不一定心口如一，所以當佐藤桑說要拜訪母親時，我認爲他不過是嘴上說說而已，並不當真，没想到那個週末，他真的上京都了。

母親後來告訴我，那男人拜訪的用意很明顯，就是請求她讓我和他交往。

"我對杉杉是認真的，是以結婚爲前提的交往。"佐藤桑非常誠心誠意地說。

當天母親並沒有給出答案，只說如此重大的事，她必須和老公商量。

談起父親，我已經有十多年沒見過他，想當年他把家產賭光，母親便絕然地與他離婚，一人隻身到日本居酒屋當服務員，一幹就是五年，等到還清人販子的仲介費及攢夠我的機票錢，才將我從外公外婆身邊接走，如今她卻說我的交往大事要和父親商量，我問這是哪門子道理？

"那不過是緩兵之計，我總得查查這個人的家世背景再做定奪。"母親解釋。

本來母親對於民航飛行員身份的佐藤秀中不太上心，在她的想法裏，婚姻是家族振興的機會，再怎麼樣，也得把我往"錦衣玉食"的道路上送。

没想到母親的人身調查竟查到驚天秘密，佐藤桑不單單只是個飛行員而已，他還是日本最大房地產公司老闆的嫡長子（有錢人娶個三妻四妾很正常，除了秀中這一支正室外，他還有很多同父異母的兄弟姐妹）。

知道佐藤秀中的顯赫家世後，母親一改以往的態度，不僅同意我和他交往，而且搖旗吶喊，深怕男方改變主意。

"妳要好好抓住佐藤桑，這是妳改變命運的契機。"母親對我耳提面命。

和母親的"唯物論"不同，我看中的不是家世背景，而是人品。佐藤秀中待人謙卑有禮，對我"發乎情，止乎禮"，是個值得深交的朋友。

～

吃完由紅豆、砂糖和葛粉混合蒸製的羊羹後，懷石料理算是圓滿地結束了。

"杉杉，妳帶佐藤桑到庭院裏走走，讓我和小雪把這裏收拾一下。"母親對我說。

於是我打開障子門，帶秀中到花團錦簇的院子裏。

此時已是夜裏十點，我知道母親整理完杯盤狼藉後，必是鋪好床鋪，讓客人回來後能倒頭就睡，所以不急不徐地和他在院子裏散步，順便消化一下吃撐的腸胃。

"妳母親好像很贊同我們交往。"佐藤桑忽然說。

"不好嗎？"

"好，"他笑了，"我還怕她反對呢！過了丈母娘這一關，什麼都容易了。"

我不高興他把我的意向排在母親後面，悶不吭聲地把摘下來的竹葉一一扔進池塘裏。

"妳怎麼了？"佐藤秀中發現不對勁。

我問他怎麼從來沒懷疑我不喜歡他？

"真的嗎？妳不喜歡我？"

看他一副天要塌下來的模樣，我忍不住噗嗤一笑。

"就知道妳騙我。"他鬆了一口氣，走過來握住我的手。

我沒有拒絕。

第三章/金閣寺

母親並沒有事先告訴我佐藤秀中會來訪，只說金閣寺這幾天做法會，希望我能回來一趟，上柱香祈求平安，所以當我知道佐藤桑在家中時，是有那麼點兒措手不及。

隔天一早，母親將我喚醒："杉杉，該起床了，早餐就在佐藤桑的房間裏吃，吃完陪我上金閣寺。"

我很快梳洗一下，因爲要上寺廟，所以特意選了端莊的白領套裝，又在頭髮上繫上香檳色髮帶，總算有不太死氣沈沈的樣子。

母親開的是日本民宿，建築又是自江戶時代就有的古屋，想當然爾不會有人想在東洋味濃厚的旅館裏吃麵包當早餐，所以本田家的廚子四點鐘就得起床準備日式早餐，光煮 okayu 粥就得花兩個小時以上，它是以鰹魚、干貝、江魚仔等熬製而成，看似簡單，吃起來卻很驚豔。

"私は始動させます"佐藤桑雙手捧著筷子說他要開動了。

此時長條矮桌上除了okayu粥外，也有白米飯，漬物則有白蘿蔔泥、紫菜、鰹魚乾、菠菜、醃蘿蔔等，當然還少不了用豆腐、蔬菜以及海鮮熬的煮物及每個季節都會有的玉子燒，至於烤魚和味噌湯……那是日式早餐的必備品。

佐藤桑沒有先食用粥，反倒在白米飯上加入納豆，再打入一顆生雞蛋，滴幾滴醬油拌著吃。

母親看了很歡喜，她強調本田家的雞都是散養的秋田比內土雞，下的蛋拿在手中發沈，蛋黃輪廓清晰，顏色呈橘黃色，用來拌飯再合適不過。

"嗯！"佐藤桑用力點一下頭，"的確新鮮好吃。"

和他的饞腸轆轆不同，昨晚的我吃多了，今早不想吃硬梆梆的米飯，所以吃了點兒粥和醬菜，又在母親的督促下，吃了烤魚。

"秀中，待會兒吃完早餐和我們一起上金閣寺祈福吧！"母親對他說，並且很自然地把稱謂從"佐藤桑"改成"秀中"，親密度上升一級。

我以爲只有我陪她上金閣寺，没想到還包括客人。

佐藤桑很高興地答應了。

～

金閣寺建於1379年，原爲足利義滿將軍的山莊，後改爲禪寺，因其外觀以金箔裝飾，又被喚作金閣寺。1950年，金閣寺被蓄意縱火燒毀，現在看到的金色建築是修復過的。

整個金閣寺不大但非常有日本庭院的風格，既小巧又精緻。院裏的鏡湖池水清冽，身影華麗的金閣倒映其中，成爲京都的代表性景觀。

在"御手洗"淨身（意即用木製的長條勺子在水池裏舀水漱口及洗手）後，我們進到寺內，法會已開始，穿黑袍的日本僧人拿著法器，口中唸唸有詞地祝禱，我們先擊掌兩下，再雙手合十，請求神靈保佑。

祈福完畢，我們三人在院裏散步，邊走邊聊，經過院中的不動堂，發現那裏有神籤可供占卜。

"妳和秀中各抽一支籤吧！"母親說。

拗不過母親的堅持，我們各抽了一支，交給旁邊的解籤人。由於來金閣寺的中國遊客很多，寺裏還請了會說普通話的人解籤，我以為母親會找日本人解籤，沒想到她來到中國人的攤位上。

"求的是什麼？"那個戴眼鏡、有著大肚腩的男子很有威嚴地問。

"姻緣，求的是姻緣。"母親搶答。

"如果求的是姻緣......"那男人看完我的籤，又看佐藤秀中的籤，"女的是百年好合，男的是天作之合。"

母親很高興地道謝，並且給了不菲的香火錢。

"太好了，你們是天造地設的一對，連老天爺都這麼說。"母親顯得很開心。

"不是這樣的，解籤人的意思是我和佐藤桑各有好姻緣，沒說我們永結同心。"我趕緊糾正。

"杉杉，這還用明說嗎？秀中到哪裏找像妳這麼好的女孩？"

我開始對母親的"司馬昭之心"感到厭煩，佐藤桑一定也感覺到那種無形的壓力，我不希望他有"非買單不可"的想法。

"對了，什麼時候帶杉杉去見你父母？"母親忽然問起那個無辜的男人。

這下子我炸開鍋了："媽！八字都還沒一撇呢！妳這樣問會讓佐藤桑為難。"

面對我的反抗情緒，母親不以爲意，反而轉頭向佐藤秀中求證：「是這樣的嗎？我讓你爲難了？」

佐藤桑解釋他和我確定戀愛關係的時間雖然不長，但他很喜歡我，只要時機成熟，他一定會稟告父母，並且帶我回佐藤家。

「打鐵得趁熱呀！喜歡我家杉杉的人很多，我怕夜長夢多。」母親語帶威脅地說。

金閣寺內出售的抹茶冰淇淋名聞遐邇，佐藤桑買了兩個，一個給我，一個給他，母親早已藉故離開。

我們邊走邊吃，周圍的遊客很多，日語、普通話、韓語齊飛，偶爾還夾雜幾句英語。

「妳母親說的可是真的？有很多男人追求妳？」佐藤桑還是沒忍住。

這叫我如何回答是好？打從大學畢業，母親便馬不停蹄地爲我安排相親，幾乎每週都有一次，直到最近認定佐藤秀中才停了下來。

「相了那麼多次，沒有喜歡的嗎？」他又問。

這更讓人難以啓齒了，母親一早就訂下高門檻，學歷至少得大學畢業、家世背景要好、有房有車、年收入還不能低於兩千萬日元等，唯獨對外貌沒要求。可想而知，來的人不是滿腦腸肥就是尖嘴猴腮，一個個面目可憎得很。

偶爾有那麼兩個斯文相貌的，吃過幾次飯後卻不了了之，所以我壓根兒不明白母親所說的「打鐵趁熱」之意？

聽了我的解釋，佐藤秀中鬆了一口氣，但隨即又緊皺眉頭，看他吞吞吐吐的樣子，勾起我的好奇心，我鼓勵他說下去。

" 民航飛行員的年薪不到兩千萬日元，我怕妳母親並不知情。"他答。

我很想告訴他，兩千萬日元是針對無祖上庇佑的人，至於他……不適用此條款。

" 我母親既然答應我們交往，一定是經過深思熟慮，你大可不必擔心。"我安慰他。

下午五點鐘，吃過簡單的輕食，福山先生載我和佐藤桑回東京。

我問他在哪裏下？他反問我的公寓在何處？我答在地鐵犬吠站附近。

" 這麼巧，我朋友也住那兒附近。"他說。

於是福山先生將車停在我的公寓小區前。

下了車，我和佐藤桑各拉著行李箱對望，我以爲他會跟我道別，但他只是含情脈脈地看著我。

" 那個……很晚了，"我有些窘迫，" 你確定你朋友還沒入睡？"

"杉杉，沒有什麼朋友要拜訪，妳就是我回東京的理由。"

我的心跳得好快，問他這話是什麼意思？

" 我的意思是想看看妳的房間是什麼樣子。"他對我微笑。

我遂帶他回公寓，但我們沒在客廳裏待很久，也來不及喝上一口已泡好的大麥茶……

第四章/名人後代

我趕一大早的飛機飛廣州，等我從廣州回來，門後的一切讓我眼前一亮。

秀中把屋子整理得井然有序，地毯吸了、桌子抹了、浴缸刷了、碗盤洗了、連廚房水槽也被他擦得雪亮雪亮的。

走進臥室，東西各就各位，被褥不僅像海平面一樣平整，上面還擱了一朵長莖紅玫瑰。我拿起來嗅了嗅，淡淡的玫瑰香氣像甘梅的味道，酸甜酸甜的。

我注意到玫瑰長莖的底部還繫上一張紙條，打開一看，不禁莞爾。

物思へば澤の螢もわが身よりあくがれいづる魂かとぞ見る

秀中寫了俳句，那是日本的一種古典短詩，由"五—七—五"，共十七字音組成，以三句十七音爲一首，首句五音，次句七音，末句五音，規格的要求非常嚴格，受"季語"的限制（即句中必須出現恰好一個能代表季節的詞語）。

把秀中寫的俳句翻譯成白話文便是：心裏懷念著人，見了澤上的螢火，懷疑是從自己身體裏出來的夢遊之魂。

這真是一種含蓄的示愛表現。

我把秀中的紙條重新折好，放進我最心愛的珠寶盒裏，然後找一個漂亮的水晶長杯，把玫瑰養在裏面。

說起這件事，的確有些尷尬，日本女孩多半很早就有性經驗，我已經25歲了，在這方面卻仍是白紙一張，那是由於我的性格保守及母親管我甚嚴的緣故。

我聽說日本男孩很怕碰到處女，因爲處女往往過於看中第一次，一旦惹上很難脫身。再往深一點兒講，二十幾歲還没有性經驗，在日本人看來，多半是個性出了問題，所以引不起異性的興趣。

可想而知，當秀中脫下我襯衫時，我是多麼的害怕，不僅背對他，還把身體捲縮成一團。

"怎麼了？杉杉。"秀中的聲音充滿了恐懼,"是不是……是不是我傷害了妳？"

我忍不住嚶嚶嚶地哭了起來，羞愧地承認自己還是處女。

"なるほど～"秀中感嘆地說，然後開始幫我穿上已脫下的襯衫。

原來……原來他真的害怕了，我嗚嗚嗚地哭了起來。

秀中這下子急了，像隻無頭蒼蠅。

"杉杉，妳能告訴我，我做錯什麼了嗎？"他顯得手足無措。

我抽抽答答地告訴他，母親管我甚嚴，我又太內向，所以到現在還没有性經驗，但不代表我的個性有瑕疵……

秀中聽了，倉惶的臉色舒緩了下來，過了幾秒鐘，他噗嗤一笑："如果我告訴妳，我還是處男，這會不會讓妳好過些？"

聽他這麼一說，我也笑了。

然後他第二次脫下我的襯衫，這一次我没背對他，也没將身體捲縮成一團。

~

下個月的排班表出來了，我瞄了一眼，一次頭等艙、一次商務艙，其餘都是經濟艙。

老實說，我比較喜歡服務頭等艙和商務艙的客人，他們通常比較有禮也很少找麻煩，反倒有些經濟艙客人會做過份的要求，也不太友好。

"杉杉，這次飛哪裏？"趙秀雯拖著行李箱走過來。

"武漢，妳呢？"

"香港，剛好可以上莎莎買化妝品，妳需要什麼，我幫妳帶過來。"

我告訴她不用了，我一向用S牌。

"S牌是上了年紀的人用的，妳應該用K牌或A牌，那才適合二十幾歲的女人。"她說。

我聽了笑而不語。

我家的S牌化妝品泛濫成災，都是套裝，我不敢想像會有用完的一天。

"哎！不管妳了，皮膚好用什麼化妝品都好看。"她感慨，"我可不行，臉上老愛長痘痘，卸了妝還得趕緊再擦護膚品，臉都快成調色盤了。"

趙秀雯的皮膚的確不行，每次上班都得頂著大濃妝，細看之下，還能瞧見厚粉下的黑頭粉刺。

此時空服員端木百惠戴著黑超走過來，樣子有些怪異。

待她走遠，趙秀雯呵呵呵地笑出聲來，我問她怎麼回事？

“告訴妳，端木百惠和飛行員井田上二搞在一起，被井田太太發現後，啪啪啪地左右開弓，聽說小三的眼睛現在成了熊貓眼了。”

端木百惠和井田上二？這怎麼可能？他們看起來根本不搭嘎，女的高佻豔麗，男的卻像哆啦A夢裏的胖虎，聚餐時兩人還隔著老遠坐著，比陌生人還陌生。

“再告訴妳，別和飛行員談戀愛，他們想和誰上床，幾乎都是手到擒來，因爲女人天生難逃‘制服誘惑’。”

面對趙秀雯的專家口吻，我心有不服，不是每個飛行員都是花花公子，純情專一的大有人在。

我擡起頭來，一架飛機剛離地飛向天際，我想起身在荷蘭的秀中，他是不是正準備飛回東京？

〜

我從武漢回來，兩小時後佐藤秀中也抵達成田機場。他一下飛機就打電話給我，我答自己正在泡大麥茶，他很高興地掛上手機。

我預估秀中大概一個半小時後才會到，便想爲他洗手做羹湯，但做什麼好呢？

打開冰箱，冷藏室有根莖類蔬菜，冰凍層有雪花牛肉片，靈機一動，我決定做涼拌牛蒡絲及壽喜鍋，這兩樣都是日本人的大愛，不會錯的。

〜

秀中敲門時，我正把所有食材放進火鍋裏，牛蒡也已經用芝麻、香油及糖拌好，飯鍋裏的飯正熱著。

“回來了。”我把他的行李箱接過來，

“什麼味道？好香。”他的臉上帶著驚喜。

我告訴他，自己做了壽喜鍋及涼拌牛蒡絲，馬上可以開動了。

～

吃完晚餐，我又泡了大麥茶，留聲機裏傳來三弦琴的音樂。

"過來。"秀中喚我。

我走過去把大麥茶放在茶几上，秀中伸手將我一攬，我跌坐在他的大腿上。

"我想我得了一種叫做'相思'的病，在飛機上，我不停地想妳。"他說。

"我沒讓你想我，這是你自找的。"我睨了他一眼。

他不以爲忤，反而問我想不想他？

我端起大麥茶喝了一口，避開他的問話。

"嘟......嘟嘟......"他的手機響了。

我回自己的位子上坐好，同時聽到他帶著敬畏的聲音說話，簡短的答話讓人覺得事有蹊蹺。

放下手機，秀中解釋："我母親打來的。"

富貴人家總帶有那麼點兒傳奇色彩，尤其八卦新聞中，秀中的父親還擁有龐大的後宮團，讓我不禁對佐藤家族感到好奇。

"杉杉，"他的表情轉爲嚴肅，"我要告訴妳一件事，妳得有心理準備。"

看秀中如此慎重其事，我有了不妙的感覺，難道......難道他有女友，甚至結了婚、有了孩子？

" 我是佐藤龍井的兒子，他是ZT集團的總裁，東京塔和富士電視台都是我家蓋的……"

"噢！"

見我反應冷淡，他有些語塞，原以爲我會大吃一驚。

其實他說的早已不是新聞，母親已經一五一十地全告訴我，甚至比他說的還要詳細。

我坦蕩蕩地告訴他，他的原生家庭造就了他，這不影響我們交往，我愛的是他的靈魂，和他是誰的兒子無關。

"噢！杉杉，"他擁住我，" 就知道妳是我在找的人，我已經厭倦別人老把我當成某人的兒子，我只想做回我自己。"

我了解名人後代的壓力，所以再次表明，在我眼中他就是佐藤秀中，如此而已。

秀中聽了擁我更緊，讓我幾乎喘不過氣來。

" 那個……你還沒喝大麥茶，再不喝就冷掉了。"我試著轉移他的注意力。

" 等會兒喝，"他吻我，雙手去解我長褲的褲頭,"讓我再試試，上一次……我没做好。"

我嘴巴說不，但在沙發上平躺好，秀中見狀，趕緊鬆了他的領帶……

第五章/惡耗

今天早班機飛杭州，同機的劉培偉藉機蹭到我身邊：" 請我吃飯！"

" 爲什麼？"我正把報紙分門別類排好。

" 我看到他了。"

" 他？誰？"

劉培偉說還會有誰，那個老色鬼唄！從東京飛回上海的頭等艙上，那人特意問他爲什麼我不在頭等艙服務？他答空服員的排班說不準的，除始發地固定外，其餘都不好說。老色鬼聽了很傷心，好像世界末日來到……

我把它當笑話一則，轉身到廚房準備間煮咖啡。

" 喂！他還問起妳的名字。"劉培偉像橡皮糖似地粘過來。

" 你没告訴他吧？！"我把咖啡粉倒入機器內。

" 說了，我告訴他，妳叫吳杉杉，他晦暗的眼神突然有了光彩。"

我難以置信地望向這個告密者，他怎能這樣？

"没事的，我没告訴他，吳是口天吳，杉是木字旁加三撇，所以'吳杉杉'可以是任何組合，他没那麼好運氣全猜對。"

我瞪了他一眼，轉身到後艙，話懶得說一句。

其實我本來叫"白杉杉"，父母離婚時，我被判給了母親，母親對父親懷著怨氣，立馬帶我上民政局改成她的姓，所以我成了"吳杉杉"。

"杉杉，生氣了？"飛機抵達杭州，劉培偉又跟了過來。

"没，交友不慎。"我快步疾走。

劉培偉要我別那麼小家子氣，陪他上星巴克喝咖啡，他請客。

我問他機上的咖啡還喝不夠嗎？他反問我機上的咖啡是人喝的嗎？連流浪漢也不屑一喝。

"没時間。"我不假辭色。

"反正開往酒店的小巴故障，要一個小時後才會有，機上就只有我們兩個是中國籍，我才不和小日本喝咖啡！"他又說。

什麼時候小巴故障了？該不會是騙我的吧？！

劉培偉說天地良心，飛機下降時，座艙長就用日語告知全機組人員，我心不在焉的，當然聽不見。

我頓時紅了臉，因爲同機的日野香穗子說兩天前她臨時被派去飛國際航班，機長是佐藤秀中，非常溫文儒雅，她没想到機長會那樣年輕還未婚......

聽到有人提起秀中，我的心小鹿亂撞，做什麼都恍恍惚惚。

"怎麼，去不去？"劉培偉問。

我想了想，與其在巴士等候區苦等一小時，倒不如上星巴克喝我愛喝的抹茶拿鐵。

"說真的，我未娶，妳未嫁，全羽空的中國籍男空服員又寥寥可數，妳何不考慮考慮我？"

劉培偉動不動就開玩笑，我不確定他這次是否認真了？

"你忘了，趙秀雯很喜歡你，老歐巴歐巴地喊，你何不考慮考慮她？"我說。

劉培偉聽了做嘔吐狀，他說他不想娶有月球表面臉孔的女人，還說全羽空航空應該規定凡容貌容易讓人受驚嚇者，一律不予錄用。

我說他太刻薄，趙秀雯很活潑可愛，別讓外表給矇騙了。

"反正我是外貌協會會員，不在'娶妻娶德'的隊伍裏。"

我喝了一口抹茶拿鐵，不想與他爭辯。

"對了，告訴妳一個秘密，咱們的飛行員中，有一個不折不扣的富二代，他是ZT集團總裁的公子，妳大概沒見過，飛國際航線的。"

聽劉培偉這麼一說，我的心喀噔了一下。

"噢！叫什麼名字？"我明知故問。

"佐藤秀中。"他還是說出答案。

雖然很想知道旁人對秀中的評價，但我紋風不動，怕洩露了我和他之間的戀情。

"聽說佐藤的媽現在正積極幫他物色對象，也難怪，都三十好幾了，ZT集團也該開枝散葉。"

佐藤的媽現在正積極幫他物色對象？秀中完全沒提及，這是怎麼回事？我不禁懷疑起劉培偉話裏的真實性。

"是真的，日本的八卦雜誌早已傳得沸沸揚揚，因爲名單裏還包括C女星，那個哈佛畢業的學霸。"

我聽了，頓時像洩了氣的皮球。

"怎麼了？妳好像不太舒服。"他關心地問。

我推說頭疼，大概是中暑了。

"那走吧！小巴應該快到了。"

我起身，他過來扶我，我巧妙地避開，快步走向巴士等候區。

第六章／心痛

"佐藤的媽現在正積極幫他物色對象"這句話一直縈繞在我耳邊。

秀中沒說，所以我一直以爲他的母親知道我的存在，只待時機成熟，秀中便會將我介紹給他的家人，没想到……

"杉杉，今晚我回父母家吃飯，下禮拜再到妳家。"秀中打電話給我。

"好的，没問題。"我故意發出高昂的聲音。

掛上電話，我像吃了黃蓮，有苦說不出。

知道秀中從布拉格飛回來後有三天休息時間，我特意和同事調班，好不容易有了三天假期，没想到他要回父母家，還說下禮拜再到我家，意思是這三天都不會和我見面，我的心跌落至谷底。

"與其待在東京自怨自艾，倒不如回京都，現在正是秋季賞楓時節，也許看看漂亮的楓樹能夠轉換心情。"我轉念一想，馬上收拾行李。

在夜巴上睡了一覺，當清晨的陽光灑進車內時，我知道京都不遠了。

下了車，我坐出租車回本田家，是小雪開的門，她很驚訝我這個時候回來。

"忽然想看楓葉就回來了。"我解釋，轉而問，"我媽起床了嗎？"

小雪聽聞後，面有難色："老闆娘她……"

"我知道了。"我阻止她說下去。

本田英樹一個月總有一、兩次上我們家來，正確地說，他是回自己的家，這個旅館是他的，母親只是代爲經營，說得好聽是老闆娘，說得難聽就是個打工仔，每個月有固定薪水，年底也有分紅，除了這些，還有堆積如山、用也用不完的S牌化妝品。

没錯，本田桑就是S牌的創始人。

"小姐，賞楓季節到了，本田家都客滿了，本來……妳看住閣樓可好？"小雪試探性地問。

閣樓的樓高只有一米八，加上窗戶小，採光不好，非常有壓迫感。本來在房間客滿的情況下，我會和母親同住，但現在大老闆來了，母親得服侍他，我自然沒理由和他們擠，住閣樓成了無可避免的選擇。

"那就住閣樓吧！"我没爲難小雪。

母親來自雲南偏遠山區，在那個小村莊裏，真要追究起來，每個人都有血緣關係。小雪就是我家的遠房親戚，今年十八歲，初中文化。她被母親帶到日本後就一心一意地做著打雜的工作，算一算，她還得再做兩年才能重獲自由身，因爲母親付給她家一筆爲數不多卻能大大改善家境的買身錢。

小雪將我的行李搬到閣樓後，問：" 小姐，早餐想在這裏吃還是庭院裏吃？"

我想了想，不願在陰暗的閣樓裏用餐，遂說在亭子裏吃吧！順便還能欣賞日式庭園。

我正吃著飯，看見本田英樹從旅館的溫泉澡堂走出來，後面跟著母親，我趕緊低下頭去。

待他們走遠，我偷瞄了一眼，母親亦步亦趨、誠惶誠恐的樣子讓我不禁悲從中來。

說穿了，母親只是個表面光鮮的賣淫女罷了，從居酒屋的女服務員爬到旅館老闆娘的位置，靠的就是不斷地更換男人。那些男人們在不同時期爲她提供了不同的幫助，代價是得到母親的陪伴，直到本田英樹出現，她才不再頻繁換床，算是安定了下來。

在母親的計劃裏，她打算用"犧牲"換來我公主般的生活。

來日本後，我一路讀的是昂貴的私立女校，連大學進的也是女子大學。平時在校住宿，週末和假日才回到母親身邊，如果恰逢母親必須"工作"，我便理所當然地進入夏令營或冬令營……

當別人問起我的父親和母親時，我總感到自卑，因爲父親是賭徒而母親是妓女。當然，我感念母親的奉獻精神，但無法甩掉身上的包袱，它像個印記，時時提醒自己身份的卑微。

所以當秀中把目光打在我身上時，我彷彿是穿上水晶鞋的灰姑娘，頓時覺得前途一片光明；母親也是，她幻想著有朝一日我會走入佐藤家，然後擠身上流社會，把之前的種種不堪一掃而光。

雖然我和秀中交往時，也曾擔心"門當戶對"的問題，但秀中給我的關愛讓我僥倖地以爲他會爲我排除萬難，讓他的父母張開雙手擁抱我這個平凡無奇的兒媳婦，然而事實真的如此嗎？

母親交待廚房做三個便當，她打算早餐過後"全家"上嵐山賞楓。

嵐山四季分明，自平安時代起就一直是王宮貴族相當喜愛的度假勝地，其中尤以春天賞櫻和秋天賞楓最受青睞。

作爲京都郊外最知名的賞楓景點，嵐山的遊客總是絡繹不絕，每年的紅葉季，紅楓、黃杏、綠松、翠竹各領風騷，透過山間朦朧的霧氣將秋天的氣氛推至最高點。

除了自然景觀，嵐山山腳下還遍佈著大大小小的古蹟寺院，在古寺和園林的襯托下，爲此地的楓葉增添了一份清靈的意境。

本田桑的司機在嵐山站放我們下車，我們步行穿過著名的嵯峨野竹林，再經過有著鄉間風情的田園農舍，約20分鐘後抵達嵐山紅葉名冊榜上赫赫有名的常寂光寺。

這個以紅葉聞名的古寺位於小倉山麓，四周是靜寂蓊鬱的綠林，入口處有一條百級石階的參道，紅葉覆蓋了整條通往山上的石梯，相當壯觀。

"なんと美しいのだろう"本田英樹駐足讚歎著。

"はい"母親應和。

常寂光寺楓葉的色彩比京都其他寺院更豐富，此時秋高氣爽、天空湛藍，的確是賞楓的好時節。

我們隨後坐在寺前的石椅上吃廚子精心準備的便當，任誰都會以爲我們是幸福的一家人。

"キミと佐藤秀で聞いて交際"本田英樹咬了一口飯團後對我說。

我擡頭看了一眼母親，母親故意視而不見，反而強調我和佐藤秀中的交往非常順利，沒多久就會談婚論嫁……

"媽～別說了。"我忍不住說普通話，希望母親適可而止。

沒想到她當著本田英樹的面要我別害羞，男大當婚、女大當嫁，秀中也算大齡青年，家裏正著急，閃婚也不無可能。

本田英樹聽完不動聲色，母親又推了幾把，他終於鬆口，說會找時間和佐藤龍井喝茶，探探他的口氣。

回到本田家，我把自己關在閣樓裏，連晚餐也不吃，還是母親捧著小托盤，將食物親自送上來。

"怎麼了？從嵐山回來就不對勁。"母親問。

我怒氣沖沖地說哪有女方主動出擊的？這下子佐藤家族要把我看扁了。

"妳以爲像佐藤這種大戶人家不會講究女方的出身？估計現在偵探已經把我們的祖宗八代都調查清楚了，以那樣的家庭背景，妳想進佐藤家根本沒門兒！"

我說我清楚，但已經這樣了，又能如何？總不能讓我重新投胎吧？！

"所以我才要本田桑去周旋一下，也許還有轉寰的餘地。"

母親的想法是，雖然我不是本田英樹的親生女，但好歹是小老婆帶來的，不看僧面看佛面，也許佐藤家會勉爲其難地接納我。

怎麼還沒進門就矮人一截？這不是我要的。我希望自己能光明正大地面對未來的婆家，得到他們的祝福與歡迎。

母親說我有滿腦子不切實際的幻想，想進豪門猶如打戰，得講戰術，若照我說的做，絕對一敗塗地。

"秀中是不是告訴妳這禮拜他没空？"母親投來一枚炸彈。

"妳……怎麼知道？"

"我怎麼知道？"母親大笑兩聲，"他昨晚和C女星相親，今日還上娛樂版的頭條呢！"

母親的回答像一把利刃刺向我的心臟，秀中，你怎能這樣？

我不禁掩面哭泣。

第七章/起死回生

倉本直美就是C女星，她從哈佛商學院畢業後，没有投效銀行家父親的麾下，反而一舉進入演藝圈，在一部評價頗高的偵探片中初露頭角，又分別在家庭倫理戲中扮演可恨的小三及偶像劇中楚楚可憐的男主角妹妹，算是正式走入公衆的視野，去年更入選新人俳優賞，是一顆新冉起的新星……

我一口氣把報攤上買來的多份報紙及娛樂雜誌全讀完，總算對情敵有了初步的了解。回頭再看今天《読壳新聞》和《朝日新聞》娛樂版的頭條照片，秀中、倉本直美及雙方家長在米其林三星餐廳用餐，六個人把酒言歡，好不熱鬧。

文中還提到這家餐廳位於一座法式城堡內，人均八萬日元的套餐包括極品黑松露，但不含酒水。

我頹然地放下報紙，自問：" 原來秀中說回父母家吃飯，其實是吃相親飯去了，他爲什麼要騙我？"

" 嘟……嘟嘟……"突來的手機聲讓我很緊張，發現是秀中打來的，我趕緊按下接聽鍵。

" 妳在哪裏？"他問。

我答在京都，和母親一起，今天還上嵐山賞楓了。

秀中說錯過賞楓好可惜，他也想去。

"那麼你現在過來，我等你。"知道秀中還有兩天假期，我滿懷希望地問。

"這個嘛～明天我要和母親去代代木公園逛逛，順便到明治神宮祈福，如果現在上京都，我怕趕不回去。"

我很失望，但還是祝他和母親玩得愉快。

果然第二天秀中又上頭條了，這次只有三個人，分別爲秀中、秀中的母親及倉本直美。他們三人在代代木公園散步、賞楓，又上明治神宮祈福。文中還提到C女星在神宮裏求了簽，求到的是昭憲皇太后的和歌《大御心》，秀中跟她解釋其中的含義，因爲C女星從小在美國長大，對古文不是很了解……

好一個出身好、家境優渥且顏質高的海歸啊！相較之下，我是多麼的平庸。如果能給分，倉本直美肯定得A*，而我……大概能吉格就不錯了。

秀中爲什麼要撿了芝麻丟了西瓜呢？沒道理，不是嗎？

本田英樹回東京，所以我從閣樓搬回來與母親同住，並且在悠閒的午後和她一起喝下午茶。此時桌上除了綠茶外，還有和菓子、長崎蜂蜜蛋糕片、水羊羹及紅豆沙。

"昨天秀中去代代木公園和明治神宮了。"母親呡了一口綠茶說。

"我知道。"我低下頭去。

“那個女的條件很好。”母親又說。

“是的。”我弱弱地同意。

母親緊接著問我愛不愛秀中？我答愛。於是她傳授我性愛秘籍，譬如摸哪裏、親吻哪裏，男人比較有反應，而且兩腿得夾得緊⋯⋯

聽得我面紅耳赤的。

“在床上男人要的是蕩婦，所以妳得放得開。”母親又說。

“我⋯⋯知道了。”我的頭低得不能再低。

母親看我一副小媳婦的樣子，不禁搖頭嘆息：“哎！既然這樣，把秀中叫過來，就說我生病了，請他來探望。”

我擡起頭來直視她，一時不知母親的用意何在。

“他們已經在一起兩天了，第三天一定得讓秀中抽身，否則蜘蛛精就要把他纏死在盤絲洞裏了。”母親咬了一口蛋糕後解釋。

一聽說母親生病了，秀中馬上從東京馬不停蹄地趕來，還帶來一盒雞精。

“真是謝謝你！”母親收下禮物，“秀中真是個好孩子，咳、咳、”

母親的病因是重感冒，看她躺在床鋪上病懨懨的樣子，真難為她了。

“杉杉告訴我您病了，就想來看看您。”秀中解釋。

母親說她這一病，我可急了，把她照顧得無微不至，又問秀中下次的飛行時間。

“我明天下午飛丹麥。”他答。

母親轉而問我何時上崗？我答明天晚上。

"那正好，明天一早你們一起回東京。"

說完，她還順便爲今晚的住宿做了安排，讓秀中搬去和我住，因爲現在是賞楓季節，旅館的房間很緊張。

"可是......"秀中猶豫了。

"咳、咳......咳咳咳......"母親咳嗽得厲害，"別說了，杉杉趕緊帶秀中回房，別染上我的感冒才好。"

拉上障子門，我和秀中還能聽到背後傳來的咳嗽聲，一聲接著一聲......

其實今天本田家並没有空餘的房間給我和秀中（閣樓除外），我聽到母親在電話裏對客人低聲下氣的，又應允兩個禮拜後一定空出最大、最好的房間給他，而且房價打對折，這才把客人的怒火給壓下去。

"希望妳母親的病能快點兒好起來。"秀中和我對坐在矮几前，桌上有小雪送來的熱茶和小點心。

"謝謝關心！"我說。

"這幾天......"秀中欲言又止,"這幾天妳好嗎？"

我答好，反問他代代木公園好玩嗎？去明治神宮許了什麼願？

秀中說代代木公園的草坪很漂亮，像綠色的地毯，他在明治神宮許了希望家人平安的願望。

"只有你和母親去嗎？"我問，心裏打著鼓。

他沉默了一會兒後，答："這次回去原以為是普通的家庭聚會，没想到被抓去相親，對像是個女演員，個性像鬼妹，大起大落。"

“你喜歡她嗎？”我艱難地問。

“我比較喜歡妳。”秀中對我微笑。

啊！如果有一種藥能讓人起死回生，我想我剛剛服用了。

“妳母親說讓我們同住一間房，這合適嗎？”秀中忽然問，並且打起退堂鼓，“我看還是下午回東京吧！”

“別走，”我爬向他，可憐兮兮地說，“晚上一個人睡覺，我感到害怕。”

秀中擁住我，我適時地仰起臉來並且閉上眼睛，他猶豫了一下，低頭給我深情的一吻。

第八章/不祥的預感

吃完早餐，秀中到母親房內向她辭行。

"咳、咳、那好，路上小心。"母親還在演戲。

我們正要起身，母親突然要我這個禮拜抽空回家一趟。

"最近都是短程航班，没長假可放，要等到月末才有。"我答。

"月末也行，酒井太太說要幫妳介紹個好對象，是市立醫院的兒科醫生，人很實在。"母親說。

酒井太太是本田家的甜品供應商，在市區有好幾家鋪子，算是母親爲數不多的日本友人之一。

"媽～"我低喚一聲，順便看了一眼窘迫不堪的秀中，"這事先緩一緩再說。"

母親說不能再緩了，我已經25歲，不像男人，即使三十好幾還能不急不徐。

"很抱歉，"秀中鞠躬致歉，"是我做事欠考慮，我會盡快向家裏稟告。"

“這就對了，咳、咳、”母親用白手絹捂住嘴，“你和倉本直美相親的消息已鋪天蓋地而來，叫杉杉情何以堪？別忘了你當初的承諾，說是奔著結婚而去的交往。”

對於母親如此赤裸裸的表達，我感到深深的不滿。情感上我傾向秀中這一邊，他的壓力很大，既要滿足自己的父母，還要安撫我家，況且下午要飛遠程，飛行員的情緒穩定非常重要。

“那個……別把我母親說的話放在心上，她也是爲我好。”我趕緊表明立場。

“我知道，”秀中握緊我的手，“這次從哥本哈根飛回來後，我會和父親、母親明說，不讓妳受委屈。”

晚上飛北京，同機的機組人員只有我是中國籍，不知爲什麼，同事對我投來異樣的眼光，讓人很不舒服。

我把晚報發給乘客，有中國乘客藉機跟我要白開水，說想在飛機起飛前服藥。看她臉色蒼白的樣子，我馬上放下手中的工作到廚房準備間拿水。

“謝謝！”那個有一口京片子的大媽說。

我答不客氣，正要轉身，大媽喊住我。

“怎麼我覺得這個女人很像妳？”她指著晚報上的照片說。

我將頭探過去，那是日本《現代晚報》的一隅，上面有好幾張彩照。我定眼一看，嚇壞了，果真是我，還有……秀中。

“不是我，”我微笑，“我沒那麼漂亮。”

把剩下的報紙放回指定的架子上，我趁機摸走一份，躲到廁所裏看。

原來全天下的狗仔隊都一樣，動作迅速、敏捷，扒人隱私的能耐好比福爾摩斯。

他們拍到秀中剛和倉本直美從明治神宮回來，隔天便上京都本田家，晚上在那裏過夜，今天早上則和同爲全羽空航空的中國籍空服員吳杉杉一起坐車回東京……

斗大的標題翻譯成中文便是【倉本直美豪門夢碎，半路殺出程咬金】。

這下子如何是好？秀中的父母還不知道我的存在，若從報紙上得知，對我的印象肯定大打折扣。

我再仔細閱讀文中內容，還好，狗仔隊尚不知我家底細，也許在醜聞曝光前，還來得及掩蓋一些真相……

東京飛北京只要四個小時，這是第一次我感覺到四小時如此漫長，簡直坐立難安。

機場小巴一載我們回到酒店，我馬上將自己關起來，足不出戶。

上網搜了一圈日本報，發現除了《現代晚報》動作快之外，其他小報也跟進，只是沒有寫得那麼詳盡。

我心想秀中不知道在機上看報了沒？如果有，希望不要太影響他飛行才好。

"嘟……嘟嘟……"是母親的來電。

"趕快看《現代晚報》！"母親命令我，口氣很急躁。

我告訴她飛機起飛前我便已得知自己上報了。

"這可怎麼辦？我們還未佈署完畢。"母親很擔心。

"狗仔隊還沒扒到我們祖宗八代，也許在事情進一步惡化前，我們可以稍微美化一下。"

母親沈默一會兒後說她會找本田英樹商量，我猜想是"拿錢滅口"的意思。

沒想到我和母親還是太高估錢的力量（或者我們太低估報社的胃口），反正從北京飛回東京的機上，我們吳家的身世背景又被往下挖了一丈，其中不乏一些惡意的中傷，譬如我是如何處心積慮才謀上空服員一職。

天知道爲了進入全羽空，我費盡了多少努力，雅思6.5分，JLPT（日本語能力測試）四級通過，再加上培訓期間的戰戰兢兢，我不認爲那樣的無的放矢是合理公平的。

"太可惡了！"飛機一落地，趙秀雯便緊挨著我下機，很有義氣地站在我這邊，"報上竟然說妳走後門進入全羽空，又說妳母親是小三，日本的言論自由也太過了，竟然允許公然的人身攻擊！"

"別說了，人言可畏。"我阻止她繼續往下說，因爲乘客中有幾張中國臉孔正向我們行注目禮。

"Sorry."趙秀雯吐了吐舌頭，"待會兒我跟妳一起回家，晚上我想吃烏冬麵。"

和我獨居不同，趙秀雯和三個來自中國的留學生合租在23區，也就是東京房價最低的足立區。那裏的房子很老舊，交通也不是很方便，但租金便宜，這對經常得買護膚品及需要寄錢回家的趙秀雯來說是無可奈何的選擇。

既然租處不理想，精打細算的她便把算盤打在我身上，到我家蹭飯不說，沒多久甚至提出要搬來和我同住，付我"一點兒"租金，被我婉拒了。

我的公寓只有20平米大，說白了就是個小一居，我可不想夜夜和女同事擠一張床。

～

趙秀雯沒問我的戀情，想必已了然於心。

我允許她躺在沙發上看我的時裝雜誌，自己則燒了水準備煮烏冬湯麵，在等待水開的同時，順便又做了涼拌裙帶菜及大蝦天婦羅。

提起烏冬麵，它是最具日本特色的麵條之一，與日本的蕎麥麵、綠茶麵並稱日本三大麵條，是日本料理店不可或缺的主角，其口感介於切麵和米粉之間，偏軟，配上精心調製的湯料，即成一道可口的麵食。

"可以吃了。"我說。

趙秀雯丟下雜誌，立馬衝到矮几前，眼露貪婪："我要是佐藤秀中，肯定娶妳！"

我笑她這麼容易就被幾道菜給收買了。

"才不是呢！妳的個性好，又喜歡宅在家裏，很多男人，尤其是日本男人，大概大男人主義作祟，就喜歡這種好控制的女人。"

趙秀雯大咧咧地直言，讓我好不心塞，這是褒還是貶？

她答當然是褒，誰不希望家庭穩固？現在外面的小三一個比一個猙獰、一個比一個凶狠，女人若能用柔情和好手藝抓住男人，那才是硬道理。

趙秀雯提起小三，讓我很心虛。

"對了，報上怎麼說妳母親是小三？妳不是說自從父親死後，母親便守身如玉至今，且憑一己之力開了旅館，讓妳很感動嗎？"

哎！該如何說是好？我也害怕別人在我背後蜚短流長，所以編造了謊言，現在紙包不住火，我的顏面就要一掃而光了……

趙秀雯聽完嚇壞了，連麵也忘了吃。

我告訴她，自己很害怕，因爲不知流言還要傳多久？會不會有更勁爆的消息傳出？

"什麼更勁爆的消息？"她瞪大眼睛問。

這次我選擇隱瞞。

母親在認識本田英樹之前的骯髒過往，叫我如何啓口？父親是賭徒不是事，她的賣淫生涯才是硬傷，尤其還曾短期出演過成人片，大玩3P和SM。

這幾天因爲J女星吸毒事件，暫時轉移群衆的注意力，讓我過了幾天相對安穩的日子。雖然同事的眼光依舊犀利，但我選擇沈默，安靜地做著份內的工作。

"秀中今天飛回東京，他一定有想法，妳要小心應對。"母親在電話中耳提面命。

"知道了。"我掛上電話。

爲了迎接秀中的到來，我把家裏打掃得一塵不染，還買了花和新鮮食材，就想和他度過溫馨的一夜。

秀中按門鈴時，鍋子裏正燉著紅燒牛肉，空氣中有撲鼻的肉香，我圍著圍裙去開門，微笑喊著："你回來了！"

相較於我的高幸福指數，秀中的臉上明顯寫著不幸，他站在門口，苦著臉說："我不進去了，十分鐘前，母親打電話給我，要我馬上回家。"

"這是怎麼回事？"我問他，雖然心中早有譜。

秀中答大概是報上的流言讓家人一時無法接受，他回去哄一哄就沒事。

真的如此簡單嗎？

"先進來吃飯吧！飯總得吃，我還拌了一大碗的蔬菜沙拉呢！"我討好地說。

"不了，找時間再來吃飯。"他對我微笑，很苦澀的樣子。

秀中走了，把我僅有的希望也帶走，我有不祥的預感，他再也不會回來了。

回到屋內，我把爐灶上的火熄了、圍裙脫了，然後趴在流理台上痛哭不已。

第九章／吳桃桃

我擔心的事還是發生了，母親那些骯髒的黃片被挖了出來，聽說製片方連夜加印了二十萬張碟，打算大賺一筆。如此一來，母親的身體便完全暴露在公衆面前了。

我傷心難過到無法進食，晚間也睡不著覺。

母親讓小雪通知我，這幾天別出門，她正想辦法讓本田英樹把所有的黃碟全買下……

如果能那樣就好了，但即使花了大錢，全日本大概已經知道我吳杉杉的母親不僅是小三，還是黃片的女主角，這對佐藤那樣的上流人家，不啻是個恥辱，秀中能抵擋得住反對聲浪，堅決和我在一起嗎？

我打電話給排班經理，她了解我的處境，也認爲目前在家閉關是明智之舉，但是季節性流感正衝擊東京，全羽空已有不少空服員中招，人手不夠，她希望後天上午我無論如

何都要飛上海那班，她會安排我在頭等艙服務，乘客少，也能少點兒流言。

我感謝她的體貼安排，並且答應準時上班，畢竟公司已經讓我休假三天了。

我歡迎乘客乘機，並且請他們出示登機牌，好爲他們指示座位。

"吳小姐，好久不見。"

當我再次看到那個中年男人，不禁怔住了，相較於我的失態，林先生倒是很坦然。

"是……是的，好久不見，讓我帶您入座。"我接過他的行李箱。

這次林先生的座位號是8E, 我把他的小號行李箱舉起，打算放進置物櫃，沒想到林先生接過手，說："這重活還是由我來吧！"

我怪不好意思的，這本來就是空服員的工作。

待乘客都就座後，我們開始發放報紙、雜誌、飲料和小食。有些客人一上機就要求喝酒，因爲頭等艙免費提供酒類飲品，其中不乏昂貴的庫克陳年香檳。

我走向林先生，問他需要什麼？他答白開水和報紙，我給他Evian礦泉水及中文、日文報各一份。

整理機艙前我已翻過報紙，中文報紙對我家的醜聞隻字未提，但日文報就沒那麼善意，用了整整一頁介紹我家，其中母親的性史又佔一大半。

我暗自祈禱林先生別碰日文報，或者碰了日文報卻不看八卦版，即使最壞的情況發生，我也希望他看了八卦版卻沒認出我來（雖然今天八卦的重點是我母親，但我的照片還是出現在報紙下方一個不起眼的角落）。

我没料到林先生還是拿起日文報，翻了幾頁後被八卦版母親的彩照給吸引住，目不轉睛的。我暗自叫苦，但還是故作鎮定地做著該做的事。

～

收拾完杯盤，我給客人上飯後甜點。

"喜歡吃甜點嗎？"林先生問我。

"喜歡。"我答。

於是他遞給我一張名片，說上海希爾頓酒店的甜品屋有好吃的草莓拿破侖，他太太很喜歡。

因爲他介紹的是甜品，所以我收下那張名片，微笑著說："也許飛回日本前能有機會嚐嚐。"

～

因爲上報的關係，我盡量少和同事接觸，藉以避開尷尬話題，所以一上小巴，我便悶著頭往裏走，獨自坐在後座的角落。

在上海，我們通常會被安排住在離機場近但周邊很無趣的X酒店，很意外的，今天公司讓我們入住希爾頓酒店，也許X酒店今晚客滿的緣故吧？！

同事一一入座後，司機把門一關，發動引擎，没想到有兩個遲到的菜鳥猛拍車門，司機只好又打開門。

"すみません、遅刻しました"小酒窩說。

"神經！司機是中國人，怎麼聽得懂日語？"短頭髮對小酒窩說。

後者遂改口：“對不起，遲到了。”

“趕緊上車吧！全車的人都在等妳們。”司機没好氣地答。

一入住酒店，我便動手洗浴廁，没辦法，習慣使然。

等我勞動完畢，再把衣服折疊好放進衣櫃裏，隔壁傳來熟悉的聲音。

“ 妳聽說了没？我們全羽空有個前輩妄想嫁給家境優越的機長，没想到被狗仔隊扒出底細來，原來她父親是賭徒，母親是S牌化妝品創始人的小三，以前還拍過黄色電影。”

“ 真的假的？好噁心啊！有這種父親和母親，倒不如一頭撞死，會有哪個人家願意娶進門？”

“ 說的也是，歸根結底，還是前輩太不自量力，估計她現在後悔死了，如果不是高攀，也不致於醜聞滿天飛，現在她想嫁給普通人都困難了。”

“ 聽說母親做妓，女兒多少也有那種傾向。話說回來，全羽空真不應該雇用這種員工，形象太壞了。”

“ 我聽另一位前輩說，高層已經在研究如何讓這個風口浪尖的女人主動離職，畢竟在敏感時刻辭退人家有失厚道，傳出去也不好聽。”……

如果聲音能殺人，我現在已經被殺得體無完膚了。

原來……原來外人都是這麼想我和我的家庭，而且公司也有意放棄我，我還有什麼顏面活下去？

在聽到更多流言蜚語前，我抓起包衝出房外。

～

到了一樓大廳，我深呼吸一口氣，待冷靜下來，我信步走向旋轉門。

"吳小姐……吳小姐……吳杉杉……"

聽到有人喊我的名，我停下腳步，轉身一瞧，竟然是林先生。

"你……住這裏？"我太驚訝了。

他笑著說："不是，我住在陸家嘴。剛和客戶談了筆生意，就離這兒不遠，想起老婆喜歡吃希爾頓的甜品，就上這兒來了，没想到今天才在機上向妳推薦，妳馬上就跑來了。"

我答不是這樣的，公司安排我們今晚入住希爾頓酒店。

"這麼巧？既然這樣，相逢自是有緣，一起喝個下午茶，如何？"他問。

我想回絕，忽然看到小酒窩和短頭髮下了電梯，正往我們的方向走來，我不想和她們打照面，遂先行一步走向大堂左側的甜品屋。

～

林先生點了不少甜點，有草莓拿破侖、提拉米蘇、焦糖布丁、水果塔等，茶飲則是Twining伯爵茶。

"吃甜點能讓人心情愉悅，妳多吃點兒。"他邊說邊替我在骨瓷杯裏倒上褐色的茶水。

我夾了塊草莓拿破侖，超大個兒的草莓看起來好新鮮，三層奶油與千層酥也搭配得天衣無縫，咬上一口發覺不那麼甜，很適合我的口味。

"好吃。"我滿意地說。

林先生聽了笑顏逐開，他說他老婆就好這一味。

我呷了一口茶，下結論：「你已經提了好幾次老婆，可見她在你心目中佔有極其重要的位置。」

林先生點頭同意，他說當年他一窮二白，是老婆和他一起胼手胝足打天下，還爲他生了一個優秀的兒子，能遇上這樣的女人，是他前世修來的福……

看來，這是個愛家的好男人。

想起第一次見面時他塞給我一張酒店名片，約我在總統套房見面，讓我多少有些不自在，現在看來，這當中一定有誤會。

「林先生好福氣，家庭和樂、事業有成。」我說著應酬話。

沒想到接下來他主動談起塵封往事，順便解開了我心中的疑惑。

「我來自雲南偏遠山區，在那個小村莊裏，真要追究起來，每個人都有血緣關係。她是我的遠房親戚，明眸皓齒、臉頰紅潤，像從山溝裏走出來的無瑕珍珠。我暗戀她多年，和她比，我只是個不起眼的癩蛤蟆，所以只能把情愫深埋在心裏。直到出外打工，我還是沒敢表白，後來聽說她嫁給縣裏最有錢的人家，也難怪，她長得這麼美……」他說。

哎～每個人都曾是懵懂少年，有暗戀也很正常。

「第一次在飛機上看見妳，我著實嚇了一跳，以爲自己穿越了，後來仔細一瞧，妳的眼角沒有痣，眼睛也沒那麼細長，妳不是她，但猛一看還真神似。」

原來林先生誤會我是他的暗戀對象，難怪一開始就直盯著我瞧，讓人以爲是個登徒子。

「能長得像你喜歡的人是我的榮幸。」我說。

「妳母親……」

聽林先生提起母親，我頓時提高警覺。

"妳母親還健在嗎？她長得跟妳相像不？"他問。

從小到大，大家無不說我跟母親是同一個模子刻出來的，都是美人胚子，但母親的眼角沒有痣，眼形也圓滾滾的，何況我父親的家境只是一般，不是富貴人家⋯⋯

聽我這麼一解釋，林先生很失落："看來我認錯人了，我找她找得很辛苦，就想和她見上一面，了了此生的願望。"

我深表同情但愛莫能助。

"沒事，"他苦笑，"能和長得像桃桃的女孩共進下午茶，也是樂事一件。"

"你⋯⋯你說她叫什麼名字？"我打著哆嗦問。

"桃桃，吳桃桃。"林先生答。

第十章/同舟共濟

母親本來的名字叫吳桃桃，因爲帶著鄉氣，離婚後改名吳飛飛，大有飛離窮鄉僻壤、飛向世界，從此跟過去生涯告別的意味。

到了日本，母親又入鄉隨俗地替自己取了個好聽的日本名—雅子（與太子妃同名），所以當林先生提起他的暗戀對象叫吳桃桃時，我一時怔住，還有誰會取那麼土氣的名字？

"妳怎麼了？臉色很難看。"他問。

"没……没什麼，可能感冒了，最近東京正爆發大規模流感。"

"的確如此，"他點頭，"我的很多日本員工都因此請假了。"

他又叮囑我注意身體，我謝謝他的關心。

"對了，這是我的名片，"他遞給我一張黃燦燦的小卡片，"上面有我的聯繫方式，日本、上海都有，哪天妳想喝茶，又不介意和老男人喝，可以找我。"

我默默收下名片，對他的好感又加深了。

林大東，中國東方瓷磚公司總裁、日本東洋瓷磚株式會社社長、日本馬術聯盟會會長、中日友好聯誼廳廳長……光看這些洋洋灑灑的頭銜，就知道林先生是個大人物，非泛泛之輩。

再看名片本身，金光閃閃，我翻到背面，角落有一行小字：黃金999，難道這就是傳說中的純金名片？

"嘟……嘟嘟……"是母親的來電，我按下接聽鍵。

"杉杉，妳什麼時候回來？"

"明天一早的飛機，大概中午會到。"

母親接著要我出關時有心理準備，因爲她的黃片已經流入市場，並且以破竹之勢橫掃AV界，她怕狗仔會蹲守在機場，等著採訪女主角的女兒……

怎麼會這樣？說好的買斷黃片呢？本田英樹打算坐視不管？

母親聽了哭哭啼啼地說傳統的日本男人認爲小老婆可以不是黃花大閨女，但大喇喇地和男人在鏡頭前巫山雲雨又是另外一回事，所以本田英樹一聽說她曾經拍過黃片，勃然大怒，即使她苦苦哀求也無濟於事，現在她和小雪被趕出本田家，只好先到我東京的公寓住下……

天呀!不久前秀中才和我海誓山盟，而我、母親、本田英樹還像一家人上嵐山賞楓，轉眼情勢丕變，我和母親淪爲過街老鼠。

現在已經不是秀中還要不要我的問題，而是我和母親要如何在日本生存下去？

我一出關，成群的記者和狗仔便一擁而上，簡直寸步難行。

耳朵嗡嗡嗡地充斥著各種問話，其中我竟然聽到拗口的普通話：「妳母親是 AV 女優，和佐藤秀中的婚事是否因此告吹？」

我擡起頭看聲音出處，那人得到鼓勵，繼續問：「如果有人出高價請妳和母親一起拍黃片，妳開價多少？」

我惡狠狠地瞪著他，話懶得說一句。

在人群中又掙扎了好一會兒，靠保安和同事的幫忙才殺出重圍，緊接著躲進全羽空設在機場的辦公室內，待警報解除後，我才敢打車回家。

母親開門，我們對望一眼，沒有說話。

第一晚毫無爭議，我和母親睡大床，小雪睡沙發。隔天一早，母親把小雪送到酒井太太那兒，答應只要大老闆氣消了，一定來接她走。

酒井太太是出了名的惡老闆，臨行前，小雪淚眼婆娑，讓人好不心酸。

「妳的枕邊人氣會消嗎？妳給小雪畫了個大餅，她等不到妳會有多失望？」我冷冷地說。

「我的枕邊人？哼！別忘了我的每個枕邊人都餵大了妳。」母親也來氣。

我說我倒寧願待在山上和外公外婆一起，雖然沒有錦衣玉食，但至少腰桿挺得直直的⋯⋯

母親聽了氣得發抖，說我是白眼狼，不懂得感恩，她養我那麼大容易嗎？就因為她的黑歷史被挖出來就萬般皆不是？以前不也過得好好的，沒見我埋怨過。

我是没埋怨過，但不表示我心悅誠服地接受發生在我身上的
種種，誰不願意自己的家庭清清白白、乾乾淨淨？

母親捂住臉，哭得很傷心，說當初離婚就不該要我，她帶著
拖油瓶再嫁容易嗎？只能在男人間流浪，現在卻成了我指責
她的依據。

看她哭得聲淚俱下，我很想過去安慰她，承認自己心情不
好，說錯了話，但話到嘴邊卻開不了口。

也許我心裏還恨著她，若不是她浪蕩的過去，秀中不
會不要我。

如果我没數錯的話，那個我深愛的男人已經一個禮拜没和
我聯繫了。

~

我和母親又在家裏躲了幾天，把窗簾全拉上，連燈也很少
開，也許在黑暗中我們才能避開大眼瞪小眼的尷尬。

當人事部主管打電話來時，我正在洗衣服，手濕著，還是母
親拿著手機放在我耳邊。

安部小姐說想請我喝茶，問我能否來公司一趟？我答可以，
兩個小時後到。

~

她的辦公室不大，但東西擺放整齊。

安部小姐請我坐下後，親自到員工休息室拿來熱飲及小食，
我因不知她請我喝茶的用意，心裏七上八下，食不知味。

一開始，安部小姐和我話家常，放鬆我的防備，話鋒一轉，
讚美我工作上的出色表現和努力。我低下頭去，謙稱自己資
歷尚淺，還有很多需要學習的地方。

然後我的主管回到正題上，她說公司就是個大家庭，維護家族榮譽是每個成員無可推卸的責任。最近發生在我身上的事，公司深表同情，但由此帶來的流言和非善意的關注卻深深傷害全羽空一向清新、嚴謹的形象，希望我能站在制高點替公司想一想。如果我能犧牲小我，全羽空也會善待我，公司的意見是發放我六個月的工資，這在航空業是少見的高遣散費……

没想到全羽空的動作這麼快，簡直殺得我措手不及。

安部小姐見我猶豫，趕緊握住我的手，眼露真誠地說失去我這麼優秀的員工是公司極大的損失，相信她，她的遺憾不亞於我。

我想了想，在工作上我可以說無任何明顯過失，但的確給公司帶來輿論壓力，既然大勢已去，我也只能無奈同意。

安部小姐一聽，立馬拿來《終止勞務合同書》要我簽，好個迫不及待啊！

我含淚簽下自己的名字，告別已工作兩年的全羽空。

出租車司機將車停在我的公寓小區前，從入口處，我看見二樓小屋的燈光亮著，想必母親正焦急等我回來。

按了門鈴，母親很快打開門，看她那樣匆忙，彷彿一直就站在門後等著我歸來。

我望著她，斗大的淚珠滾落下來，她没有發問，只是張開雙手擁抱我，我順勢躲進她懷裏。

啊！母親的懷抱才是孩子最安全的避風港。

我原諒了母親，她有她的不易；她也原諒了我，因我一時的任性。

在日本這塊異國的土地上，我別無選擇，只能與母親同舟共濟，然後在風雨飄搖中努力駛向幸福的彼岸……

第十一章/自我安慰

算一算，母親在日本已經奮鬥了十幾年，但除了東京這個小公寓外，就只有珠寶、名包和華服，手中的現錢並不多，那是因爲我一路讀的是昂貴的私校，母親又好面子，得吃好、喝好、穿好，加上每年至少兩次的奢侈旅遊，平常的人情往來也出手闊綽，誓要留給外人"豪門貴婦"的形象所致。

"怎麼辦？公司只給我六個月的工資，而我們的醫療保險就快到期，如果再續約，眼下兩個月的工資就没了。"我很擔憂。

"別擔心，"母親正在梳妝台前畫眉，畫的是上挑眉，剛好配她圓潤的臉形，"船到橋頭自然直，錢會有，麵包也會有。"

躲在家的這幾天，母親已經好幾天没洗臉，身上的衣服皺巴巴，盡顯老態，難得她今天心情好，一早就沐浴，捲了頭髮還上了妝。

"即使在家也要化化妝，看著清爽。"我有感而發。

"今天化妝是爲了出門，UI約了我見面。"她解釋。

日本UI是AV界的龍頭老大，旗下滙聚了許多超人氣的女優，號稱AV界的天使之城。

"媽～"我聽了急跳腳，"我們家的名聲這樣壞，妳還往火坑裏跳？"

"破碗破摔，也許趁這波熱潮，我還能大撈一筆。"她對眉形做最後修飾，閒閒地說。

這是什麼邏輯？難道我這輩子就靠她出賣色相過活？

母親答我找我的工作，她找她的，互不相干。

"怎麼互不相干？估計現在已經沒有任何公司會雇用我，我還在想是不是該回中國找工作？"

母親畫完眉形，問我想過沒？若回中國工作，秀中怎麼辦？我和他之間不就徹底沒戲了？

她提起秀中讓我很心傷，原來我們之間的感情如此薄弱，經不起一點兒考驗，我這邊一出問題，他那邊就躲得不見蹤影。

"打給他，問他要說法。"母親邊說邊拿出眼線筆，開始小心翼翼地畫。

我才不，他的心若不在我這兒，做什麼都徒勞。

母親一聽，收起畫了一半的眼線筆，動手去翻她的愛馬仕柏金包。

"おいおい，是秀中嗎？……杉杉有話對你說。"

我没想到母親竟然一通電話打給他。

接過手機，我的腦子一片空白，深呼吸一口氣後，才小聲說道："おいおい"

手機那端傳來秀中沙啞的聲音："是杉杉嗎？咳……咳……好久不見,妳好嗎？"

秀中怎麼了？生病了？

在電話中，他告訴我那天回到家就覺得不舒服，隔天便起不了身，連續發燒五天，打了點滴、吃了藥，總算把燒壓下來，沒想到後來轉成輕微肺炎，到現在還咳嗽不止……

原來秀中趕上東京的大規模流感。

“這怎麼成？我馬上過去看你。”

“別來，我會傳染給妳。”

我告訴他，我不怕被傳染，他生病了，我寢食難安。

拗不過我的堅持，秀中要我下午三點以後到，那時他母親會出外做頭髮，地址是千代田區永田町 1—6—1。

我快速記下地址並且複誦一遍，確認無誤後我們又話了些家常，但秀中實在咳嗽得緊，所以我放他去休息。

一放下手機，母親便忙不疊告訴我，秀中的家和日皇的皇居相距不到五百米，那是東京地價最貴的區域，治安也好，我若能成為那屋的女主人，一輩子的榮華富貴就享用不盡了。

我才不管秀中的家有多名貴，我在乎的是他的人，他正生著病，我心急如焚。

“燉個冰糖雪梨吧！”母親邊照鏡子邊說，“保管他感動得痛哭流涕。”

沒錯，冰糖雪梨清熱潤肺、化痰止咳，最適用於感冒、風熱、咳嗽等症狀，可惜現在家裏沒雪梨……

“妳去哪兒？”母親見我拿起包往外走，遂問。

“去買雪梨。”我頭也不回地答。

母親大聲提醒我也許狗仔還在屋外蹲守，但我管不了那麼多，此時秀中的影子已整個盤踞在我心頭，再也裝不下其他。

～

秀中的家很霸氣，光大門就有四米寬、三米高，是冷色調的金屬門，上面有虎豹之類的動物浮雕。

我按了門鈴，對講機傳來問話聲，我答是秀中的同事。沒多久，一個矮個子的日本女人來開門，她圍著白色圍裙，笑容可掬地迎我入門，並且帶我進秀中房裏。

"妳來了。"秀中坐在床上對我微笑。

他身穿褐色絲質睡衣，頭髮梳了但鬍子沒刮，人瘦了很多。

"你瘦了。"我說。

"怎能不瘦？光吃藥打針就足夠讓人元氣大傷，更不用說食慾全無。"

秀中提起食物，我告訴他，自己燉了冰糖雪梨，能治咳化痰，口感也佳，問他要不要現在吃？

"現在不吃，待會兒吃，我得先治治相思病再談其他。"他粗魯地把我的手拉過去親吻，含情脈脈地說，"如果不是生病，真想吻妳的唇。"

我把手收回，紅著臉怪嗔："都生病成這樣了，腦子還想著亂七八糟的事！"

秀中說他的確在想亂七八糟的事，過去的十幾天裏，他已經和我上床無數回了。

這真令人難為情，不行，我得表表態，否則他要以為我也不正經了。

"別說了，再說我不理你了。"我作勢要走，被秀中大手一攬跌進他懷裏。

"別走，"他撫摸我的髮，"讓我好好抱抱妳，真的好想好想妳啊！"

我還想假裝，但聞到他身上特有的體味，以前的種種甜蜜又回來了。

"我也是。"我終於卸下僞裝擁緊他。

躺在愛人的懷裏，我告訴他，母親離婚後是如何含辛茹苦地撫養我長大，雖然她做了不名譽的事，但歸根結底還是爲了撐起一個家，給我無憂的生活……

"知道了，我不會在意的。"

秀中也許不在意，但他的父母呢？尤其他又出生在那樣尊貴的家庭裏。

"我父母的確會有意見，這需要時間做思想工作，但是相信我，精誠所至，金石爲開，父母最後還是會聽我的。"

秀中又舉了個例子，他說大學畢業後父母就沒少介紹結婚對象給他，但都被他否絕或冷處理掉，所以才能一直單身到現在……

"這麼多相親對象就沒一個喜歡的？"我擡頭問。

"因爲我一直在等一個叫吳杉杉的女人。"他答。

啊！沒有任何時候比此時此刻更讓人覺得幸福的了。

剛走出佐藤家的大門沒幾步，一輛銀色勞斯萊斯加長型轎車便駛入，裏面坐著穿和服的貴婦，那是秀中的母親，還有一位氣質絕佳的麗人，那是……倉本直美。

我又往回走幾步，直到金屬門哐的一聲關上，我才意識到自己的"外人"身份。

秀中直到現在還不敢將我介紹給他的家人，而那個叫倉本直美的女子卻能大喇喇地進出佐藤家，孰勝孰負，不言而喻。

"反正秀中愛的是我。"我喃喃自語。

想來我也只能抿抿嘴，作阿Q式的自我安慰。

第十二章／秀中來訪

我在煎餅鍋上做廣島燒當晚餐，母親哼著夏川里美的《なごり雪》走進來，把粉色Prada殺手包隨意往沙發上一扔，坐在餐桌前喊餓。

廣島燒是日本廣島縣人用麵粉、高麗菜、麵條等材料，在煎鍋上攪和而成的雜菜煎，最後淋上蛋汁、柴魚、昆布、甜麵醬等，作法既簡單又好吃，所以又叫好吃燒。

我把剛起鍋的廣島燒放在美濃燒的淺盤上遞給母親，再給她一杯大麥茶。

母親低下頭大快朵頤，我轉身做第二個廣島燒。

"廣島燒的麵條還是要用蕎麥麵，用軟麵條很沒勁。"母親抱怨。

我答我對千代田區很不熟，隨便進入一家超市買的。家附近的麵條店雖然能買到蕎麥麵，但我怕熟人問起她的事，所以……

母親聽了沈默下來，只聽到吧嗒吧嗒的吃食聲。

我把做好的第二個廣島燒遞給母親，她搖搖頭說吃飽了，於是我關了煎餅鍋的電源，也給自己泡了杯茶。

"秀中的病如何？"母親問。

我邊吃廣島燒邊答他看起來在恢復當中，痊癒只是時間早晚的問題。

母親呷了一口茶，很欣慰的樣子。

我轉而問她和UI洽談的結果如何？母親瞬間興致高昂，彷彿從42歲變成了24歲。

"UI公司很有誠意，給了我置裝費和健身費，說一個月後開拍，底薪1200萬日元，能抽成5%。"

這真是好得不能再好的條件，尤其對徐娘半老的母親而言，但是……

"媽，能不拍嗎？"我低下頭用筷子將廣島燒四分五裂，"我知道我們需要錢，但如果拍了，不用佐藤家說不，我自己都沒臉見秀中。"

我盡量把語氣放柔，但看得出來還是傷了母親，她的臉沈了下去。

"杉杉，"她玩起中指上的祖母綠戒指，代表很迷茫，"我也不想拍啊！UI這次下重口味，不僅要求人獸性交，還得和七旬老人玩3P，妳以爲錢好賺？"

母親接著表示拍黃片只是個噱頭，目的是讓本田英樹臉面掛不住，也許他會因此回頭找她，她便能順勢回歸，重新做起本田家的老闆娘。

我問她如果本田英樹鐵了心對她置之不理，又該如何？

"那也只好拍了，這個社會笑貧不笑娼，我不想再回到社會底層，做永遠翻不了身的賤民。"

"媽～"我輕嘆，頓時感覺前途茫茫。

別人的母親要嘛是家人至上的家庭主婦，要嘛是衝鋒陷陣的職場白領，再不濟也是清清白白的勞工階層，只有我的母親年近半百還在鏡頭前寬衣解帶，靠出賣胴體爲生，這可是我上輩子造的孽障？

想到母親若再拍黃片，今生將注定和秀中有緣無份，不禁暗自祈禱本田英樹會回頭接納母親。

～

母親果然又上了頭條，這次是UI故意放出的風聲，說徵求勇猛的公犬，又說需要三名老年"志願者"，如果本田英樹想應徵，優先錄取。

最後一句完全是藉機炒作，故意拉S牌化妝品的創始人下水，好蹭一下他的熱度。

沒想到只一天的功夫，S牌的股價便應聲下跌，創下自1980年上市以來的單日最大跌幅，逼得本田英樹緊急召開董事會圖謀對策。

～

母親接受完日本情色雜誌ANAN的採訪，吹著口哨進門，我正在織毛衣，想給秀中織件開襟羊毛衫。

"今天那個色眯眯的男記者問我和本田英樹的床上事，我說他是我遇見過的真男人。記者又問我真男人和假男人的差別，我答真男人好比開著16缸的跑車，假男人則好比在冬天發動一輛欠維修的老爺車，嘻嘻！"

沒想到母親會在我面前說風話。

"這就是今天的採訪內容？聽起來很沒新意。"

"妳以爲情色雜誌能談出個鳥來？那個色鬼還問我最想和誰拍片？我答本田英樹，因爲只有他最能解我的饑渴。"

看著口無遮攔的母親，我搖頭說我若是本田英樹，絕對雇兇殺她以絕後患。

母親聽了，呵呵呵地笑得很開心。

～

第五天的早上，本田英樹終於約母親喝茶，地點在本田家。

母親特地把小雪從京都叫過來服侍她穿衣。

她選了印有紅色楓葉絹織物的白色和服，腰帶是佐賀錦，小雪用圓筒形的丸絎帶細細將腰帶綁好。

穿好和服，小雪問母親想要梳什麼髮型？她答姫カット（俗稱公主頭，流行於平安時期）。

我心想那是少女的髮型，和母親的年紀很不符，但母親沒有察覺不妥，反而興奮得像個小女孩似的。

～

母親和小雪一起回京都，東京的家又只剩我一人，突然覺得很不適應，好像盛宴後的人去樓空，靜得可怕。

" 嘟……嘟嘟……" 來電顯示是秀中，我高興得幾乎拿不穩手機。

他在電話中問我好不好？我很快答好。

"你呢？還生病不？"我關心地問。

他說他的病好了，能下地走路，也能騎自行車，今天他在院子裏騎了十圈。

"太好了，我很高興你康復了。"

"待會兒我能去妳那裏嗎？"秀中突然一問。

母親下午和本田英樹見面，我不知道今晚她會不會回來，但此刻的我是如此地想見男友一面。

"你來，我等你。"我說。

掛上電話，我趕緊著手做雜炊，天氣冷，吃這個最好。

我把冷飯從冰箱裏拿出來，再將水燒開，然後動手切青江菜。

第十三章/分手的黃玫瑰

剛把蛋液淋入砂鍋內就聽到敲門聲，我將火轉小，然後小跑步去開門。

"你來了。"我高興地喊著。

秀中把藏在背後的黃玫瑰遞給我，說："送給妳，祝妳青春永駐。"

捧著一大束的柔黃，我的心中冒起幸福的小泡泡。

"進來吧！我煮了雜炊，再灑上蔥花和海苔絲就可以吃了。"

我左手抱著花，右手牽著秀中的手入屋。

吃完雜炊，我切了哈密瓜當飯後點心。

"怎麼想起到我這裏來？"我叉了塊熟透的果肉遞給秀中。

"忽然想妳，就來了。"秀中將瓜納入口中，"是不是很傻？"

"不傻，我也想你。"

他撫摸著我擱在案上的手，微笑著說：" 哈密瓜很甜，但妳更甜，怎麼辦？好想吃妳。"

" 那你吃啊！"我的微笑加深了。

" 我真吃了。"秀中作勢要吃我的手，我没拒絕。

結果他不僅啃了我的手還啃了我脖子，然後把手伸進我的衣裙裏......

" 別，不要。"我扭捏著。

" 我好想在廚房裏做一次。"秀中在我耳邊低語。

對於秀中，我永遠無法說不。

於是他將我抱上流理台，我們在一堆雜物中做愛，弄翻了水果籃，讓蘋果、橙子紛紛滾落，發出碰、碰、碰的聲音，還把切菜板撞翻，估計樓下會誤以爲水電工正在修理我的廚房，而且連續失手好幾次......

我們睡得正沈，可怕的鈴聲劃過寂靜，秀中接了電話，很唯唯諾諾的語氣。

" 怎麼了？"我睜開惺忪的雙眼問。

" 我媽要我現在回家。"

現在？我看了一眼床頭櫃上的小鐘，凌晨兩點多。

" 公共交通工具都停駛了。"我說。

" 没事，"秀中掀開棉被下床，" 我開車過來的。"

他開始把衣褲一件件穿回去。

" 爲什麼你媽要你現在回去？她不知道你來找我嗎？"我從床上坐起問。

"她不知道，"秀中對著梳妝台的鏡子打領帶，"我告訴她今天飛羅馬，第四天才會回來，也不知是誰告的狀，我媽發現我根本沒上飛機。"

這麼說，秀中原本打算和我纏綿數日，無奈被他媽棒打鴛鴦。

我赤著腳下床，從背後抱住他，撒嬌著說："能不走嗎？我想你。"

秀中轉過身來對我大親特親，他說他也不想走，但在這個關鍵時刻還是別和母親作對比較明智。

"那麼你何時跟家人介紹我？我不想一直活在黑暗中。"我問。

"快了，Be patient."他從西裝的口袋裏掏出皮夾，拿出裏面的一沓紙鈔遞給我，"妳現在沒收入，想買什麼就買什麼吧！"

這是什麼意思？我和他之間是不談錢的。

秀中要我別誤會，他完全是從愛護我的角度出發，不希望看到我受苦。

"不願看我受苦就把我領回家吧！被承認才是我最需要的。"

他摸摸我的頭，沒有回答。

我還是收下秀中給的錢，因爲他說想和我到北海道滑雪，需要我訂機票和酒店。

"什麼時候？去幾天？"我興奮地問。

他答過幾天給我答覆。

於是秀中走後，我一門心思全在旅遊上，連母親開門進來都沒察覺。

"誰送的黃玫瑰？"母親一進門就看到茶几上的花束。

"秀中送的。"我的眼睛没離開電腦屏幕。

"秀中？"母親嗅了嗅空氣中的味道，"難怪有男性荷爾蒙的氣味，妳昨晚和他上床了？"

我問她能不能正經一點兒說話？

"我是很正經啊！妳可別讓他白玩了。"

聽母親這麼一說，我啪的一聲關上電腦："我和秀中不是玩玩的，不像妳！"

"不像我？呵！像我怎麼了？除了没一紙婚約，我過得可比一般正宮快活。"母親坐了下來，隨意的口吻再度勾起我的怒火。

我說她是表面風光背地飲泣，從來就没一個男人真正在乎她，激情過後，她啥也不是，跟個充氣娃娃没兩樣……

面對我的口不擇言，母親非但没發火反而研究性地打量我："妳是怎麼了？像吃了炸藥，和平常很不一樣。"

大概平常我柔順慣了，很少面紅耳赤，所以母親一時無法適應。

"没什麼，也許例假快來了。"

"我看不是那麼回事，秀中只住一晚就回去，既送妳黃玫瑰，還給妳好幾十萬元，這不是擺明了分手嗎？"

糟糕！秀中給的錢被我擺在電腦旁，母親的眼睛很銳利，一眼就鎖定。

我解釋那是我和他的旅遊基金，不是分手費，而且送黃玫瑰怎麼了？我就喜歡嫩黃的顏色。

"在日本，黃玫瑰代表拒絕的愛，是分手的象徵，妳也許不知道，但送花的佐藤桑不會不知道，他是日本人。"母親說。

不，不會的，秀中送花給我是搏我開心，沒有別的用意。有些男人就是少一根筋，壓根兒不知道某些禮物不能送，何況⋯⋯何況昨晚我們還上了床，代表他的心仍在我這裏⋯⋯

母親聽了哈哈大笑，說我稚嫩，不懂得男人的心，上床其實也是分手的儀式之一。

沒有什麼比被自己的母親取笑更令人難受的了。

"我說了不是分手，妳爲什麼聽不懂？"我惱羞成怒，轉而對母親咆哮。

面對我的再度失控，母親倒是很坦然，她要我別大呼小叫的，她不過是讓我及早認識男人，對於這類自私的動物，不耍點兒手段就會被吃死，好比本田英樹⋯⋯

見我不吱聲，母親逕自公佈答案："老傢伙要我重回本田家，又答應賠償Uı幾千萬的毀約金，只求我不再拋頭露臉，從此三緘其口。"

"真的？事情果真峰迴路轉又回到最初開始的地方？"我問。

"怎麼可能回到開始的地方？那我豈不是白白被折騰？"母親嗤之以鼻。

原來自從S牌股價大跌後，本田英樹不得不壯士斷腕，只求止損。第一步便是交出本田家50%的經營權，也就是說母親從原本雇員的角色上升到合夥人的身份。

"恭喜了。"我說。

本田家是隻下金蛋的母雞，每年的營業額高達上億日元，母親既然是半個老闆，這意味著從此我們母女倆便不用再擔心吃飯問題。

"除了這個，我還要求本田英樹收妳爲養女，如此一來，佐藤家的臉面多少能過得去。"母親又說。

啊！原來母親還是顧念我的，可是⋯⋯本田家族會同意嗎？

母親嘆了口氣答同不同意還是其次，問題是佐藤家已經內定倉本直美爲未來的兒媳婦，本田英樹收不收我爲養女已經沒多大意義了。

“胡說!”我振振有詞，“這不是事實，他們兩人只是見過幾次面而已。”

“不是這樣的喔！聽說兩家人已經開始談婚論嫁了。”

母親給我沈重的一擊，又呱噪地說了些聽似安慰，實則殘酷的話，比如：別吊死在一棵樹上、比秀中優秀的人多的是、趕明兒給妳介紹一個……

不，我只要秀中，其他我都不要，也不屑一顧。

見我一時無法接受，母親撂下話來，說我需要時間撫平傷口，今天下午她回京都，剛好給我獨處的時間與空間……

面對母親的拋棄行爲，我無言以對。

於是她回房打包，留我一人獨自望著黃玫瑰傷心、落淚。

第十四章/齊人之福

倉本直美和秀中的母親一起上日本富士電視台的熱門綜藝節目《星野鈴美的廚房》。

星野鈴美是揉和知性與感性的主持人，每期節目她都會邀請一位名人分享自己的廚藝並且話家常，觀衆能從談話中一窺明星的內心世界和不爲人知的一面。

廣告打足了一個禮拜，星期三的晚上八點，我準時打開頻道看男友的母親和情敵上電視。

倉本直美爲節目準備的私房菜是"菠蘿酸奶鮮蝦拌烏冬"。

在平底鍋加上適量的核桃油後，放入洋蔥炒香，再將蝦仁翻炒至變色，然後加入海鮮菇、青豆、胡蘿蔔繼續翻炒，並加入適量的水，加蓋慢燉一會兒至湯汁快要收乾時放入菠蘿及放涼後的烏冬麵，最後將酸奶拌入，即成一道具熱帶地區風味的美食。

倉本直美做菜時，秀中的媽便打下手，遞鹽、送水，合作無間。當大作完成後，他們三人便移駕到鋪有可愛桌布的餐桌前，邊吃邊開始今天的訪談。

首先，主持人當然是大加讚賞廚師的廚藝，倉本直美謙虛地說："ありがとう"，並且把大部份的功勞推給佐藤媽，是佐藤媽的肯定和鼓勵，才讓很少下廚的她有勇氣在鏡頭前完成任務。

真會恭維人，看秀中的母親一臉欣喜，這個馬屁算是拍對了。

星野鈴美接著問這道"菠蘿酸奶鮮蝦拌烏冬"可是她的獨門手藝？

倉本直美笑著搖頭，她說會做這道菜純屬偶然。

某天晚上佐藤秀中來訪，送給她一個夏威夷產的都樂菠蘿，把她給樂壞了，因爲她從小在夏威夷長大，回日本後很想念那裏的菠蘿。

爲了感謝秀中的體貼，她便想做一道菜表示謝意，當時冰箱裏有酸奶、烏冬麵條和根莖類蔬菜，冰凍層則有剝殼蝦仁，她靈機一動便做了這一道融合夏威夷風情的麵食。

主持人笑說難怪麵吃起來酸酸甜甜的，原來是戀愛的滋味。

此時佐藤媽插話進來，她說秀中隔天回家後大讚倉本直美的廚藝了得。

星野鈴美聽了眼前一亮，"隔天"回家？這代表倉本直美和佐藤秀中的關係不一般，兩人不僅吃了麵還共度良宵⋯⋯

佐藤媽非但不回避，反而坦蕩蕩地表示兩情相悅時，做什麼都是水到渠成。

此時鏡頭轉向倉本直美，她微笑著，沒有否認。

看到這裏，我將十指深深掐進熊貓抱枕裏，如果它有知覺，恐怕要哀叫一聲，然後彈跳至牆角。

原來秀中和倉本直美不是"只見過幾次面"那樣簡單，他送菠蘿給她，她請他吃麵，然後兩人水到渠成地共度一宿，這不是戀人是什麼？

如果倉本直美是戀人，那我算什麼？秀中爲什麼要騙我，讓我誤以爲自己是他的唯一？

"今我々と佐藤秀で通話。"

我還在神傷，孰料主持人竟然當衆宣佈要在節目中跟秀中聯線。噢！不，別折騰我的男人……

通上電話後，星野鈴美先報上自己的名，然後介紹節目正在直播，他的母親和倉本直美都在現場，問他有什麼話要對她們說？

秀中沈默了一會兒後說希望母親玩得愉快。

主持人又提醒他，別忘了倉本直美也在現場……

於是秀中祝她煮食成功。

星野鈴美笑說倉本直美不僅煮了一道美食，而且這道美食還和他有關，讓他猜猜煮了什麼？

秀中說他猜不出來，主持人只好給暗示—和菠蘿有關，這次秀中答對了，現場響起如雷的掌聲。

那個喋喋不休的女人接著要秀中用一句話來形容倉本直美，秀中吞吞吐吐地答不上來，於是主持人問他，倉本直美可愛嗎？

"彼女は可愛いの女"他答。

秀中承認倉本直美是個可愛的女人，讓我的心直線往下落。

最後，星野鈴美不免俗地八卦起來，她問電話那端的秀中是否和全羽空前空服員有密切往來？

這次秀中沒來得及回答，佐藤媽搶在前頭說她的兒子從小就有女人緣，女人總喜歡和他搭訕，如果因爲和某個女生多說了話就被誤會有親密行爲，這還讓不讓人有正常的社交活動？何況她的兒和倉本直美的好事將近……

佐藤媽突然住口，一副說露嘴的尷尬神情。

此時觀眾席上傳來恭喜聲，此起彼落，好不熱鬧。

主持人不忘揶揄秀中藏得深，若不是他母親承認，估計公衆要好等了……

我啪的一聲關掉電視電源，抱緊懷中的熊貓抱枕痛哭不已。

母親說得没錯，秀中放棄我了，他選擇條件比我好太多的倉本直美。

"既然不愛我，爲什麼還和我上床？難道正如母親所說，上床也是分手的儀式之一？"我心吶喊著。

秀中一直没告訴我北海道之行的確切日期，所以我也没法兒訂機票和酒店。正確地說，自從那夜離去後，他的手機便處於關機狀態，人彷彿人間蒸發了似。

茶几上的黃玫瑰已然凋謝，秀中給的錢還整整齊齊地放在桌上，這兩樣東西同時刺激著我的視神經。

黃玫瑰是拒絕的愛，錢說得好聽是"分手費"，說得難聽便是"買春錢"，我的一片深情被扔進大海，錐心之痛無人能及。

母親說對了，男人都是自私的，爲了不違父母之命，秀中狠心拋棄我，連分手的話也没說……

不，他說了，他透過媒體傳達給我了，有什麼比媒體傳播更直接快速的？他甚至不用出面就能撇開我，呵呵！好個快刀斬亂麻啊！

好幾天我吃不下飯也睡不著覺，渴了就喝點兒冰箱的果汁，然後24小時躺在床上，像具行屍走肉。

我的身體臭得像鹹魚，頭髮乾得像稻草，兩眼無神，形銷骨立，没有人知道一個叫吳杉杉的人正在死去，她的心死了，肉體也跟著一點一滴地耗損……

"叮咚！"

聽到門鈴聲，我半天没反應，還是小雪自己開門進來。

"小姐，老闆娘讓我帶便當給妳。"她說。

"不吃。"我翻過身。

小雪聽了没吭聲，動手收拾我的屋子，等到她拿起吸塵器開始吸地板時，我不得不大聲阻止："別吸了，我頭疼。"

她遂關了電源。

"不吸地板也行，待會兒我拖地，再把衣服和碗洗了，今天的工作就算大功告成，我要趕著回京都看電視直播的冬季天皇賞馬賽。"

天皇賞馬賽分春、秋兩季舉行，今年是暖冬，除了下了幾場零星的雪之外，不顯寒冷，所以馬賽便破例也在冬季舉行，這是前所未有的事。

"什麼時候妳也對馬賽感興趣？"我問。

"我不是對馬賽感興趣，而是對錢感興趣。我押的馬是大熱門，賠率只有五，但牠一向表現穩定，前天讓我小賺一筆，這次我相信牠還是會勝出，所以買了一萬日元的馬票，這可是個大賭注。"

連平常節省慣了的小雪，也願意花一萬元買馬票，可見賽馬賭注是日本的全民運動。

我心不在焉地問她押了哪匹好馬？她答"愛神丘比特"。

愛神丘比特？這個名字聽起來很耳熟，好像在哪裏聽過。

"本來我想請假到賽馬場觀看，但老闆娘不准，她說那對奸夫淫婦也會去，怕認出我來徒增尷尬。"

奸夫淫婦？說的是誰？

看小雪趕緊低下頭故作忙碌狀，我心裏有底了。

"馬賽何時開跑？"我問。

"下午那一場兩點開始。"小雪看都不敢看我一眼。

我望向床頭櫃的小鐘，還有兩個多小時，得趕緊行動了。

把小雪趕出門後，我立馬衝進浴室，在嘩啦啦的水聲中洗了個香噴噴的澡，讓每一吋肌膚都光可鑒人......

第十五章/突來的好運

東京競馬場位於日本東京都府中市，總面積約有一個足球場大，擁有世界最大的電視銀幕，如果天氣良好，觀眾還可以由看台遠眺日本最高峰－富士山。

我穿著駝色呢大衣及灰色緊身羊毛褲，腳套深褐色高筒皮靴，來回在人群裏奔波，橘色的髮帶在風中飛舞著。

"すみません"一位樣貌猥瑣的大叔故意迎面撞我，還假意跟我道歉。

我瞪了他一眼，正想走，他擋住我去路，喊我小妹妹，又問我是不是迷路了？

" ない"我否認，但他還是過來牽我的手，說要帶我去找媽媽。

我嫌惡地推開他，他一個重心不穩倒了下去，我看傻了眼，來不及說道歉便落荒而逃。

騎師開始牽著馬匹入場，讓觀眾觀察馬的狀態，大家翹首以望，只有我在人群中穿梭，想找到那個近半個月無聲無息的人兒。

走了一圈，還是沒找到人。我擡起頭來，明媚的陽光刺了我一下，我半眯著眼，忽然看到前方高台上有一群拿著望遠鏡觀望的人，那是VIP觀景台，只有馬主人和身份尊貴的人才可以進入。

哎呀！執房地產牛耳的佐藤家和有銀行家背景的倉本家怎麼可能擠在芸芸眾生中觀看馬賽？

我靈光乍現，趕緊跑向VIP觀景台。

～

在底層的入口處，我被保安攔下，他要我出示邀請卡或工作證，我什麼都沒有，那個負責任的保安馬上讓我吃閉門羹，就在無計可施之時⋯⋯

"吳小姐，怎麼現在才來？我等妳很久了。"

我轉頭一看，竟然是林先生。

他緊接著對保安說我是他的客人，後者馬上放行。

～

原來VIP室也是人聲鼎沸，對於賽事的瘋狂不下於一般群眾，吆喝聲此起彼落，當然這些僅限於待在陽台上的激進份子，室內的觀眾相對來說還是冷靜些，他們安靜地看著電視屏幕，有時低頭做筆記。

"吳小姐，"林先生遞給我一杯冷飲，"怎麼有空上馬場來？"

"我⋯⋯找人。"接過飲料，我沒喝，反而極目四望。

他問我找誰？

“找……”

此時人群紛紛從陽台退出，大概這一輪的比賽已結束，從一張張有喜有悲的臉孔中，我看到了那個朝思暮想的人。

他和倉本直美跟著众人走出來，手上拿著彩票，一臉欣喜，大概押的馬匹奪冠了。

“佐藤秀で～”我輕喊。

聲音很小但秀中聽到了，他停下腳步，臉上有錯愕的表情，估計没料到我會在這裏出現。

“妳……怎麼來了？”他問。

“那夜你離去後，手機便關機了，再也聯繫不上你，”我哽咽了，“就想問問你，北海道還去嗎？今年是暖冬，再不去，滑雪場就要關閉了。”

“秀で、彼女は誰？”倉本直美一臉狐疑地問秀中我是誰。

“彼女…彼女は友達だ”

秀中竟然答我是他的……朋友。

“你爲什麼不告訴她，我是你的女朋友？是以結婚爲前提而交往的女朋友。”我質問。

看秀中吞吞吐吐、面有難色的樣子，我強忍的淚水終於決堤，而且一發不可收拾，偏偏四周還湧上圍觀的群衆，有人甚至舉起手機想拍照。

林先生邊用手去遮擋鏡頭邊對我說：“吳小姐，也許妳想看看我的馬，下一場輪到牠出場了。”

我半推半就地離開VIP室，背後傳來倉本直美的聲音，說我是丟人現眼的支那人。

林先生把我帶進一間辦公室，給我一杯熱茶。

喝完熱茶，我平靜許多，也有閒情逸致觀察四周。

這是一間約四十平米大小的房間，有辦公桌和小型會客室，牆上掛著幾張彩照，都是林先生和馬匹的合影，還有幾張團體照。

我想起他給我的純金名片，其中一個頭銜便是日本馬術聯盟會會長。外國人能在排外的日本當領頭，那是非常了不起的，我不禁讚歎。

"過獎了，那是由於我的年紀最大的緣故，大家推舉我，我只好責無旁貸地接了下來。"他很謙虛地表示。

我又看了一眼牆上的照片，其中一張有個矮胖的女人和一個面貌俊朗的男子，他們分別站在林先生的左右側，背景是賽馬場。

"那是我的太太和兒子。"林先生跟隨我的目光，及時做出介紹。

該怎麼說？林太太一點兒也不美，但內在發出的堅毅光芒卻無人可及，像顆夜明珠似的。

"當初我們家窮得只剩下五十元，她就有辦法給我四十元創業，自己留下十元錢。那時上有老，下有小，就靠那麼一點兒錢過三個月，想起來就心酸，他們肯定是有一餐沒一餐地度過那些青黃不接的日子。"

聽林先生這麼一說，我再看一眼林太太，真的，美得不一般，是一種讓人很舒服的美感。

"我和太太的顏質都不高，還好沒遺傳給兒子，大概是負負得正的結果。"難得林先生也會說笑。

我當然不苟同。

他又問起我的近況，說好久沒在機上碰見我。

我答我失業了，現在正待業中。

他轉而問我對未來有什麼計劃？

"能有什麼計劃？丟了工作又被男友拋棄，前途一片黑暗……"

"那麼來做我的私人秘書吧！我需要一位懂中、日文的人幫我處理日常信件和安排會議，我看妳很合適。"

怎……怎麼好運就突然降臨？

"真的？你真的願意雇用我？"我難抑心中的興奮之情。

"是的，就等妳走馬上任。"

若不是跟林先生不熟，我真想走過去給他一個擁抱。

"但是有個條件……"他神秘地說。

原來還有條件，我的心提了上來。

"每天我都想看到妳的笑容，這是我的動力來源，妳可不許把它帶走。"

聽完，我鬆了一口氣，笑得猶如一朵春花："好，一言爲定。"

第十六章/走馬上任

林先生帶我去看他的愛駒，那真是一匹好馬，毛色發光、步伐穩健，給人一種英武彪悍的感覺。

"牠的母親是純血馬，父親是阿拉伯馬，通過人工配種達到人類所要求的賽駒素質。"林先生說。

我問純血馬和阿拉伯馬的特點爲何？他答純血馬是17世紀在大不列顛培育成功的馬種，天生具備快速奔跑的身體條件；阿拉伯馬則是馬中貴族，速度雖略遜於純血馬，但牠有著極大的潛力和耐力，是長距離和耐力訓練的首選馬......

難怪"愛神丘比特"一直是賽場上的長勝軍。

談笑間，"愛神丘比特"的騎師走過來和馬主人打招呼，對我則頻送秋波。

我趕緊低下頭去，對這種大咧咧的調情敬謝不敏。

待騎師離去，林先生對我說Alessandro來自意大利，人很熱情，東方女性可能不太習慣。

何止不習慣？簡直噁心透了，誰會對擠眉弄眼的男人有好印象？何況我們是第一次見面。

"別放在心上，他對全世界的雌性動物都一樣，我太太還曾問我Alessandro的眼睛是不是有毛病？"

聽他這麼一說，我噗嗤而笑，Alessandro的浪漫行徑被曲解，想到那個畫面，真有說不出的樂趣。

"對，就是這樣，"林先生捕捉到我的笑容，"我就喜歡見妳笑。"

他不提，我真忘了在過去半個月裏我是如何悲慘度過的。即便稍早我還愁雲滿面，轉眼間卻撥雲見日，這都得感謝我生命中的貴人。

"貴人？"林先生指向自己，"我嗎？"

我點頭。

他呵呵笑，說也許這就是命運的安排，找不到桃桃，上天送來一位長得跟她相像的安琪兒，不無小補。

"這是我的榮幸！"

"每次看見妳，就像回到我的青蔥歲月，那是帶著微微感傷又充滿希望的情愫，人生有那麼一回心路歷程，足矣。"他感慨。

那個叫吳桃桃的女人一定是在林先生的腦海裏刻下永不磨滅的痕跡，否則他不會在知天命之年還對她念念不忘，可惜母親不是他要找的人……

"嘟……嘟嘟……"是母親的來電，我按下接聽鍵。

"杉杉，妳在哪裏？"她著急問。

我告訴她自己在賽馬場，正要回家。

“看到佐藤秀中了没？”她又問。

大概小雪回去說嘴了，我無奈稱是。

母親嘆了口氣說：“變心的男人十匹馬也追不回，放他走吧！下一個也許會更好。”

難得母親這麼豁達，她是那種不肯輕易吃虧的女人，但在這件事上，她卻不吵不鬧，讓我很意外。

“我掛了，手機快没電了。”我說。

母親又叮嚀我吃飯，交待這個、交待那個，完全不理會“手機快没電”這件事。

好不容易聽她講完，手機正好没電，我連再見都沒來得及說。

電梯停在二樓，門一打開我就看見秀中站在房門口。

“杉杉，妳終於回來了，打妳手機關機了，我很擔心。”他說。

面對秀中，我一時拿不定主意，是該生氣還是選擇原諒？是該賞他一巴掌還是抱緊他訴說這些日子對他的思念？

“杉杉，妳怎麼不說話？”

我告訴他北海道滑雪場關閉了，即使他改變主意也於事無補。

“没關係，我們可以去別的地方旅遊。”

他竟聽不出我的話中話？

我開了門，秀中隨我進入屋內，還好今天小雪打掃過，不然就洩露我曾經的萬念俱灰。

“去不成北海道，錢還你。”我把桌上的錢遞給他。

他把錢收下又放下：「杉杉，妳聽我說……」

「不聽、不聽、我不聽。」我摀住耳朵吶喊。

秀中一把擁住歇斯底里的我，對我道出我不知道的事……

原來那天他回家後，父母找他攤牌，說我這樣的出身配不上他們佐藤家。秀中據理力爭仍難挽頹勢，遂退而求其次，同意和倉本直美認真交往一個月，一個月後如果仍無法接受她，父母會重新考慮我。

「這就是你關機的原因？」我離開秀中的懷抱問。

「嗯！母親說如果這個月我忍不住和妳見面，約定便取消。」

我轉而問他在倉本家留宿又是怎麼回事？

「菠蘿是母親要我送給倉本直美的，後來她煮了難吃的麵條，基於禮貌，我全吃了，還得假裝很好吃的樣子。菠蘿送了、麵條吃了，我就想回家，可是不知怎的，屋子忽然停電，倉本直美說她好害怕，做為男人，我怎能離開？直到凌晨一點電來了，我才順利脫身。母親說我隔天回家，那也沒錯，過了午夜就算隔天。」

聽完秀中的解釋，我的氣已經消失殆盡。

「其實，你可以偷偷告訴我，我會配合演出，也不致於產生那麼大的誤會。」

秀中聽完，眼神有些異樣，我知道他沒全說實話，心裏有了不祥的預感。

「杉杉，」他終於開口，樣子有些窘迫，「如果……如果我說和倉本直美交往並不全然因為父母之命，這是不是懦弱的表現？」

原來迫於壓力，秀中曾有過和倉本直美共度一生的想法，如此一來門當戶對，父母和輿論便無可挑剔了。

雖然明知道自己的條件不夠好，秀中曾經的猶豫也算正常，但……他還是傷了我，愛若能輕易轉移，這還算真愛嗎？

"對不起，杉杉，"秀中握緊我的手，"我錯了，請妳原諒。今天看妳哭得如此傷心，我才知道自己是多麼的自私，相信我，我不會再讓妳流淚。"

有了秀中的保證，我很快原諒他，並且決定加倍對他好，讓他永遠離不開我。

~

"飛機凌晨一點起飛，不走不行了。"秀中把地上的衣服一一拾起穿上。

我把被子拉過來遮住祖露的軀體，問："你來我這裏，家人知道嗎？"

秀中想了想，很不確定地答："應該不知道。"

想起他曾說過如果在約定期間忍不住與我見面，和母親的約定便取消。我很害怕會東窗事發，讓我進不了佐藤家。

"別擔心，"秀中過來親吻我，"妳不說，我不說，還有誰會知道？況且隔天有早班機，我傍晚離開家沒人會懷疑。"

秀中分析得没錯，我太緊張了，把什麼事情都往壞裏想。

~

林先生的辦公樓在東京澀谷區千馱谷附近，整棟建築呈流線型，像個倒掛的金鐘，雖然緊臨熱鬧市區，卻鬧中取靜。

走進大樓，內部的裝潢屬於非主流的時尚范兒，簡約但不簡單，頂部有個大型琉璃燈飾，彷彿從天而降，予人復古的美感。

電梯上到二十層，那便是東洋瓷磚株式會社的總部，它還有許多分部，散佈在日本各大城市。

我走進去報上名，前台那位笑容可掬的接待員便帶我去社長辦公室。一路看到的都是隔斷的辦公區域，員工正兢兢業業地忙碌著。

"妳來了。"林先生正伏案寫字，看見我來，很高興的樣子。

我答我來報到了，問他有什麼事情交待我做？

"妳今天剛到，我讓齊小姐帶妳熟悉一下環境，她是這裏的財務。"

語畢，他拿起電話說了幾句，沒多久，一個有兩百斤重的女人便來敲門。

"齊琦，這是吳杉杉，我的私人秘書。"林先生向她介紹我。

眼前的胖女人對我禮貌性地點了個頭，不知是不是我多疑，感覺她不是很友善。

"妳先帶杉杉熟悉一下環境，公司業務也做簡單介紹，待會兒我上T公司洽談，回來後我要看到這個禮拜的行程表。"

"沒問題。"她信心滿滿地答應下來。

然後我跟著這位叫齊琦的女人走出社長辦公室。

第十七章/迎新會

齊琦把該交待的事都交待了，連不該交待的也交待了。

" 看到那個穿紅裙子的没？她和右邊那個小白臉有一腿，已經大半年了，小白臉的老婆還挺著個大肚子天天給他送便當，簡直傻到不行。"齊琦坐在她的辦公桌前對不遠處的同事蜚短流長。

我不喜歡聽八卦，只想趕緊溜。

" 謝謝妳的介紹，讓我對公司有大致的了解，現在我回位安排老闆的行程。"我說。

" 急什麼？"齊琦的眼睛回到電腦屏幕上，" 我正在幫妳辦食堂卡，拿著這個，以後的午餐就有著落了。"

原來地下一層有食堂，老闆幫我們員工買了單，拿著卡，星期一至五的午餐免費。

這倒不錯，省了伙食費。

"喏！給妳。"齊琦终於遞給我兩張食堂卡。

"爲什麼給我兩張？"我問。

齊琦告訴我，林老闆是個工作狂，除了必要的午餐約會外，他通常吃食堂裏的伙食節省時間，我的任務之一就是負責打飯。

說完，她擡頭看了一眼牆上的電子鐘：「待會兒妳跟我一起吃飯，我會告訴妳老闆喜歡吃什麼。」

屁股還沒坐熱，齊琦就來喊我。

「才11點鐘，妳肚子餓了嗎？」我皺起眉頭問。

「妳干脆問我肚子什麼時候不會餓比較快，通常吃過飯後的一個鐘頭內，我不太感覺餓，其餘時間就不好說了。」

爲了不讓齊琦餓著，我只好關上電腦與她一起下到地下一層。

這真是個小型的美食廣場，有廣東燒臘、川菜、西式簡餐、韓國拌飯、日式料理和各類麵食。

齊琦點了蘑菇牛肉拌飯、酥炸魷魚鬚和蒸蛋，飲料要了鮮榨石榴汁。我逛了一圈，要了凱撒沙拉和一瓶礦泉水。

「最討厭像妳這種人，完全不懂得享受美食，瘦就好看是不？一個個瘦得像難民。」她輕蔑地說。

我告訴她自己打小就吃得不多，不是故意爲之，況且女爲悅己者容，愛美何錯之有？

「妳以爲我不愛美？」她挑起眉梢問，「我這是生錯朝代，若生在唐代多好，那種富泰之美才是真美，瘦子就只配當丫鬟！」

面對她的酸葡萄心理，我選擇沈默（避免和剛認識的同事起衝突），她卻不，把一根魷魚鬚咬在嘴裏，發出咔滋咔滋的聲音，而且邊咬邊上下打量我，像在鑒定什麼。

“看什麼？”我忍不住問。

“林老闆的私人秘書都是像妳這種細溜型的，後來全被老闆娘給炒了。”

“爲什麼？”

“還問爲什麼？當然是仗著自己有幾分美色想做怪唄！老闆娘是何等厲害的人物，馬上清理門戶。”

原來我的前面有三位日本姑娘，一個個都像從畫報上走出來的時裝模特兒，後來無一倖免都跟老闆有曖昧關係，老闆娘爲正視聽，使出殺手鐧……

真是糟糕！好不容易才找到這份工作，没想到老闆娘是個醋罈子，眼看飯碗即將不保，我該如何是好？

齊琦要我別擔心，老闆娘有腳氣病，長年住在上海，很少遠渡重洋，只要我站在她這邊，老闆娘不會知道老闆又雇了私人秘書，除非……

“除非什麼？”我急急問。

“除非有人通風報信。”她吃了一大口拌飯後說。

齊琦說林老闆喜歡吃辣的食物，越辣越好，所以和她吃過午飯後，我順手帶上宮保雞丁和水煮魚，外加白米飯和酸辣湯，又在湯上灑了很多胡椒粉。

我們前腳回公司，林老闆後腳就進來，我趕緊把打包好的午餐通通放在茶几上，又替他泡了杯熱茶。

“謝謝妳，杉杉。”林老闆對我微笑。

“哪裏，這是我應該做的。”

我正要離開，卻被老闆叫住。

"能陪我吃飯嗎？我是說陪我聊聊天，一個人吃飯很無趣。"他說。

老闆的命令，我如何說不？於是我坐了下來。

林大東問我一個早上都做了什麼？我告訴他，我和每個同事都打過招呼，也大致了解公司的營運方向和作息，現在正努力融入這個大家庭中……

"很好，"他吃了水煮魚,"經理有沒有說幫妳開迎新會？"

我答有，地點就設在公司附近的"鰭"居酒屋。

"女孩子可別喝太多酒啊！"他叮嚀我。

林老闆不知道我的家族酒量奇高，父親除了賭之外，還是個典型的酒鬼；母親能喝兩斤白酒而面不改色；至於我……我沒挑戰過我的極限，估計有父母的"優良"基因，差不到哪裏去。

"好的。"我答應。

林老闆是好意，我沒必要拂了他的意。

"桃桃很會喝，兩斤白酒下肚，面不改色。"林老闆忽然提起他的暗戀對象。

我聽了心裏喀噔一下，這麼巧？那個桃桃"也"很會喝酒？

"我的酒量不好，大概只有一瓶啤酒的量。"林老闆又說。

我不知道他爲什麼要告訴我這個，大概是提醒我盡量少安排需要飲酒的約會吧？！

居酒屋是日本文化的一種表現，下班後，上班族總喜歡到居酒屋喝兩杯，發洩一下工作及生活上的壓力，第二天好繼續道貌岸然、衣冠楚楚地上班去。

"鰭"居酒屋的店面算大的，就在公司對面的巷子裏，裝修很樸實無華，牆上有能劇的面具，頂上有昏黃的紙糊燈，加上留聲機傳來的陣陣太鼓敲擊聲，讓人一下子跌入時間的洪流裏，彷彿回到奈良時代。

我們一行二十多人在六點鐘左右進入，除了有兩桌別的客人之外，位子都被我們坐滿了。

經理照例講了些歡迎新進人員的場面話，我也照例做了自我介紹，接著便是點餐。

居酒屋的食物都大同小異，離不開燒き鳥、ホルモン、唐揚げ和雜炊等。聚會模式是大家各自點愛吃的食物和酒，結賬時卻是共同分擔，雖然少了分開結賬的麻煩，卻便宜了大胃王，讓食量小的人承擔額外的費用。

還好我不是特別喜歡日本式的聚餐，也少有那樣的機會，否則心態就要不平衡了。

" Kanpai"經理替我斟上溫過的日本清酒後，舉起杯子想跟我乾杯。

碰杯後，我豪爽地一飲而盡，大家齊聲叫好，接著同事們輪番跟我對飲，我是"來者不拒、照單全收"。

"夠了，小心醉。"齊琦扯一下我的裙子說。

我笑著答没事，印象中的我就不曾喝醉過，剛好趁此機會測測自己的酒量。

酒過三巡後，同事們紛紛卸下僞裝，一個個像瘋子似地談笑。聚光燈不再打在我身上，反而各自小組帶開，日本人一個圈子，中國人一個圈子。

我當然和齊琦同一個圈子，另一個50歲的中國大叔不與我們攪和，自己默默坐在角落自成一圈。

呵！三個中國人竟硬生生拆成兩個圈子，也是醉了。

現在我終於了解爲什麼齊琦要我站在她這邊，日本人是很排外的，即使老闆是中國人也無濟於事，同事間仍然涇渭分明，所以齊琦極需人脈以壯聲勢。

我又何嘗不需要？說到底，我們是抱團取暖、各取所需。

直到店面打佯，經理才宣佈作鳥獸散，於是我們各自拿好衣物起身。

齊琦喝多了，人已經呈現半昏迷狀態，我扶著她壯碩的身軀跌跌撞撞地走出去，樣子很狼狽。

"お手伝いですか？"幾個男同事有口無心地問我需不需要幫忙？

我搖頭答不，他們便頭也不回地走了。

"鶴くん、松下君、待って、あたし"齊琦對著遠去的男同事背影喊，他們聽了非但沒停下腳步，反而加速前進。

"都……都是妳，幹……幹嘛攆他們走？我……我知道妳忌妒我，見不得我好。"她一屁股坐在地上，一把鼻涕一把淚,"我……我都三十二歲了，還……還是處女，這說出去多丟人！"

她的心聲我很能體會。

"好啦！對不起，下次不擋妳的桃花運。"我試著去拉她。

不拉還好，一拉她竟然趴在地上打起地鋪來。

"大姐，妳不能睡啊！妳一睡，我怎麼抱得動妳？"我急得快哭出來。

可惜齊琦聽不見，沒多久便鼾聲大作。

這下子我慘了，夜深人靜，路上連隻狗也沒有，只有遠處還閃著車燈，叫我和一個兩百斤重的女人何去何從？

"需要幫忙嗎？"林老闆忽然從路旁的某輛車子裏走出來。

他怎麼在這裏？我太驚訝了。

"要，"我趕緊點頭，"齊琦喝醉酒了。"

"扶她進我車裏吧！"林老闆下令。

於是我們七手八腳地把重如一頭小象的齊琦塞進勞斯萊斯的後座躺下。

"謝謝！"我氣喘吁吁地說。

"不用客氣，妳們都是我的員工。"他答。

第十八章/樂極生悲

齊琦的家在浜町公園和隅田川交會處，是棟老式平房。

我按了門鈴，一對中國老夫妻來應門。原來齊琦和老人同住，她負責日常採買和做簡單家務，換來免費食宿，講白了就是家務助理。

老夫妻知道齊琦喝醉酒，很是著急，趕忙在我們前面領路，好讓我和林老闆能順利將她送回房內。

進到齊琦的房間，我沒料到它這樣小，單人床、衣櫃、書桌幾乎佔據大部份的空間，剩下的僅容轉身，而齊琦又是龐然大物，其局促可想而知。

一番折騰後，我們終於將醉酒的齊琦塞回房內，累得像剛跑完百米賽跑。

我隨手幫她蓋好被子，她嘟嚷兩句，翻個身又沈沈入睡。

在老夫妻的道謝聲中，我和林老闆走出屋外回到車內。

“没想到齊琦的房間這麼小。”我繫上安全帶，“我以爲自己的房間已經夠小的了。”

林老闆說“東京居，大不易”，人均面積小已成常態，有人甚至住進膠囊酒店裏（這種酒店的單間像個膠囊，人要鑽進去睡覺，其大小比一張單人床大不了多少）。

“妳的房子有多大？”他問我。

我答我的小公寓在地鐵犬吠站附近，面積只有二十平米大，但因設計合宜，看起來比實際大。

“那樣的房子恐怕也要好幾千萬日元，對於像妳這樣年輕的小姐來說，房貸壓力應該不輕吧？！”

我告訴他，房子是母親全額買下的，所以經濟壓力不太。

這年頭能全額買房的人不多，林老闆轉而問起母親的職業，我吞吞吐吐地答她在京都開民宿。

“京都的民宿都很有特色，希望有機會能去拜訪妳母親。”他說。

我看了一眼林老闆，他不動聲色，所以很難判斷他是否在說場面話。

日本人很會說場面話，但往往有口無心，你若真信了，那才叫一個“窘”字。

由於林老闆長年往返日本，我不知道他是否已“入鄉隨俗”？我希望是，否則真要上門拜訪，母親的身份就要敗露了。

爲了怕林老闆繼續追問我那不光彩的家庭，我無話找話：“既然來到居酒屋，你爲什麼不進來一起同樂？”

“我不喜歡人多的地方，歡樂的場合總讓我放不開。”他大概意識到有語病，趕緊加了句，“我是怕妳酒喝多了不勝酒力，有車方便些。”

我問他難道對每個員工都這麼上心？

他笑了笑，很快轉話題：“知道我爲什麽喜歡吃辣嗎？因爲家裏窮，吃辣能胃口大開，尤其面對千篇一律的白薯時。”

呃！我没料到竟然是這個原因，還以爲他天生愛吃辣呢！

没料到的事還不止此，那個我最熟悉的陌生人又出現了。

“桃桃不喜歡吃辣，她喜歡洋食物，我收集了好幾個月的空塑料瓶子才攢夠錢，在她生日時把一塊巴掌大的鷹牌巧克力放進她的抽屜裏，恐怕到現在她還不知道是我送的。”

天啊! 又是桃桃，打從我們認識以來，這個叫桃桃的人就無所不在，她的一顰一笑早被林老闆深印在腦海裏，喜好也被他背得滾瓜爛熟。

“也許桃桃現在人老珠黃、齒搖髮落，和你印象中的她完全不一樣。”我想打破神話。

“是有這個可能性，不過我有預感，她還會是我腦海中的樣子，因爲她天生愛美，即使山中水源缺乏，當年的她仍是女孩中最乾淨的一個，辮子梳得光亮，連指甲也修得整整齊齊，滿臉的膠原蛋白……”林老闆跌入記憶的洪流裏，完全一副懷春少年的模樣，“如果當時我家不那麽窮，或者我有那麽一丁點兒的勇氣，也許今生就不會錯過她了。”

秀中已經偷偷和我見面三回，每次都短暫停留數小時又得回父母家。

“你能不走嗎？今晚有寒流，暖氣又不巧故障了。”我可憐兮兮地說。

然而他還是離開暖烘烘的被子，把一件件的衣服穿回去。

“再過兩天就滿一個月，我要告訴父母，和倉本直美徹底没戲，他們會重新考慮妳。”

“真的？”我高興地從床上跳起，不顧身上單薄的衣服，直接趴在秀中後背撒嬌，"他們會不會反悔呢？"

秀中抱我回床上，用被子嚴嚴實實地將我包住："不會，妳就安安心心地做佐藤家的媳婦，但在約定期限到來前，我們還是得小心行事，免得功虧一簣。"

聽秀中這麼一說，我趕緊催促他走。

秀中抱怨我變臉變得太快，但還是三、兩下穿戴完畢，然後開門走向黑夜。

我的情緒一整天都處於亢奮之中，見誰都笑臉相迎，連復印資料時也哼著歌。

"妳這是中彩票還是撿到錢？"齊琦投過來狐疑的眼神。

"都不是。"我笑著否認，小氣到不願有人分享我的喜悅。

明天就滿一個月，可惜秀中還在飛機上，不然我們可以爲這個偉大的日子而大肆慶祝。

我一蹦一跳地拿著資料回辦公室，連老闆也發現我的異樣。

"看來有好事發生，能說出來聽聽嗎？"

林老闆見過秀中，我希望他對秀中不好的印象能改觀，遂告訴他後來發生的事。

相較於我的興奮，林老闆卻是一臉驚訝："他就是佐藤秀中，ZT集團總裁的兒子？"

我答是。

"這麼說妳母親……"

啊！真是糟糕，報紙撲天蓋地報導佐藤家的八卦消息，林老闆本來不知道賽馬場那個腳踏兩條船的男人就是佐藤秀中，經我一點破，剛好對號入座，母親的醜事昭然若揭。

我彷彿從高空跌落，瞬間摔得粉身碎骨。

"我……我……"現在說什麼都欲蓋彌彰了。

林老闆很體貼人，馬上顧左右而言他："上半年的財務報表能現在交給我嗎？"

"好的，馬上。"

我順著階梯下，趕緊往財務室走去。

秀中的父母不知道他曾在約定時間內開小差和我見面，我正偷著樂，沒想到樂極生悲，星期六一大早母親便不請自來，並帶給我一個爆炸性的消息。

"前兩天我登門拜訪佐藤家，一張嘴就要五千萬日元，理由是佐藤秀中對妳始亂終棄，我的黃花大閨女不能被白玩。"

原來母親還是不改她不吃虧的本性，誓要爲我討回公道，她不知道我與秀中後來又和好了。

"媽，妳爲什麼跟佐藤家要錢？我還要不要和秀中在一起？"我氣得發抖。

母親聳聳肩說看不懂年輕人的把戲，一會兒分，一會兒合，這演的是哪一齣？

"我不管，妳捅的婁子自己去補！"我下最後通牒。

母親答太晚了，佐藤家已經滙錢過來了。

聽到生米煮成熟飯，我像個瘋婆子似地來回踱步，焦躁得不得了。

秀中還在飛機上，我不能讓他誤會我們吳家就是見錢眼開的吸血鬼，這件事得在他回國前處理好。

拿上母親的銀行卡，我馬不停蹄地趕往佐藤家。

第十九章/賣身錢

我按了門鈴，依然是那個矮個子的日本女人來開門，只是這次她的笑容不見了，換來冷漠與鄙夷。

她没帶我進秀中房裏，反而讓我在客廳坐下，一杯茶也没有，僕役如此無禮，真不多見。

我等了約莫20分鐘，秀中的母親才以一種"君臨天下"的姿態緩步過來，我趕緊起身問好。

那個驕傲的女人上下打量我一番後，說我和母親長得很像。

"ありがとう"我道謝。

孰料佐藤媽竟皮笑肉不笑地解釋，那是因爲我和母親都有"妓女顏"的緣故。

這真是莫大的侮辱，我的眼淚幾乎要奪眶而出。

強忍著淚水，我告訴她對於母親的魯莽行爲深感抱歉，今天來除了代她道歉外，還順便歸還佐藤家的東西。

我把銀行卡放在桌上，她懂的。

“それはあなたたちのした”佐藤媽擺明了不要。

“どうぞ”我的頭低得不能再低，“すみません”

“たとえ再お金払って、私も、私たちは希望に佐藤家娼婦”

雖然對方是長輩，但也太過份了，左一句妓女，右一句娼婦，人身攻擊應該適可而止，況且我做錯了什麼？我一直潔身自愛，秀中還是我的第一個男人。

佐藤媽說她兒子是不是我的第一個男人她不知道，但秀中和她約定的事沒做到，所以她不會再考慮我了，請我別做夢。

我一頭霧水。

於是她對著屋內喚了幾聲，那個矮個子的傭人便拿來一個牛皮紙袋，我打開一看，裏面有一沓的照片，都是過去幾天秀中曾到我家的證據，有幾張還拍到我們在房間裏擁吻，因爲窗簾忘了拉上。

面對鐵證如山，我只能打溫情牌，強調我和秀中是真心相愛。

佐藤媽又對屋內喚了幾聲，那個矮個子的傭人再度出現，手中有幾張碟子，她抽出其中一張放進播放器裏，沒多久電視畫面便出現養眼鏡頭，母親正光著身子和兩個猛男玩 3P，臉部表情很消魂。我痛苦地閉上雙眼，要求把電視關了。

畫面一消失，大勢已定，佐藤家不可能要我了。

我渾渾噩噩地離開佐藤家，當金屬大門在我背後關上時，我知道秀中已離我遠去。

全日本大概都知道佐藤秀中和倉本直美下個月就要完婚，而我⋯⋯被三振出局。

我沈默地坐在食堂角落用餐，面前擺著揚州炒飯和橙汁，我卻完全沒有吃的慾望。

之所以來食堂吃飯是因爲待在公司更苦悶，每個人都會走過來假意關心地問："爲什麼還不去用餐？"

與其找藉口回答，倒不如順著民意走。

"光吃炒飯不夠，我給妳盛了一碗湯。"林老闆突然出現在食堂裏，並且坐在我對面。

"謝謝！"我小聲地答，乖順地喝下他遞過來的蘿蔔排骨湯。

"人生沒有過不去的坎，再大的事，明天可能就雲淡風輕了。"他安慰我。

"我也想要雲淡風輕，但我不能。秀中走了，世界不會再有色彩，我都不知道自己還活著幹嘛？"說著說著，我的眼淚又不爭氣地滴落下來。

自從認識秀中，我不知爲他哭過多少回，眼淚加起來比過去25年累積的量還要多。

"如果一個男人只會讓妳流淚，那男人就不值得妳愛。"林老闆說。

"不，他不是故意讓我哭，"我急急解釋，"他愛我，我知道，怪也只能怪我的出身以及......有一個特別的母親。"

我還在替秀中說話，雖然他早已不再和我聯繫，手機關了、郵件不回，彷彿人間蒸發。

"聽說他下個月結婚。"我的老闆說。

我無奈點頭。

也難怪像林老闆這麼忙的人也知道這件事，報章雜誌天天跟進，倉本直美買了什麼鞋？吃了什麼料理？和秀中逛了哪些地方？......都一一被詳實記錄下來。

那些被買過的東西，很快就斷貨；吃過的餐廳，隔天一定大排長龍；逛過的地方，人們組團"到此一遊"……一舉一動都在大眾的監視之下，簡直成了"全民目擊"。

歷史從來都是"只見新人笑，不見舊人哭"，我這個舊人現在天天飲泣，就想見上秀中一面，把話當面說清楚。分手也得有個交待，否則就像根魚刺卡在喉嚨裏，不上不下的，連嚥口水都難。

林老闆說現在見面肯定不合適，我們會被狗仔隊抓現行。

"我當然知道，不然秀中也不會關機。"我很氣餒。

"這樣吧！把事情交給我，我來安排。"

他真的有辦法嗎？

看林老闆堅定的神情，我又重新燃起了希望。

這週四是秀中婚禮前的最後一次飛行，林老闆遞給我一張飛維也納的機票。

"記得替我向莫札特問好。"他說。

我感動得無以復加，竟然淚流滿面。

"看，又哭，眼淚這麼多，都可以拿去賣了。"

聽到後面那一句，我破涕爲笑。

"妳可別一衝動就留在維也納不回來，害我少了一名員工。"

"不會的，"我很快說, "一定回來當你的忠實員工。"

星期四傍晚，我理了個小箱子，臉上化了淡妝，戴上墨鏡和棒球帽，把帽沿壓得低低的。

喬裝完畢後，我上了全羽空班機，不同的是，這次我是以乘客的身份上機而非空服員。

經過11個小時的飛行，飛機安全降落在Vienna國際機場，憑著前空服員的優勢，我很快知道機組人員住宿在航站樓對面的NH酒店，直線距離不到五百米。

拉著行李箱，我小跑步走地下通道，上到地面便是秀中住的酒店，我很快在大廳坐了下來。

機組人員通常集體辦入住，人那麼多，我不知道該如何告訴秀中—我來了。

正當我陷入苦思當中，那群穿灰色制服的人走了過來，只有機長、副機長和機械師的制服是黑色的，所以我一眼就能在人群中鎖定"萬灰叢中一點黑"的秀中，他正和一位笑容可掬的女空服員講話。

約莫二十分鐘後，已辦好入住的人一一離去，只剩秀中和那個女的，兩人似乎有說不完的話。

好不容易連他們也辦好入住手續轉身走向電梯，我頓時慌了，不知該不該向前？

還好此時秀中讓女生先進電梯，自己回到前台，似乎在交待某事。等他再次回到電梯前，我已在那裏等候。

" 妳……"秀中嚇到了。

我沒說話，假裝看著牆上的廣告。

電梯很快降到地面，我們跟著人群進入，我看見秀中按了數字8。

這是個標準間，有深褐色木地板、米色窗簾和白色兩米寬大床，上面難得鋪上了紅色床罩，顯得喜慶。

"怎麼來了？"他遞給我一瓶桌上的礦泉水，我沒接。

"我想你了，秀中。"

不知怎的，一開口我就想哭，彷彿秀中就是我的眼淚遙控器，能左右我的淚腺。

"別哭。"他蹲下來，把我的眼淚劃去。

我告訴他，母親以爲我和他分手了，所以到佐藤家要錢，這是她的錯，但母親畢竟是母親，我能怎麼辦？總不能登報和她脫離關係吧？！

"妳母親沒錯，我……我能給妳的也只有這些了。"

秀中說得很慢，但一字一句彷彿釘槍打在我心上。

"秀中，你……你不愛我了？"望著他，我艱難地問。

他的大手包住我的小手，溫柔地說："要好好的，一個人也要按時吃飯……"

"不，"我抱住他吶喊，"我不要一個人吃飯，我不分手，我愛你，秀中，我不要分，不要！"

我痛哭失聲。

秀中撫摸我的頭，要我冷靜，他說我們的差距太大，勉強結合也不會幸福。

這不合理，當初他選擇和我在一起時，我就已經是這個條件了，怎麼現在才說差距大？

"當初……我不知道妳母親的背景，雖然有流言，但看她談吐不俗，以爲不過就是個小老婆，問題不大，沒想到還拍過尺度那麼大的黃片，妳讓我們佐藤家的面子往哪裏擺？以後孩子出生了，還能不能在學校交上朋友？這些都得考慮進去，畢竟婚姻不是兒戲。"

秀中的一席話不啻醍醐灌頂，他……看輕我母親，連帶著也放棄我了。

“呵……呵呵……呵呵呵……”我笑得像個瘋婆子。

“杉杉，妳怎麼了？”秀中急了，“我可没說妳，妳是好女孩，跟妳媽不一樣。”

“屁！哪裏不一樣？我是她生的，當然一樣，都是婊子，呵呵！要不要看婊子能蕩成什麼樣？絕對讓你欲仙欲死。”

我三、兩下扒光他的制服，將他推倒在床。

“杉杉，冷靜一下。”

“冷靜個鬼，你不想嗎？哼！別裝了。”我快速脫下胸罩往他臉上扔去。

他没惱怒，反而丟開胸罩迎接光著身子的我。

“剛剛……很好，咱們再來一次，嗯？”秀中擁著我，在我耳邊低語。

“當然可以，只怕你没那麼多現金了。”我推開他。

在秀中的詫異眼神中，我拿走他錢包裏的所有紙鈔。

“下次若有需要，記得call 我，不過得帶夠錢。”

穿好衣服，我對他嫵媚一笑，然後帶著行李和“賣身錢”昂首離開房間。

第二十章/大惑不解

我站在天橋上，橋下是絡繹不絕的車流。我把秀中的錢一張張的全給撕了，撕得很慢，碎片直線往下落，一片片的紙雨像我一顆顆的眼淚……

我走向全羽空航空櫃台，改簽最快起飛的航班直飛東京。

11個小時的航程，我一滴眼淚也沒掉，秀中已不再是我的眼淚遙控器。

空服員過來問我要不要毯子？我要了兩條，一條蓋在身上，一條蓋在頭上，把自己嚴嚴實實地包起來，像個阿拉伯女人。

隔壁坐著一位日本大媽，她正在看《朝日新聞報》。

"倉本直美きれいです"她輕歎。

我轉頭過去，那是一則電影廣告，女主角是倉本直美，她穿著黑色低胸緊身衣，拿著槍叉開大腿，一副女特務的模樣。

大媽說她美，我一點兒也不覺得。那女人的顴骨很高，臉部線條顯得僵硬，看起來缺乏女性的柔美。

我告訴大媽，倉本直美的脾氣不好。

大媽興奮地問我是不是認識她？否則怎麼知道她的脾氣不好。

我怎麼知道她的脾氣不好？呵呵！因爲我的前男友正是她的未婚夫……

大媽的笑容消失了，狐疑地看著我，我索性拉高毯子將頭整個埋進去。

林老闆給我訂的是往返機票，我理應後天晚上回東京，但今天一大早我就到公司報到，把資料準備齊，又爲老闆泡了杯大麥茶。

"早上11點聽取報告，下午兩點有馬術聯盟會會議，晚上7:00和雅信建築總裁吃飯，地點在銀座蟹道樂，還有，"我闔上記事本，"下禮拜二是夫人的生日，請別忘了給她驚喜。"

"我太太的生日啊～"林老闆感慨，"她也五十歲了。"

原來老闆娘五十歲了，那可是大生日，得好好慶祝。

林老闆說他也想，但最近忙，實在走不開，問我能不能幫他買個禮物郵寄過去？

我義不容辭地答應了。

"對了，妳有沒有替我向莫札特問好？"林老闆提起我的維也納之行。

"莫札特已不再是莫札特，我沒問好，直接回來了。"我說得很慢。

其實提前回國已經說明了一切。

林老闆沈默了一會兒後說：" 這世界不只有莫扎特的音樂，如果妳能仔細聆聽，花開的聲音也很美。"

花開的聲音？我的確没聽過。

我謝了老闆，他以一種含蓄的方式安慰我。

週末，我把碗洗了、地板擦了、窗戶抹了、垃圾倒了、床上用品全換了……

當午後陽光灑進這個煥然一新的小家時，我對未來又燃起了希望。

沐浴過後，我穿上白色高領毛衣及OL長裙，外罩蘇格蘭羊毛披肩，腳蹬高跟短靴，頭戴珍珠髮箍……把自己打扮得很淑女。

這是離開秀中後的第一個週末，我打算到市區逛逛，順便購買老闆娘的生日禮物，再不買，連國際快遞也不敢保證準時送達。

我在新宿和銀座兩者間猶豫了一下，如果是買我的東西，我會選擇新宿，那裏的東西比較新潮，也能淘到許多平價的好東西，但買老闆娘的東西就不合適，她是上了年紀的女人，可能接受不了新事物。

我最後選擇銀座，那裏有很多高檔貨，與巴黎的香榭麗舍大道、紐約的第五大道並列世界三大繁華中心。

搭上地鐵丸之內線到銀座站，一出地鐵站即被熙熙攘攘的人群給淹没，我成了百萬購物大軍其中的一員。

銀座是東京的奢華象徵，集中了多家老牌百貨店、世界一流專賣店及大型購物中心，東京最貴的頂級料理店和高級Club

也藏身於此。全區分爲八個丁目，由中央通和晴海通分別橫縱貫通，其中最爲繁華的中心地帶屬銀座四丁目，有"四丁目的十字路"之稱。

走在銀座，各種膚色的人擦肩而過，讓人彷彿置身於巴黎、倫敦或紐約。

我在有名的藥妝店ViVi買了些護膚品和香水，又在三越百貨吃了紅豆年糕湯當點心，這才開始煩惱該買什麼當禮物？

名牌包？手錶？珠寶？……老實說，這些都很俗，沒什麼特別。

我邊走邊思考，經過中央區時，看到GGG藝廊正在展出日本漆器。我一向喜歡藝術品，便不由分說地進去瞧瞧。

日本漆器源於中國，中國自商代開始種植漆樹，取漆塗抹在木頭或竹子做成的器皿上，技術傳到日本後被加以發揚光大。

在日本待久了，你會發現漆器隨處可見，從碗、碟、筷、勺到首飾盒、珠寶盒，再到大型的桌、櫃、屏風、佛壇等，品種繁多，已成了日本傳統藝術和工藝的代表。

中國的China是"陶瓷"之意，而日本的Japan則是"漆器"之意。

話說GGG藝廊正在展出各路漆器大師的作品，我怎能錯過？果然一逛就逛出不少精品，如眼前這個寺井直次的"草花鳥獸紋蒔繪小手箱"就讓我感到驚豔。

這款日本漆器以銅線畫筆描繪出一隻隻動物的靈動身姿，有奔鹿、脫兔和飛鳥，表現出生機勃勃的景象。

我看了一眼標價，六百萬日元，折合人民幣約40萬。我猶豫了，這可不是個小數目，但……我真喜歡。

"自己是買不起，但作爲生日禮物，老闆娘應該會喜歡。"我心想。

於是我給林老闆發短信，描述看到的寶貝。沒多久他打來電話，說要親自上GGG藝廊看看，我便好整以暇地等待著。

雖然明知道六百萬日元不是一般人能馬上入手的，但一看見有人靠近我的寶貝，我還是不由自主地緊張起來，深怕被買走了。

好不容易等來林老闆，我半吊著的心終於可以放下。今天的他穿著整套阿瑪尼西服，脖子上圍了條黑灰相間的圍巾，看起來很潮、很年輕。

"寶貝在哪裏？"他急急問。

我指向玻璃櫃裏被燈光聚焦的金色盒子。

"きれい～"林老闆忍不住讚歎。

我也覺得漂亮，真不似人間物。

沒想到下一秒林老闆便喚來工作人員，說他要了。

"這麼快就下決定？不再多看看？"我問。

"何必呢？時間就是金錢。再說了，這世界能合眼緣的並不多，一旦看上，就是它了。"

林老闆說得輕鬆，這得有多大底氣的人才說得出口？譬如我，即使再喜歡也買不下手。

"太貴了。"我有感而發。

"不貴，寺井直次的作品本來就是這個價，再過幾年賣出，不降反升，是投資首選。"

原來林老闆還是離不開生意經，有什麼比送能增值的禮物更好的？

當工作人員戴上手套，小心翼翼地把小手箱從玻璃櫃裏取出，我說這是要送往上海的生日禮物，請他們包裝好。

工作人員忙不疊點頭，還說藝廊可以代爲郵寄，保證做好包裝及保價的工作，預計明天就會送到，並且奉上一張卡片，說是方便留言給收貨人。

林老闆盯住卡片，遲遲没下筆。

"又不是要他寫情書，怎麼需要醞釀這麼久的時間？"我心想。

又等了數分鐘，他才下筆：**嫦娥仙子，吳剛給妳送禮物了，希望妳會喜歡**。

啊！這真是另一種浪漫，如果哪天老了有人喚我嫦娥，那真是美事一樁。

林老闆聽完一笑："我老婆真的叫嫦娥，方嫦娥，只是我不叫吳剛。"

我刷的紅了臉，原來還有人的名字叫嫦娥，天下真是無奇不有啊！

∽

林老闆帶我去三井花園酒店吃西餐，說是感謝我的"慧眼"。酒店就在銀座地鐵口附近，一出站就能看見。

和老男人一對一吃飯，這是頭一回，讓我見識到有修養男人的魅力：入座會幫我拉椅子；點餐會徵求我的意見；我說用不慣刀叉，他馬上替我切割了牛排，大小正合適一口咀嚼；我說話，他絕不插嘴；湯汁弄髒了嘴角，他遞來餐巾紙……

和本田英樹的"大男人主義"不同，林老闆就是"溫良恭儉讓"的代表，他讓我感受到一直以來從缺的父愛。

"如果當初有錢醫治小惠的病，她大概有妳這麼大了。"林老闆心生惋惜地說。

原來他不只有個兒子，還曾經有過女兒，兩歲大時得了腦炎，没錢醫治被很多家醫院拒收，後來雖然湊夠了錢，但因延誤醫治的時間，撒手人寰了。

"我太太因此傷心很久，寶寶是個很乖的女孩，面貌清秀，現在想起來還會鼻酸……"

林老闆眨了眨眼睛，我知道他想壓住奪眶而出的眼淚，没什麼比看流淚男人更讓我心痛。

我握住他的手，說我懂的，小惠在天之靈一定會感謝他曾做過的努力，也會爲他今天的成就感到驕傲。

"謝謝！看到妳，我感覺女兒又回來了。"林老闆對我微笑，雖然笑容有些哀戚。

用完餐，我和林老闆走出酒店，風大，他幫我披好披肩。

我笑著向他道謝，碰巧看見齊琦和一位女伴剛走出地鐵口。

"Hi, 齊琦。"我對她招手。

她卻像看到鬼一樣，拉著女伴快步走開。

"真奇怪，連招呼也不打一聲。"我嘀咕著。

誰知林老闆卻大呼不妙，抛下我去追齊琦，留下我一人站在原地大惑不解。

第二十一章/你還愛我嗎？

林老闆有沒有追上齊琦？說了什麼？我不知道，不過從此以後她看我的眼神就變了，冷漠中帶點兒批判。當我回望她時，她又將眼光落在別處，一副無事的模樣。

這一天，我把報表送去給老闆，他正坐在辦公桌前，雙手揉著自己的太陽穴，狀態很不好。

"怎麼了？不舒服嗎？"我關心地問。

林老闆說他頭疼，我問他有沒有感冒症狀？他答沒有，於是我猜他中暑了。

天冷其實也會中暑，因爲室內溫度高、空氣流通性差的緣故。

"讓我幫你刮痧可好？"我問。

想起和林老闆在飛機上的第一次見面，他也說頭疼，我還幫他刮了痧。

"好的，麻煩妳了。"他答。

因爲沒有刮痧板，我到休息室拿了個玻璃杯，並在淺盤上注入一些清水。

等我進到辦公室，林老闆已經赤裸著上身趴在沙發上，我心想他的動作可真快，一定頭疼得緊。

我剛坐下便聽到敲門聲，來者真不會挑時間，我正想起身，齊琦已經推門進來。

"啊～"她慘叫一聲，像看到兇殺案現場。

林老闆聽到尖叫聲也嚇得坐起身來，此時公司的員工都衝了進來，以爲發生了什麼駭人聽聞的事，結果看到赤裸上身的老闆和我共處一室，每個人都瞠目結舌、目瞪口呆。

"はは、ご覽のようだ"我趕緊解釋。

日本經理見風轉舵，馬上出面轟走員工，然後回過頭來對我們曖昧一笑，說請繼續，最後還不忘關上門。

"怎麼辦？他們好像誤會了。"我很擔心。

林老闆嘆息："哎！人言可畏，我一個老男人不怕，但壞了妳名聲可不好，所以……還是試試吧！"

他穿好衣服後，破例要大家通通進會議室，包括清潔人員。

那個好男人不顧自己頭疼，堅持開會說明以示清白，但"言者諄諄，聽者藐藐"，尤其辦公室那些日本男人投過來的眼光讓人很受不了，彷彿我沒穿衣服似的。

開完會，林老闆無奈地對我說："我盡力了，妳……多擔待。"

接著他轉身離開公司，說是回家躺躺，大概身體真的不行了。

"刮痧"事件後，公司上下開始用異樣的眼光看我。

當我傳達老闆命令時，每個人都對我笑臉相迎，一旦轉身過去，又在背後指指點點，彷彿我做了什麼骯髒齷齪的醜事。

這些我都忍了，在外做事難免受氣，何況林老闆已經盡力了，我不能再拿這些小事煩他。

~

時歲進入三月，已有春天的氣息，聽說秀中和倉本直美會在櫻花花開時節結婚，想到落櫻繽紛的場景，該有多浪漫？

還沒等到正式迎娶，那兩人的婚紗照就已經出來，有日式、西式和中式，同時為了電影宣傳，秀中還扮演一回日本軍官，剛好與自己的特務老婆相呼應……

我把報紙捲起來塞進字紙簍裏。

說不在乎是假的，到現在我還能聞到秀中身上的味道，也懷念他的溫柔體貼（當然不包括最後一次見面的決絕），然而這些已不復存在，就讓記憶永遠停格在曾經有過的美好之中吧！

~

没有一點點兒預兆，一個矮胖的女人便一跛一跛地走進公司，而且明顯是衝著我來。

"妳就是吳杉杉？"她說著一口西南方口音，和我的家鄉音很近似。

我站起身回答："是的。"

一個耳光隨即甩過来，力道之大，讓我的耳朵嗡嗡作響。

"妳……妳是誰？為什麼打我？"我捂住臉，既受驚又委屈。

齊琦趕緊小跑步過來，一副諂媚小人樣：「老闆娘，別生氣，我扶您到老闆辦公室。」

原來她就是老闆娘，難怪看著眼熟，但……印象中林老闆的太太應該是個堅強有韌性的女人，不會不分青紅皂白地打人才是。

「等等，」我喚住那兩人，話是對老闆娘說的，「爲什麼打我？我做錯什麼了？」

「打妳是讓妳長記性，偷吃就到此爲止，明天別來上班了！」她怒氣沖沖地說。

太可惡了！無緣無故打人還有理？

「我是林老闆雇用的，要辭也得老闆說了算數。」

「這家公司法人登記的是老闆娘的名字，妳還不知道吧？！」那個200斤重的馬屁精開口護主了。

我正想說話，老闆忽然現身，他二話不說地過來扶自己的老婆進辦公室，對於無端挨打的我視若無睹。

眼瞧沒熱鬧可看，圍觀的人群紛紛回到自己的座位上，只有我還憤憤不平著。

憑什麼？憑什麼我要受這種委屈？

在眼淚流出來之前，我拿上包走出公司。

我漫無目的地走在大街上，已是春天，四周圍盡是行色匆匆的人們，和我一點兒干係也無。

被人誤會的無助讓我感到特別的孤單，除了母親和小雪，在日本我可說是孑然一身，連唯一能托付終身的秀中也離我而去，難道這輩子注定我要孤獨走一生？

拐過十字路口，我無可無不可地走進「井之頭恩賜公園」，此時雖然離櫻花盛開還有些時日，但沿湖的四百餘株櫻花樹已隱隱約約可以看到含苞待放的花蕊，我能想見當湖面鋪滿花吹雪的美景時，會是何等的美麗、壯觀！

這是日本的第一座西式郊外公園，除了自然景觀外，園內還有著名的宮崎駿"三鷹之森龍貓美術館"。

龍貓美術館和其他美術館的區別在於這裏的結構像迷宮，每一處都體現動畫設計者的匠心，自然也有許多珍貴的原稿和電影場景的重現。

我喜歡《龍貓》動畫片，家裏還有它的布偶和包，來到這裏，算是小小地溫習了兒時的舊夢……

"すみません"一個戴口罩的男人撞上我，馬上向我道歉。

由於"迷宮"的設計，稍一不小心很容易撞上人，這不難理解，只是……

那男人向我道完歉，眼睛卻睜得老大，雖然2/3的臉被遮住，但憑著曾有過的肌膚之親，我認出他來了。

"恭喜你就要結婚了。"我假裝淡定地說。

"杉杉, 我……"

"什麼都別說，你未婚妻來了。"

倉本直美並沒有過來，我利用秀中轉頭之際趕緊溜。

愛人就是要他過得好，放手也是一種祝福，不是嗎？

我跑出美術館又跑出公園，直到上氣不接下氣才躲進路旁的公用電話亭內。

"喂，是秀中嗎？我是杉杉，我愛你，你還愛我嗎？"我對著未投幣的話筒講話，"你還愛我嗎？……你還愛我嗎？…你還愛我嗎？……"

直到電話裏的嘟嘟聲再也聽不見，我還一遍又一遍地問著。

第二十二章/小老闆

回家後，我睡到隔天下午，雖然偶爾有手機鈴聲傳來，但都被我忽略了。

"扣、扣、"

聽到有人敲門，我翻了個身繼續好眠，但來者很有毅力，一聲接著一聲，我怕吵到鄰居，只好起床應門。

"老闆在小區外等妳。"林老闆的司機說。

"我已經被炒了，跟林老闆再無瓜葛，爲什麼還來找我？"

"妳還是當面問老闆吧！我只是傳達命令。"

我也知道跟司機說沒用，他不是當事人。哎！既來之則安之，我還是聽聽老闆的說法吧！

～

我穿上毛呢外套和馬丁靴，又在臉上撲了點兒粉，也擦了口紅，總算不太邋遢。

到了小區外，沒看到人，倒是看到老闆的座車，黑色奔馳S600.

我走了過去，司機趕緊下車開了後座門，我看見林老闆坐在裏面，樣子像一下子老了十歲。

" 我 不 想 再 回 公 司 ， 太 丟 人 了 。"我坐了進去，馬上抱怨起來。

"對於我太太的不當行爲，我在此表達歉意，她是病人，請妳寬宏大量。"他說。

病人？我問什麼意思？

原來老闆娘有腳氣病，導致肢體萎縮，主要表現爲走路困難、全身疼痛、感覺功能逐漸喪失中……她開始覺得自己一無是處，加上更年期的疑神疑鬼，總覺得林老闆會不要她，所以患得患失，當然，有心人士的搧風點火也起到了作用。

"有心人士？這說的可是齊琦？"

林老闆苦笑，他答齊琦是老闆娘遠房親戚的朋友的女兒，八竿子打不著的關係，但礙於情面，不得不塞進公司內，沒想到安了個內鬼，時不時便往上海通風報信，害他前後失去三位得力助手。

這麼說，這次老闆娘不辭千里來日本甩我耳光是拜齊琦所賜？太可惡了，這個肥婆！

"爲什麼不辭了她？"我義憤填膺。

沒想到林老闆還真炒過齊琦，只是沒多久她又強勢回歸，因爲老闆娘發話了。

" 她是病人，對林家又曾立下汗馬功勞，所以只要她開口，我都盡量滿足。"林老闆解釋。

既然這樣，還有什麼話好說？我一不是林家人，二沒爲林家立下汗馬功勞，說白了就是個路人甲，甩了也不足惜。

林老闆要我快別這麼說，我對他的意義非凡，他……捨不得我走。

這……這是什麼意思？我說我不懂。

"別誤會，"林老闆趕緊撲滅我懷疑的火花，"我覺得妳是個心地善良的好女孩，做事勤快又認真，我不想失去這麼好的員工。"

可是……老闆娘不喜歡我，又能如何？照林老闆的說法，只要她開口，沒有做不到的。

"去大阪工作如何？"他伸出橄欖枝，"離開齊琦的監視，有利無害。"

我知道東洋瓷磚在大阪有分公司，但沒想到老闆會派我到那裏工作，而且大阪離京都才半小時車程，我可以住在本田家，省下住宿費。

"太好了，"我笑了，"林老闆真是我的貴人。"

"是嗎？我以爲妳才是我的貴人，遇見妳，我開心多了。"

我還能讓人開心？想必是因爲桃桃的關係，讓林老闆愛屋及烏。呵呵！原來繞了一大圈，那個和我長得相像的人才是我的貴人。

"什麼時候能上班？"他問。

我答越快越好，因爲秀中的婚禮將近，我想盡快離開傷心地。

"那好，我會告訴那裏的負責人，就說……後天報到，行嗎？"

"嗯！"我用力點一下頭。

我很快打包完畢，母親讓福山先生過來接我。

在本田家住了兩晚後，隔天我搭乘JR京都線到大阪，轉乘兩站地鐵，前後只花五十分鐘便抵達辦公樓，比在東京上班更快捷。

跟前台報上名後，那位日本姑娘帶我進會客室，她說林老闆還沒到，請我稍待片刻，接著爲我倒了杯茶水。

這麼巧？分公司的負責人也姓林？他們兩人該不會是親戚吧？！

我把茶水都喝光了，會客室的門才打開，我趕緊起身。

"すみません、渋滞した道"那個有一口整齊白牙的男人跟我致歉，他說路上塞車，所以遲到。

"大丈夫、私は待った"我告訴他沒關係，我沒有等很久。

我們都坐下來後，才開始細細觀察對方。

我的新老闆看起來很面熟，好像在哪裏見過，眼睛很清澈，配上劍型眉，可說是劍眉星目。

沒想到對方也在看我，像掃描器一樣，在我臉上掃過無數回。

"あの……"我正思索該如何開口。

"中國人吧？咱們還是講中國話。"他說。

我馬上鬆了口氣，日語的動詞時態最令人頭疼，我經常に和で分不清，又把は與が搞混，基本敬語還湊合，高級一點兒的就捉襟見肘了。

"好的，講中國話自在些。"

"我父親把妳安插在我這裏，讓我很迷惑，大阪分公司目前不需要人。"

面對新老闆的另類拒絕，我來不及反應，倒是他提起他父親……難道這是林老闆的兒子？怎麼和照片上的人不一樣？

我再次端詳他的臉，没錯，臉型拉長了，青春痘和嬰兒肥也不見了，想必照片是多年前拍的。

"我的臉怎麼了？有髒東西嗎？"他下意識摸摸自己的臉。

我趕緊否認，說因爲他和照片上的人有些出入，所以一時没認出來。

"照片上的人？"他皺緊眉頭。

我告訴他在賽馬場的辦公室內有一張全家福，他和父母都入鏡了。

"原來是那一張，那是十年前拍的，當時我還是高中生。"他解釋。

啊！十年的光陰讓一個稚氣男孩長成相貌堂堂的成熟男人，讓人不禁感嘆時光的造化。

"妳......多大了？"他忽然問。

我很訝異他會當面問女人這個不禮貌的問題。

"年紀不是寫在履歷表上了嗎？"

"對不起，我没細看，因爲妳和某個人長得很像，所以一時好奇。"

和某個人長得很像？我問莫非是吳桃桃？

"妳也知道吳桃桃？"小老闆睜大眼睛。

我答我當然知道，如果不是拜她所賜，大老闆也不會拉我一把。

"我以爲這個秘密只有我和父親知道，没想到現在多了第三人。"

"你該不會想把這個第三人給滅了吧？！"我說了雙關語。

他答我言重了，既然是父親的安排，總會找到事情讓我做。

第二十三章／妳不是天使

我没想到小老闆要我做的事就是復印、復印、再復印，一項完全没有技術含量的活兒，阿貓、阿狗也會做。

下午四點五十九分，我收拾好自己的辦公桌，然後去敲小老闆的門。

"どうぞ"

得到允許後我走了進去，把最後一份復印好的資料放在他桌上。

"下班時間到了，這是你要的復印件，明天我不來了。一天的薪水，你想結就結，不想結就算了，我不在乎！"我表現得很灑脫。

"等等，"小老闆正在打遊戲，應該是到了關鍵時刻，"妳說什麼？"

老天！這是還没長大的孩子嗎？

我嘆了一口氣，轉身開門出去。

剛走到地鐵口，有人用力跩了我一把，說："跑那麼快，害我追了好幾個路口。"

他竟然有臉抱怨？

"追我幹嘛？我已經不是你的員工了。"

"爲什麼？"

還問爲什麼？我堂堂一個大學畢業生，既懂普通話也通日語，還在航空公司工作過兩年，卻被派去復印資料，這不是牛鼎烹雞嗎？

他反問我什麼是"牛鼎烹雞"？

我翻了翻白眼，逕自走入地鐵站。

回程坐的是阪急京都線的特急列車，因爲想去河原町，一個京都最繁華的地方，有歷史悠久的新京極商店街及最大的菜市場—錦市場。

此刻的我急需在那裏找一碗熱乎乎的拉麵，藉以撫慰受挫的心靈。

"一蘭拉麵"是日本最有名的拉麵店之一，在很多城市都有分店，河原町這一家的店面雖不大，但仍吸引無數老饕前往。

"這裏有人坐嗎？"

我剛吃了一口叉燒，小老闆又來了，害我差點兒噎住。

"有人。"我毫不留情地答。

小老闆充耳不聞，大喇喇地坐了下來："吃拉麵怎麼可以不點抹茶豆腐和溫泉蛋？看來妳還沒真正融入這個國家。"

望著他遞過來的小食，我狠心撇開臉，雖然它們看起來很可口。

"吸溜、吸溜……噗哧、噗哧……吸溜……"

小小的店面走了一撥食客後又來一撥，大家安安靜靜地用餐，安安靜靜地走人，只有對面這位大哥不甘寂寞，吃麵、喝湯都很大聲，我忍不住譏笑他幾句。

"這是日本文化中對美食的讚賞，妳不知道嗎？"他反問我。

"我當然知道，但那是老一輩人的作法，年輕人，尤其喝過洋墨水的，哪個會這麼粗俗？"

"粗俗？呵呵！大概佐藤秀中不粗俗吧？！不粗俗的人最後卻娶了倉本直美。"

聽完，我啪的一聲將筷子扔桌上，然後拿起包憤怒地走出拉麵店。

全日本大概沒有人不知道我是失敗者，只是他們都客氣地保持表面的和諧，不像小老闆那樣一刀捅向我胸口。

我走了半小時才把氣壓下去，也開始有閒情逸致逛街。

位於四條通上的"新京極"是日本僅次於東京淺草仲見世的第二大古老商店街，來此逛街的人很多，舉凡吃的、喝的、穿的、用的……不一而足，豐儉由人。

我在一個賣飾品的小店前停了下來，店門口有個別緻的木製盆子，裏面有各色首飾，一個一百日元，約合人民幣6元。我蹲了下去用手淘了淘，想淘出一個性價比高的玩意兒哄自己開心。

就在一堆廉價的飾品中，我淘到一個紅心耳環，像雞血一樣紅，現在很少有那麼紅的琺瑯，讓人爲之振奮。我又淘啊淘，把整個木盆子都翻了個遍，還是沒找到"另一半"。

真可惜！我總不能只戴一隻耳環吧？！我無奈地把手中的紅心放回去。

"這耳環像雞血一樣紅，現在很少有那麼紅的琺瑯。"小老闆把耳環拾起，"怎麼不要了？很好看呀！"

我答耳環只有一隻。

他二話不說地走進店裏頭，沒多久走了出來，手裏拿著一個可愛的紙袋。

"裏面還有好多木盆子，我一眼就找到它的孿生姐妹。"他說，然後把紙袋遞給我。

我沒接，低頭往前走。

"還生氣？都賄賂妳了還不行？難不成要我切腹自殺？"他說。

"去啊！沒人攔你。"我就不信他有這個膽。

不知道小老闆是因爲看到西瓜刀才想到"切腹自殺"，還是因爲說了"切腹自殺"才去找西瓜刀，反正他現在走向水果店，並且在店主人錯愕的表情中拿起刀……

"すみません"我趕緊衝上前搶下"兇器"，並且低頭向水果店老闆道歉。

將小老闆拉到店外後，我氣急敗壞地責問他是不是有病？

他氣定神閒地答沒病，只是想試試我是不是如同他父親所言，心地善良到"悲天憫人"的地步？

聽完，我氣得將他往水果店的方向推，說："去死吧！這次我不攔你了。"

小老闆呵呵笑，轉身往神社的方向走去。

"錦天滿宮"是個小神社，前面立著一隻亮晃晃的大金牛，金牛的對面就是錦市場，這裏有"京都的廚房"之稱，裏面有好多賣醬菜、生鮮食品及小吃的鋪子。

“這樣吧！妳幫我挑幾樣醬菜，耳環就給妳，我們以物易物，不然我一個大男人要耳環做什麼？”小老闆說。

我沒回應，繼續往前走，然後在“瀨戶先生的醬菜鋪”前停了下來。

本田家的醬菜都是從這裏進貨的，那個聲如洪鐘的老先生一看到我就樂呵呵地笑，問我今天怎麼有空上店裏買？

我答不是買給自己的，而是幫朋友買。

瀨戶先生看了一眼我身旁的男人，走過去拍拍他的肩膀又捶捶他的胸膛，滿意地說：“この中で、佐藤秀よりいいよ”

真是糟糕！他以爲小老闆是我男友，而且給出“比佐藤秀中強多了”的評價。

我紅著臉解釋那人不是我的男朋友，老先生還是表情曖昧地看著我們，我趕緊胡亂點了幾樣醬菜要店員包好，然後頭也不回地落荒而逃。

我把醬菜交給小老闆，這樁“以物易物”的交易真不划算，花了我五百日元。

他把可愛紙袋遞過來，我猶豫了一下，還是接了，畢竟一個大男人的確不需要耳環，何況還是便宜貨。

“他說的没錯。”小老闆忽然說。

“嗯？”

“我是比佐藤秀中強多了。”

聽他這麼一說，我停下腳步，轉頭惡狠狠地看著他：“你知道在別人的傷口上撒鹽是什麼滋味嗎？對你來說可能有可恥的快感，但對我來說卻是痛入心扉，所以別再提佐藤秀中了！”

爲了掩飾被棄的難堪，我接著告訴他，愛人不是爲了佔爲己有，而是希望對方幸福。如果娶了倉本直美，秀中會感覺幸福，我寧願祝福他，而不要反的那一種，讓他在我的懷抱裏抑鬱而終……

話說得洋洋灑灑，只有我心裏清楚，自己是打落牙齒和血吞。

很意外的，小老闆非但沒有吐槽，反而神情哀傷地看著我……

"你還好吧？"我不確定是哪句話傷了他。

"没事，"他苦笑，"告訴我，妳……不是天使。"

第二十四章/雞飛狗跳

因我的抱怨，小老闆對我委以重任，讓我在"雅虎日本"網站賣瓷磚。

"爲什麼不在淘寶網上賣？"我問。

小老闆答我們的母公司早就入駐淘寶網，但日本人還是習慣到"雅虎日本"網站上買，我的任務就是網上銷售，他則專攻房地產開發商，因爲日本的新房多帶精裝修，如果能拿到一個案子，那代表好幾個億的營業額。

我現在懂了，小老闆走的是大訂單，我走小訂單，大小通吃。

一個早上我都在研究如何讓公司的瓷磚上"雅虎日本"網站，搞得一個頭兩個大。

"杉杉，吃飯了。"小老闆說。

"噢！我不餓。"我的眼睛還停留在電腦屏幕上。

"可是我餓了。"

我慢慢地擡起頭來，難以置信地看著我的老闆，他笑得一臉燦爛。

"大門出去右轉，第二個路口有一家賣咖喱的，我要炸牛排咖喱飯，早點兒去免得排隊。"

交待完畢，他將兩千日元放我桌上，說剩下的當跑路費，讓我爲之氣結。

日本的餐廳總是這樣，一定要等裏面的客人結完賬，桌子收拾好，刀叉都擺放整齊後才會出來喚下一位客人進入，所以時間拉得很長，但每個等待的人都很有耐心，沒有人插隊，也沒有人喧嘩，大家安安靜靜地排隊。

好不容易我的前面只剩下一對情侶，也就是說我排第二，終於"多年媳婦熬成婆"，不禁喜形於色。

"還沒輪到妳？都等了50分鐘了。"小老闆向我走來。

我再一次難以置信地看著他，像看到一隻怪物。

"怎麼，沒看過饑餓的人嗎？"他回望我。

我很不滿地說既然他要來店裏吃，幹嘛差遣我？我的時間不是時間嗎？

"抱歉，妳的時間已經被我買下，至於我親自前來是因爲妳讓我等太久，我來看看妳是不是開小差了。"

他大言不慚地承認不信任我，我氣得一句話都不想多說。

本來我的肚子不餓，不吃也行，但在排隊當中被那濃郁的咖喱香氣挑起食欲，突然覺得饑腸轆轆，所以點了咖喱牛肉飯，小老闆則點了炸牛排咖喱飯，聽說是鎮店之寶。

日本是個酷愛咖喱的國度，只要看看擺在超市貨架上的各種咖喱粉和咖喱塊，你就知道它有多受歡迎。記得報紙上曾經有個票選活動，讓日本人選出最愛吃的食物，結果咖喱飯打敗壽司成爲日本人最喜愛的食物。

"ごゆるり"穿和服的日本妹子捧來兩個大盤子，並且嬌聲嬌氣地請我們慢用。

我看了一眼盤中物，雪白的米飯淋上深褐色的咖喱汁，上面浮著幾塊牛肉，蔬菜幾乎看不見，因爲已經和咖喱汁融爲一體，盤子的邊緣還有一小撮醬菜，開胃用的。

"いただきます"我雙手合十，學日本人說"我開動了"，然後拿起勺子吃飯。

米飯很香、咖喱汁很濃、牛肉塊入口即化，連附贈的冰開水也透心涼，讓我的味蕾得到充份的滿足。

"妳知道爲什麼日本人吃飯前一定要喊一聲'いただきます'嗎？"小老闆問我。

又來了，我管它爲什麼，說穿了就是一個民族的風俗習慣罷了。

"錯，"他斬釘截鐵，"因爲要讓食物有被吃的心理準備。"

對於小老闆的幼稚言行，我已經見怪不怪，所以當他又胡謅時，我能做到紋風不動。

"你一定認爲我很幼稚吧？！"他讀出我的心思，"那是因爲妳天生缺乏幽默感。"

"呃！反倒是我的錯？"

"放心，跟我處久了，妳會一天比一天快樂。"他又加上一句。

真是胡扯，我是很快樂啊! 能吃飽、有地方住、身體健康，還有什麼不快樂的？……

我侃侃而談，没注意到店內的食客開始議論紛紛，並且眼光落在同一個方向。

" 別回頭。"小老闆壓低聲音說。

我還是回過頭去，原來收銀台頂上有一架小型電視機，現在正直播佐藤秀中和倉本直美的婚禮。新娘子穿上白無垢（全白拖尾和服，頭戴白帽子），新郎則穿著附有家紋的和服，兩人在神社的神靈前許下結婚誓言，整個儀式非常莊嚴肅穆。

" 幸せですね～"

" 花嫁真美"

" いいカップル璧人"……

耳中傳來陣陣祝福和讚歎聲，我趕緊又轉頭回來，拿著勺撥弄盤中的咖喱飯，瞬間胃口全無。

"妳說佐藤秀中是結婚新郎，怎麼一點兒喜氣也沒有？該不會是做了什麼虧心事了吧？"話是對我說，但小老闆的眼睛一直盯著電視機瞧。

"夠了，什麼都別說，我一點兒也不感激。"

我起身，頭也不回地走了，忘了小老闆的錢在我身上，而我連自己的午餐錢也沒付。

直到下午四點多鐘，小老闆才灰頭土臉地回到公司，一副踩了狗屎的樣子。

我剛在"雅虎日本"註冊完畢，需要交押金，便知會了他一聲。

“用妳的錢交。”他像吃了炸藥。

“幹嘛用我的錢？”

原來中午吃飯時，他身上既没錢也忘了帶手機，我一跑，他便被店主人留下來刷盤子，連手套也不讓戴。

“真的假的？”我問。

小老闆平常胡言亂語慣了，我不得不懷疑其真實性。

“看到没？”他張開手掌讓我瞧，“手都皺得像哈密瓜上的紋路了。”

我一看果然皺巴巴，趕緊道歉並把錢款悉數還給他。

“算了，原諒妳，”他收下錢，“今天妳也不好受。”

我試著抽離悲傷的情緒，没想到小老闆又一腳將我踢下水。

“謝謝你的善心，讓我受益匪淺。”我没好氣地答。

他没還嘴，逕自走向自己的辦公室，没兩分鐘後又出來，把一張銀白色的卡片放在我桌上。

“這是什麼？”我邊問邊打開卡片，那是一張婚宴邀請卡，地點設在香格里拉酒店。

“想不想參加前男友的婚禮？”他問。

“不想。”我直接回絕，並把卡片交還給他。

小老闆感嘆好可惜，因爲吃的是精緻料理……

見我不吱聲，他再次游說：“真想讓那個龜孫子驚喜一下，難道妳不想？”

我還是搖頭。

“糟糕！忘了妳是天使，”小老闆收起邀請卡，“等著瞧，我絕對讓他們的婚禮雞飛狗跳。”

他對我眨眼睛，一副邀功的模樣。

東瀛之愛（繁體字版, ED 2）

他對我眨眼睛，一副邀功的模樣。

第二十五章/河豚料理

我還是去參加秀中的婚宴，目的是阻止小老闆的惡作劇（我和他不算熟，不知他會不會來真的，如果應驗了，秀中豈不難堪？）。

我很認同一句話"分手即使不是朋友，也不用惡臉相向"，況且小老闆說得對，一個結婚的新郎官，臉上卻沒有一點兒喜氣，這已是最大的報復。

婚宴設在東京，七點入場，我提早下班到髮廊做頭髮，還請了專人化妝。

化妝師問我穿什麼顏色的禮服，我想了想答"黑色"，因爲我參加的是葬禮。

"どうぞご愁傷樣ね"化妝師一臉哀戚地要我節哀順變。

一轉頭，她幫我化了一個"我見猶憐"的妝容，連口紅都是淡粉色，整張臉素淨得很。

小老闆看見我，樂不可支，他說就差在髮鬢上插一朵白花了，這才是反擊的最高境界。

走進會場，入口處有佐藤秀中和倉本直美的大型婚紗照，讓參加婚宴的來賓不會走錯宴會廳。我看見小老闆從西裝口袋裏拿出一個白色的禮金袋，上面繫有紅色的同心結，袋子的正面用黑色水筆寫上二十萬日元。

當收禮人員將禮金袋翻到背面做登記時，我看到送禮人的名字是林小西和孫愛梅。

林小西是小老闆的名字，但這個孫愛梅是誰？

付完禮金，接待人員帶我們入座，從座位離新人的遠近來判斷，林小西和辦喜事的人關係很一般，因為我們被帶到最角落的圓桌，估計連新人的臉孔都看不清。

再一次，我又看到"孫愛梅"三個字，因為桌上有名牌，而我正坐在她的位子上。

敢情林小西有女朋友，因為臨時有事不克出席才抓我遞補？

我們坐下後，服務員便為我們斟上葡萄酒，瓶身上寫著大大的紅色"祝"字。

林小西曾說要大鬧婚宴現場，但我看到的是，他端起酒杯到處和人敬酒並且大派名片，把婚宴當成拉關係的場所。也難怪，佐藤家是日本最大的房地產商，而倉本家資本雄厚，來往者非富即貴，不趁現在推銷"東洋瓷磚"更待何時？

好不容易等到今天的男女主角都入席了，林小西才趕緊回座。

我看見秀中換了禮服，但仍是深色和服，沒什麼新意，倒是新娘子穿上用金、銀、紅三色交織的豪華打掛，上面繡了松竹梅及鳳凰等吉祥圖案，除了讓賓客大飽眼福外，更代表新娘子已染上夫家的榮光，正要展開全新的繽紛多彩人生。

新人的兩旁坐著雙方家長，我看到秀中的父母一臉欣喜。還好今天的新娘子是他們喜歡的倉本直美，我很難想像若換成是我，他們的臉會臭成什麼樣子？

簡短的歡迎和祝福詞後，婚宴開始了，服務員一字排開，井然有序地上菜。

日本婚宴上的每一道菜都代表一個美好的祝願，比如魚頭和魚尾都被向上捲起，整條魚圍成一個圓圈，象徵夫妻永不分離，而蝦、黑豆、海葡萄都是定番，分別意味著長壽、多金與多子多孫。

觥籌交錯、風捲殘雲之後，三層大蛋糕被服務員用小車推出來，我知道婚宴已接近尾聲。

看秀中和倉本直美套上白手套，兩人合力切開結婚蛋糕，全場報以熱烈掌聲，我忽然眼前一熱。

我最愛的男人結婚了，新娘不是我，而我還在觀禮之列，切膚之痛也不過如此。

林小西握緊我的手，給予我安慰。

"始亂終棄的人不會幸福的。"他說。

如果這個世界上有人希望秀中幸福，那一定有我，可惜我愛的人不若我愛他的多。

"你說我一邊把他恨得牙癢癢的，一邊卻還死心塌地愛著他，這是不是犯賤？"

"別再作賤自己，渣男有什麼好留戀的？再過幾個月，妳連他的樣貌都記不起來。"

我難以想像會有想不起秀中樣貌的一天。

"あなたはなぜここに？"一個女人忽然狂喊起來。

我擡起頭來，認出那是佐藤家的小個子傭人，她正在逐桌分派蛋糕，來到我這一桌，誤以爲我是來鬧事的。

我來不及解釋，她已經慌慌張張地跑向主桌滙報，我看見秀中往我這邊瞧，他……看見我了。

不僅他看見，整個會場的人都看見了，他們交頭接耳、議論紛紛，幾名記者甚至衝過來想拍照，但都被林小西擋住。拉扯之中有人倒地，全場嘩然，尖叫聲四起……

～

我和林小西被保安押著走出香格里拉酒店，我的一隻鞋在混亂當中遺失了。

"我回去找！"他往回走，被我一把抓住。

"算了吧！我今天沒給禮金。"

我們沈默了一會兒，還是林小西沒忍住，他噗嗤一笑並且一發不可收拾，像個瘋子似的。

我也跟著笑，這是什麼跟什麼嘛！難不成我送了一隻鞋給秀中當結婚禮物？

"這……這個禮物，呵呵! 太……太屌了，帶味道的……"林小西笑得眼淚都出來了。

"別這樣啦! 我應該很傷心才是。"我總覺得又哭又笑的，很不倫不類。

林小西說傷心個屁！在真愛面前舉白旗的人，本身就是個渣，失去了不足惜，我應該選一個不渣的人。

"不渣的人？難道像你？"

"不，"林小西的眼神突然黯淡下來，"我也是渣，而且渣得徹底。"

～

我上了報紙頭條，雖然竭力想遮住鏡頭，但一張臉還是被照得清清楚楚，反倒是林小西的臉被切了2/3，完全認不出他來。

"佐藤秀中是該吃點兒苦頭，現在鬧也鬧了，到此為止吧！

生活還是要繼續。"母親和我一起吃早餐，今天桌上有烤魚。

"我没有鬧，只是去觀禮，旁邊的人太小題大做了。"

母親看著我，彷彿說："鬧也無所謂，幹嘛撇清？"

我知道多說無益，低下頭專心吃魚。

大阪分公司比東京總公司還糟糕，除了小老闆和我之外，員工清一色全是日本人。衆所周知，日本人很有禮但非常排外，我很難與他們交心，反倒因林小西在婚宴上的"行俠仗義"，我和他越走越近。

"喜歡吃韓國烤肉嗎？"他問。

"還行，但今天不想吃。"

"中國飯？"

"昨晚才吃過。"

"西餐？"

"全是肉。"

"意麵和匹薩？"

"呃……没什麽食慾。"

"河豚料理？"

林小西提起河豚，我猶豫了一下。

河豚是一種淡水魚，體呈圓筒形，有氣囊，遇到危險時會吸氣膨脹，一般體長在25～35厘米，筋肉、皮和卵巢有劇毒。

日本自江戶時代起就有嗜吃河豚的風氣，稍有不慎，河豚肉便成爲食客最後的晚餐，因爲它的劇毒毫無解藥，針尖大小就足以致人於死地。

豐臣秀吉還曾因爲有太多武士死於河豚毒而頒布禁食令，一旦吃了河豚會被沒收家産乃至拘刑。

這麼一道讓人又愛又恨的料理，我卻未曾品嚐過。

林小西聽聞，拿起手機撥號。

我問他打給誰，他答 kisoro，那是大阪最出名的河豚料理店。

"貴不貴？"我又問。

"最近河豚捕獲量遞減，物以稀爲貴，目前行情大概每條在 15 萬日元左右。"他答。

15 萬日元？折合人民幣約一萬，我的錢包可沒這麼鼓。

我正想阻止預約，沒想到林小西已通上電話，並且跟料理店訂了兩條，也就是 30 萬日元，比吃金箔還貴。

想到我的薪水才 22 萬日元/月，一個晚上就吃掉大半的月薪，不禁叫苦連天。

第二十六章/是人還是魔？

日本人吃河豚是從"秋天的彼岸吃到春天的彼岸"，也就是從9月下旬至3月下旬，我們剛好趕上末班車。

林小西開著他的Jeep往通天閣的方向駛去，他預定的是道頓堀本店，遠遠就能看到那隻飄在鬧街上的大河豚招牌，連菜單都製成一面面的大板子直接擺在路邊，讓人一目了然。

進到店內，服務員先呈上的是河豚刺身，它的裝盤方式很講究，是採"鶴盛り"，也就是一隻張開翅膀的鶴，旁邊還有一朵祥雲。

面對第一盤如藝術品般的精緻菜餚，我彷彿站在懸崖邊，要嘛摔得粉身碎骨，要嘛因品嚐到人間美味而欣喜若狂。

眼看林小西就要將河豚肉送進嘴裏，我忽然喊卡。

在日本，只有得到河豚廚師資格證的人才能處理河豚的毒素，但凡事總有意外，2011年，銀座一家米其林二星餐廳就曾發生河豚中毒事件，讓這個原本以爲安全的食物又蒙上一層死亡陰影。

"那個……萬一……你有什麼要交待的？"我說。

林小西放下河豚肉，似笑非笑地看著我：「妳的意思是臨終遺言？」

被他瞧見心中的擔憂，我怪不好意思的。

見我不言語，他開始很認真地想著他的臨終遺言。

「告訴我父母別傷心難過，因爲我是吃完美食，含笑離開人世的，還有……把我葬在孫愛梅旁邊。」

說完，他把河豚刺身吃下肚，一副解脫了似的表情。

這是我第三次看到或聽到「孫愛梅」三個字，很顯然她已經死了，但她是誰？和林小西是什麼關係？

「我不會爲了滿足別人的好奇心而開腸剖肚，妳該不會像那些庸俗的人一樣，一心一意就想挖人隱私吧？！」大概我的表情洩漏了內心獨白，我的老闆逕自給出答案。

「噢！不，當然不，我也討厭打破砂鍋問到底的人。」

「那好，」他夾起第二片刺身，「妳吃還是不吃？再不吃就要被我吃完了。」

由於河豚毒發作時間在10到30分鐘之間，如果我等林小西「安然無恙」再食用，估計河豚肉早被他吃光了。

咬咬牙，我豁出去了，大不了一死，至少黃泉路上還有人作陪。

我挑起鶴羽毛最邊緣的部份，沾了點醋後納入口中，感覺非常有嚼勁兒，大概因爲是河豚皮的緣故。後來我又吃了生肉部位，肉質極富彈性，想要一口咬斷很難，無怪乎每片刺身都切到薄如宣紙的程度。

我吃了一片又一片，簡直停不下來。

「離毒素發作還有幾分鐘，妳也講講臨終遺言吧！」我幾乎忘了這件事，偏偏林小西又很煞風景地提起。

我想了想，說：「我希望母親能好好度過下半輩子，不要太傷心，還有……"

真是可氣！死前的我竟然還想著秀中，我希望他不要太內疚，我們有緣無份，一切都是命。

雖然我沒說出那些不爭氣的話，但林小西已從我的面部表情中猜出一二，他毫不留情地取笑我："妳以爲佐藤秀中還會在乎妳？切，真是宇宙無敵大傻瓜！"

"不用你管，"我也來氣，"再傻也是我的事，我喜歡當傻瓜，你管得著嗎？"

他看了我好一會兒，終於接受我是個笨蛋的事實。

"吃，"他把兩坨白白的，表皮微焦的東西放進我盤裏，"少說話。"

我問這是什麼？他很神秘地要我猜。

咬了一口，味道很特別，該怎麼說呢？吃起來非常非常的嫩，很柔滑的感覺，帶一點兒微腥，口感像嫩豆腐。

"這是雄性河豚的精囊，是河豚料理中最昂貴的部份。"林小西解開謎團。

精囊？製造精子的地方？我突然覺得渾身不自在，像吃了什麼骯髒的東西似的，雖然它並不難吃，甚至算得上可口。

吃完精囊，接下來的食物就顯得平凡許多。

豚皮沙律、煮凝り、河豚鍋等都中規中矩，保持在水準之上。

最後服務員拿來生雞蛋和兩碗米飯，把它們加入已吃完大半的河豚鍋中熬成粥，味道之鮮美，在口中久久不能散去。

吃飽喝足後，林小西忽然可憐兮兮地說："怎麼辦？我以爲今天會毒發身亡，所以身上沒帶錢。"

不會吧？！我可不想留下來刷盤子。

我的老闆笑著起身走向收銀台，幾句對話後，我看到林小西用手指著我，收銀員探出頭來看我一眼後拼命點頭。

完了，完了，他該不會把我賣給料理店了吧？！30萬日元恐怕要洗上幾十天的盤子。

我暗自祈禱林小西不會棄我而去，但怕什麼來什麼，可怕的一幕還是發生了，他竟然拉開門走了，完全忘記我的存在，這如何是好？

想來想去，還是走爲上策（找林小西要錢去）。趁著服務員沒注意，我偷偷離開座位,沒想到在出口處被收銀員抓個正著。

"私がクレジットカード"我硬著頭皮說自己可以刷信用卡（雖然明知道30萬日元已經超出每個月的消費額度）。

收銀員問我刷什麼信用卡？老闆讓她叫出租車送我回本田家，是不是現在叫？

老闆？哪個老闆？

在收銀員的解釋下，我終於明白這家料理店有3個合夥人，林小西屬於出資不管事的，說白了就是股東。

"彼はどこに行く?"我急著問林小西的行蹤。

她答老闆回家了，家就在料理店樓上。

這個可惡的林小西竟然玩我？看我不宰了他！

我火冒三丈，偏偏在這種情況下，視力卻出奇的好，我看到收銀台後面的牆上掛著幾張名人與廚師合影的照片，其中一張屬於林小西，他和日本財務大臣及一位穿和服的清秀女子站在一塊兒。

"あの女は誰?"我指著照片中的女人問。

收銀員答那是他們的店長，現在在尼泊爾旅行。

我接著問這位在尼泊爾旅行的店長，名字是不是叫孫愛梅？

收銀員很驚訝地反問我是怎麼知道的？

呵呵！我怎麼知道？一旦被耍夠了，人的第六感就會異常的靈敏。

我請收銀員幫我叫出租車，然後好整以暇地坐下來想一想林小西到底是人還是魔？

第二十七章／母親的計劃

我成功地把東洋瓷磚送上"雅虎日本"網站後，林小西爲我雇了兩位兼職的工讀生，他們擔任網上銷售的客服人員，我則負責接單、出貨。

"網上銷售的情況如何？"我的老闆站在我背後，眼睛盯著電腦屏幕問。

我告訴他成績還不錯，剛開始因爲攝像採光問題，被顧客認爲與實物的顏色有出入而慘遭退貨，但自從調整了拍攝技術後，已經很少接到這方面的投訴了。

"很好，繼續加油！"

林小西正要走，我轉過頭去，告訴他最近接了個單，是從尼泊爾發出的，訂貨人叫孫愛梅。

他愣了一下，樣子很錯愕。

自從在河豚料理店被他捉弄後，我一直想找機會反擊，如今終於得逞。

"孫子的孫，愛情的愛，梅花的梅。"我再次強調。

"吳小姐，妳有閒工夫查人隱私，何不把時間花在工作上？妳可是我花錢雇來的勞工，每小時九百日元。"

"得，"我沈下臉來，"以後別在我面前提孫小姐，人家好好的在尼泊爾旅行，你偏偏要咀咒她死，居心何在？"

林小西氣急敗壞地要我說清楚，他什麼時候咀咒過孫愛梅？

於是我清了清嗓子，學他在kisoro的灑脫口吻："告訴我父母別傷心難過，因爲我是吃完美食，含笑離開人世的，還有……把我葬在孫愛梅旁邊。"

林小西非但没有自打嘴巴的尷尬，反而問我難道不能他先死，等孫愛梅駕鶴西歸後，兩人再葬在一起？

"是……是可以啊！但既然這麼愛，何不親口告訴她，生離死別算個什麼？"

"我的事不用妳管，妳管好妳自己就行，"林小西轉身，邊走邊唸叨，"別又遇上渣男，哭哭啼啼的。"

讓我爲之氣結。

日本是颱風高發的區域，通常五月下旬以後才會有，但今年頗不尋常，剛進入四月就迎來今年的第一個颱風。

據日本氣象廳的報導，1號颱風正在鹿兒島縣枕崎市西南120公里的海面上，以每小時30公里的速度向東北偏東方向推進，截至昨晚，日本多地已出現強降雨天氣……

還好京都尚未受影響。

今天出門時，我特意帶了把傘出去，但一直到進公司都沒打開過，沒想到下午兩點便下起小雨，到了四點成了中雨，有同事說大阪已經掛出四號風球了。

我不知道四號風球代表什麼意思，但看見窗外漆黑一片，像末日來到，夾雜的風雨聲也讓我很不安，因爲從公司大門到地鐵口有十幾分鐘的步行距離，我肯定要淋成落湯雞了。

"台風日間、君たちが先に退社した "小老闆突然走出辦公室，宣佈因爲颱風的關係，今天提前下班。

同事們歡呼一聲，開始收拾桌上物準備離去。

"杉杉，妳最後走，別忘了鎖門及關掉所有電源。"林小西下令。

啥？這不公平，公司有那麼多男員工，爲什麼讓我一個弱女子最後走？

想到一定是今天早上我提起孫愛梅，讓小老闆很不爽，所以藉機報復。

哼！真是小心眼。

等到最後一位工友也走了，我忍氣吞聲地關上所有的窗戶及電源，再將公司大門鎖上，然後拿起雨傘匆匆下樓。

果不其然，中雨已經成了大雨，風勢也越來越強，偏偏我還穿著長裙……

我站在樓底下躊躇不前，想著該不該等風雨小一點兒再走？

"叭……叭叭……"一輛車停在我面前。

我看著那輛車好一會兒，好奇它爲什麼還不開走？

此時車窗忽然打開，林小西衝著我喊："快上車，妳傻了嗎？"

真是奇怪！我爲什麼要上車？

我將頭撇向一旁。

"あなたが急いで乗る?"一位老人催促我快點兒上車。

顯然林小西的車不開走，後面的出租車便無法就定位，老人當然也上不了車。

爲了不當討厭的人，我無奈上車。

"我没去過本田家，下高速後妳得指路。"他面無表情地説。

一路上風雨交加，雨刷器刷刷刷地左右搖擺，即使照明燈全打開，可視距離依然不到五十米。

"你開慢點兒。"我提醒。

林小西答不是開慢就安全，搞不好因爲開得太慢，反而讓後面的車撞上來……

那怎麽辦？前有斷崖，後有追兵。

"別擔心，我會把妳安全送到家。"他很有擔當地説。

平常四十分鐘的車程，因爲颱風的關係，硬是將時間延長了一倍有餘。

母親著急打來電話，怕我堵在半路上，一聽說今天老闆開車送我回家，她便不再嚕嗦，只是提醒我車子可以停在車庫內。

本田家是棟有300年歷史的老宅，當時的房屋設計不可能有車庫，爲了方便本田英樹的造訪，特別在澡堂旁邊加蓋了雙車庫，平常只會停放母親的座駕。既然母親說林小西可以將車子停進車庫內，代表此時本田英樹不在本田家，這讓我鬆了一口氣，因爲我不想在自己老闆的面前介紹母親的情人。

我讓林小西開到宅子西側，按了喇叭後，没多久車庫的門打開了。

待車子一停妥，小雪對著車內的我們說：" 快進來，晚餐準備好了。"

林小西扭捏地表示他還是回去吧！

" 你回去不也得吃飯？反正要吃，不如吃完再走。"我是知恩圖報的人，他開車送我回來，我便請他吃飯。

於是他無可無不可地跟我進到母親的房間內。

遠遠的我就聞到火鍋的香氣，和日式火鍋不一樣，空氣中有花椒的味道。

" 今天有中國貴客到，所以我特別交待廚子準備重慶火鍋，你……愛吃辣嗎？"母親問。

我的老闆沒回答，只是盯著母親看直了眼，像個被女色吸引的男人。我又重複母親的問話，他這才笑著答他無辣不歡，連做夢都想吃重慶火鍋。

重慶火鍋又稱毛肚火鍋或麻辣火鍋，起源於重慶碼頭船工的粗放餐飲方式，原料主要爲牛毛肚、豬黃喉、鴨腸、牛血旺等。

" 那好，待會兒你多吃點兒。"母親答，然後給他已加了蒜泥、蔥花、香菜、小米辣、榨菜、花生、香油，花椒油等的蘸料碟子。

看著油汪汪的紅色鍋底，我皺了皺眉頭，還好母親準備了鴛鴦鍋，她知道我不吃辣。

" 妳不吃辣嗎？"林小西看我把筷子伸向清湯鍋，遂問。

" 嗯！吃辣讓我臉上長痘痘。"我解釋。

當他看見母親也把筷子伸向清湯鍋時，按捺不住地問了同樣的問題。

母親答她的皮膚好得很，不吃辣不是怕長痘痘，而是怕有口臭。

"那麼待會兒我得刷三十分鐘以上的牙才行。"林小西笑說。

我給了林小西他要的牙刷、牙膏和漱口水，他真的很認真地刷起牙來。

"他幹嘛這麼煞有介事？反正待會兒就回去了。"我心想。

没料到下一秒母親便告訴我已經掛上五號風球了，讓林老闆別回去，就在本田家住一晚吧！

可惡！颱風早不來晚不來，偏偏這時候來，讓人進退兩難（此時趕客人走顯得不近人情，但不趕他走，又覺得住得彆扭）。

"那個……風雨越來越大，要不……在這裏住一宿吧！"我說。

"行，"林小西用毛巾擦了嘴，"住宿費我照付。"

我答不用了，心想就當收留一隻無家可歸的小狗吧！

母親爲他開的是本田家最大的一間客房，有個很美的名字叫"玄雲海"，一晚要價十二萬日元，秀中來時也是住這一間。

秀中……？

難不成母親的眼光又落在另一個男人身上，以爲他會是我生命中的真命天子？

不行，林小西有女朋友了，我得讓母親明白不是所有的雄性動物都是我的結婚對象。

將小老闆帶進房後，我闔上障子門，急匆匆往母親的房間走去……

第二十八章／亂點鴛鴦譜

日式民宿旅館內的房間通常是一個開間，地上鋪有稻草編織的榻榻米草席，正中央有一張矮桌及四個座墊，房間的門是滑動式的拉門，裝飾品通常是畫和瓷器，晚上就打地鋪睡在蒲團上（日式床墊，折疊時可坐，鋪開時可臥）。

母親是老闆娘，她的房間自然不一樣，屬於一居室，有個小客廳，陽台正對著花園。

我進去時，她正坐在矮桌前喝茶兼看時裝雜誌，半小時前的杯盤狼藉已被小雪整理乾淨，房間裏還噴了花露水，藉以蓋住嗆鼻的火鍋味。

"老闆睡了？"母親問，眼睛沒離開Anecan, 那是一本專門提供輕熟女選擇衣飾的雜誌。

"嗯！"我坐了下來，直接切入正題，"我的老闆有女朋友了。"

"所以呢？本田英樹還有老婆和孩子呢！"

我就知道母親是那種不理會傳統教條的人，簡直離經叛道得可以。

“只要有錢，妳大概不介意我當別人的小老婆吧？”我問。

母親用力闔上雜誌，語重心長地表示她當然願意我當正宮，但當正宮第一要件得家世清白，最好還是書香門第，可惜我們吳家在第一輪就被刷下來，人得有自知之明，螳臂擋車的事還是少做。

“呵！我爲什麼被刷下來？這是拜誰所賜？”

“杉杉，妳若要糾結這個，只會讓自己不開心，人總得往前看。”母親感嘆，又強調當小老婆沒什麼不好，既受寵又沒有傳宗接代的包袱。

全天下要自己的女兒當小老婆的大概不多見，我何其有幸偏偏遇上了。

“反正我不當小老婆，妳也別把林小西放進名單內。”我把話撂下。

“妳說老闆叫什麼來著？”母親擡眼看我。

“林小西，雙木林，大小的小，東西的西。”

母親突然陷入沈思，她端起“湯吞”（沒有柄的陶瓷杯，上面有一圈圈的握紋），若有所思地說：“我倒是認識一個叫林大東的人。”

“誰？妳說妳認識誰？”我驚訝地喊出聲來。

林小西的父親叫林大東，年輕時曾經暗戀一位叫吳桃桃的女人，儘管母親現在的中文名叫吳飛飛，也難逃以前叫吳桃桃的事實，加上母親也承認認識一位叫林大東的男人，種種跡象顯示，這對男女有著千絲萬縷的關係。

“妳眼角的痣哪裏去了？還有，什麼時候妳的眼睛變得又大又圓？”我質問。

因爲大老闆描述的暗戀對象和母親現在的容顏有出入，所以我一直沒將兩人對上號，現在一想，事有蹊蹺。

"眼角的痣是愛哭痣，這輩子我哭的還不夠多嗎？所以花了五十元把它點掉了，至於眼形……圓滾滾的更討喜，於是我又花錢開了眼角。"她解釋。

也難怪，從小我跟著外公外婆住，對母親的印象一直很模糊，等我夠大時，她已經是眼前的"整容臉"了。

我賭氣地說哪天我也去開眼角，這樣我們母女倆就更像了。

孰料母親答不必，因爲我的起點比她高，不需要整容，只要按照她說的做，一輩子的榮華富貴就享用不盡了……

"真是謝謝妳了。"

"不客氣，"母親竟聽不出我的反話，反而自言自語起來，"没想到當年的癩蛤蟆如今成了大老闆了……"

噢！不，林大東有幸福的家庭，可別又"吹皺一池春水"。

母親聽了呵呵笑，說她也有幸福的家，保證絕不"哪壺不開提哪壺"。

隔天一早，外面雖然仍有風雨，但明顯小很多了。

我趕著上班，林小西也是。

"睡得好嗎？"我問。

剛走出房門我就看到我的老闆，雖然衣服還是昨天那一套，但看起來神清氣爽。

"很好。"他答，接著低頭看了一眼腕錶，"現在出發剛剛好，早餐就在路上隨便買點兒充饑。"

我也這麼認爲。

誰知走没兩步就遇見小雪，她說早餐準備好了，老闆娘要我們移駕到她房裏吃。

“不吃了，我們趕著上班呢！”我對小雪說。

然而林小西考慮的比較多，他說還是當面向我母親辭行比較有禮，於是我們往母親的房間走去。

本田家提供的早餐一向是傳統日式，不外味噌湯、魚、雞蛋、豆腐、米飯、漬物和茶，偶爾會應客人要求提供美式或歐式早餐，但中式早餐絕無僅有，只有在極少數的情況下（譬如我或母親患上思鄉病時）才可能會有，因爲我們的料理師很不喜歡將廚房搞得烏煙瘴氣的。

然而現在桌上不僅有油條、大餅、豆腐腦，還有雲吞和豆漿，母親的“司馬昭之心”顯而易見，讓我很反感。

“小西，快坐下，喜歡吃中式早餐不？”母親竟然喚我的老闆“小西”？

“喜歡，”林小西忙不疊點頭，“夢裏都想吃油條、大餅。”

“怎麼做夢都夢吃的？有沒有病？”我嗆聲。

他反問我，不夢吃的夢什麼？難道夢風花雪月？

我本來想答夢“孫愛梅”，但一想到那是他的禁區，遂噤口。

原先我們只打算禮貌性地與母親告別後便離去，没料到林小西一坐下就開吃，加上母親有計劃的談話，時間一分一秒地流逝⋯⋯

“快趕不上打卡了。”我催促。

“杉杉，妳在窮緊張什麼？老闆在這裏，難不成他會因爲遲到而扣妳薪水？”母親話是對我說，其實是講給林小西聽。

“不會，不會，”我的老闆趕緊否認，“難得吃到家鄉味，晚個幾小時算什麼？”

“就是說嘛！”母親附合，轉而又問林小西平常在家誰做飯？和父母同住嗎？

他答父親住在東京，母親住在上海，他住在大阪，平時有人幫他燒飯。

"誰？鐘點工還是……女朋友？"

林小西的眼神忽然黯淡下來，有些欲言又止，我趕緊出手相助："好了啦! 還讓不讓人走？再不上班，員工都要以爲我和老闆私奔了。"

母親睨了我一眼，說："妳要跟老闆私奔也得先搞清楚他有沒有女朋友。"

真是敗給她了，玩笑話都聽不出來，還答得上綱上線。

沒想到林小西竟然回答母親無厘頭的問話，他說他和表姐住在一起，表姐名叫孫愛梅。

什麼？！孫愛梅是他表姐？我再一次被林小西的"不按理出牌"給震驚住，能不能來點兒正常的？

" 也就是說你現在不僅單身而且沒女朋友……"母親下結論，嘴角上揚。

完了完了，母親又開始亂點鴛鴦譜了，我不禁叫苦連天。

第二十九章/跳河

本來以爲林小西會跟我解釋孫愛梅爲什麼從"女友"變成了"表姐"？但他什麼話都没說，我也只能噤聲。

車子上了高速公路後，風雨又增強了，所有的車子因此都放緩了速度。我看了一眼車速表，一小時不到３０公里，以這種龜速，大概中午過後才能抵達公司。

"如果你没坐下來吃早餐，我們早就到公司了。"我忍不住埋怨。

"早到公司又如何？還不是跟一堆數據打交道，然後是說不完的電話，能偷得浮生半日閒是件愜意的事。"

我一時角色錯亂，以爲我是老闆，他才是員工。

得，老闆不急，我急什麼？

"妳說......"林小西望著前方的車屁股停頓一會兒，"和我私奔一天如何？"

聽他這麼一說，剛下肚的豆腐腦差點兒嘔吐出來，我問他是不是腦子進水了？

"沒有，妳沒聽錯，不知怎的，今天特別不想上班，就想人間蒸發一天，妳能陪我嗎？"

～

說是人間蒸發，其實是跑回他家。

我看到kisoro料理店的門口掛出"准備に"的牌子，頓時鬆了一口氣，我可不想讓餐廳員工誤會我是來搶他們經理的男朋友，噢! 不，不是男朋友，是表弟。

"樓梯很陡，妳小心點兒。"林小西提醒我。

原來他家真的在河豚料理店的樓上，只是樓梯設在建築物外面，呈之字形，踩上去嗵嗵作響。

因爲下著雨，我和林小西幾乎是跑著上去，然而到了家門口，我的老闆才發現他把房門鑰匙遺留在車上了，於是又跑回車裏拿，這樣一來一往，可想而知，傾盆大雨早把我倆淋成落湯雞。

"快進去！"門一打開，林小西就在我背後推了一把。

進到屋內，我卻站在玄關處進退兩難，因爲裏面宛如樣板間，既整齊又乾淨，我這麼濕漉漉的，怎好走進去？

林小西也看出我的窘態，他脫了鞋進到浴室，出來時手上多了兩條大浴巾，一條他自用，另一條給了我。我趕忙將一頭濕髮給擦乾，順便又擦了身上的薄外套，可惜沒什麼作用，因爲裏面的棉衣仍緊貼著皮膚，怪難受的。

"去吧！"林小西從衣櫃裏拿來一件衣服遞給我，"浴室裏有烘乾機。"

等我把濕衣服塞進機子裏，這才發現林小西給我的是男士襯衫，雖然它寬大到能遮住屁股，但也就這樣了，底下的兩條腿光溜溜的，叫我如何見人？

"扣、扣、"林小西敲門，"妳還好吧？沒掉進馬桶裏吧？"

死相！這時還開玩笑？

"我……没事，我等衣服乾。"我隔著門答。

誰知林小西在門外笑得好大聲。

"哈哈！等衣服乾？妳知道這得等至少半個小時以上嗎？"他笑問。

那……該如何是好？

我吞吞吐吐地說腳冷，林小西馬上心領神會，爲我送來一條米色的卡其長褲，腰圍大了點兒，但不礙事，只是褲長實在太長，我向上折了兩翻。

"你表姐大概有一米七。"我終於走出浴室，並且一開口就提孫愛梅，那個林小西避談的人物。

這次他倒不動聲色，只說桌上有熱茶，要我趕緊喝了祛寒。

我坐了下來，慢悠悠地喝茶順便觀察整個屋子。

入口處左側有個簡易廚房，右側則是衛浴，走進來是客廳，木地板上鋪了白色羊毛毯，奧地利著名情色畫家古斯塔夫·克裏姆特的名作"吻"高掛在灰藍色布藝沙發的背面牆上，沒有電視機，倒有一套看似不菲的音響設備。

客廳和臥室之間以書架隔開，裏面的Queen size席夢思床看起來很柔軟，角落有個梳妝台，梳妝台的旁邊立著一個水藍色的兩開式衣櫃……

有梳妝台代表這個家有女主人，但只有一張床又代表什麼？林小西總不可能和表姐擠一張床吧？！

我突然感到憤怒，有女朋友又不是見不得人的事，幹嘛隱瞞？他不僅捉弄我，也捉弄了我母親，是可忍孰不可忍？

"我要回家！"我板起臉孔說。

林小西聽了倒没詫異，他雙手捂住茶杯走向窗口，觀察了一會兒後說："外面還在下雨，妳確定要走？"

此時的他已經換上乾淨的家居服，我不認爲他想爲我出一趟門。

"你可以不送我，"先拒絕比較不尷尬;"我讓樓下料理店幫我叫出租車。"

林小西說叫出租車何難之有？現在就可以叫，只是我的衣服還沒乾……

對啊！我的衣服還在烘乾機裏。

這一想，我趕緊找台階下："那……忍耐幾分鐘是可以的。"

"既然要忍耐幾分鐘，不妨說說忽然討厭我的理由。"

原來那小子不是木頭人，他感覺到我的厭惡。

"你是我的老闆，我怎麼可以討厭你？"我反問，就想看他出糗。

沒想到林小西流露出輕蔑的笑容，他說我不誠實，又說我矯情，十足作女一個。

這徹底激怒我了，我口無遮攔地說他謊話連篇又愛捉弄人，不僅捉弄我，還捉弄我母親，罪加一等……

"什麼時候我捉弄妳又捉弄妳母親？"林小西抓住話柄。

呵!真會演戲，是誰說孫愛梅是他表姐，表姐和表弟有可能睡同一張床嗎？那叫亂倫……

林小西沒等我把話說完，憤怒地將手中的杯子往地上砸，發出哐啷一聲，陶瓷碎了一地。

這是做什麼？耀武揚威嗎？大不了我走，犯不著拿杯子出氣。

我衝進浴室，三兩下脫了林小西和他"表姐"的衣褲，換上自己半乾的衣服，等我出來時，那個失控的男人已站在門外，神情似乎平靜了許多。

“對不起，我太激動了，能不走嗎？我想找個人談談。”他說。

原來孫愛梅真的是林小西的表姐，她像個小媽媽似的從小給他無微不至的關懷與照顧。他跌倒了，她幫他擦藥；他被欺負了，她挺身而出。在林小西的眼裏，孫愛梅像神一樣的存在，一人同時扮演了多重角色，既是親人又像朋友，所以當孫愛梅的身邊出現追求者時，林小西的天地瞬間垮了，他接受不了自己的守護神會去愛別人。

“每個追求者都受過我大大小小的惡作劇，他們是我不共戴天的仇人，我恨不得吃其肉、啃其骨！”他說。

孫愛梅也察覺出他的異樣，一番長談後，林小西向她表達愛慕之情，這個外表柔順的女人非但沒有扼止他瘋狂的想法，反而一拍即合，也許在內心深處，她也愛上了這個小她五歲的表弟。

情投意合的下場就是點燃了家族戰火，灰頭土臉的兩人只好聯袂逃到日本，暫時避開風暴。

“這不是很好嗎？找到了避風港。”我說，順便又告訴他古今中外近親結婚的多的是，只要不生小孩就沒事，因爲血緣太近難免生下不健康的孩子。

林小西嘆了一口氣說這就是癥結所在，他愛孫愛梅，但也支持“傳宗接代”的想法，尤其他是家裏唯一的孩子。

“這就麻煩了，要不⋯⋯領養一個？”我建議。

他苦笑：“我還没大度到去養別人的小孩。”

這真傷腦筋，難怪孫愛梅要到國外散心，因爲情勢複雜像走迷宮，一時半會兒還繞不出來。

林小西說他本來也不抱任何希望，但自從遇見我，黑夜終於有了曙光，尤其孫愛梅看過照片後也表示同意，她说我看起來很溫柔體貼，孩子若像我，再好不過⋯⋯

“等等，這是什麼意思？”我一時犯迷糊。

我的老闆清了清喉嚨，放緩了聲速，像發表什麼重要宣言：“杉杉，妳能爲我和愛梅貢獻卵子嗎？我可以另外找代孕媽媽，免去妳懷孕的不適與痛苦。”

這宣言無異當頭棒喝，打得我半天沒緩過勁來。

“價錢隨便妳開。”他補上一句。

林小西提到錢，讓我更怒火中燒，怎麼……怎麼可以這麼欺負人？我還是待字閨中的未婚女子啊！

因爲太過氣憤和委屈，我忍不住淚流滿面。

“杉杉，杉杉，別哭，當我沒說，行嗎？”林小西慌了手腳。

我的老闆一定早知道母親的風流韻事，以爲我和母親一樣，只要給錢，做什麼都可以。

想至此，我生無可戀。

“妳去哪裏？”林小西對著我的背影喊。

“還能去哪裏？跳河唄！”

我往道頓堀的方向跑去。

第三十章/倉本秀中

我在雨中奔跑，鞋子進水、眼睛也進水。

"杉杉……別跑了……我道歉……我道歉還不行嗎？"林小西追著我跑。

雖然我個子不高卻很能跑，從小就是短跑校隊，林小西想追上我的確吃力，但他的腿長，最後還是在蟹道樂的紅色帝王蟹招牌下逮到我，離河不到二十米。

"告訴我，爲什麼生氣？如果不願意做，没人會強迫妳。"他說。

我爲什麼生氣？虧他說得出口！如果我是正經人家出身的女孩，他會跟我要卵子嗎？肯定是骨子裏看輕我，認爲可以予取予求。

"秀中看不起我，你也看不起我，所有的人都看不起我，我……活著還有什麼意思？"我哭得聲嘶力竭，"母親的所作所爲雖然不光彩，但孤兒寡母容易嗎？那也是無奈之舉啊！"

林小西見我不再反抗，鬆了我的手，語重心長地表示我誤會他了，就是因爲知道我是個正經的女孩，才願意自己的後代有我的基因，如果不是太喜歡我，他也不會選擇我當孩子的原生母親……

"太喜歡我？這是什麼意思？"我問。

林小西答我是他見過最心善的人，寧願自己受苦也不願傷害別人，符合他對美的要求……

"你這是以退爲進的哀兵姿態，我不會上當的。"我仍不假辭色。

我的老闆看著我，一時詞窮。

"よく言う話があって、カップルがケンカが壊れた感情。"一位路過的大叔誤以爲我們是吵架中的情侶，要我們好好說話，別傷和氣。

"妳看，旁人都以爲妳是我的女朋友，可見我們有多般配，別哭了，"他擦掉我臉上的淚水，"我們回家，嗯？"

林小西"又"帶我回他家，只是這一次我等衣服全乾了才走，離開時，已近黃昏。

～

我沒有答應給卵子，林小西也不再提此事，我們既像老闆和員工，也像朋友一樣的相處，直到……

"杉杉，妳能把瓷磚樣品送給大和房地產公司嗎？"林小西問。

"大和房地產公司？"

他答大概是新興的房地產開發商，他們在東京的葛飾區蓋了住宅樓，位置偏了點兒，但靠近水元公園又是大型社區，所以很受中產階層的歡迎。

"在東京？爲什麼不找東京總公司要樣品呢？"我提出疑問。

"我也不清楚，也許他們認爲東京公司的要價會貴一些，管他的，有生意做還不做嗎？"

老闆說得對，送上門的錢能往外推嗎？但是網上的訂貨……

林小西要我先別管那事，對方社長指定會說普通話的銷售前往，公司除了他就是我了，當然只能派我去。

那位社長竟然指定會說普通話的銷售？這倒新鮮！

我沒有遲疑，馬上整裝出發。

東京的行政區域共劃分爲24個區，葛飾區是一個被江戶川、荒川圍繞著的水鄉，區內的水元公園是東京唯一的濕地公園，擁有二十萬株的菖蒲花，拿它提取芳香油可防疫驅蚊。

此時車子正沿著水元公園附近的湖泊前進，沒多久，我看見萬綠叢中有五棟大樓正在興建，其中一棟已接近完工，我下車走向售樓處。

那位穿著OL工作服的幹練女子說他們的社長正在A1818等我，A棟樓只剩最後裝修，電梯能正常運行，不需戴安全帽。

她將我帶到電梯處，按了上行鍵後，對我行個禮就走，讓我很不安，我原以爲她會和我一起上去。

上到十八層，電梯門一打開，眼前盡是毛坯樣貌，也難怪，如果已裝修完畢就不需要我上門了，問題是A1818在哪裏？這裏連個房門也沒有，讓我從何找起？

走沒幾步，我聽到談話聲，約有四、五人的樣子，遂快步走向聲音出處。

"お前は東洋タイルの人?"門口那個高大的男人問我是不是東洋的人？

我趕緊點頭，說自己帶來了瓷磚樣品（由於房屋銷售對象是中產階層，我選擇不花俏的中性色調瓷磚，樣品都是4乘6厘米見方的小塊，裝滿了整個手提箱）。

他側身讓我進入一個採光良好的房間，裏面有四個人，一高、一矮、一胖，還有……那人背對著我看窗外，背影有些熟悉。

高矮胖看了我帶來的瓷磚後，問了一些問題，我都一一答覆，最後他們轉向窗前的男子，問他有什麼意見？

"私、あなたの意見がいい。"他答沒意見，依然背對著我們，但我認出那聲音了。

矮個子問我能把樣品留下來嗎？他們還得討論討論，而且我報的價太高，價錢還得磨一磨。

我當然知道那麼一大筆單子不可能很快下決定，留下樣品後我趕緊告辭，因爲不想面對窗前的那個人。

"君たちに行こう!見たい。タイル"那人還是轉身過來，並且打發高矮胖走。

待人走遠，他問我："如果是妳，浴室會選擇哪塊瓷磚？"

我指向一塊拋光白玉瓷磚，告訴他用這款最好，不防滑，沾上水後包管讓人跌個四腳朝天。

他尷尬地笑了笑，說我小心眼，不愉快的事還記得這麼牢。

我小心眼嗎？任何被前男友棄之如敝屣的人會有多大度？我不知道。

"杉杉，對不起，妳也知道，我……情非得已。"秀中終於開口道歉。

我強忍著淚水，說："我……我一直以爲這世界上能給你幸福的只有我，看來我太自信了，所以你選擇了別人。"

秀中苦笑，他說能給他幸福的人的確是我，但能給整個家族幸福的卻是倉本直美，他寡不敵衆，只能犧牲小我，完成大我。

那好吧！話都說到這個份上，我還有什麼話好說？

"我把樣品留在這裏，價錢你和我的老闆談，這麼大一個社區，我相信他會給你一個好折扣。"

是時候該走了，我轉身。

"杉杉別走，"秀中抓住我的臂膀，"我……我依然愛妳。"

這算什麼？愛我而不娶我，是想讓我當小老婆嗎？

秀中捧起我的臉："名義上的老婆我不能給妳，但我的心一直在妳這裏，未曾離去。"

他說得情真意切，我差點兒要投入他懷裏，訴說對他排山倒海的愛戀，然而我還是推開他，無情地說："我媽是別人的小老婆，那是她的命；我不一樣，我要明媒正娶，況且……況且已經有人向我求婚了。"

"誰？"秀中著急問，像被搶走心愛玩具的小孩。

我告訴他，是誰不重要，重要的是那人認爲我心善，符合他對美的要求，希望我能成爲他未來孩子的母親……

不知不覺中，我竟然將林小西借來當擋箭牌。

"不，妳不能嫁別人，妳是我的。"秀中呐喊著。

"早在你成婚之時，我就已經不屬於你了，倉本秀中。"我故意在他的名字上冠上妻姓，藉以羞辱他。

林小西說錯了，我不是心善的人，面對秀中，我希望他婚後過得淒慘、過得豬狗不如……

然而在電梯裏，我還是忍不住哭出來，冷酷只能再次證明我有多在乎他，那個曾經背叛過我的人—佐藤秀中。

第三十一章/葵祭

從東京回來後我沈默不語，林小西問我怎麼了？我答沒什麼，例假前的躁鬱症。

"妳今天外出前好好的，是不是在東京遇到什麼人了？"

他的問話讓我忽然想起，好端端的，怎麼秀中就知道我在東洋瓷磚大阪分公司工作？而且非常篤定我會前來，莫非⋯⋯

林小西立馬發誓他毫不知情，若曉得對方是佐藤秀中，他會親自驅車前往，怎麼可能讓我身陷魔窟？

也是，他的確看起來不像"告密者"，何況公司運營良好，他犯不著做"人神共憤"的事。

我又沈默了，林小西忽然一問："他⋯⋯有沒有對妳怎樣？"

嗯？對我怎樣？

林小西紅了臉，我猜到他想問什麼。

"沒有。"我答。

"那就好。"他鬆了一口氣。

下班前，大和房地產公司的人來電話要我明天再到工地詳談，如果談得好，他們決定用我們的瓷磚。

我很快心算了一下，五棟三十層大樓，總鋪設面積不低於60000平米，那是一筆大約十億日元的訂單。

眼看還有幾分鐘下班，我敲開林小西的辦公室門，告訴他明天我需要用車，又問他十億日元的訂單能給到多少折扣？

"妳別去，我去。"我的老闆闔上卷宗說。

既然林小西想親自出馬，我沒理由不讓。

"行，我等你的好消息。"我說。

林小西笑問怎麼我的口吻像老闆，他反倒成了雇員？

我答如果能把這個單子拿下，年底的分紅可以多出好幾個月，我當然希望他旗開得勝，至於誰是老闆……當然他才是老闆，我只是搖旗吶喊的員工。

"那好，明天等我的好消息。"他信心十足。

隔天，我的老闆直到快下班才進公司，而且灰頭土臉，氣色很不好。

我心裏有底，肯定是糊了。

"杉杉，下班了。"林小西從辦公室走出來，經過我的辦公桌喊了一聲。

我看了一眼牆上鐘，還有半小時才下班。

"我在樓下等妳。"他補上一句，然後先行一步。

工讀生安部次郎很迷惑地看了我一眼，我知道他學過漢語，只是不知道他能聽懂多少。

所謂"防微杜漸"，與其被誤會，倒不如先明說，於是我告訴他，老闆找我談公事。

戳破那層窗戶紙後，我下到底層，沒看到人，正想撥手機，突然聽到"叭、叭、"兩聲，原來林小西的車就停在旋轉門外，我趕緊跳上車。

"你是怎麼了？辦公大樓前禁按喇叭，你又不是不知道。"我繫上安全帶說。

"今天心情不好，不想管亂七八糟的規定。"他答。

果然單子沒拿下，所以心情不好。我開口安慰他幾句，反倒被他當成發洩的對象。

"說我們的瓷磚品質不好，品質不好還約著第二次見面？又把價錢壓到三折，三折哪！那是成本價，等於沒賺。"他氣憤不已。

"我肚子餓了。"我面無表情地說。

"什麼？！"林小西難以置信我會在這個節骨眼喊餓。

其實我不是真餓，但他邊開車邊發怒，我怕出事故，所以不得不找個理由讓他停車。

~

元祖這家串串燒一向大排長龍，也許我們去的時間點剛好，沒有等位。

我不是特別想吃串串燒，但附近都是吃正餐的，要嘛還沒營業，要嘛份量大到得有個空腹才行。

既然林小西說他不餓，只想喝杯啤酒，於是我叫了牛肉串、海老串及秋葵串，另加兩杯啤酒。

等食物送上來，我的老闆又加點了鰻魚串、扇貝串、牡蠣串及藕片串。

"没辦法，聞著聞著，肚子就餓了。"他解釋。

串串燒是油炸食品，吃多了會膩，但這家的蘸醬好吃，加上冰過的啤酒，當小食再合適不過。

吃飽喝足後，我問他還生氣不？他答還生氣，於是我說想吃甜品，不爲什麼，剛好看到"キルフェボン"的招牌，那裏有高人氣的水果塔。

~

我點了草莓水果塔，酥脆的塔皮加上大顆草莓及甜得剛剛好的濃香奶油，好吃得不得了。

"你確定不吃？"我問。

這次林小西真没吃，他點了黑咖啡慢慢啜飲。

"還生氣不？"我又問。

他答不生氣了，如果再繼續生氣下去，恐怕我們得把道頓堀美食街上的美食全吃上一遍才成。

我聽了呵呵笑，算他聰明！

"孫愛梅喜歡吃甜品嗎？"我問起他的心上人，順便測測他是否還忌諱談她。

"喜歡，但不知爲什麼，她的胃口越來越差，有時整天不吃東西也行。"

那可不妙，她肯定有煩心事。

林小西說那自然是，他自己也是每天煩惱事一大堆，辦公室的租金漲了、人工費也漲了，偏偏競爭還特別激烈，光今年大阪就多了近二十家瓷磚公司，簡直不讓人活。

我問怎麼會？公司的訂單不少，情況應該不致於那麼糟糕。他答那是去年簽的約，今年還没有簽下任何大單，光靠小單，很快會寅吃卯糧……

"原來經營一家公司這麼不易，所以大和的單子說什麼也得拿下。"我喃喃道。

"這也是癥結所在，佐藤秀中明顯給我小鞋穿，不知爲什麼，他似乎對我有敵意，話裏總帶刺，雖是開玩笑的口吻，但聽著很不是滋味。"

我告訴他，秀中可能把他當成追求我的人，尤其大鬧婚禮那天他也在場。

"說的也是，我和妳一起參加婚宴，關係應該不一般，"林小西很懊惱，"看來，這個單子肯定飛了。"

我又安慰他幾句，心中的計劃也悄然而生：**我得拿下這個單子，爲公司也爲自己。**

如果東洋沒了，等於宣告我失業，再求職難免背上母親給我的十字架，除非我真的不在乎那些流言蜚語。

"明天我想請假一天。"我說。

"爲什麼？"

我告訴他明天是京都的葵祭，母親約了我去看祭典。

"去吧！今年妳還没放年假。"我的老闆很大度地說。

第三十二章／醍醐灌頂

在日本古老的神話中，爲了感謝日神的恩惠，人們會把繫上向日葵的牛車趕到神殿去參拜，稱爲葵祭。時至今日，每到葵祭你會瞧見裝扮成各類文武百官的人們趕著牛車去巡行街頭，從中體會到歷史的傳承。

今天陽光明媚，我不知道母親會不會去看葵祭，但我鐵定不會。

穿上秀中喜歡的甜美服飾，又用捲髮棒在髮梢做出蓬鬆效果的梨花頭，我想打造出活潑、俏麗的形象。

"杉杉，把個人的恩怨拋開作背水一戰！"我給鏡中的自己打氣。

秀中的手機號還是從前那一個，没變。

他聽到是我，很開心，當下提議讓我們找個地方敍敍舊。

我答敍舊免了，光談瓷磚的事。

"瓷磚能有什麼事？不過是一堆石頭罷了。"

聽他這麼一說，我知道他想打太極拳，根本沒誠心談生意。

"我到工地找你，請將樣品帶上。"我仍把公事擺第一。

他答何必呢？自己正在往地鐵犬吠站的路上，犯不著繞一大圈回到工地。

"你去那裏幹嘛？"我問。

"妳忘了我仍保有妳東京公寓的鑰匙？我先過去，妳慢慢來，我煮好吃的東西等妳。"

真該死！怎麼就沒想到換個門鎖？

因爲失戀，我曾自棄好一陣子，後來臨時得到大阪的工作，匆忙間又沒來得及收拾屋子，可想而知，被褥亂成一團不說，垃圾沒倒、碗盤沒洗、外加晾在浴室裏的內衣褲……

一想到那個畫面，真恨不得一頭撞死。

不，不行，我一定得趕在秀中前面回到屋子，不然太尷尬了。

我轉身找人，原以爲福山先生會爲我跑這一趟遠路，沒想到他去機場接客人了。

沒辦法，我只好叫出租車。司機一聽說要跑東京，跟我要了雙倍車資，因爲回程恐怕得空車。

我咬了咬牙，無奈同意。

沒想到上天繼續給我出難題，車子一上高速公路就大塞車。

"どういうこと?"我問。

司機答可能前方出了車禍，而且是大車禍。

果不其然，到了浜松就看到連環車禍，兩輛大貨車追尾，還波及另外五輛轎車。警車因此來了好幾輛，車頂的警示燈閃個不停，高速公路上也圍起了黃色的警戒布條，只留下單線道供車輛通行，難怪車子走走停停，讓人好等。

過了肇事區域，車流才順暢起來，饒是這樣，到達小區門口也足足開了三個小時。

我付給司機近兩萬日元的車資，他很高興地表示今天的營業目標已達成，他要回家幫老婆摘豆莢。

我無奈地笑了笑，心想今天的訂單一定得拿下，否則就虧大了。

我在房外就聞到牛蒡土佐煮的香味。

"妳回來了。"秀中從廚房探出頭來，身上圍著我的粉色圍裙，樣子很滑稽。

我關上門，脫了高跟鞋再趿上家用拖鞋，這才發現地板抹了，在燈光下閃著光。

走向客廳，窗明几淨，再把頭往臥室探去，被褥、床單、枕頭都擺放整齊。往左推開浴室門，高掛的內衣褲不見了，裏面倒有一股消毒水的味道。

"你不需要這麼做。"我一臉寒霜。

秀中說他就喜歡家裏乾乾淨淨的，看著也舒服。

"這已經不是你的家了。"我有些感傷。

他沒接話，把剛起鍋的食物放進骨瓷盤裏，喊著可以吃了。

此時桌上除了牛蒡土佐煮，還有烤青花魚及蒸蛋。

"因爲打掃花了點兒時間，所以中午吃簡單一點兒。"他說。

接過他遞來的香米飯，我不知自己該用什麼態度對待他，尤其眼前這個笑顏逐開的男人正把菜挾進我碗裏，很快成了一座小山。

"你不需要這麼做。"我再次將他往外推。

"做不做是我的事，妳不用操心。"他對我微笑。

秀中說中午吃簡單一點兒，偏偏他煮的都是我愛吃的。我邊吃邊掉淚，如果我和秀中是名正言順的夫妻，這麼尋常的一餐該有多溫馨！

"杉杉，怎麼了？"他放下碗筷，"是不是飯菜不合妳胃口？"

我抹去眼淚："没錯，米飯硬梆梆、牛蒡老了、青花魚太鹹、蛋也没打勻。"

秀中很尷尬地承認飯菜的確没我做得好，但也還行，没那麼糟糕……

我悶不吭聲地把碗一推，回到客廳坐下。

他没發火，把早泡好的綠茶端過來，說想和我談談瓷磚的事。

見秀中主動提起公事，我趕緊把準備好的合同攤在桌上，問他想用哪個型號的瓷磚？花園的地磚我們也生產，要不，一起訂了吧！我會給個好折扣……

"用哪個型號我們的設計總監會告訴妳; 花園地磚……就我所知已經交由園藝公司負責，妳要，我也可以給妳; 至於打多少折扣？"他想了想,"妳隨意，我没意見。"

這還談什麼？

"在商言商，你這樣没底線，不是個好領導。"

"我根本不想當領導，只想和妳相濡以沫，就算妳要天上的星星，我也會摘下來給妳，只求妳不要拒我於千里之外，好嗎？杉杉。"

秀中的最後一聲喚我，把我的防線給徹底沖毀了，誰讓我還愛著他，很愛很愛……

所以當秀中握住我的手，我没說不；把手伸進我的裙子裏，我没拒絕；解了我的上衣鈕扣，我也没反抗；甚至脫下我的胸罩時，我還主動去抱他。

啊！那熟悉的感覺又回來了，我再一次陷入秀中編織的情網裏無法自拔……

~

隔天上班，我把合同往林小西桌上擺。

“瓷磚型號還没決定，但不重要，因爲大和公司同意打八折，所以即使不同的瓷磚有不同的價位，差距也不大。”我說。

我以爲我的老闆聽了會歡呼一聲，甚至給我加薪，没想到他毫無欣喜，甚至有些微愠。

他用力打開合同，翻到最後一頁，當看到“佐藤秀中”四個工整的大字時，頓時炸開鍋。

“我讓妳去簽合同了嗎？在哪裏簽的？酒店還是汽車旅館？妳是去工作還是去做雞？”林小西口無遮攔地向我開火。

怎……怎能這樣說話？我爲了公司鞠躬盡瘁，他不感激也就罷了，竟然還羞辱我？！

“你腦子進水了？對拿回大訂單的人出言不遜！”我氣得發抖。

“吳杉杉，我告訴妳，就妳那點兒能耐，絕對是走後門拿到的訂單，而這個開方便之門的不是別人，正是不要妳的前男友，妳竟然還和他上床，要臉不？”林小西繼續向我捅刀。

我告訴他，我的確和佐藤秀中上床了，但不是爲了生意，而是經過這麼多事之後，我發現自己仍深愛他，而他也是。

想起昨天激情過後，秀中擁著我告訴我許多秘密，包括倉本直美不僅強勢而且還是個石女，不論他怎麼營造氣氛，她完全沒反應。

"妳能想像這是多麼痛苦的一件事嗎？她甚至算好排卵日才肯與我行房，其他日子都敬謝不敏。"他說。

我沒想到外表野豔的倉本直美會對那事不感興趣，秀中身爲另一半肯定苦不堪言。

"也只有和妳在一起，我的身心才能徹底解放。"秀中邊說邊又騎在我身上。

這樣"純粹"的愛情卻被林小西一手抹殺，成了見不得光的醜聞。

"回答我，佐藤秀中離婚了沒？妳和有婦之夫搞在一起，到底有沒有頭腦？"我的老闆氣憤非常。

我告訴他這世界上多的是貌合神離的夫妻，我和秀中不過是少了那紙婚約，但我們清楚地知道對方才是這輩子的真愛。

林小西像看一個無知小孩一樣地看著我："妳知道妳在幹嘛嗎？妳在走妳媽的老路，成了別人的小老婆！"

此話一出猶如醍醐灌頂，没錯，繞了一大圈我還是成了人家的小老婆。

"我……我……"

林小西要我什麼都別說了，想當小老婆就當吧！没人阻攔我。

他拿上合同走出辦公室，留我一人，呆若木雞……

第三十三章/我是吳桃桃

母親在本田家的門上繫了個大分別府風鈴，是用纖細柔韌的竹子編織而成，裏面有個古銅色的鐵器，非常古樸，晃動起來音色輕柔悠長、餘韻雋永。

我意興闌珊地回家，小雪聽到前門被拉開所發出的鈴聲，匆忙跑過來行禮，她以爲我是十分鐘前打來電話的客人。

"是妳，小姐。"小雪趕緊過來幫我拎包。

"我媽呢？"我脫了平底鞋，穿上我的專屬棉質拖鞋。

小雪聽聞後，面有難色："老闆娘她……"

"知道了。"我阻止她說下去。

本田英樹一個月總有一、兩次上我們家來，今天應該就是他的上門日。

走在被小雪擦得光亮的地板上，我應該在走廊盡頭左轉，不知爲什麼，我右轉走向母親的房間，然後在障子門前停下腳步。

遲疑了一會兒，我將耳朵貼緊木格子中間的半透明樟子紙，想偷聽裏面的人講話。

"あなたの爪の生えた"母親停頓了一會兒後，"わたしが爪を切った"

原來小老婆的工作還包括"剪指甲"。

我從障子門的門隙往裏瞧，看見本田英樹穿著浴衣，腰帶沒繫，腆著個大肚腩躺在榻榻米上，母親則蹲在他身旁幫他剪指甲……

難道這就是我的宿命？和母親一樣成爲男人的附屬品，藉以換來衣食無憂。

"小姐？"

聽見小雪喚我，我趕緊離開障子門。

"我把浴衣遺留在母親房裏了。"我解釋。

小雪說她進去幫我取，我推說不用，自己可以直接穿睡衣……

明知答得有破綻但我無暇他顧，快步離開。

拿回高達十億日元的訂單後，林小西明顯與我疏遠了，尤其每到午餐時間更讓人如鯁在喉，他不再喚我一起用餐，反而和別的員工走得近，將我晾在一旁。

這一天，他約了工讀生安部次郎吃飯，說巷子口新開了一家韓式拌飯店，買一送一。

"吳小姐、一緒に行きましょう!"安部次郎不知我和林小西之間的心結，竟然開口邀我一起去。

我說不了，"買一送一"是兩個人划算，我是第三人，總不能讓我吃兩份吧？！

安部次郎答那有什麼問題？然後叫上會計部實習生淺尾若香，後者小跑步過來。

其實我早留意到安部次郎没事就上會計部轉轉，有幾次我在休息室看到那兩人邊喝咖啡邊聊天……

這一來騎虎難下，我很害怕林小西會因此拂袖而去，還好他的情商尚可，至少保住表面上的和諧。

因爲是新開業，又是"買一送一"，加上附近的上班族也多，所以著實等了好一陣子才輪到我們。

那兩個嘰嘰喳喳的"年輕人"，一個點了牛肉泡菜，另一個點了五花肉，反觀我們這兩個沈默是金的"老人"，不約而同地都點了蘑菇牛肉。

安部次郎在一旁瞎起哄，說我和林小西"心有靈犀"，又說我們"臭味相投"，連用的茶杯都一樣（這也是我頗感意外的地方）。

我曾經和母親到台灣花蓮遊玩，在太魯閣的一家特色小店買下一個柴燒手工品茗杯，非常的古樸雅緻，一直是我的辦公室專用杯，没想到林小西的桌上也擱了個一模一樣的，連顏色都是深褐加灰藍。

"我也去過那家特色小店。"林小西說。

原以爲是"神不知鬼不覺"的一件小事，卻被眼尖的工讀生給抓個正著，他甚至利用這個吃飯的機會，問我們是不是情侶杯？

"ない"我和林小西異口同聲，說得那樣急，倒像是"粉飾太平"來著。

這下子安部次郎的表情豐富極了，似笑非笑，淺尾若香也是，只是因爲低下頭去，所以含蓄了些。

~

心神不寧地用完餐，兩個"小朋友"很快找到藉口離開，因爲林小西還在喝茶水，我不知道自己是否也該識相走人。

"那個……明天我換個杯子。"林小西說。

我答好。

"以後我們保持距離。"他又說。

我還是答好。

"盡量別交談。"他加了句。

"要不，把我給辭了，省得看了心煩。"

林小西搖搖頭說我是空降部隊，把我辭了，他老爸會提刀來見他……

我氣憤極了："那麼我主動遞辭呈，不，連那個也省了，就說我惡意曠職，連遣散費也不用給。"

說完，我起身走出店外。

~

我剛抱著紙盒走出公司就和林小西撞上。

他說我動作真快，我答"此處不留人，自有留人處"，然後昂首離去。

~

没想到我又失業了，還是爲公司掙了今年的第一桶金之後。

"我以爲那小子喜歡妳。"母親吃了一口あんみつ後說，那是一種日本甜食，將水果切成各種形狀再放入甜豆，像

185

水果盆。

"他有女朋友了。"我舊話重提。

然而母親固執得很，她說她看人很準的，有沒有火花一說一個準。

"呵！那妳告訴我，爲什麼我辭職他沒挽留？"我邊問邊吃雪印冰淇淋，那是産自北海道的香濃冰品，甜而不膩、入口即化。

"我說……他很快會回頭找妳。"

母親以爲她未卜先知，我聽了嗤之以鼻。

"扣、扣、"有人敲門，我代母親回答"請進"。

障子門被拉開，小雪立在房外。

"什麼事？"母親問。

小雪答外面林先生找。

"哪個林先生？"

"上回颱風天送小姐回來的林先生。"

我驚訝到合不攏嘴。

"請他進來。"母親答，然後對我投來意味深長的眼神，彷彿說"看，我說的沒錯"。

～

由於來了客人，下午茶除了多了個杯子外，還多出四樣點心，分別是鯛魚燒、麻糬、團子和日式饅頭。

冰淇淋早被我囫圇吞下肚（日本人喝下午茶講究的是端莊、優雅，吃冰淇淋在意境上差多了，所以趕緊毀屍滅跡）。

"小西，快進來，就等你喝下午茶。"母親又發揮她諂媚的功夫。

我的老闆很快坐下來，並在品嚐過後毫不吝嗇地讚美甜品的精緻可口。

"知道你會來，特地爲你準備的。"母親說。

"知道我會來？"林小西迷糊了。

母親答那當然，她女兒剛替公司賺了十個億，這樣的有功人員怎能棄之不用？如果真做了，那可是人神共憤的事。

說得林小西的臉上青一陣紫一陣的。

我天生心腸軟，看見淋雨的小狗小貓都要抱在懷裏，何況是人？

"不是這樣的，是我主動請辭。"我開口護衛。

母親說即使是主動請辭，但凡思路清楚的老闆都知道那是"以退爲進"，那麼大一筆訂單，少說也得雙倍加薪或者職位三級跳……

我睜大眼睛看著母親，難以置信她會在這個節骨眼上"獅子大開口"。

"没錯，我來就是請杉杉回公司，薪水肯定加，職位也會做調整。"林小西畢恭畢敬地答，樣子很誠懇。

"這就對了，林大東的兒子果然識時務。"

"妳……妳認識我父親？"林小西很錯愕。

母親答那自然是，當年兩家相距不到兩百米，他父親一天經過她的家門不下五十次。

"妳……妳是吳桃桃？"

"我是吳桃桃。"母親笑了，豔如桃李。

林小西也笑了，彷彿找到遺失多年的珍寶。

第三十四章／玄雲海

母親的房間是一居室，有個小客廳，中間放張矮桌，旁邊散落幾張座墊，既是會客室也是餐廳。

只有我和母親時，或臥或躺，反正怎麼舒服怎麼來，可是當有客人在場時，就不得不學日本人採取跪坐的姿勢，那是很累人的。

男性還好，除了跪坐還能盤坐，即將雙腿向內屈伸相盤，雙手分搭於兩膝，這個坐姿比跪坐好多了，腿也不容易麻，可惜不適用於女性。

此時的林小西正是採取盤坐，他對母親微笑後，突然從座位上爬起，改採跪姿，並且雙手撫住榻榻米，低頭：" 杉杉媽媽，請和我父親見上一面，拜托！"

日本文化中，下跪是一種下對上的禮節，到了昭和時代才演變成爲"謝罪"或"有求於人"。如今林小西也學日本人對母親行下跪禮，明顯是後者的原因。

母親喝了一口茶水，慢悠悠地說：" 都已經是三十多年前的事了……"

"我父親依然記得您，並且日夜思念著，請滿足他年過半百的心願。"林小西仍然不敢看母親。

"なるほど～"母親把尾音拉長，代表她正在思考。

"拜托了！"林小西的臉幾乎貼近榻榻米。

母親答既然這樣，那麼請他父親上本田家，她會預留最好的房間給他……

"本当にありがとうございます"林小西終於擡起頭，對母親說著日語感謝辭中的最高級。

母親非常淡然，對他人的由衷感謝既不回禮也不肯流露一丁點兒個人情緒，反正就是冷冷的，像極了冰雪女王。

林小西說放我幾天假，下個月一號再開始上班，薪水調整爲每月30萬日元，這是爲了考慮其他資深員工的心理，不過年底結算時他會給我豐厚的紅利，感謝我爲公司的辛勤付出。

我笑他變臉變得太快，他嘆了口氣，答："沒辦法，人在屋檐下。"

原來我的前任老闆，也就是林小西的父親知道我替公司拉來一筆大單子，他兒子非但沒留住我，反而一腳將我踹開，頗爲震怒，他發話了，如果杉杉不回公司，林小西就得收拾行囊回中國，而這正是他的軟肋。當初他和孫愛梅就是爲了遠離悠悠衆口才遠度重洋來到日本，他若回中國，他的女人怎麼辦？

說來說去還是爲了孫愛梅，行，我"宰相肚裏能撐船"，看他誠心認錯的份上，加上母親也羞辱了他，我決定"強勢回歸"，因爲不過才兩天的工夫，我就開始感覺無聊了。

離下個月 I 號還有幾天，我在嵐電車站附近的 Tokyo Hands 買了些布料，打算做一條拼布涼被。夏天到了，有這麼一條涼被，炎炎午後能讓我睡一個安穩的午覺。

在布料區徘徊了約莫一刻鐘，我終於決定以粉色和湖水藍爲基礎色，給涼被來點兒海洋的氣息。

提著大包小包進門，小雪不知到哪裏去了，也没人幫我提一下。

回到房內休息片刻後，我開始裁剪布片，每片大小都需要精確無誤且留有縫份，這花去我不少時間。

"小姐，用餐時間到了。"小雪在房外喊。

由於此刻房間內到處是剪好的布料，我不希望湯湯水水弄髒它們，遂說："把晚飯放在我母親房裏，待會兒我過去和她一起吃。"

誰知小雪答老闆娘在客人房間裏用餐。

母親跑到客人房間裏用餐？這是從來沒有過的事。

我拉開障子門問："哪個客人？"

小雪說今天早上我出門後，本田家來了一位重要客人，由母親親自到玄關處迎接。客人沒有直接進自己的房間，反而在母親的房內稍坐片刻後才走向客房。

"老闆娘要我把晚餐送到玄雲海，又說没她的吩咐，任何人都不許進入打擾。"小雪又說。

玄雲海是本田家最大的客房，秀中和林小西都曾入住過，難道……

"不，不是的，來者有五、六十歲，穿著昂貴的西服和黑皮鞋，人很緊張，不停地用手巾拭汗。"

小雪描述得繪聲繪影，該不會是……

想到昨天下午林小西才像獲得特赦般愉快地離去，難不成他父親今天就蒞臨，這也太快了吧？！

我闔上障子門往母親的房間走去，順便一探究竟。

今天廚子準備的是前後共 I 3 道的懷石料理，看著桌上用古典陶瓷盛裝的精緻餐點，的確讓人食指大動，但我長居於此，再好吃的東西經常吃也會膩。既然美食没吸引到我，那麼我的眼光被角落的一籃蘋果給吸引住，也就不足為奇了。

趁著小雪進來爲我倒茶水，我問她哪裏來的蘋果？她答是玄雲海的客人送的。

竟然是林大東送的？！我以爲送給心目中的女神，禮物會是寥若晨星般的珍貴，結果卻是幾粒其貌不揚的紅蘋果……

"小姐，妳可別小看這些蘋果，這可是木村秋則的蘋果啊！"小雪說。

木村秋則在日本是個傳奇人物，他曾爲了栽培無農藥的蘋果，前後花費十年的功夫。這種蘋果個頭小，顏色形狀也不好看，但味道卻讓人吃了有想哭的衝動，謂爲天上人間少有的極品，很多日本吃貨的最大心願就是"一生能吃到一次木村秋則的蘋果"。

這麼說，爲了這次會面林大東是煞費苦心，連木村秋則的蘋果都能在一夜之間拿到，可見母親在他心目中的份量。

"小雪，把蘋果放進冰箱吧！"我說。

想到眼前的水果如此稀缺，還是送進冰箱爲妥，没想到卻遭到反對。

"老闆娘說了，她要讓整個房間充滿蘋果的香氣，所以特別囑咐我別放冰箱。"小雪答。

呃！拿木村秋則的蘋果當室內芳香劑？夠奢侈的了。

打發小雪走後，我躺在榻榻米上望著天花板出神，那一絲絲的蘋果香氣果然迷人，讓人彷彿置身於果園內，而我也在陣陣的果味當中，一步步地進入夢鄉……

打個盹醒來已是晚上十點，桌面被收拾得乾乾淨淨，我的身上還蓋著條薄被，小雪是什麼時候進來的？我一點兒也沒發覺，她的輕手輕腳真讓人折服。

我喚了一聲母親，沒聽到回應，遂爬起來察看，果然臥室裏空無一人。

走出母親的房間，我應該回到自己的房間倒頭入睡或者繼續DIY拼布藝術，但是玄雲海卻在此時呼喚我。

那兩位老人在幹嘛？敍舊敍得夠久的了。

我想起林大東的老婆，那個又矮又胖，不論容貌或脾氣都能讓男人退避三舍的女人。相比之下，母親是儀態萬千，一勾眼、一回眸，分分鐘能喚起男人的原始慾望，該不會……

母親說沒她的吩咐，任何人都不許進入打擾，但我是她的女兒，女兒擔心母親的安危天經地義。

於是我往玄雲海的方向走去……

第三十五章/不速之客

夜晚，本田家走廊上的日式竹編吊燈一盞一盞地亮了，加上客房裏傾洩出來的柔和燈光，整個民宿彷彿跌入時間的洪流，回到戰前的昭和時代。

我老遠就看到母親的木屐，上面繪有松竹梅圖案，是她特地到淺草寺的木屐一條街購買的。木屐的旁邊是一雙擦得倍兒亮的黑皮鞋，兩雙鞋都被小雪整齊地排放在房外，而且鞋頭一律朝外，方便一拉開障子門就能穿上。

就著燈光，我能看到玄雲海裏有人影在晃動，再走近一些，我聽到鄧麗君的歌曲《甜蜜蜜》，而那身影看著像是兩人正在婆娑起舞。

甜蜜蜜，你笑得甜蜜蜜，

好像花兒開在春風裏，

開在春風裏。

在哪裏？在哪裏見過你？

你的笑容這樣熟悉，

我一時想不起。

啊～在夢裏……

我以爲年近半百的人早已沒有了激情，若真有，也頂多是一起下廚做好吃的東西或者在家含飴弄孫，當起免費的住家保姆罷了，我没想到此時此刻的吳桃桃會和當年眼中的癩蛤蟆邊放情歌邊跳舞。要知道，母親雖強勢，但和本田英樹在一起時完全是一副唯唯諾諾的小媳婦兒樣。

再一次看到母親的矯揉作態讓我冷汗直流，難道她又梅開三度？

懷著惆悵的心情回到自己的房間，眼前仍是凌亂一片，到處是大大小小的布片。我没心情收拾，倒頭就睡。

也許，也許明天母親會告訴我，眼前的一切不過是誤會一場，那麼我就不用擔心林大東的老婆會河東獅吼，她更年期的反覆無常，我可是領教過了。

因爲忘了拉窗簾，早上七點多我就被明媚的陽光給叫醒，趕緊一骨碌爬起。穿戴整齊後，連臉也來不及洗就衝到玄雲海，然而房外沒有木屐，也沒有黑皮鞋。

他們去哪裏了？

我看到小雪手裏捧著數條折得整整齊齊的白色浴巾向我走來，遂喚住她：“小雪，我媽呢？”

“老闆娘在溫泉澡堂裏，我這就送浴巾過去。”她答。

我忙不疊擋住小雪的去路，問我媽是一個人上澡堂的嗎？她支支吾吾，半天答不上話來，我的心跌落至谷底。

本田家有個小型的溫泉澡堂，分"男湯"和"女湯"，因爲本田英樹喜歡"獨自"泡溫泉，爲了滿足大老闆的喜好，在有限的空間裏又單獨隔出一小間，想必母親帶林大東去的正是本田英樹的專用澡堂。

爲了避免和"前老闆"打照面徒生尷尬，我默默回房，剛好手上有涼被要做，暫時分散了注意力，連小雪喚我吃早餐，也被我以"手工未完成"給打發掉了。

正午時分，小雪又來喊吃飯，我因沒吃早餐正饑腸轆轆著，二話不說，起身走向母親的房間。

"回去了？"我問。

"回去了。"母親答。

中午我們吃蕎麥涼麵。

廚子將煮熟後的蕎麥麵撈出，放入冰水中降溫，待徹底變涼後呈上，食客將麵蘸著以蔥、醬油、芥末調和而成的調料汁吃，在炎炎夏日裏不失爲一道清爽的開胃麵食。

"他洗完澡回去的？"我又問。

"嗯！洗完澡人也精神些。"母親又答。

此時母親的臉頰紅撲撲，皮膚像掐得出水來，更糟糕的是，她那久違的少女氣息又浮現了，讓我很不安。

"妳不會也一起洗了吧？！"我挑釁問。

母親無所謂地答："林大東需要有人幫著搓背。"

呵！我不知道我的前任老闆是三歲小孩，連澡也不會自己洗。

母親憤而將筷子摜下，問我到底想說什麼？

“我想說林大東的老婆替林家立下過汗馬功勞，人也刀槍不入，妳別偷雞不著蝕把米。”

母親聽完哈哈大笑，她說她從來沒把那女人放在眼裏，以前沒有，現在更不會有。想當年，那隻醜小鴨還穿著用飼料袋做成的衣服，拖著兩行鼻涕滿山遍野地跑，當林大東說他娶了方嫦娥時，她還笑他沒眼光，把全村最醜的女人給娶回家了。

“林小西的母親的確不好看，但人不能光看外表，內在也很重要。“

“傻孩子，”母親搖頭看我，“男人都是看外表的，說內在很重要只是自己騙自己。”

她重新拿起筷子吃麵，還把配菜（海帶和綠豆芽）放進我碗裏。

我聽到大門風鈴晃動的聲音，接著聽到小雪喊著：“いらっしゃいませ”，知道又有客人入住。

這是今天的第五位客人，我邊縫製涼被邊數著人數。

沒多久我聽到小雪的腳步聲，她急匆匆從我的房門前走過，跟在後面的客人就沒那麼心急，他甚至在我的房門外逗留了一會兒，直到小雪又回頭催促，他才跟上。

“真是個怪人！”我心裏犯嘀咕。

等到我把兩個正方形圖譜縫上，耳邊傳來敲門聲，我擡起頭來看時間，今天的晚餐可是提早了？

“小雪，我在忙，待會兒再吃。”我說。

孰料又是“扣、扣、”兩聲，也是，不可能是小雪，她總是在房門外就代傳聖旨了。

我無奈起身去開門，誰知一個戴口罩的人影以迅雷不及掩耳的速度進到我房內，隨後將障子門拉上。我來不及尖叫，他已將口罩取下。

"秀……秀中？"

我的腦袋裏滿是問號，他是怎麼進來的？

"我借用員工的證件在網上訂房，是以客人的身份入住的，"他解釋，"那個小姑娘很好說話，我說自己感冒了，她没要求我摘下口罩。"

原來如此。

雖然看到秀中很高興，但我還是說："你不應該來，我們也不應該再見面，你是有老婆的人……"

我仍然無法接受自己淪爲別人的小老婆，何況秀中雖然婚姻不幸福但自始至終從未提到"離婚"二字，想必也是把我放在一個"言不正名不順"的位置上，讓我很心傷。

"杉杉，就是因爲妳不理我，所以即使冒著被拆穿的危險，我也要前來見妳一面，請別再拒我於千里之外，好嗎？"他可憐兮兮地說。

我知道"被拆穿的危險"意味著什麼，母親現在已把佐藤家列爲"拒絕往來戶"，如果知道秀中吃回頭草，肯定又會大鬧一場。

"我住在玄雲海，晚餐過後妳一定得來一趟，我有話對妳說。"他叮囑。

林大東剛離開玄雲海，秀中馬上又入住，一個晚上要價十二萬日元，彷彿不要錢似的。

"我不去，你也別等我。"

"妳不來，我也等妳。"說完，他戴上口罩，轉身拉開障子門離去。

秀中走了，把我的心也帶走。

想到他與我相距不到5o米，做什麼都魂不守舍，連圖譜也縫得歪七扭八，不得不拆了重縫。

"小姐，晚餐時間到了。"小雪在房門外喊。

"知道了。"放下手工，我起身往母親的房間走去。

第三十六章/肝腸寸斷

晚餐時間，我只吃了半條烤秋刀魚和些許白飯，母親問我怎麼了？我答天氣熱，没胃口。

“也是，夏天來了，我該提醒廚子做些開胃菜。”她說。

母親没發現我的秘密讓我有些意外，她通常是我的心情解讀機，有時我甚至以爲她曾經在我很小的時候把什麼機器裝進我腦裏，以致於在她面前我幾乎是赤裸裸的無所遁形。

回到房內，我又拿起涼被DIY，湖水藍、蘋果綠、葡萄紫都是冷色系，得加點兒暖色平衡一下，火焰紅太紅了，香蕉黃可不可以？

我忙著構思，但不代表我没注意到房外的動靜。那人已經繞著本田家的走廊走了好幾圈，每次到我房門口就停留一下，見我仍不爲所動後，開始在障子門的門縫間塞紙條。

第一張：我住長江頭，君住長江尾。

第二張：日日思君不見君，共飲長江水。

第三張：此水幾時休，此恨何時已。

第四張：只願君心似我心，定不負相思意。

真不愧是北大的高材生，連宋代詞人李之儀的作品也知道。在《卜算子.我住長江頭》之後，我很好奇秀中還會祭出什麼？

第五張：夜夜掛長鉤，朝朝望楚樓。

原來秀中打算送我唐代《銅官窯瓷器題詩》，全文共84行五言詩，作者可能是陶工或源於當時流行的里巷歌謠。

想到秀中還要繞著本田家的走廊走42圈，豈不是得走到半夜？

這怪異的舉止肯定會引起注意，若由此掀起軒然大波也不是我所樂見，於是在他塞進第六張紙條前，我把房內的燈滅了，隨他回玄雲海。

我不願他進我屋，因為母親的嗅覺很靈敏，她能在各種氣味中快速找出男人的味道。

我一進玄雲海，秀中就迫不及待擁抱我，被我一把推開。

"請停止幼稚的舉動，別再繞著走廊走，除非你想進瘋人院或蹲監獄。"我義正辭嚴地說。

"見不到妳跟進瘋人院或蹲監獄沒什麼兩樣，妳讓他們將我帶走好了。"秀中賭氣地答。

真是任性得可以！看來我得跟他說清楚，這樣藕斷絲連著，成何體統？

"請別再來找我，你有你的倉本直美，我有我的林小西，兩條直線交叉後若無法重疊，那也只能各自散去……"

"那個瓷磚公司老闆真的是妳男友？"他問。

爲了徹底打消秀中的念頭，我只好把孫愛梅的男人再次借來用。

"是的，他的脾氣不好，忌妒心又強，還是黑帶九段的高手。"我語帶威脅。

秀中說他老早猜出是他，那人就是獐頭鼠目、尖嘴猴腮、狼心狗肺、歪瓜裂棗、心術不正……

也不知他從哪裏學來的成語，反正我聽了噗嗤一笑，如果林小西知道有人這麼形容他，肯定氣得吹鬍子瞪眼睛。

"看！妳笑了，可見他就是這樣的人。"

我答我笑是因爲他說錯話，林小西不是那樣的人，相反的，他外冷內熱，既重感情也有擔當，是個能當真朋友的人……

話一說完，我才發現林小西在我心目中竟成了正面教材，這或多或少和他愛護他的女人有關，與秀中的"見異思遷"形成強烈的對比。

"杉杉，妳……不愛我了？"秀中很傷心地問。

想到在維也納的NH酒店裏，我也曾問過他同樣的問題，當時他的大手包住我的小手，溫柔地說："要好好的，一個人也要按時吃飯……"

"要好好的，一個人也要……"

我想說他說過的話，沒想到秀中卻一把抱住我，呐喊著："我不要一個人吃飯，我不分手，我愛妳，杉杉，我不要分，不要！"

我用力推開他，一不做二不休，正好藉此機會看看他的態度。

"告訴我，你會和倉本直美離婚，然後與我結婚。"

"我會和倉本直美離婚，然後與妳結婚。"他斬釘截鐵地答。

"真的？"

"真的。"

聽到秀中的承諾，我放下戒備心，以致於當他又上前擁抱我時，我沒推開他。

"世界上最遙遠的距離不是生與死，而是我站在你面前，你卻不知道我愛你......"秀中邊在我耳邊呢喃泰戈爾的詩篇邊拉開我背後的拉鏈。

我知道自己又將沈淪，沈淪在愛人的柔情蜜意當中，無法自拔。

我哼著歌走進母親房裏，今晨沐了浴還灑了香水，母親不可能聞得出來。

"今天的厚蛋燒很入味。"我說

厚蛋燒是一道傳統的日式家庭料理，既有咬勁而且蛋香味濃，很是可口。

"和前幾天的沒兩樣。"母親冷默回答。

雖然被潑冷水，但我不以為意，依然好心情地用著早餐。

"他是誰？"母親不急不徐地問。

"誰？"

"我問讓妳心情大好的那個人是誰？"

我趕緊搖頭答没有這麼一個人，而是天氣轉涼的關係。

「我不知道天氣也能讓人產生荷爾蒙，妳的身體現在充滿了發春的氣息。」

聽母親這麼一說，我趕緊低頭聞自己的身體，但除了Miss Dior的淡香水味道外，什麼也没有。

見我仍想抵賴，母親惡聲惡氣地向外喊：「小雪！」

小雪慌忙來到跟前。

「把妳看到的都說出來。」母親下令。

小雪面有難色，像隻受驚的小雞，最後在母親的恐嚇之下，她才不得不說。

「昨天夜裏11點左右，小姐和一個戴口罩的男人去玄雲海，到了凌晨五點多才回到自己房裏，我看到的只有這麼多了。」

「行了，妳走吧！」母親下逐客令。

小雪一直到離開都不敢擡頭看我一眼，大概因為出賣我而心有愧疚吧？！

「該死！都那麼晚了，小雪咋不睡？白天工作得不夠累嗎？」我內心罵道。

母親才不管我怎麼想的，她厲言色怒地說本田家是高檔民宿，不是廉價的鐘點房，請我搞搞清楚。

「不，不是這樣的，秀中……」情急真會說溜嘴。

「秀中？」母親揚起聲。

知道已經瞞不住，我索性開誠佈公。

「他會和倉本直美離婚，然後娶妳？」

「是的。」我答。

不知爲什麼，母親聽完笑不可抑。

我老大不高興，問這是怎麼回事？

"妳太單純了，連男人爲了上床所做的忽悠也聽不出來。"她說。

我再三否認，並且堅定地認爲秀中不可能騙我。

"那好，當著我的面打電話問他昨晚的承諾還算不算數？"

拗不過母親，也爲了證明自己不傻，我真撥了電話，而且讓座機呈免持話筒狀態，讓母親也能聽得一清二楚。

電話那頭的秀中聽到我的聲音，很是高興。

"你在幹嘛？"我問。

"剛用完早餐，待會兒收拾一下回東京，下午有個會議一定得去。"他答。

我提醒他路上小心，又問他什麼時候跟倉本直美提離婚的事？

"離婚？噢！離婚，是，離婚，我想想……最近她拍了一部古裝劇，得拍一年，很辛苦，這個時候提不合適……"

如果不是母親正等著看我笑話，我會立刻起身殺到玄雲海，給那個信口開河的混蛋兩巴掌。

"那好，就這樣，我掛了。"

掛上電話，一早的好心情也隨之煙消雲散。

我等著母親對我落井下石，沒想到她卻握緊我的手，很掏心掏肺地說："杉杉，別讓那小子食髓知味，下次他若有要求，一定得將條件講好。妳正值花樣年華，未婚，加上面貌好、氣質佳，得開個好價錢，絕對不能掉價。"

我本來不想哭，聽母親教我如何標價出售，我忍不住哭出聲來，哭我的家庭、哭我的際遇、哭我的所遇非人、也哭我自己，怎麼就這麼不爭氣，擺脫不了一個渣男？

"別哭了，"母親撫著我的背，"妳若不好開口，我替妳說。"

這下子我更是哭得肝腸寸斷……

第三十七章／山雨欲來風滿樓

在情感上挫敗，我便想在事業上有所成就。

今天是"小長假"後的第一天上班，我把自己打扮得很幹練，不僅穿上職業女裝及黑絲襪，還把臉當成七彩調色盤，又噴了一身的Chanel香水。

一進公司，不知爲什麼，同事們都對我行注目禮，大概很少看我化濃妝的緣故吧？！

我假裝沒事，逕自走向自己的辦公桌，誰知工讀生安部次郎正大喇喇地坐在我的位子上講電話，翻看到一半的《妄撮》毫無羞色地擺在我桌上，那是以現實情境作背景的著名男性雜誌，每期讓不同的模特兒上場，一張穿著正常服飾、另一張僅穿內衣，甚至不穿，然後把兩張照片合併起來結集成書，很受日本男人的歡迎。

那男孩看見我來毫無起身之意，拿出上個月的銷售成績遞給我，嘴裏仍嘰里呱啦地講電話。

待他講完，我才冷冷地告訴他，這是我的位子。

誰知安部次郎回答銷售部部長的位子不在這裏，他轉身指向林小西辦公室旁邊的深褐色大門，那原是廣末久美子的辦公室。

懷著狐疑的心，我走了過去，卻在門前停下腳步。

"這該不會是同事間的惡作劇吧？！"我心想。

通常我得敲門，得到部長的允許才能進入，如果真的是我的辦公室，何需敲門？

還是安部次郎機警，他讀出我的心思，過來幫我開門。

"どうぞ"他做了個請進的動作。

是的，沒錯，我看見裏面的辦公桌上擱著我的名牌，櫃子空蕩蕩的，正等著我將它們填滿。

我問安部次郎這是怎麼回事？他聳聳肩說恭喜我高升，但原來的銷售部部長就不開心了，她被分派邊疆做物流部部長，每天在工廠間來回奔波……

廣末久美子是我看過的少數既有能力又兼具美貌的女人，很難想像她穿著高跟鞋在工人間穿梭的模樣。

我謝了安部次郎，轉身奔向隔壁房間。

雖然我替公司拉來一筆大單子，但那是看在"人情"的份上，不是我的真實力，就這麼把一位元老重臣踢走，我心中有愧。

"這是怎麼回事？"我質問我的老闆。

"呼應妳母親的要求—升職、加薪。"他答。

我說我不做空降部隊，請收回成命。

"杉杉，妳行行好，我好不容易才把廣末小姐派到物流部，妳說不做就不做，我的顏面往哪擱？"

我說那是他的問題，不是我的問題。

林小西哀嘆一聲：" 妳原來的職位就那麼點兒工資，我若要加薪只能升妳職，否則如何服衆？"

我想想也對。

" 這樣吧！我坐回原來的位置，你也別加薪，年底分紅多給我一些，畢竟是我拉來的單子，別人也不好說什麼。"

他聽了又哀嘆兩句：" 好歹妳也入駐部長辦公室幾天，等我找到合適的人選再說，否則朝令夕改，員工看了要笑話的。"

我想想還是他對，忍耐個幾天沒問題，我的"黔驢技窮"應該一時還不致於穿幫。

方案一敲定，我回我的辦公室繼續"裝模作樣"去。

一個早上，我的電話響個不停，敲門聲也此起彼落，讓我疲於奔命，心中不禁佩服起廣末小姐。

"扣、扣、"

我還沒喊"どうぞ"，那人已探頭進來：" 杉杉，吃飯了。"

" 不吃。"看來者是林小西，我又低下頭打字。

" 中午約了三井不動產公司社長吃飯，妳是銷售部部長，責無旁貸。"他說。

我看了一眼行程表，上面沒有這一項，想必是前任部長約的。

" 那好吧！等我五分鐘。"

我快速整裝，又在臉上撲了粉，這才走出辦公室。

林小西說和三井約在"鶴橋風月"，那是以賣大阪燒爲主的特色小店。

這實在太奇怪了，商務午餐通常選擇有包間的安靜餐廳，而且不勞與會者動手，反觀"鶴橋風月"，不僅人多吵雜還得自己動手製作，怎麼說都不對勁。

果然一走進餐廳就出紕漏，我聽見林小西對服務員說只有兩位客人。

"三井不動產公司的社長呢？"一坐下，我就"明知故問"。

"剛來電說約會取消了。"他毫無愧色地答。

"呵呵！這個來電可真玄，是'心電感應'。"

林小西忽視我的酸言酸語，轉身向服務員點了梅酒和兩份大阪燒。服務員問我們要自己煎還是由他們代煎，林小西答自己煎。

待服務員走後，我的老闆才想起我正等著他給答案。

"來日方長，我不希望第一天妳就戰死沙場，事情永遠做不完，難道飯因此不吃？"他說。

好吧！這個回答合情合理，我勉爲其難地接受了。

梅酒先上來，加入冰塊的橘黃色液體，味道綿、甜、淨、爽，好喝極了。

"能問你個問題嗎？"我藉酒壯膽。

"不能。"

我不理他，直接問："爲什麼你讓你父親來找我母親？就不怕因此鬧家庭革命？"

"因爲……因爲我知道苦戀的滋味。"

聽他這麼一答，彷彿有某種柔軟的東西被我觸及。真討厭！爲什麼林小西總要把秀中比下去？我忽然嫉妒起孫愛梅。

"你母親……"

我話還没說完，就被服務員的"お邪魔します"給截足先登了。他們把一盤盤的食材和調料都端上桌，林小西忙著煮食，懶得回答我。

只見他在鐵板上加油，再把圓白菜絲、肉和雞蛋混合後放在鐵板上，等兩面都焦黃後，淋上沙拉醬和甜味醬，再撒上一些柴魚片，熱騰騰的大阪燒就完成了。

我切下一小塊，趁著熱乎一口放進嘴裏，頓時蔬菜味、雞蛋味、肉味配合著醬汁的微甜在口舌間化開來，加上柴魚片淡淡的熏味，嗯～おいしい。

"食物是努力工作的動力，吃不好或没吃，怎能做好工作？"我的老闆說。

我經常被林小西搞得昏頭轉向，他不像老闆倒像員工。

"你應該競選工會主席，絕對高票當選。"我有感而發。

"謝謝！如果我當選主席，妳就是副主席，因爲只有在凌虐妳的時候，我才能文思泉湧。"

"呃！這是褒還是貶？"

"妳把它當成褒吧！心裏會好受些。"他答。

這是我聽過最大的貶義之辭。

我們談興正濃，就那麼不湊巧，廣末久美子和另一名同事秋元美代也來吃大阪燒，而且好死不死就坐在隔壁桌。

我們彼此假裝客氣地互打招呼。

因爲突來的"不速之客"，我們的談話謹慎多了，即使說的是他們未必聽得懂的普通話。

“我去上個廁所。”林小西大概忍受不了那種怪異的感覺，突然離席。

沒了說話的人，我招手請服務員替我們加綠茶，因爲淋上各種醬料的大阪燒，第一口吃下去很受用，但吃多了容易膩，而綠茶能解油膩。

服務員剛加了我這桌的茶水，轉身問隔壁桌需不需要也來點兒？

我聽到廣末小姐答好。

待服務員走遠，秋元美代開口了，她問我喜歡這裏的食物嗎？我答喜歡。她又問老闆是否也喜歡？我心想是林小西帶我來的，他肯定喜歡。

“はい”我答。

然後秋元美代說了，也許她應該學我請老闆吃好吃的東西，就不會像廣末小姐一樣被派到累死人的物流部工作……

我趕緊否認這跟請客有關，林小西也不好這一口。

秋元美代反問我，不好這一口，好哪一口？她是良家婦女，就少了那麼一點兒撩撥人的魅力……

這是什麼跟什麼？我漲紅了臉，還因爲氣憤，把日語說得顛三倒四的。

“怎麼了？”林小西解完手回到座位上。

那兩人見狀,趕緊起身買單，連再見也沒說。

“沒什麼。”我答。

女人間的勾心鬥角和短兵相接太常見了，沒必要說給林小西聽。再說了，廣末小姐心中的不平我也能理解，誰讓我的實力和職位不相稱呢？

我相信謠言終會止於智者。

偏偏這個世界非智者比智者多得多，等到謠言傳進我耳朵裏，我已是潘金蓮再世。

“杉杉，下班後到我家，咱們分開走。”即使我和林小西比鄰而居，此時的他仍然以“電話”通知我。

“不行，麻煩事還不夠多嗎？”

“要不然呢？現在謠言四起，我們還能明目張膽地出雙入對嗎？”他停了一會兒，“我真的有要緊事跟妳談，電話中若能說我早說了，何必巴巴地要妳到我家？”

其實我也有事跟老闆滙報，最近多了幾個不尋常的邀約，他們通常以購買瓷磚為藉口，指名道姓要和我“私聊”。

“好，今天你先走，我晚半小時到。”掛上電話，我隱隱約約有“山雨欲來風滿樓”的不祥預感。

第三十八章/東京之行

我告訴我的老闆，森森、JP、三石、大京、K房都曾找我買瓷磚，會面地點清一色約在酒店或私人住宅，而且點明要我隻身前往。

林小西沈思了一會兒後，說：" 別去。"

我也覺得有鬼，但那些都是大單子……

" 再大的單子也不去，妳看不出這是桃色交易嗎？"他的語氣很不好，但我一點兒也不怪他。

林小西不像那些見錢眼開的雇主，只想著賺錢，完全不顧員工安危，在他底下做事，我很放心。

" 真想不透，事情怎麼會演變成這樣？把子虛烏有的事傳得有鼻子有眼睛的，我差點兒要以爲自己犯花癡，真的做了那些淫蕩之事。"我說。

林小西認爲也許我們平常做事太不謹慎，才會留給造謠者想像的空間。這樣吧！東洋在札幌有分公司，我到那邊去，他會跟那裏的社長打聲招呼。

什麼？到北海道？那裏每年有六個月是冬天，我才不想天天穿得像隻企鵝似的。

"要不然到上海，噢！不，不行，我母親經常會到那兒轉轉。"他自己先打回票。

我現在知道了，林小西想做一隻把頭埋進土裏的鴕鳥，不打算跟惡勢力對抗，只想息事寧人……

"算了，我辭職好了，你也不需要把我派遣來派遣去。"我壯士斷腕。

"瞧妳說的什麼話？如果不是爲了保全妳的名譽，我何苦尋思來尋思去？"

我問他有沒有想過是誰造的謠？他答肯定是公司內部的利益受損者或同行間的惡意抹黑。

算他不笨！

雖然林小西沒指名道姓，但我的腦海卻指向一個人，那就是廣末久美子。

"把她請回來坐在原來的位置上，一切都會風平浪靜。"我分析。

林小西聽了搖頭，他說我不懂辦公室規則，不是把廣末小姐請回來就能天下太平，既然我不願走方案一，他只好走方案二。

"哎! 培養幹部也不是一朝一夕的事。"他嘆息。

隔天一早，廣末久美子被請去喝茶，當她從林小西辦公室走出來時，臉臭得方圓百里都聞得到……

這是安部次郎爲我傳來的消息，我剛謝了他，秋元美代就來敲門。

我問她有什麼事？她告訴我，她老公收入不高，他們剛貸款買了房，小孩今年上幼兒園，進不了公立只好進私立，學費貴了不止一倍……

我不明白秋元小姐爲什麼要告訴我這些。

“どうぞ私を退校にお願い!”她對我行九十度大禮。

原來她以爲廣末久美子被辭退後，她便是下一位，所以懇求我手下留情。

我故做沈思狀，然後說自己口渴了，她高興地問我想喝什麼？她可以到休息室去取，或者我想喝樓下的星巴克也行，他家的抹茶拿鐵做得挺好的。

我答不用麻煩，休息室裏的咖啡即可，她馬上去端了來，還附上奶球及兩包糖。

～

沒想到事情大逆轉，林小西的“殺雞警猴”取得很大的成效，上下員工因此對我百依百順，我的地位如磐石般堅固。

於是我和林小西又開始“出雙入對”，不同的是不再有人議論紛紛，反而很識相地刻意走開，好比現在，我和我的老闆剛在紀州回轉壽司店坐下，有三名東洋的員工也推門進來，看我和林小西在座，馬上又推門出去。

“我們是不是該避避嫌？現在員工看到我們像看到兇神惡煞。”我把玉子燒壽司從運輸帶上取下後說。

紀州壽司的食材都是從和歌山漁港直接進貨，鮮度和各種小細節都十分講究，使用的是高級岩鹽及有四百年技術的小豆島醬油，連海苔也是從名海初摘的。

“讓他們誤會也無所謂，欲蓋反而彌彰。再說了，我剛派到大阪分公司時就有好事者傳我和表姐的不倫之戀，和那個比，辦公室戀情正常多了。"他說。

敢情林小西把我當成煙霧彈了？

"成，爲了你們偉大的愛情，我豁出去了。"我以茶代酒想和他碰杯，誰知他卻興趣缺缺。

"怎麼了？"我問。

"没什麼。"他的眼神黯淡下去。

我知道肯定有事，但壽司店裏人來人往，不是談話的好地方，想著一定得另找機會問問原委。

我的涼被終於製作完成，擁著它，簇新的味道很好聞，連顏色也是我喜歡的，没有什麼比親手縫製的成品更讓人歡喜的了。

"扣、扣、"有人敲我房門，來者是母親。

"杉杉，我去沖繩島，有事打我手機。"她站在房門口說。

"好的。"我舉起涼被，"做好了，漂亮嗎？"

母親微微一點頭說挺不錯的，但她寧願我把時間花在交友上，因爲我也二十好幾，馬上就要拉警報了。

"知道了，"我的好心情立馬被一盆冷水給澆熄，"祝妳玩得愉快！"

S牌化妝品在沖繩島有新品發佈會，本田英樹以公務爲名，毫不避諱地帶著小老婆前往，真不知原配是怎麼想的，難道就這麼睜一隻眼閉一隻眼？

母親走了之後，我才想起這個連著週末放三天小長假的"男孩節"要如何度過？

在日本，五月五日既是端午節也是男孩節，到了這一天，家家戶戶除了擺菖蒲葉、屋內掛鍾馗驅鬼圖及吃去邪的糕團和粽子外，還會掛上鯉魚旗表達父母望子成龍的心願，因爲日本人認爲鯉魚是力量和勇氣的象徵。

"小姐，聽說爲了慶祝男孩節，今年的東京塔會懸掛333米長的鯉魚旗。"小雪爲我端來午餐，順便告訴我這個消息。

333米長？我說那會有多壯觀？！

"是啊！要不是我得忙本田家的事，早去東京看熱鬧了。"

小雪提起東京，讓我想起自己的小公寓，那麼久沒回去，至少也該打掃一下，否則蛛絲塵網，看了都害怕。

主意一打定，我穿上新買的夏衫，坐上開往東京的新幹線，預計兩個多小時後，就能踏上日本首都。

打開公寓大門，除了有些氣味和灰塵外，一切尚好。

我把窗戶打開讓房子透透氣，又抹了家裏，再把漂白水倒進下水管道。一個小時後，我的小公寓又恢復往日的氣息。

打掃完畢，我擡頭看牆上掛鐘，下午5:40，正好能趕上看夜晚的鯉魚旗。

東京塔是東京地標性建築物，位於芝公園內，高332.6米，它的原型是巴黎埃菲爾鐵塔，塔身顏色爲紅白相間。

白天的東京塔很醒目，但夜晚更璀璨，燈光照明的時間從日落到午夜，顏色隨季節變化（夏季爲白色，春、秋、冬季爲橙色）。

此時塔上繫的深藍色鯉魚旗正隨風飄蕩，它的身長等同塔高，白色的燈光打上去頗爲壯觀。

“小雪應該來看看，連空氣都有節慶的味道呢！”我心想。

看著一家老小前來觀看鯉魚旗，小男孩都經過特別的精心打扮，看起來很精神。我忽然想著什麼時候也能有個虎頭虎腦的兒子？但隨即又打消自己的異想天開，我現在連個男朋友也沒有，哪來的兒子？真是癡人說夢！

此時前方傳來騷動，該不會是遊行吧？！我也趕去看熱鬧。

“チーズ”倉本直美和一群小男孩對著鏡頭喊。

日本人拍照也喊口號，和中國人喊“茄子”有異曲同工之妙。

當一旁的男孩父母正忙著按閃光燈時，我卻不由自主地忙著找秀中，倉本直美在此，他應該也在不遠處。

極目四望後，我終於發現他就站在左前方的人群裏，正目不轉睛地看著自己的老婆被衆星拱月。

我想從他的眼神中找出一點點兒的蛛絲馬跡，證明他不愛倉本直美，那麼我就能原諒自己的一再迷失，可惜他的表情正常，看不出內心起伏。

“すみません”一個小男孩將發洩球丟在我身上，他的母親馬上過來跟我道歉。

我笑著答沒事，誰知那男孩卻嚎啕大哭起來，原來打在我身上的發洩球反彈掉至地面後，經人群一踩踏，白色的球立馬變髒了。

孩子的媽媽蹲下身給他上課，說球回家洗洗就乾淨了，他現在應該做的是跟我道歉。

“すみません”那孩子抽抽答答地說。

我答沒關係。

送走那對母子，迎來的卻是秀中的身影，想必孩子的哭聲引起他的注意。

噢！不，我轉身跑開，但還是在花木扶疏的石階前被他抓住。

"杉杉，別走。"他擁住我。

"別碰我！"我用力推開他，反被他摟得更緊。

"我想妳了，杉杉。"他附在我耳邊低語，"父親已經同意我們了，看，我沒騙妳。"

什麼？！秀中的父親已經同意我們了？我不敢相信。

"是真的，我想親口告訴妳這個好消息，可惜妳電話不接、短信不回。"

看秀中一臉誠懇，不像假的，難道我真的守得雲開見月明？

"杉杉，妳怎麼……怎麼反倒哭了？"秀中用手指輕輕劃去我的眼淚。

"高興。"我答。

原來喜極真的會流淚，我抱緊秀中，心中有滿滿的"小確幸"。

第三十九章/山崎和彥

當晚，秀中和我回公寓，還好我已打掃過，避免了尷尬。

我問他就這麼憑空消失，倉本直美不會說什麼嗎？

"我和她是開放式婚姻，基本各自爲政，從這點妳就知道我過得有多痛苦，冷灶冷鍋的，一點兒家的溫暖也没有。"他答。

我心疼秀中，他應該得到更好的照顧才是。

"從現在起，由妳來照顧我，嗯？"秀中問。

我答好，然後我們很有默契地一起走向浴室……

浴缸很小，但不妨礙我們一起泡澡，我還幫秀中搓了背。

我很早就起床給秀中準備早餐，當他醒來看到茶泡飯時，感動得說不出話來。

"我昨天才回到東京，冰箱裏什麼都没有，只能做茶泡飯。"我解釋。

"茶泡飯好，我已經很久不曾在家裏用早餐了。家裏的阿姨早上十點才上班，她只負責打掃及做晚餐。"

日本很少有住家阿姨，因爲房價昂貴，人們都擠在狹小的空間裏，没有多餘的房間留給阿姨。況且人工不菲，兼職者的月薪能達到12～18萬日元（相當於白領），遑論全職，所以除非經濟非常寬裕且擁有大房子，否則一般家庭很少雇用全職的家政服務員。

"那麼快坐下，今天做的是梅乾茶泡飯。"我解下圍裙說。

還好製作茶泡飯的材料家裏有，我只需把飯做好放涼，然後把海苔和梅乾鋪在飯上，再把煎好的茶注入，最後灑上少許的鹽、芝麻、日式醬油和芥末，攪拌均勻即可。

雖然是簡易的一碗飯，我和秀中卻吃得很開心。

"待會兒一起上超市採買，我煮好吃的東西給你吃。"我說。

"當然，妳需要一個搬運工。"

飯後，我們手牽手去西友超市，除了買一堆吃食外，還買了換洗衣物，秀中臨時到我家，什麼東西都没帶。

"這樣一來，我豈不是可以隨時到妳的小公寓過夜？"秀中笑說。

"嗯！不過這是暫時的，我的公寓小，很快我會搬過去和你一起住，對吧？！"

秀中的父母幫他們小倆口在江東區買了頂層複式公寓，有兩個廳加四個房間，窗外能俯瞰整個東京灣……（我也是從報上的娛樂新聞中得知）。

"那個……如果我們不住江東區可以嗎？我保證交通便利，絕對比妳現在住的舒服。"

“没關係，”我把頭倚在秀中的肩膀上，“我又不是嫁給房子，只要有你，哪裏都是家。”

此刻的我，無比幸福。

小長假很快就結束，今晚我一定得走，否則趕不上明天上班。

“再待一會兒，我怕下次見面又是很久以後的事……”秀中把頭擱在我的小腹上，不肯讓我走，而這樣的對話已經持續一個多小時了。

我又看了一眼時鐘，不行，真的得走了。我將秀中從我身上拔起，自己趕緊跳下床收拾行囊，雖然只是個隨身的小挎包。

“我陪妳去車站吧！”秀中也下床。

我微笑著點頭。

～

有了秀中的承諾，回到公司的我幹勁十足，看誰都順眼、對誰都微笑，反倒是林小西，雙頰深陷、兩眼無神、加上一臉的落腮鬍，一副失魂落魄的樣子。

“怎麼了？患上週一倦怠症？”我把這季度的銷售成績送到他桌上，順便一問。

“不只週一，我覺得天天都倦怠，你說我是不是患了抑鬱症？”林小西看都不看成績一眼，直接簽名。

我說我若呈上的是生死狀，豈不是讓他處於不利的地位？

“死了好，死了就沒有痛苦了。”他捂住臉說。

林小西是怎麼了？我很少看他如此意氣消沈。

"愛梅……愛梅在尼泊爾認識了一個意大利小伙子，兩人相戀了。"他反倒自己先招供。

我問真的假的？

"當然是真的，她還發了照片給我。"

我嚷著要看，林小西無可無不可地打開郵件。

那是個皮膚黝黑的精壯漢子，身穿白色騎行裝，坐在自行車上對著鏡頭微笑，不知道的人，還以爲他是參加比賽的選手呢！

反觀站在一旁的孫愛梅，一身的波西米亞長裙，人很瘦，比起河豚料理店那一張，瘦了不止十斤。

"這能證明什麼？隨便找個路人拍照也有這種效果。"我不苟同。

林小西說一張照片也許不能說明什麼，但白底黑字總可以證明吧？！她在郵件上寫著她想結婚時得到祝福，也想擁有懷胎九月的寶寶，不想做過街老鼠……

"憑良心講，她的要求並不過份，哪個女人不這麼想？她的……放手，情有可原。"我說。

"妳不了解，愛梅用她的整個生命來愛我，如果我們兩人注定有一人會先放手，這個人絕對不會是她。她說過即使我不再愛她，她也會爲我守寡一輩子。"

不知爲什麼，見證他倆的愛情總讓我想起"生死契闊，與子成說"這句話，如今曾經如膠似漆的戀人也要分離，怎不讓人唏噓？

"當初她說這句話時也許是真心實意，但現在……現在她愛上別人了，不代表她沒愛過你。"

"屁！"林小西很激動，"她不可能愛上別人，不可能！"

好吧！不可能就不可能，失戀的人總要經過一段時間的否認期才學會接受現實。我不想被"殃及池魚"，遂找個藉口離開，暫時遠離風暴。

一直到I2點半，林小西還沒過來喚我吃飯，這很不尋常。我主動去敲他的門，沒想到裏面空蕩蕩的。

"喂！你在哪裏？"我打電話給他。

"關西機場。"

"關西機場？今天有客戶嗎？"

林小西答沒有，他正在馬來西亞航空櫃台辦理登機，有一架飛機兩小時後起飛。

"你該不會飛加德滿都吧？！"我問。

我的老闆不置可否，只說把公司交給我，有事發郵件，但他不確定山上的通訊是否良好。

"笨蛋！大笨蛋！人家有新歡了還巴巴地跑去，真是不到黃河心不死！"掛上電話，我忍不住罵道。

母親從沖繩島回來，給我帶來一對張開大嘴的獅子玩偶，據說獅子是沖繩的吉祥物。

"謝謝！"我說。

"還有，"母親遞過來一條金項鏈，上面的墜子是四葉草，"這是別人托我送妳的。"

我問沖繩島是否也產金子？母親不發一語，只是忙著替我戴上項鏈。

"多好看！"她讚美。

我對著鏡子擺首弄姿，這條項鏈的確秀氣。

"謝謝！"這個謝是給本田英樹的，除了他，還有誰會托母親送我東西？

我和"繼父"之間一直客客氣氣的，他很少送我東西，但我知道他是我們母女倆的衣食父母，所以我總是在一旁做一朵安靜的小花。

"那個……本田英樹的小舅子是山崎珠寶店的老闆，這次我們去沖繩，他也去了，人很和善，年紀不大，四十初頭，送了我珍珠耳釘和妳脖子上的金項鏈。"

原來如此，我還以爲母親又讓本田英樹大出血了，可是……爲什麼一個不相干的人要送我們母女那樣貴重的禮物？

"也……也不是不相干，他……他是本田英樹的小舅子呀！"母親竟然說話不利索。

這就更奇怪了，本田英樹的老婆的弟弟應該把母親和我恨得牙癢癢的，再不濟也會退避三舍，哪有主動示好的道理？

母親說也只有女人會爲難女人，日本男人根本不把床第之事納入眼中。

是這樣的嗎？我又對著鏡子看脖子上黃燦燦的項鏈，總有些什麼讓人說不上來。

"這幾天過得如何？"母親忽然問，"聽小雪說妳上了一趟東京。"

"是……是的，東京的公寓需要打掃，我也順便去看東京塔上的鯉魚旗。"我答。

母親又問我在路上可有碰見什麼熟人？

"熟人？呵呵！沒有，哪來的熟人？"我嚇得手心出汗。

母親答沒有就好，就怕遇見佐藤那個人渣，光看他處理事情的樣子，就知道是個沒擔當的男人，不像山崎和彥，既有果斷力，爲人也八面玲瓏……

再一次聽到那個陌生人的名字讓我心生警惕，難道……難道母親又覓得第四春？

她聽完哈哈大笑：“傻孩子，不是我。哎！本來想緩緩再說，既然已經這樣了，也只好一吐爲快。”

原來山崎和彥是個小兒麻痺症患者，但爲人勤奮又有小聰明，不到三十歲就開了第一家珠寶店，十幾年過去了，全日本已有三十多家連鎖店，還開到了美國及澳大利亞，但終身大事就這麼耽擱下來。這次到沖繩島還是本田英樹牽的線，他希望母親替自己的小舅子留意適當的結婚人選。

“妳有人選嗎？”我問。

“我想了想，肥水何必流入外人田？”

“什……什麼意思？”我嚇壞了。

母親握緊我的手：“杉杉，這是個好男人，妳要把握住。”

老天！她竟然要我嫁給一個身體有殘疾的老男人？這還是我的親生母親嗎？

我扯下金項鏈扔地上，轉身拉開障子門。

“杉杉～”

母親在背後喚我，但我已奪門而出。

第四十章/母親的能耐

林小西不告而別後，我一下子負責整個公司業務，感到有些力不從心，整天忙得焦頭爛額的，偏偏這個時候有電話進來，是從總機那裏轉過來的。

"もしもし"我喂了一聲。

"是杉杉吧？小西去哪裏了？"竟然是我的大老闆。

"噢！小西？小西......小西......去哪裏？我想想......"突來的變化讓我一時昏頭轉向的。

"聽總機說他已經好幾天沒上班了。"

知道大老闆已經獲知部份事實，我反倒放下心來。

"是的，他有事外出了。"我答。

大老闆說他剛從上海飛過來，現在在關西機場，就想來大阪分公司了解一下公司的運營情況......

"好的，我馬上派司機去接。"我如臨大敵。

大老闆"入公司，每事問"，大到銷售狀況，小到衛生間廁紙用量，巨細靡遺都要我報告，誰讓我被抓來當"代"社長。

"今年除了大和公司這筆單子，其他都很零星，網售情況也不理想。剛剛我到休息室，洗手枱上到處是水漬，咖啡罐没密封，垃圾桶裏還有没用過的茶包，這不是個好現象。凌亂、浪費只是表相，背後是管理不到位……"

說得我面紅耳赤的，趕緊低頭行九十度大禮，承認自己的不足並且保證會加倍努力。

"好了，"大老闆終於又露出慈祥的笑容，"訓話完畢，我的肚子餓了。"

我看了一眼時鐘，下午4:15，這時間不上不下的，只能吃輕食。

"没事，妳忙妳的，我到休息室吃塊消化餅乾，待會兒下班我讓司機送妳回家。"大老闆說。

大阪分公司的業務不若東京的多，所以雇用的司機是兼職性質，按次收費，主要用來接送重要客戶。

"不，不用了，公共交通工具很快的，不到一小時就到家。"我趕緊推辭，不敢背上"浪費公帑"的罪名。

"主要是……我也想去京都看看。"他說。

京都？難不成……

"我很懷念本田家的懷石料理。"他补上一句。

這麽說，大老闆的"大阪行"並不單純。

"好的，我想本田家已經做好接待客人的準備。"我答。

我以爲這是預定好的行程，誰知林大東並没有提前告知母親，因爲他的暗戀對象曾對他說美好的回憶，一次就夠了。

“那也没錯，畢竟……畢竟您是有老婆的人。”這次我站在母親這一邊。

此時大老闆起身走向窗口，有那麼幾分鐘的沈默，我不知道自己是否該回到自己的辦公室。

“我知道兒子去哪裏了，雖然打從心底我不贊成這件事，但……我了解他，他和我一樣都是癡情種子。”

我不知道母親到底給了林大東什麼，能讓他大半輩子“念茲在茲”。

“既然這樣，我們一起回本田家吧！吃個飯没事的。”我說。

我想得簡單，但計劃趕不上變化。

剛拉開本田家的大門，小雪就出來迎接，當她看到站在我身旁的林大東時，嚇得臉色慘白。

“是不是……他來了？”我指的是本田英樹。

小雪微微點一下頭。

真是糟糕! 事情全擠到一塊兒了。

我讓小雪帶客人到玄雲海，自己則走向母親的房間。

母親正和本田英樹話家常，我輕輕敲了兩下門。

本田英樹看來者是我，邀請我一塊兒喝酒。

我跪坐在矮桌前，他馬上遞過來一個小平底杯，倒的是Namazake，一種要冰凍後再喝的清酒。

“Kanpai”本田英樹隔空與我乾杯。

我拿起小酒杯一飲而盡。

"すばらしい"他給予讚揚，又在我空了的杯子中注入新酒。

母親見狀趕緊阻止，她說空腹喝酒很傷胃。

本田英樹聽了沒有堅持己見，反從自己的手包裏拿出幾張相片遞給我。

我低頭一看，是個好看的中年男子，有點兒像我喜歡的日本男星竹野內豐。

"かっこよくないカッコ？"本田英樹問我那人帥不帥？

我答帥。

他聽完呵呵笑，說看過山崎和彥照片的人都說他帥，只可惜雙腿不行……

原來這就是山崎和彥。

我又看了一眼照片，的確好看，而且眉宇之間還透露一股英氣，加分不少。

"何時に會いますか？"他問我何時能見面。

我支支吾吾半天，還是母親解的圍，她說我最近升職了，工作忙，相親的事緩緩再說。

本田英樹笑說就快當上珠寶店的老闆娘了，還在乎那點兒小錢？切！

"これはどうした？"母親忽然尖叫一聲，說我的臉上長痘痘了，趕緊回房洗臉去。

我順著台階下，就在母親關上障子門前適時在她耳邊低語："林大東來了。"

母親的慌張一閃而過，馬上又"也無風雨也無晴"。

～

我在自己的房內用晚餐，一直心神不寧。

趁小雪來收碗盤，我問我媽在幹嘛？她答老闆娘還在房裏拼命灌本田英樹喝酒。

原來這就是母親的計謀。

"記得給玄雲海的客人送晚餐。"我說。

小雪答不勞我費心，老闆娘已經交待了。

這盛夏的夜晚不禁讓人有些浮躁，青蛙呱呱呱地叫，小蟲呲呲呲地鳴，還讓人睡覺不？

哎！我一定是煩惱過了頭，平常我挺喜歡聽這些大自然的聲音⋯⋯

我走到房外，夜裏11點了，玄雲海的燈還亮著，林大東在幹什麼？

本田英樹號稱"千杯不醉"，那個癡心漢子今晚恐怕要孤枕難眠了。

我還在替林小西的父親著急，忽然聽到障子門被拉開的聲音，趕緊退到廊柱後面⋯⋯

母親果然成功灌醉本田英樹，她躡手躡腳地離開房間，並且三步一回頭，非常小心謹慎的樣子。

我實在太好奇林大東和母親究竟是什麼關係？說"戀人"肯定不是，母親是"外貌協會"的VIP會員，連交個朋友都選好看的，遑論談情說愛。

此刻的我也學母親三步一回頭，非常小心謹慎地走進玄雲海的隔壁房間內，並且刻意將陽台的窗戶打開，如果碰巧林大東也把窗戶打開，我可以從模模糊糊的談話聲中猜出一二。

. . . .

" 我說了，到此爲止。"這是母親的聲音。

" 如果妳願意，這輩子可以不用再拋頭露面了。"

" 呵呵！我早不用拋頭露面了，這民宿的一半歸我，你說我當老闆娘是閒不住還是缺錢？"

" 那麼……算可憐可憐我吧！我和嫦娥已經多年沒有性生活了。"

" 我不明白，日本的色情交易很泛濫，打個電話很方便的。"

" 的確很方便，但……我只對妳有反應。"

聽到這兒，我驚訝到不行，沒想到母親都徐娘半老了，還有這份能耐。

"五十萬。"母親一張嘴，竟然要了三萬多元人民幣。

我半天沒聽到林大東的回覆，想必是嚇到了。

在日本召妓，一個小時約兩萬日元，中國女人減半。母親都這個歲數了，還把價錢往上提了數十倍，簡直是瘋了！

"可以刷卡嗎？"林大東終於開口。

我徹底無語了。

第四十一章/趕鴨子上架

清晨，我吃完早餐從房內走出來，剛好看見小雪跨出玄雲海，手上提著紅色塑料桶，裏面是清潔用品。

"客人……走了？"我問。

"嗯！早班機，還是山福山先生送的機，"小雪關上障子門，"老先生唉聲嘆氣的，因爲昨天夜裏才去接了晚到的客人，今天五點不到又得起床。"

這麼說，林大東是百忙之中抽空前來見母親，我問那個"萬人迷"現在在哪裏？

"老闆娘在睡覺。"她答。

母親一個晚上就賺了五十萬日元，的確有資格睡到"日上三竿"，我就不行，還得"爲人作嫁"，把大部份收來的錢放進老闆的口袋裏。

～

日子又過去好幾天，自從和秀中在東京告別後，我們每天

233

都通電話，多時五、六通，少則兩、三通，即使只是隻字片語也能讓我甜蜜一整天。

今天是星期六，秀中說他覷了個空到京都，問我能不能出來見個面？我答好。

“待會兒我要到松浦町，想做個小布包。”早餐桌上我宣佈。

想做小布包一事不假，順便也想見見秀中。

母親把嘴巴裏的烤三文魚咀嚼完畢後才說：“別再做手工藝了，外面的陽光多好，咱們出去走走。”

“不，”我急急說，“我想做小布包，做夢都想擁有那麼一個小包，能裝鑰匙、交通卡、零錢和其他小雜物。”

母親說我瞎折騰，那玩意兒在日本百元店就有現成品，何苦花時間和精力去做？

我答滿大街都有的東西有啥稀奇？就想要個世界上獨一無二的。

“愛折騰去折騰，不管妳了！”

有了母親這句話，我像隻飛出籠子的鳥。

誰知我剛打扮好走出房外，母親也一席華服出場，手裏挽著一個新包，看起來很昂貴。

“我陪妳去買那個破啥子用品，中午在外面吃，咱母女倆很少一起外出，得聯絡一下感情才好。”她說。

真是糟糕！這一來怎麼跟秀中見面？

“我……我買東西會耽擱很多時間，妳確定不要和妳那幫朋友會面，譬如……酒井太太？”

母親說酒井太太出國看女兒女婿了，因为剛添了個白胖小子，如果我今年出嫁，明年她也能抱孫，省得光看酒井曬兒孫……

她挽著我的手，嘴巴喊著福山先生，看來今天母親是跟我跟定了，我不禁叫苦連天。

~

福山先生載我們來到Tokyo Hands，店面佔據四層樓，我故意停在二樓老半天，並且佯裝無法下決定的樣子，讓急性子的母親很抓狂。她只花了幾分鐘就把整個店逛完，非常無聊地東摸摸西看看。

"巷子口有家咖啡館，他家的香蕉蛋糕是我吃過最好吃的，要不，妳到那邊坐坐？我買完東西就過去。"我說，化身成了貼心小棉襖。

母親答她正在減肥，香蕉蛋糕就免了，但她可以來一壺茶。

送走母親，我馬上打電話給秀中，聽得出來他很失望。

"你在哪裏？"我問，"也許稍晚我能擺脫母親與你見面。"

"在Motel裏，沒有窗戶，房間很小、很壓抑。"

日本的汽車旅館非常特別，從進去到出來完全見不到服務人員，十足的自助式，徹底保護了客人的隱私。

"你出去走走吧！我這裏……說不準的。"我心疼秀中。

"不，我不出去，就等妳來解救我。"他稚氣地說，害我恨不得插上翅膀飛向他。

"好，我盡快趕過來。"

掛上手機，我三兩下買完製作小布包所需的材料，然後趕到咖啡館。母親說我的手腳真快，茶都還沒端上來，人就已經到了。

因爲服務員等著我點餐，我只好叫了杯咖啡。

"妳的包真漂亮。"我無話找話。

那是一款保守樣式的白色包，非常小巧精緻。

母親說這是Gadino手袋，由挪威設計師Hilde Palladino設計，純手工製作。

乍看這個包包並沒有過人之處，但仔細瞧瞧，五金環扣上的數十顆白鑽真攝人心魄！

"鱷魚皮雖貴，鑽石才是真本事，土豪的世界就是由鑽石堆起來的。"母親驕傲得很。

土豪的世界的確是由鑽石堆起來的，但母親的世界不是，她挽了一個超過身份很多的包，看起來很不協調。

"多少錢買的？"我問。

"不知道，那是別人送的。"

別人？誰 ？本田英樹還是林大東？

母親笑說都不是，而是山崎和彥，因爲這包包上面的白鑽出自他家，Gadino爲了表示感謝，特別多製作了一個送給他。

"然後他轉送給妳？"我揚起聲，"天下沒有白吃的午餐，妳不知道嗎？"

母親答她知道，但拒絕別人的誠意很殘忍，倒不如把禮物收下再轉贈他別的東西，這樣一來就扯平了。

"轉送什麼？我們家除了民宿，沒什麼可送人的。"

"妳真是心領神會，一點就通，我已經邀請山崎和彥来本田家作客，今天傍晚到。"

什麼？！這麼快？！

"待會兒我們到四條河原町逛逛，買件新衣裳，也算是對貴客的一種尊重。"母親又說。

我氣得七竅生煙，她收了別人送的昂貴禮物，我就得一旁"陪笑"，這是什麼道理？

"沒門！"我說。

"那好吧！"母親撫著那個白色包，很戀戀不捨，" 我把包退回去，順便叫山崎桑別來了，他特別排開一個重要會議前來，看來也只能對不住人家了。"

想到母親若這樣做的確很傷人，我一時沒了主意。

見我猶豫，母親馬上保證只是吃頓飯，飯後我回我的房，他回他的玄雲海，誰也礙不著誰。

想著一個殘疾人再怎樣也對我構不成威脅，還是維持表面的和諧吧！總比因拒絕而結下樑子好⋯⋯

"就知道我家杉杉最善良，"母親終於露出笑臉，"趕緊把咖啡喝了，我們還得採買衣服呢！"

依著母親的建議，我買了中規中矩的圓領衫加百褶裙，又跟她上了一趟美髮院，出來時已近五點。

"好的，請客人到我房裏，我和杉杉馬上到。"

掛上手機，母親告訴我山崎和彥已經抵達本田家，我們得加緊速度。

當車子飛快地往回駛，我望著車窗外一抹殷紅的血色太陽發楞，想著秀中等不到我會有多失望？

"別擔心，山崎和彥是個很好相處的人，妳見了就知道。"

母親竟然以爲我的沈默不語是爲了一個未曾謀面的人。

" 我一點兒也不擔心，就當和客戶吃頓飯。"我很消沈地答。

第四十二章/午餐的約會

小雪跪在障子門前輕喊著老闆娘回來了，然後拉開門。

母親先進入，我隨後跟上。

"會えてよかった"母親的聲音像浸過蜜一樣。

那個長得像竹野內豐的人想站起來答禮，可惜雙腿不行，母親忙阻止他起身。

" これは吳杉杉です"母親介紹站在她身後的我。

我對他微微一點頭，他微笑著請我們都入座。

矮桌上有小雪替客人準備的茶點，我認出和菓子來自皇家御用點心鋪—甘春堂，母親就認準這一家，別家的都不吃。

話說山崎和彥也等了我們足足有一刻鐘，但桌上的茶點卻動都沒動過。

母親問他是不是不喜歡吃和菓子？他答喜歡，只是想等主人回來後再一起享用，讓我對他的好感倍增。

我們坐著寒暄，我因此有近距離觀察客人的機會。山崎和彥本人和照片相差不大，四十幾歲的男人保養得算不錯，看著也就三十多。聽說他很早就學做生意，但身上一點兒銅臭味也沒有，反而帶點兒藝術家的氣質，很乾淨清爽的那一類。

他問我在哪裏工作？我答東洋瓷磚。山崎桑馬上說我的老闆是中國人，非常精明能幹。

我很訝異他認識林大東，但他答不認識，只是最近在世田谷區買了棟別墅，正在裝修，聽設計師說東洋瓷磚的品質不錯，就是價格貴了些，而且老闆很摳，一點點兒折扣也不讓……

世田谷區位於東京西南部，是有名的富人區，不僅治安好，學校也好，房價一直居高不下，很多政界及商界名人都選擇居住於此，如：安倍首相、麻生副總理及樂天集團的三木谷。

我問清楚房屋面積，對一般家庭而言，527平米夠奢侈的了，但東洋的主要客戶是開發商，他們一訂就是整棟大樓的面積用量，無怪乎不把這個"小"訂單看在眼裏。

我提議他跟大阪分公司訂貨，我們負責送貨到東京，而且給他一個好折扣。

母親藉機說我是東洋的銷售部部長，很受分公司老闆器重云云，害我怪不好意思的。

"ありがとうござい"山崎先生對我頷首表示感謝，順便問我對設計感不感興趣？因為他的設計師老把房屋往"金碧輝煌"的方向帶，很不合他的心意。

我謙稱自己是房屋設計的門外漢，但對瓷磚這一塊還有一點兒心得……

"選択ください適切なタイル"他又再次對我頷首，並且把"選擇合適瓷磚"的重責大任交給我，頓時讓我陷入兩難。

大阪分公司最近銷售成績持續下滑，我正苦無對策，面對再

"小"的訂單也無任歡迎，但……我實在不想再和面前的這位男士有任何瓜葛，即使他一點兒也不討人厭。

我還在想如何拒絕又不傷人，母親這廂卻毫無預警地給我捅婁子，她說明天是星期天，杉杉有空，可以陪他去看新房子，順便出點兒主意……

"吳小姐、あなたが?"山崎和彥滿懷期待地看著我。

被"逼上梁山"大概就是這種感覺，我只能無奈點頭，心裏把母親恨得牙癢癢的。

說完瓷磚，山崎桑又談起自己的家庭狀況，原來他的家境殷實，父母健在，有一個姐姐，就是本田英樹的原配。學歷方面是硬傷，他從小不愛唸書，只讀了專門學校的珠寶鑒定，現在是合格的珠寶鑒定師……

母親笑說如今的學歷就是個擺設，像山崎和彥這樣有能力的人，東京大學早該授予"名譽博士"的稱號給他……

我很煩母親的呱噪，看樣子山崎和彥也不喜歡，樣子有些窘迫。爲了轉移話題，我問他如何判斷珠寶的真僞？他很大方地分享專業知識，還說哪天可以手把手教我，讓我買珠寶時不會被忽悠。

～

吃完下午茶，我們又連著吃晚餐，其間母親說要出去打個電話，結果一去就沒再回來。轉眼間，我和山崎和彥已經不知不覺講了四個多小時的話。

"すみません、私に部屋に戻りました"山崎桑向我道歉，他說他必須回房了。

我以爲自己講錯了什麼，使得他中途離席。

他笑著答我沒講錯話，而是再不回房他的膀胱就要炸了。

說的也是，席間我們喝了不少茶和味噌湯，還喝了點兒小酒，不用他提醒，我自己也想上廁所呢！

於是山崎和彥掙扎著起身，我過去幫忙，被他拒絕了。

看他連起個身都費勁，走路一拐一拐的，我忽然被醍醐灌頂：“吳杉杉，難道妳打算一輩子都和殘疾人在一起？”

我嚇出一身冷汗，不，我不願意，我還沒善良到那種程度。沒錯，山崎和彥身上是有很多閃光點，但我仍然希望自己的另一半身體健全。

我喚小雪收拾桌上狼藉，母親也“適時”回來。

“客人呢？”母親問。

我答都十點了，還不回房嗎？

母親邊解下她的腰帶邊說：“很好的一個人，不是嗎？”

是很好，無婚史、多金、顏質佳，年紀雖大了點兒，但沒惡習，談吐也行，既不浮誇也不過份閉塞，算是見過世面又有教養的人士，可惜……沒門！

“爲什麼？這麼好的人選，打燈籠都找不到。”

“還問爲什麼，他那兩條腿……”

母親忽然插話進來：“是男人都偷腥，差別在於明目張膽還是偷偷摸摸。山崎和彥都這樣了，肯定對妳一心一意，這輩子妳就不用擔心小三壓境了。”

她的擔心不無道理，但凡成功人士總有幾個“紅顏知己”，母親本身就是個受益者，既不用承擔家族壓力，還有花不完的錢……

“我不管，即使老公有可能偷腥，我也不嫁殘疾人。”

看我滿腹委屈的樣子，母親放下身段：" 不嫁就不嫁，待在我身邊也挺好的，咱倆就相依爲命。明天替山崎桑的瓷磚出點兒主意，這件事就這麼算了，好歹我們也幫上忙，再拒絕就不理虧了。"

雖然我不高興母親自做主張，但她說得没錯，拿人的手短，我如果去幫忙，回頭再拒也不致於"一敗塗地"，況且出完主意我還有時間和秀中見面。

" 好，明天我和山崎和彦一起上東京。"我答。

母親感到欣慰，她說我果真是她的貼心小棉襖。

我在電話中告訴秀中，明天和山崎和彦看過房子後，我有半天好揮霍，約他在東京見面。

" 山崎和彦是誰？"他問。

我避重就輕地答他是本田英樹的親戚，買了世田谷區的房，正在裝潢，找我當瓷磚顧問......

" 能在世田谷區買房者，非富即貴啊！哪天介紹我們認識認識。"他說。

秀中的生意人嘴臉讓我感到極度的不舒服，但一想到他有銷售壓力，東西賣不出去會急死人，我不也是？

想到此，我釋然了。

" 緩緩再說吧！我跟他也不熟。"這是實話。

我們又話了些家常，他照例說愛我，要我想著他入眠，我答好。我是如此愛他，還有什麼不可以的呢？

" 別忘了明天的午餐約會，我帶妳去吃蟹。"

他接著介紹在都港區有家米其林三星餐廳"せ村"，吃的是間人蟹（即松葉蟹和長腳蟹），肉質細嫩、膏似凝脂、味道鮮美，是螃蟹饕客必至的聖地。

我沒意見，於是他放我去睡覺。

隔天起床，看見窗外烏雲密佈，不禁有些擔心。

"可別下雨啊！秀中等著和我見面。"我心祈禱著。

正吃著早餐，大雨翩然而至，把一早的好心情全掃光了。

山崎和彥望著傾盆大雨，很體貼地說今天天氣不好，還是改天再去看房吧！

我不同意，急急說福山先生會開車載我們去，保證身上一滴雨也不會有……

山崎桑有些迷惑地看著我。

"あなたと私と早く決定タイルの色"我紅著臉說我以爲他想趕快決定瓷磚的顏色。

母親見狀上來解圍，她說福山先生對東京的路況很熟，吃完飯出發，估計11點之前就能抵達世田谷區。

山崎和彥答既然這樣，只好麻煩我們了。

聽他這麼一說，我鬆了一口氣。明天秀中要到美國出差，一去就是個把月，我希望臨行前能與他見上一面。

"いいですか?"山崎和彥問我可以嗎？

什麼？我心裏想著事，母親和客人在講話，我左耳進右耳出。

母親轉而用普通話告訴我，山崎桑所在的小區有高級會所，裏面有游泳池、桑拿和健身房，還有一家中華料理店，山崎和彥想邀我看房後共進午餐。

噢！不，我已經有午餐約會了。

我吞吞吐吐地表示不用麻煩，自己在外面隨便吃吃就行。

那個腦筋不會轉彎的男人說隨便吃吃也得吃，況且天氣這麼糟糕，我還跑了那麼一趟遠路，不請客說不過去……

我還想拒絕，但母親投來懷疑的眼神，我不得不把到嘴的話吞下肚，轉而表達謝意（間接接受午餐的邀約）。

母親和山崎桑都很滿意我的回答。

“這可怎麼辦？”我心裏乾著急。

第四十三章/せ村

到了東京，雨小了很多，車子進入吉田小區後基本已停雨。

山崎和彥用遙控器打開車庫門，我能看見裏面堆滿了建材，風一吹，木屑灰塵齊飛，我不禁捂住口鼻。

"あなたはまだいいだろう?"山崎和彥問我還好吧？！

我答好。

我們從車庫進入屋內，福山先生早已先行一步離開，因爲山崎桑說吃完午飯他會開車載我到車站。

小兒麻痹症患者也能開車？我很懷疑。

由於帶著任務前來，我把所有的門窗都打開，讓屋子透透氣，並且上上下下瀏覽一遍（今天是星期天，工人不能施工，給了我一個完整的空間思考）。櫃體果真如山崎和彥所說，走的是"奢華"風，上面有很多雕刻和金線；躺在角落的成捆壁紙也是"金光閃閃"，讓人聯想起凡爾賽宮。

我問山崎桑對屋子有什麼想法？他答以簡單、舒適爲主。

這就奇怪了，設計師竟然反其道而行？

那個面貌姣好的男人馬上替設計師澄清，他說事情不是這樣的。原來他的姐姐的閨蜜是做櫃體的，一聽說他要裝修房子，立馬"免費"包辦，包括衣櫃、書櫃、鞋櫃、廚櫃等。礙於顏面，他不好意思拒絕，偏偏"贊助方"走的是土豪風，也正因爲如此，其他軟裝不得不加以配合，想到將來要在不合他心意的房子裏居住，山崎桑苦不堪言。

我了解他的痛苦，也願意代他排憂解難，於是再次觀察整個屋子，遷思迴慮後，發現只要選對材料，房子還是有救的，譬如：捨去壁紙換上柔和顏色的塗料，再把水晶燈取下，代以古樸的燈飾，然後加上一些雅緻的牆磚和地磚，整個Muji風就出來了。

"よかった、君の言うとおりだ"山崎和彥對我的構想大力支持。

我趕緊表明這是自己的淺見，具體還得由他跟設計師商量。

山崎桑笑了笑，没說什麼。

由於没有隨身攜帶瓷磚樣品及量尺，我拍了幾張照片，說回去思考一下，再讓助理上門，當然，最後我會提供好的建議。

山崎和彥還是笑而不語。

我們又交換了一點兒裝修想法，很快午餐時間就到了。山崎桑說會所離他家約十分鐘步程，問我介不介意走過去，順便可以參觀一下小區？

我答不介意。

於是關上門窗後，我們"散步"去會所。

雨後的空氣很清新，加上小區內栽滿花木，到處是歐風式的豪宅與豪車，彷彿走在歐洲大陸街頭。

沿路的保安和清潔人員都非常有禮地和我們打招呼，讓人很受用。

我們邊走邊聊，山崎和彥問我愛吃中國菜嗎？因爲會所只提供改良過的中華料理。

我答我是中國人，當然愛吃中國菜，只要菜裏不要加過量的糖就好。

他說他待會兒會交待廚子少放糖。

我感激他的體貼，所以即使他行動緩慢，我也毫無怨言。

“嘟……嘟嘟……”我看了一眼來電顯示，又是秀中，我匆忙掛上。

山崎和彥問我爲什麼不接聽？我謊稱是討厭的推銷員打來的。

今天吃完早餐時，我曾覷了個空打電話給秀中，但他完全不能理解我的難處，一定要我排除萬難與他見面，後來又打來數通“騷擾”電話，我索性不接聽。

“彼はもう一度電話をすれば、私はあなたの悪口を手伝って彼”山崎和彥說對方若再打來，他幫我罵他。

我當他說笑，一笑置之。

山崎和彥把點餐的工作交給我，看著那些神似的中國菜照片，我點了糖醋里脊、麻婆豆腐、青椒肉絲、炒圓白菜、春捲和炒飯。服務員離去前，那個善解人意的男人又特別交代“少放糖”。

我們喝著碧螺春，話沒說兩句，電話又來了。山崎和彥問我是不是又是那個討厭的推銷員？我答不是（怕他真的罵秀中），也正因如此，我不得不接聽。

"妳在哪裏？"秀中問。

"跟……朋友吃飯。"我用普通話答。

"我在'せ村'，正在看別人吃蟹。"他憤憤不平地說。

我想起那家米其林三星餐廳。

"別等我了，你吃吧！我這邊結束後再去找你。"我耐著性子，說的還是普通話。

無奈秀中還是任性地要我馬上撇下朋友前來，這如何是好？我只能再次掛機。

"怎麼了？"山崎和彥說著怪腔怪調的普通話。

我太驚訝了，他竟然會說中國話？

山崎和彥忙擺手，說他只會幾句，還是中國客戶教他的，難登大雅之堂。

後來證明果真如此，我講了稍微複雜的句子，他就只能對我傻笑。

爲了抹去尷尬，山崎桑說如果能有個中國老婆當助手，他的普通話一定會突飛猛進，順便還能幫他打理店面，因爲他的客戶有40%來自中國。

我笑說那簡單，花錢請個老師或雇個中國籍員工得了，不一定要娶中國人……

那男人聽了突然變臉，他說他以爲我們正處於"以結婚爲前提的交往"中。

我驚得差點兒拿不住筷子，忙問他是誰說的？

原來又是母親。

昨晚山崎和彥回房後，母親打他房裏的座機問他還需要什麼東西？譬如多個枕頭或茶水。山崎桑答什麼都不需要，他挺好的。

然後母親告訴他，我對他的印象很好，打算和他正式交往……

"のではないか？"那個可憐人問我難道不是嗎？

我没想到母親表面一套，背後一套，叫我情何以堪？當面否認等於給母親打臉，承認又與事實不符，我吳杉杉是造了什麼孽？這輩子一直在幫母親善後。

見我遲遲不言語，精明如他，心中已了然。

他苦笑著要我別放在心上，就當交個朋友，他也清楚自己的條件，嫁給他是委屈了……

生平最怕傷害別人，我趕緊說他是個好人，如果不是自己已有了心上人，肯定會把他列入考慮名單中。

山崎桑問剛剛來電的那一位是不是我的心上人？我無奈點頭。

他笑答没事，飯後他會載我去見男友。

"覚えている私に結婚を先発の招待狀だ"山崎和彥從車裏探出頭來，他要我結婚時記得發請帖給他。

我對他揮揮手，他微笑著把車子開走。

很難想像一個小兒麻痹症患者竟能將車子開得四平八穩，讓人忘了他雙腿的殘疾。

山崎和彥走了之後，我擡頭看了一眼"せ村"，那是一棟傳統的竹木結構建築，非常的淡雅樸素，有手推門及深藍色的暖簾，上面寫著"味自慢"（即"自豪的手藝"之意）。

拉開手推門，日式風鈴響了，服務員馬上過來迎接。

我說找人，他便讓我自行進入。

已經下午兩點，秀中還在嗎？我走了一圈，發現他坐在吧台，旁邊有個妙齡女郎，兩人正大聲談笑，很目中無人的樣子。

我走了過去，秀中問我找誰？還說這家店是"支那人免進"。

看吧台上有數個空酒瓶，知道秀中喝高了，便不與他計較，誰知他用力推開我，叫囂著我是大話王，專門騙他這種富二代⋯⋯

"夠了，咱們回家，嗯？"我好脾氣地說。

"回⋯⋯回什麼家？我⋯⋯我和妳有什麼家？不過是⋯⋯是個婊子，和⋯⋯和妳媽一⋯⋯一樣！"

我彷彿被甩了兩耳光，雖然秀中喝醉了，但酒後吐真言，難道⋯⋯難道在他心中我就是個妓女？還是免費的。

"ばか"秀中嘴裏吐出一句髒話問候我媽。

是可忍孰不可忍？我掩面逃離，感覺心已死。

第四十四章/如釋重負

一連好幾天，秀中都没打給我，少了臨睡前的問候，我睡得很不安穩。

他現在在美國，兩國有時差，秀中一定是怕影響我上班或睡覺，所以才没打給我……一定是的，絕對不會錯，他是很體貼的人……

儘管我一直在幫秀中找理由，但現實是他一天没打給我、兩天没打給我、一個禮拜没打給我、半個月没打給我……

我再也找不到藉口了，反而開始反省自己是否說錯了話、做錯了事，惹得他不高興？

那天他喝醉了，喝醉說的話怎能全信？……我也不好，他等了我兩天，心情一定很苦悶……我把他丟在餐廳裏，他是怎麼回家的？……

我開始感到恐慌，難道秀中"再次"不要我了？

"嘟……嘟嘟……"

我拿起辦公室座機接聽，電話那頭是山崎和彥，我問他有什麼事？

"あなたと私の家に送り補佐官だ"他說他以爲我會派助理到他家。

助理？什麼助理？

我忽然靈光乍現，哎呀！怎麼忘了這事？十多天前因爲沒有隨身攜帶瓷磚樣品及量尺，我拍了幾張照片，說回去思考一下，再讓助理上門，結果因爲秀中的事心情大壞，把"公事"忘得一乾二淨，虧山崎和彥好脾氣，換作別人，早拂袖而去。

我在電話中一再表示歉意，並且允諾馬上派助理前往，問他何時在家？

他答下午都在，因爲園藝師也想諮詢他的意見……（原來他炒了房屋設計師，現在一切都得親力親爲。）

其實我也不喜歡那位設計師的風格，還是按照屋主人的喜好來最好，畢竟合腳的鞋只有自己清楚。

我很快和他約了下午三點。

掛上電話，我馬上撥號叫助理，偏偏一直無人接聽，這才想起助理被我派去平野區測量某棟新項目的面積，好計算招標價格。也就是說，即使她動作迅速地完成任務，回來估計也要下午兩、三點以後，根本來不及上東京。

我推開辦公室的門，想找個"閒人"，無奈發現每個員工都在忙，講電話的講電話，做文案的做文案，看來看去，全公司最閒的大概是我。

美其名我是銷售部部長及大阪分公司"代"社長，但每日的工作無非是接聽電話、召集開會及在文件上簽名。因爲受個人情感問題困擾，我交待總機除非是重要人物，否則一律把電話轉給各負責人員，頓時本人的辦公室"安靜"許多，加上我把例行的開會時間往後挪了又挪，一直就這麼"怠忽職守"地過了十幾天，實在有虧林小西的信任和提拔。

得，就從山崎和彥這個案子開始發憤圖強吧！至少這趟的東京行能替公司帶來約一百萬日元的營業額，不無小補。

公司司機在山崎和彥的別墅前停下，我跟他約了兩個小時後見，他很快開走了。

別墅的梨花木大門沒關，我輕輕一推就開了。隔了半個多月沒見，新房子除了水晶燈不見了之外，其他都沒怎麼動，倒是花園裏有許多工人在砌走道及鋪草坪，正中央的位置挖了個坑，貌似要造池塘。

山崎和彥看見我來，很高興的樣子，忙不疊向園藝師介紹我是吳小姐，並且要他聽聽我的意見。

我的意見？我以爲我是來送瓷磚樣品及量尺寸的人。

山崎桑解釋我母親的民宿有一個漂亮的花園，耳濡目染下，我一定有不俗的園藝眼光，如果不是太麻煩的話，希望我給點兒"巧思"。

說到庭園，任何到過本田家的客人，無不對它的"綠意盎然"留下深刻的印象。

既然屋主人不嫌棄，那麼恭敬不如從命。

我對照本田家和山崎和彥的後院，很快給出建議：右手邊建一個日式涼亭，草坪上用白色鵝卵石砌成走道……與鄰居的交界處植上一排的青翠竹子，風一吹，樹濤聲便宛如天籟……池塘裏養錦鯉，它是富貴的象徵……水上架著暗紅色弧形拱橋，萬綠叢中一點紅，有畫龍點睛的效果……水裏擺著水車，讓水流的動力推動水車旋轉，帶來滾滾的財源和好運……

山崎和彥聽了很歡喜，他說這正是他要的，轉身交待園藝師按照我說的做。

園藝師點頭表示接受，並且稱讚山崎桑好眼光，有那麼一位蕙質蘭心的女友……

女友？

山崎和彥馬上澄清我不是他的女友，沒想到園藝師樂呵呵地說當然不是女友，很快就是老婆了。

回到屋內，山崎桑馬上跟我道歉，他說糾正只會越描越黑，倒不如一笑置之，反正是不熟的人……

我果真一笑置之，轉身拿出瓷磚樣品請他定奪，自己則爬上爬下地量尺寸，務必把誤差減到最小，因爲大阪和東京之間有兩個小時的車程，如果將來退貨或補貨，不僅會讓屋主人破費，自己也麻煩。

等我好不容易測量完畢從樓上下來，山崎和彥還是一副氣定神閒的樣子。

我問他決定好瓷磚了沒？他答沒有，正等著我選呢！

這怎麼可以？

我告訴他，房子以後是他住，不是我住，還是應該由他來決定。

"私あなたの目に信頼だ"他說他信任我的眼光。

這該如何是好？生平頭一遭被人這麼無條件地信任著，反倒覺得責任重大。

我打開帶來的瓷磚樣品反覆瀏覽，並且努力在腦中勾畫出實景：客廳用黑白色棋盤式磚，顯得時尚；廚房用白玉拋磚，因爲水藍色的地中海式櫃體已經太過搶眼；家庭房用粉色微晶石磚，顯得柔和；兩個浴室，一個用深綠，另一個用嫩黃……

我滔滔不絕地說，山崎和彥照單全收，即使給了他八五折的折扣，他也只是笑笑，一句廢話也無。

没見過這麼好說話的顧客。

雖然山崎桑的房子正氣大方，是我喜歡的戶型，但在測量的過程中，不免有了疑問，屋主人的雙腿不方便，這屋卻是上下兩層，樓上豈不成了擺設？

那個好看的男人答他想生三個小孩，樓上就是孩子們的天地。

原來如此。

"吳小姐お前、何人かの子供を生まれたい?"他問我想生幾個孩子？

我愣了愣，山崎和彥竟然問我這麼隱私的問題，讓人好生尷尬。

見我紅了臉，他趕緊跟我道歉，說自己"辭不達意"，應該問將來我想和現在的男友生幾個孩子才是。

和秀中嗎？我想起自己是如何深愛他，能有他的"複製品"是件多麼幸福的事，當然是越多越好，多幾個孩子也多點兒活力和樂趣，不是嗎？

山崎桑說我若能嫁給日本人，日本就有福了。

此話從何說起？

他解釋現在的日本人都不想多要孩子，人口老齡化嚴重，再這樣下去，日本的未來堪虞……

我没想過這麼"憂國憂民"的事，單純只爲自己著想，我想要年老時經常有兒孫回來探望。

山崎和彥興奮地表示他也這麼認爲，如果老的時候孤孤單單，即便坐擁金山銀山又如何？精神苦悶啊！

“あなたは小児麻痺症遺伝?”他突然問我小兒麻痺症會不會遺傳？

以我淺薄的醫學常識，小兒麻痺症是感染來的，非遺傳。

他說他很高興我了解這個病症，因爲不是每個女人都有這個腦子，相反的，認爲小兒麻痺症會遺傳的大有人在，也正因如此，讓他在擇偶的這條路上困難重重。有些人甚至認爲是他上輩子作惡多端，所以這輩子受此症困擾……

真是太可笑了，怎能這樣說人？！

我生氣極了，山崎和彥卻是一臉平靜。他說以前的他也會怨上天待他不公，但現在想開了，一輩子單身也無所謂，反正他資助了許多窮苦孩子，在某個意義上，他已經是十幾個孩子的父親了。

原來山崎和彥通過國際組織認養了一些孩子，他們散居在世界各個角落，不定時還會寄來用各國文字寫的感謝信。

有些人的偉大如煙火般亮眼，另有些人雖然只夾帶著螢火蟲般的微弱光芒，卻在黑暗中吸人眼球。山崎和彥屬於後者，讓人油然升起對他的景仰之心，和他相比，我像螻蟻般卑微。

他要我快別這麼說，在他心目中我猶如空谷幽蘭般，微微地吐露著芬芳……

這……這是什麼意思？

我低下頭去，感覺耳根子發燙。

山崎和彥解釋他很高興我有了心上人，但感情的事說不準，他希望能在心靈上陪伴我，直到我和某人走進結婚殿堂，問我能否給他這個機會？

這可是三人行？

他笑說不是，只要不拒絕他的關心就行，我……仍是自由的。

我非常不明白這個男人的思路，竟把自己當備胎使，有幾個男人做得到？

然而山崎和彥堅稱自己不傻，即便當備胎，那也是暫時的，只要我給他足夠的時間，他會讓我看見他的好。

噢！不，絕對不行，這是個陷阱，我一定得避開……

"嘟……嘟嘟……"公司司機的適時來電救了我，我趕緊跟屋主人道別。

"ありがとう、気をつけて"他感謝我特意爲他跑一趟東京，並要我路上小心。

我深深一躹躬，然後轉身離去

雖然我一點兒都不想傷害這個男人，但離開時我的確有小小的"如釋重負"，可見我和他之間完全不可能。

"會社へ戻る?"司機問我是否回公司？

我答回本田家，已經下午五點，我迫不及待想回家和秀中視頻。

没錯，是我先"棄械投降"，因爲思念太過痛苦，所以今天一早我發了郵件給秀中，約他在日本時間晚上九點視頻，那時是紐約的早上七點，講完話他可以開始一天的工作。

"希望到時他別忘了才好。"望著車窗外的夕陽，我喃喃自語。

第四十五章/欲哭無淚

20:55，我打開電腦，裝好攝像頭，然後登陸Skype，意外發現聯繫人中的秀中已經啓用視頻。我馬上發起邀請，很快屏幕便彈出影象，那是一張大床，床上的白色被褥很凌亂，我看見一隻男人裸露的臂膀。

是秀中嗎？如果床上躺著的是秀中，那麼是誰接受了視頻邀請？

我打開音箱，喊了一聲："秀中～"，沒想到屏幕左下角出現一位身著性感睡衣的人影，她對我做了個"噤聲"的動作，然後指指床上的人，意思是有人在睡覺。

那個演默劇的不是別人，正是秀中的原配—倉本直美。我一時五味雜陳，不知做何反應，想必她也看見我了。

接下來的一幕才真的讓我瞠目結舌，以火辣身材聞名的倉本直美竟然對著我大跳豔舞，把忽隱忽現的睡衣折騰來折騰去，最後才緩慢地脫下扔地上，然後以傲人之姿，一絲不掛地面對我。

同爲女人，她的胴體像水蜜桃一樣多汁，而我......要胸没胸，要臀没臀，若說有什麼可取之處，大概只有皮膚還算白皙，小勝她一籌，但也只能在日本圈子混得開，換作歐美，他們更偏愛倉本直美的小麥膚色……

那個搔首弄姿的裸體人在擺了幾個AV女優的經典pose後，突然靠近鏡頭又是眨眼又是舔舌頭，把我的五臟六腑撩得血脈僨張。待捉弄完畢，她轉身跳上床，一把掀開被褥，我看到同樣光著身子的秀中。

接下去的情節就不用說了，各種的纏綿悱惻。秀中本來還在睡夢中，意興闌珊的，但被倉本直美一撩撥，立馬像喝了紅牛似的，化被動爲主動。

我啪的一聲關上電腦，人也趴在桌上痛哭不已……

秀中，你騙我，你說倉本直美是石女，激不起你的性慾，看看你都做了什麼好事？既睡了我，又去睡你老婆，享盡齊人之福，是不？

我哭了又哭，把腸子都悔青了，還是母親敲門問我出了什麼事？我才意識到自己太孟浪了。

"没……没什麼，剛剛看了日劇《一公升的眼淚》，池……池內亞也死……死了。"說完，我又哭了。

"傻孩子，"母親走進來擁抱我，"那是電視劇，假的，假的妳也哭，眼淚不要錢嗎？"

"我……我也死了。"

"別亂說，"母親略顯不悅，"我還指望妳養老送終呢！"

任性的事只能點到爲止，我很快擦乾眼淚，母親又安慰我幾句後才轉身離去。

她走了，房間又安靜下來。

我睜大眼睛躺在床上，不知今夜能否成眠？

∽

我眉頭深鎖地接聽電話，和野公司的松下部長有很重的地方腔，偏偏時不時還冒出九州方言，聽得我冷汗直流，這說的是啥？

"扣、扣、"有人敲門。

我來不及說"請進"，林小西已經開門進來，看見我手持話筒，他丟了個精緻手鏈在我桌上，轉身就走。

我三、兩下找個藉口掛了松下桑的電話，然後拾起手鏈奔向林小西的辦公室。

"你回來了？"我問。

"這不是廢話？"他沒好氣地答。

"一個人回來的？"

"愛梅過幾天到。"

這麼說林小西成功搶回愛人，但為什麼他還是一臉的不高興？

林小西答他沒不高興，要我別瞎猜。

"這手鏈哪來的？"我舉起鑲有七顆孔雀石的鏈子問。

他解釋尼泊爾盛產寶石，孫愛梅說這顏色稱我，硬要他買回來送我。

面對林小西的"誠實"，真不知該說什麼好。一個未曾謀面的女人尚且想著送我紀念品，反倒我鞍前馬後的老闆卻一臉的不情願，這禮物收得有夠憋屈的。

"算了，我不要，不食嗟來之食！"我把手鏈擱回他的桌上。

"這……這是幹嘛？妳就非得要我說好話不可？"

"對，就要你說好話，"我也來氣，"不打一聲招呼就把公司丟給我，一出走就是一個半月，我……我容易嗎？"

不說則矣，一說滿腹委屈就上來，什麼跟什麼嘛！太欺負人了！

林小西沈默不語，他撫著手鏈若有所思，最後決定服軟。

他站起身來恭恭敬敬地把手鏈奉上：“吳部長，辛苦了，這是我買回來的紀念品，請笑納！”

我瞅了他一眼，紋風不動，還是他走過來強行把手鏈戴在我手腕上。

“看！漂亮吧？！愛梅的眼光就是好。”

我真服了林小西，“藉花獻佛”還不忘讚美自己的女友。不過話說回來，這藍綠色的寶石真漂亮，我是越看越愛。

“替我謝謝你老婆！”我說。

腦海中的孫愛梅是個“眼觀四方，耳聽八方”的機靈人，連素未謀面的我都懂得打點兒，讓我對她的好感倍增。

“妳可以親自謝她，下禮拜二晚上她約妳吃飯，地點就在kisoro。”林小西說。

想到孫愛梅是那家河豚料理店的店長，愛巢甚至還築在店樓上，近水樓台，約在kisoro也在情理之中。

“又吃河豚？”我問。

“妳不吃也行，我們有免費的茶水喝。”

這小子一天不氣死我，一天不得安寧，偏偏我就和他槓上了。

“吃，怎麼不吃？而且我光撿貴的吃，不把你的股東分紅一夜吃光，誓不爲人！”

“女人啊～”林小西搖頭感嘆，“惹不起呦！”

秀中帶給我的傷害還在，我盡量捂著傷口度日。

白天工作忙，時間過得很快，最怕就是夜裏和週末，背叛帶來的痛苦簡直"度日如年"，於是我又到Tokyo Hands買了些布料，打算做第二條拼布涼被。夏天快結束，我也已經有了一條涼被，但手上不做點兒什麼，心癢得慌。

"又做涼被？妳打算把妳的青蔥歲月都奉獻給涼被？"母親嗤之以鼻。

晚餐過後，母親一向有節目，要嘛練練三弦琴，要嘛跳跳扇子舞，而多半時候她會和閨蜜在電話中蜚短流長。

如今的她卻待在我房裏東拉西扯的，讓人不明所以。

"不做涼被做什麼？我可不想像妳一樣，每天東家長西家短的。"我沒好氣地答，順便又選了塊布料銜接已縫好的方形布。

沒想到母親聽了非但不生氣，反而很興奮地表示"東家長西家短"也有好處，因爲......蕭十一郎回來了。

"誰是蕭十一郎？"我隨口一問，眼光又去找縫線，得找條顏色近橘黃的。

"就是蕭會長的第十一個兒子嘛！"母親答。

蕭會長在日本是個響叮噹的人物，名義上是《中國同鄉協會》會長，但黑白兩道通吃，既有循規蹈矩的上市公司，又行搶奪殺掠的不法勾當，可說是個亦正亦邪的人物。不過，他最讓人津津樂道的是"妻妾成群"，光浮上台面的就有二十三名兒女之多，更別說台面下的私生子人數了。

"其中蕭十一郎最得寵，是蕭會長的接班人。"母親補充說明。

如果我沒記錯的話，這個蕭十一郎吃喝嫖賭樣樣來，兩年前還涉及殺人案，灰頭土臉地潛逃到國外，沒多久就有人出面自首，依我看是找了個替罪羔羊，這個人渣！

“妳可別冤枉好人，真正的凶手已經伏法認罪了。”母親替他開脫。

那又怎樣？反正是八竿子打不著的人，說多了浪費口水。

“酒井太太說……”母親欲言又止。

“說什麼？”其實我不關心，問只是爲了讓母親將話講完。

“她說蕭十一郎看了妳的照片後直說可愛，所以我安排了相親。”

什麼？！簡直晴天霹靂，讓我差點兒昏死過去。

“妳這是將我往火坑裏推！”我怒火攻心。

“說的什麼話？！”母親睨了我一眼，“蕭公子現在變了，剛從美國拿了碩士學位回來，加上家財萬貫，配妳算配得上。”

開什麼玩笑？那個滿臉橫肉的人會是個讀書人？殺了我吧！學位肯定是買來的！

母親要我別無的放矢，還沒見上面就定人罪，太不厚道！實事求是，我也二十好幾，再不積極點兒，轉眼只能人挑我，我挑不了人……

想到要和黑道大哥相親，我想死的心都有，推三阻四硬是不去。

“莫非……妳還和那個不要妳的男人糾纏不清，所以不想去相親？”母親投來懷疑的眼神。

“哪……哪有？早……早分了。”我話都說不利索。

母親答分了正好，反正沒事，和青年才俊相親又何妨？搞不好就看對眼了。

呵呵！我肯定看不上“青年才俊”，他就不好說了，萬一他真看上我，我還能說不嗎？除非向老天爺借膽。

“我……我若去相親，山崎和彥怎麼辦？”情急之下我只好把那個可憐人拿來借用一下。

“山崎和彥？”母親睜大眼睛，“妳……妳不是嫌他雙腿殘疾？”

“哎呀! 話不能這樣說，第一眼總是看外表，第二眼就看內在了，他……他有美麗的靈魂。”

不知爲什麼，母親聽到“美麗的靈魂”樂不可支。

“没想到你倆背著我勾搭上，哈哈! 要不是因爲蕭十一郎，我還不知要被矇在鼓裏多久呢！”

面對母親的怪嗔，我無言以對。

“明天把山崎和彥約來吃個飯，我要當面責問他爲什麼把我的女兒給拐跑了？”母親喜滋滋地說，一點兒都不像要責問人家的樣子。

我氣餒地放下手中的布料，腦子一片空白，怎……怎麼峰迴路轉地又把山崎和彥牽扯進來？難道這就是命運的安排？

哎～

第四十六章/愁雲慘霧

我以爲母親說請吃飯只是隨口說說而已，没想到早餐桌上她宣佈山崎和彥今天中午到。

"那孩子說咱家的懷石料理一級棒，但今天他想請我們出去吃，因爲品嚐一下別家的美食有利本田家以後的創新。"母親轉述。

我對吃什麼不感興趣，但對接下來的會面坐立不安，因爲我的"滿嘴謊言"很快就會被識破，這如何是好？

"媽，還是改期吧！據我所知山崎和彥很忙，只有星期天能休息，妳把人叫來，人家要怎麼休息？"

話說得合情合理，但母親不買單，她認爲我只有週末休息，平常也不知道我和山崎桑是怎麼聯絡感情的，但要"面對面"，肯定得找雙方都有空的時候。再說了，哪有那麼便利的事？都快把她的女兒娶進門，還不跟丈母娘熟悉熟悉？

母親邊說邊動作麻利地把納豆放入碗裏，再用筷子攪和，接著把準備好的蔥末、紫菜末、芝麻、生雞蛋、沙丁魚乾等一一納入，加點兒芥末和醬油，然後均勻地倒在熱乎乎的米飯上。

"吃，納豆能養顏美容，快吃！"她說。

其實納豆的功效不止此，它能溶解血栓、改善便秘、降低血脂、預防大腸癌、降低膽固醇、軟化血管、預防高血壓……等，但這些母親都不關心，她只關心能否"變美"。

"那個……"我還在做困獸之鬥，"對了，山崎和彥說新房子正在裝修，工人們都很懶，得盯著才會做事，我看還是別讓他跑這麼一趟，東京離這裏滿遠的。"

母親問我到底怎麼了？還未出嫁就胳臂往外彎？不過這倒提醒她，吃完飯可以上東京轉轉，山崎和彥的新房她還沒看過，剛好藉此機會鑒定一下……

我閉上雙眼把自己恨得牙癢癢的，吳杉杉呀吳杉杉，看妳做的好事，瞧！婁子捅得越來越大了！

回到房內，我馬上打電話給山崎和彥，希望能及時阻止他，沒想到他的手機關機，怎麼也打不通，我只好留言，把複雜的故事"言簡意賅"地交待一下，爲了更具說服力，我還把蕭十一郎妖魔化，希望能激起他的憐憫之心，進而原諒我的魯莽。

發完短信我鬆了一口氣，這下子山崎和彥應該不會來了。

我哼著歌把涼被拿出來縫製，才不到一天的功夫就已經完成大半，再這麼下去我能把涼被放到網上賣，嘻嘻！

"認真投入"的結果總能讓人忘了時間，所以當小雪來敲門，我還以爲是來喚我吃飯的。

"不是的，現在才十點半，吃中飯太早了。我來是通知妳山崎桑已到，老闆娘要妳打扮一下，穿上那件新買的瑪瑙紅連衣裙，剛好稱妳的膚色。"

我是買了件新衣裳没錯，但可不是爲了山崎和彦買的，而且他是怎麼了？没收到我的短信嗎？

本來想和母親唱反調，穿上她最討厭的墨綠色褲裝，但繼而一想，山崎和彦可能誤會我對他有意思，還是打扮好看點兒，將來道歉才有本錢，因爲男人很難開口向美麗的女人說不。

我一進母親房裏，四隻眼睛同時望向我。

"看! 多漂亮，像個新娘子似的。"母親笑顏逐開。

雖然她說的是普通話，但難保山崎和彦聽不懂。

我很氣母親的口無遮攔，礙於客人在場，也只能把怨氣往肚裏吞。

"レストラン予約位、行こう!"山崎和彦催促我們啓身，他說已訂好餐廳的位子了。

我注意到今天的他不一樣，雖然每次見面他都是衣著光鮮，但不像今天，好像……好像有什麼喜事降臨似的。

糟糕!母親該不會在我打扮的同時又加油添醋地把我的"恨嫁之心"提高了好幾個檔次吧？！

我把眼光落在那個一臉喜氣的人臉上，想瞧出一些端倪，無奈山崎和彦只是笑彎了眼，像尊彌勒佛似的。

豆腐是京都的名物，除了高檔的懷石豆腐料理外，一般的

小吃像豆腐饅頭、豆腐冰淇淋、豆腐甜甜圈等也值得一試。

今天山崎和彥帶我們去吃湯豆腐，提到湯豆腐，"奧丹"是其中的佼佼者，在日本已有超過350年的歷史。

貌似山崎和彥是那裏的常客，我們一到，店長就親自到門口迎接，並且安排我們坐在包間。

"吳小姐、豆腐が大好きですか?"山崎桑問我喜不喜歡吃豆腐？

我答喜歡。

實際上，豆腐是我的大愛，不論煎煮炒炸，樣樣都喜歡，我很難想像會有人不喜歡吃豆腐。

山崎和彥說他也是豆腐愛好者，沒肉沒關係，只要有豆腐，再加上幾樣青菜就是美味的一餐。他還說他買了大阪春興堂出版的《豆腐百珍》一書，裏面介紹了一百種以上的豆腐料理，哪天可以借我看看……

"借りたなくて、もうすぐ家族"母親說馬上就是一家人，不用借了。

如果有種神力能讓人從高空瞬間往下掉，並且摔得粉身碎骨，我想母親剛剛已經施展了。

見我不言語，那個略顯尷尬的日本人轉而與母親話家常。母親是"人來熟"，何況對方是她未來的乘龍快婿人選，立馬使出渾身解數應戰，沒多久便將場子炒熱。

這邊廂談得興起，那邊廂服務員已端上芝麻豆腐、山藥豆腐羹、味噌烤豆腐等前菜。我一一品嘗，不禁折服，越平凡的東西越難做得出色，難得"奧丹"做到了。

當主角湯豆腐上桌時，母親才真正收起話匣子。也難怪，熱騰騰的東西當然得"專心一志"地食用，否則分分鐘可能燙嘴。

所謂的"湯豆腐"就是白開水加豆腐，另外還加了一塊昆布調味，再無其他。

我聽到隔壁房裏的中國客人大呼坑爹，這麼平凡無奇的東西還不如菜市場兩元錢一大塊的老豆腐。我聽了不禁莞爾，這種美食需要細細品味，吃的是食物的本質，如果味蕾已被各種醬料破壞，恐怕就不容易欣賞"原味"的可貴了。

" おいしい?"山崎和彦問我覺得好吃嗎？

我答好吃，只是素了點兒，偶而吃吃還行。

母親馬上表示我是肉食動物，尤其喜歡啃鴨脖子。

山崎桑又多問了兩句，確定母親說的是鴨子脖子的部位後，很是錯愕。

我感到有些難爲情，彷彿自己成了他眼中茹毛飲血的野蠻人了。

吃完飯，山崎和彦問我們母女想上哪兒逛逛？他可以開車送我們去。

趁母親還未開口，我趕緊答"清水寺"。

清水寺就在"奧丹"料理店附近，是京都最古老的寺院，於1994年被列入世界文化遺産名錄。

我的如意算盤是這樣打的：待在清水寺直至傍晚，如果需要的話再吃頓晚餐，這樣母親便勻不出時間上東京看山崎和彦的新房子了。

没想到她"記憶猶新"，說清水寺任何時候都能去，她現在想看"婚房"，怕我們兩個年輕人不會裝修，尤其有些忌諱還是得避一下，譬如鏡子不能對著床，否則會招鬼⋯⋯

" 鬼？"那個日本人一頭霧水。

我趕緊岔開話題，問他瓷磚送到了没？工人開始貼了嗎？⋯⋯

我們邊走邊聊，把母親落在身後。

一進吉田小區，母親的眼睛亮得像夜明珠，等到山崎和彥打開別墅大門，她的喜悅之情便溢於言表。

房子雖然還在裝修，但母親的想像力超強，把欠缺的部份一一在腦海裏補上。

“多好啊！這廳夠大，來套Harbor House沙發正好……採光佳，櫃體結實，不錯……五個房間，想睡哪兒就睡哪兒……浴室設個按摩浴缸，坐便器選TOTO牌子,馬桶蓋要能烘乾屁股的那種……哎呀! 造花園怎麼不諮詢我一下？我可是半個園藝專家……”

母親嘰嘰喳喳說個沒完，彷彿這就是她的房子，而且興奮過度，一點兒也沒考慮山崎桑的語言能力，全部以普通話交待，真是“自說自話”。

“私のどの部屋に寢るか??”母親竟然問山崎和彥她睡哪個房間？

我真想挖個地洞鑽進去，八字都還沒一撇的事。噢！不，我跟山崎和彥壓根兒沒戲，母親竟誤以爲在這個大房子裏有她的一席之地？

“あなたが選”那個老好人答。

母親興奮地上樓，她說得選一個朝向好且大小合適的房間。

趁母親不在，我趕緊問山崎和彥有沒有收到今天早上我發的短信？

“はい”他答。

我說既然有，爲什麼……

他答因爲想見我，即便是驚鴻一瞥也聊勝於無。

面對一個男人赤裸裸的表白，我也會心動，但現實是殘酷的，我做不到漠視他身體上的殘缺。

他說他知道自己的硬傷，但有時情不自禁，希望我能給他陪跑的機會，即使最後仍是out，他也無怨無悔。

這可怎麼辦？情感書上教人這時要"快刀斬亂麻"，但面對一個殘疾人，尤其還是好看的殘疾人，我真說不出口。

見我不言語，他又補上一句，任何時候只要我的心上人多說一句，他馬上離開。

我告訴他沒有什麼心上人，我和秀中……分手了。

他說這樣更好，就讓他陪我走一段吧！

這樣……好嗎？我對他沒有愛情，只有友情和保護弱者的"護犢之心"，怕就怕一時的心軟反而傷他更重。

那個體貼的男人馬上要我別多想，那是他的問題，不是我的問題。對他來說，如果連參與權都被剝奪，那才是最痛苦的事。

此時母親從樓上下來，大聲宣佈她要朝南靠左的房間。

山崎和彥馬上應允。

我看見母親的臉上浮現欣慰的笑容，而我卻像剛下了大賭注，愁雲爬上心頭。

第四十七章／鶼鰈情深

也許因爲没有明確説不，山崎和彦開始發起攻勢，今天紫色鬱金香，昨天红玫瑰。

"誰送的花？"林小西推門進來。

"一個……朋友。"

他對我投來懷疑的眼神。

"不，不是佐藤秀中。"我趕緊否認。

林小西不再糾結，他讓我重新評估中崎町辦公樓的瓷磚價，將價錢再往下壓一點兒，只要有賺就行，最近没有大單子，中崎町的案子一定得拿下……

我唯唯稱是。

見林小西想走，我忙喊住他。

"巷子口又開了家新店，賣澳門的豬扒包，附飲料才320日元，想去嚐個新嗎？"我滿懷希望地問。

自從林小西從尼泊爾回來，中午午休時間總不見人影，我想繼續和他有午餐的約會。

"不了，我另外有約。"他答。

我很失望，覺得自己忽然失寵了。

"對了，"他轉過頭來，"別忘了今晚的約會，和我愛人。"

若不是他提起，我還真忘了。

"那麼……下班後一起走？"我又燃起希望。

他思考了幾秒鐘，終於點頭。

噓～我還以爲嫂子一回國，這小子馬上和我劃清界限，還好，至少還願意接送我。

林小西在 KISORO 門口放我下車。

"你不進去？"我問。

"不了，女人間的談話我去了没意思。"他看著前方道路說話，大有拒人於千里之外的意味。

我說我不認識他愛人。

"放心，她認得出妳來。"說完，他腳踩油門，車子呼嘯而去。

拉開 KISORO 的深褐色大門，服務員馬上出來迎接，我說我找店經理。

"杉杉，這裏。"一個很瘦很瘦的女人向我招手。

原來孫愛梅就坐在入口處，只是我没有第一眼認出她來。

"妳真準時，"她走過來，"替妳留了包間，這邊請。"

這是個大包間，足足可坐十個人。當服務員拿來菜單時，我告訴請客的人自己已是第二次上門，以前是林小西帶我來的。

"你們上次都點了些什麼？"她問。

我答河豚刺身、河豚精囊、豚皮沙律、煮凝り、河豚鍋以及用河豚鍋熬成的粥。

"那麼這次吃點兒不一樣的。"她說。

我聽見孫愛梅交待服務員送上河豚泡飯、炸河豚、河豚壽喜鍋、串燒及天婦羅，都是一人份的。

"妳不吃嗎？"我問。

她答不餓，而且兩個小時前才喝了一碗粥。

我知道日本女人很克制自己的飲食量，除非特殊體質，否則吃的極少極少，所以很難在日本看到胖女人。

但是孫愛梅不一樣，她已經瘦得前胸貼後背，根本不需要減肥。

"妳太瘦了，得多吃點兒，否則很容易讓人懷疑得了厭食症來著。"

"不，不是的，"她笑了，連笑紋都皺巴巴的，"我現在採少食多餐，因為吃多了胃脹。"

眼前的這個女人雙頰凹陷、膚色暗黃，加上頭髮也黑得不自然，活脫脫就是個"老婦"。

我想起收銀台後的照片，那時人雖瘦，但她的臉頰是豐腴的，和現在比簡直美太多了。

"我變醜了。"她自嘲。

我想一定是自己猛盯著人家瞧，讓孫愛梅感到不舒服了。

"對不起。"我趕緊收回目光。

"不用說對不起，我是真覺得自己變醜了。"她說。

我告訴她旅行途中不可能都吃好、穿好、用好，現在她回來了，把身體調理一下，很快就能恢復以前的狀態。

她聽了沒反應，剛好服務員送餐來，她便招呼我用餐，把我照顧得妥妥貼貼的。

老實說，我不了解她請我吃飯的用意，如果是感謝林小西的員工，那麼全公司上下可不只我一人勞苦功高；如果是"人是故鄉親"，倒還說得過去，因爲除了林小西之外，我是公司裏唯一的中國人。

"謝謝妳照顧小西，別看他都三十多歲了，行事有時還像個孩子。"孫愛梅說。

果然是沾了"中國人"的光。

我告訴她我没照顧林小西，反倒他經常照顧我……

"這樣很好，以後你們就互相照顧。"她對我微笑。

糟糕! 她會不會誤會了？還是有人在她耳邊搧風點火？看來這是場鴻門宴，我頓時胃口盡失。

"妳……妳不要誤會，我和林小西之間真的没什麼，就是一般的照顧，像哥哥對妹妹，或者妹妹對哥哥那樣，妳……懂嗎？"說得我大汗淋漓的。

"不懂，異性之間不可能有純友誼，親情就更不用說了，乾哥哥、乾妹妹都是煙霧彈，没有的事。"

雖然孫愛梅的臉上無一絲不悅，但難保她不是隻道行高深的狐狸。聽說真正厲害的人，殺人都不見血。

"咳、咳、我知道了，以後我會和林小西保持適當的距離，請放心。"我說。

"不，妳誤會了，"她握緊我的手，"咱們以後就以姐妹相稱，我知道小西喜歡妳，只是不好開口，妳多給他一點兒時間，嗯？"

這下子我徹底迷糊了，難道……難道孫愛梅還愛著那個意大利小伙子，所以巴不得把我和林小西送作堆？

她噙著淚水答没錯，她還愛著那個洋人，很愛很愛，林小西不該強行將她帶回來，她就想待在尼泊爾了此一生。

"可是……"

"如果妳不討厭小西，請把他的心帶走，我不想……不想再背負他的愛，太過沈重了。"

聽完，我的腦子瞬間炸了，因爲信息量太大。

一、孫愛梅不愛林小西了，林小西是橫刀奪愛。

二、孫愛梅希望我轉移林小西的注意力，好成全她的異國戀情。

三、林小西喜歡我（？），只是不好開口。

這……怎麼我再次淪爲別人的棋子？難道我就不能愛我所愛？

孫愛梅說我當然能愛我所愛，但捫心自問，我對林小西真的没感覺？他不是完人，但品性好、待人誠懇，是個很好的結婚對象，況且他對我的評價極高，她看得出來若不是因爲他們兩人認識在先，林小西肯定會追求我……

我承認林小西是少數幾個人品好又能"行俠仗義"的男人，但這不能成爲相伴一生的理由，何況他經常和我拌嘴，完全看不出"憐香惜玉"，難道喜歡我就是捉弄我？這也太一廂情願了。

"對不起，我不想介入別人的感情，再說……我有男朋友了。"我說。

"是佐藤秀中嗎？"她顯得異常小心，"依我看，他們的夫妻感情還是可以的。聽說兩人剛從美國補度蜜月回來，而且已經造人成功了。"

"造人成功？什麼意思？"

"就是有寶寶的意思，意即他們的婚姻會更加穩固，妳……確定還要等這個男人？"她問。

"呵……呵呵呵……"我笑得眼淚都出來了，"我和秀中早就結束了，我的男友比他優秀不止十倍。他是'山崎珠寶'的老闆，光日本就有三十多家連鎖店，店還開到美國及澳大利亞……他剛在世田谷區買了房，五百多平米，有五個房間……他每天送我花，今天鬱金香，昨天紅玫瑰……"

話一說完，孫愛梅很抱歉地表示她誤會了，因爲林小西從未提到我有一個開珠寶店的男友，還這麼優秀。

"沒事，不知者無罪。"

"恭喜妳有相愛的人，哪天有好消息記得通知我，我一定到場……噢！我是說如果那時我還在日本的話。"

我笑答沒問題，到時請她、林小西，甚至那個意大利小伙子坐大位，而且來個不醉不歸。

～

人前我可以表現得無所謂，人後我可做不到心如止水。

秀中就要當爸爸了，他的美國行根本不是出差而是補度蜜月，他怎能這樣？沒一句實話，我還能信他什麼？

放下手中的報紙，我很氣餒，都怪自己平常不看報，否則早瞧出破綻。報上說了，倉本直美和佐藤秀中婚後鶼鰈情深，後者還經常去片場探班，帶好吃的東西給老婆吃……

怎麼看都不像鬧離婚。

我是怎麼了？腦子進水了？竟然一而再、再而三地相信他那並不高明的騙術，簡直傻得可以！

“嘟……嘟嘟……”

晚上十點，誰會打給我？

“もしもし”我喂了一聲。

“杉杉～”

聽到秀中的聲音，我憤然掛上手機，太可惡了！還有臉打來？

“嘟……嘟嘟……”魔音又傳腦，我索性將手機關了。

哼！是誰說“是福不是禍，是禍躲不過”？我偏不信邪，明天……明天我就另外買個手機號，誓必將這個生命中的孽障給掃得一乾二淨！

第四十八章/牽紅線

我一進辦公室就看到一大束的滿天星，頓時心情大好。

安部次郎剛好推門進來，看見又是花，嘲諷干脆把“東洋瓷磚”改爲“東洋花店”得了。

說的也是，昨天的鬱金香還在，前天的紅玫瑰也没謝，加上今天的滿天星，我的辦公室已經花海一片。

我問來者有何貴幹？他答文京區的學生宿舍樓已接近完工，問我要不要派人跟開發商拉攏一下關係？

我問是哪家？他答“大和房地産公司”。

“必要のない”我直接打回票。

安部次郎不明所以地愣在那裏，以爲我會做出解釋，但我命他去拿報表，把他“名正言順”地打發掉。

“大和房地産公司”的社長正是佐藤秀中，我避他都來不及，哪有主動送上門的道理？

“扣、扣、”没想到安部次郎拿報表的動作倒挺快的。

"どうぞ"我說。

進來的卻是前台的接待員，她的手裏捧著好大一束香水百合，喜滋滋地放在我桌上，好像收到花的人是她不是我。

難不成山崎和彥一天送我兩束花？

我狐疑地把夾在香水百合裏的卡片拿出來看，和前兩張一樣，山崎和彥只在卡片上工整地寫下自己的名字，再無其他。

於是我去翻找滿天星裏的卡片……

秋風清，秋月明，落葉聚還散，寒鴉棲復驚。

相親相見知何日，此時此夜難爲情。

入我相思門，知我相思苦，長相思兮長相憶，短相思兮無窮極。

早知如此絆人心，何如當初莫相識。

默寫李白《秋風詞》的不會是別人，只有他了。

有時我真懷疑秀中在北大讀書時是不是光背古詩詞就能畢業？

一早的好心情因爲李白的"無病呻吟"而煙消雲散，我把滿天星連同《秋風詞》一同丟進字紙簍裏。

"杉杉，吃飯了。"林小西推開門喊。

他已經好幾天沒約我一起吃中飯了。

"等會兒，我得將手中的工作告一個段落才行。"

於是我的老闆便在我的辦公室裏閒晃，把香水百合拿起又放下，再把落難的滿天星從字紙簍裏撈起……

"把花放回去！"我頭擡也不擡地說。

"秋風清，秋月明, 落葉聚還散, 寒鴉……"那人已打開卡片並且字正腔圓地朗誦著。

我憤而起身把花和卡片搶回，重新扔進字紙簍裏。

"怎麼了？吃炸藥了？"他問。

"對，吃了五公斤的炸藥。"我回位繼續打字。

林小西碰了一鼻子灰，說："那好，我遠離火藥。"

他作勢要走。

"等等，"我闔上電腦，"有話問你。"

說要吃豬扒包，結果沒去成，因爲他們只提供外賣。

"改吃別的吧！"林小西當機立斷。

他帶我去的美式咖啡館在大阪有很高的知名度，中午提供的商務套餐只要3500日元，以外國餐廳而言不算貴，但怎麼說也是豬扒包的十倍價格。

"我請客，別囉嗦！"我的老闆趾高氣昂地說。

3500日元的商務套餐包括湯、沙拉、牛排或豬排，外加甜點和熱飲。看似洋洋灑灑其實份量都不大，我有點兒擔心林小西會吃不飽，然而我的擔心是多餘的，因爲他吃得很少，甚至連主食都留下大半盤。

"怎麼，不合口味？"我問。

"味道還行，但吃多了胃脹。"

我想起孫愛梅也說"吃多了胃脹"，加上林小西從尼泊爾回來後，雖然不似他愛人般瘦得皮包骨，但也明顯瘦了一圈。

"難不成你倆在尼泊爾染上了什麼惡疾？"

"放心，即使染上惡疾也絕不會傳染給妳。"

這是怎麼了？話没好話，想找人出氣是不？我憤而起身。

"去哪裏？"他問。

"氣飽了，回辦公室繼續替你賣命！"

"坐下坐下，"他把桌上的刀叉遞給我，"牛排没吃完，浪費食物會遭天譴。"

我還是站著不動，直到他用日語向我道歉，我才又坐了下來。

"妳不是有話問我？"他說。

對啊！怎麼把重要的事給忘了？

"你喜歡我嗎？"我問。

林小西剛喝了一口水，差點兒嗆到。

爲了表明自己不是花癡，我馬上強調這是他愛人說的。

"孫愛梅說我喜歡妳？"他揚起聲，一副難以置信的樣子。

雖然我說過不願介入別人的感情，但林小西不是別人，他是我的老闆。

我語重心長地勸說："放手也是一種祝福，與其把人留在身邊枯萎，倒不如讓她在別人的懷裏綻放。"

"妳這是在說自己嗎？"他反問。

"不，我在說你，讓孫愛梅回到意大利小伙子身邊吧！你没看到她現在槁木死灰的樣子嗎？"

"這就是你們兩人昨晚的談話內容？"

我答是，然後他陷入沈思。

等我把泡芙吃完、美式咖啡喝完，林小西還是不發一語，連面前的蛋糕和紅茶也沒碰。

"Well, 謝謝你的午餐，我真的得走了。"我伸手去拿包。

"等等，我有話要說。"

真是奇怪！在過去的15分鐘裏，他早幹嘛去了？神遊嗎？

"有興趣聽嗎？故事有點兒長。"他又說。

我點頭。

原來孫愛梅一直有胃的毛病，吃多了胃脹，吃少了冒胃酸，所以一直很小心飲食，沒想到這成了揮之不去的夢魘。

她在尼泊爾病倒，被酒店人員緊急送往CIWEC, 那是尼泊爾唯一一家按照西方標準建立的醫院。

"意大利小伙子說愛梅到了胃癌晚期，還有三到六個月的生存期。沒錯，他是她的主治醫生，妳可別告訴我病人愛上醫生的老掉牙故事，那是騙小孩子的。"他說。

我捂住嘴驚訝到不行，沒想到孫愛梅病得這樣重。

"你在幹嘛？還不快去陪伴生命倒計時的愛人？"我說。

"妳以爲我不想？但愛梅不允許我不工作，她說一旦我停止工作，哪天她撒手人寰，我會更難回歸社會，所以我們有了協議，她跟我回日本，我照常工作，但……天呀！叫我如何專心工作？我現在滿腦子都是她。"林小西捂住臉，非常痛苦的樣子。

我能想像和心愛的人"生離死別"是什麼滋味，更何況是看著對方的生命像沙漏般一點一點地消逝。

" 她目前用什麼治療方案? 化療還是中藥調理？"我問。

林小西說胃癌到了末期做什麼都徒勞，反倒醫生教他如何打止疼針，現在能做的也只是盡量減輕她肉體上的疼痛。

雖然和孫愛梅只見過一次面，但她的柔順和善解人意讓人印象深刻。我完全能理解林小西的愛慕之情，大概他生活中所有的不如意與挫折都能在他表姐的柔情裏化解。

“這就是你每天中午消失以及準五點鐘下班的原因？”我問。

“嗯！我珍惜和她在一起的每分每秒，如果不是迫切想知道昨晚她跟妳說了什麼，我不會缺席和她的午餐約會。”

知道林小西的特殊情況後，我很講義氣地表示只要在能力範圍內，我兩肋插刀在所不辭。

我的老闆聽了很高興，他說的確有個忙需要我幫。

“勸愛梅和我結婚吧！我等待這一刻已經很久了。”他說。

“可是……明明是將死的人……有意義嗎？”

“有，因為這輩子我只結一次婚，對象除了她之外，不做第二人想。”他斬釘截鐵地答。

面對林小西的癡情，我有瞬間的感動，很久很久以前，有個人也同樣對我說過這輩子想娶的只有我，可是轉過身去，他卻娶了別人……

“妳怎麼了？”看我掉眼淚，林小西慌了。

我趕緊抹去眼淚，說沙子進眼睛裏了。

“愛梅說的沒錯，妳的心真軟。”

我要他別灌迷湯了，即使不說好話我也會幫忙游說。

“真的？妳真的願意？”他兩眼發亮地問。

我用力點一下頭，並且琢磨著過幾天就去探望生病的人。

第四十九章/小雪生病了

說要去探望孫愛梅，但一忙就給忘了，轉眼明天又是週末，看來只能下禮拜去了。

没想到一走出辦公大樓就聽到"叭、叭、"兩聲，這個亂按喇叭的人不會是別人，肯定是林小西。

"五點多了，你怎麼還在這裏？"我彎下身問。

"愛梅想見妳，走，我們去吃鯛魚飯。"

其實我不太想去，今晚有《神探伽利略》大結局，我很想知道伽利略是否能順利解答木島給的難題。

"下次吧！今晚......我有約。"我答，約的是伽利略的扮演者─福山雅治。

"嘟......嘟嘟嘟......"手機響了，我接聽。

對方是山崎和彥，他要我看九點鐘的方向，我往左轉頭九十度，果然找到銀灰色轎車，車主的手正伸出車窗外向我打招呼。

"那人是誰？"林小西問。

掛上手機，我答："一個……朋友。"

"就是向妳展開鮮花攻勢的人？"林小西又特意看了人家兩眼，"長得一副小日本的嘴臉，妳可別自降身價去和蕃啊！"

我不理會老闆的警告，逕自往九點鐘的方向走去……

不是週末，山崎桑卻出現在大阪，我想起"山崎珠寶"最近正大肆慶祝成立15週年，既打折又請來明星助陣，我問他是否為此而來？

他答不是，而是……想我了，兩小時前特意從東京趕過來。

我聽了，刷的紅了臉。

他接著說想請我吃飯，我想起和福山雅治的約會，遂告訴他今晚我有事。

"ご用命食べられる?"他退而求其次，問我能否吃完飯再去辦事？

雖然福山雅治很重要，但想到山崎桑花了兩小時在路上，就這麼灰溜溜地回去，實在心有不忍，況且我也要吃飯，如果吃快一點兒，也許趕得上八點鐘的大結局。

山崎和彥很高興我最終上了車，他動作敏捷地發動車子，經過林小西的Jeep車時，我能感覺到一支不友善的箭正不偏不倚地直射過來。我撇開臉，假裝什麼事都沒發生。

看到"と太呂"白底黑字的招牌，我知道八點鐘肯定回不了家。

這家餐廳在日本有許多分店，外表很樸實無華，一個不留意極可能錯過，但食物是上乘的，已經連續好幾年奪得米其林二星的榮譽。

他家最有名的就是鯛魚飯，可以看到一整條鯛魚躺在米飯上，隨後服務員會端下去爲魚去骨解體再拌進飯裏，讓嚐到的每一粒米飯都飽含魚的鮮味，連搭配的湯也有股特別的味道，非常爽口……

依著服務員的建議，我們點了兩份天婦羅和一份鯛魚飯，在等待的過程中，山崎和彦問我喜不喜歡他送的花？

我答喜歡，但請他別再送了，因爲同事經常取笑我。

“なるほど~すみません”他對我表達歉意並且深深一鞠躬。

我要他別放在心上，花雖美但實用性不高，過幾天就謝了，倒不如種在花園裏，時刻都能欣賞到。

他隨即問我喜歡什麼花？他馬上讓園藝師種在別墅的那片荒蕪中……

哎！又一個對號入座，他喜歡什麼花就種什麼唄！干我何事？

然而我還是做不到當面讓人難堪的地步，遂答所有的花都漂亮，沒特別喜歡的。

我們正談著話，有新客人被服務員帶進來，我擡頭一看，頓時五雷轟頂，林小西竟然帶著孫愛梅跟蹤我？！

“這就是妳的約會對象？”林小西向我走來，沒好氣地問。

我尷尬死了，不知道的人還以爲我腳踏兩條船。

站在一旁的服務員不明所以，看我們相識，好心地問要不要同坐一桌？

“なら”、“やめ”我和林小西各自給出不同的答案。

還是孫愛梅識時務，她把那個幼稚的男人拉向角落的桌子，避免了一場戰爭。

山崎和彥壓低聲音問我那兩人是誰？我答東洋小老闆和他的女友。

他又問我林小西爲什麼生氣？

爲什麼生氣？這我哪兒知道？發神經唄！

吃完舒心的一餐，讓人暫時忘掉所有的不愉快。我望向角落的桌子，林小西和孫愛梅已沒了蹤影，不知他們吃飽了沒？

"食事はどこに行きたい?"山崎和彥問我飯後想去哪裏？

我看了一眼手錶，20:45，即使趕回去也看不到福山雅治了，但我依然告訴他有要緊事待辦，得趕回家。

看得出來山崎桑很失望。

"嘟……嘟嘟嘟……"是母親的來電，她要我吃完飯馬上帶山崎和彥回家喝茶。

今天上了山崎桑的車後，我曾向母親報備，她說我可以晚點兒回家，這會兒又要我"早點兒"回家，順便帶上男人。

"不用了，"我小聲說，"餐廳提供茶水，他喝了好幾杯。"

"吳杉杉，妳知道喝什麼不是重點，他若不想喝茶，可以吃水果。"

母親一旦喚我全名"吳杉杉"，代表這事沒得商量，就得照辦！

掛上手機，山崎和彥問我怎麼一臉的不高興？

我實話實說，沒想到他答正好口渴，讓我無言以對。

母親準備了綠茶，又切了水果盤，五顏六色的，煞是好看。

山崎和彥說他喜歡吃哈密瓜，母親不動聲色地把所有的哈密瓜片都挑出來放在他的盤子裏，沒成想他又撥了大半給我，讓人很尷尬。

母親看在眼裏，喜上眉梢，她說我有福氣，遇上這麼好的男人。

反倒那個被讚美的人說是他有福氣，遇上我這麼好的姑娘……

也許因爲山崎和彥天生有身體上的缺陷，所以在別的地方盡量表現完美，我越想挑他毛病就越挑不出來。我常想若不是因爲他的腿，大把女孩都願意嫁給他，搞不好我也在排隊隊伍裏，但……一切只能說可惜了。

耳邊突然傳來銅鈴般的笑語，我看見母親笑得花枝亂顫。

“怎麼了？”我用普通話問她。

母親答山崎和彥的店正在做 15 週年的慶祝活動，請來森進二做開場嘉賓。

我問誰是森進二？母親馬上唱出《おふくろさん》這首歌，連山崎和彥都跟著打拍子。

光聽曲風就知道演唱者一定是六〇年代以前的人，搞不懂珠寶店爲什麼要請一個年過半百的人駐唱？

母親說這我就不懂了，年輕人哪買得起珠寶？主力還是大媽。對大媽而言，森進二就是小鮮肉。

山崎和彥聽了鼓掌叫好，說母親高瞻遠矚，講的話一針見血。

有那麼幾秒鐘，我發現這兩人很合拍，干脆……

我的異想天開馬上被母親的一席話給擊碎，她跟山崎桑要了生辰八字，說想去預測我倆的婚姻。

後者還問她什麼是生辰八字？如果預測不好又該如何？

母親答生辰八字是指一個人出生時的干支曆日期，可以藉此推算命運的好壞。中國人在議婚之初通常會根據八字進行"合婚"，年命若不合就得化解，這是算命師的工作之一……

說來說去就是"有錢能使鬼推磨"。

什麼時候"合八字"也流於形式？而且……我爲什麼要和一個有點兒熟又不太熟的人合八字？整件事真是荒唐可笑極了。

"あなたはここで一晩泊まってましょう!"母親忽然提議。

我多希望那人說不，但他只是客氣一下就接受在本田家住一宿，這樣明天一早我們三人便可以一起去聽森進二唱歌。

"杉杉，妳帶山崎桑去玄雲海，順便替他開床。"母親接著吩咐我。

所謂開床就是把床罩打開，讓客人能一倒頭就入睡，這一向是小雪的工作，她人呢？

母親答小雪病倒了，只好麻煩我。

小雪竟然病倒了？在我眼裏，她就是無敵女金剛的化身，睡得少、人又勤快，本田家的所有雜活幾乎全落在她身上，但她從不抱怨。如今女漢子病倒了，我反倒覺得正常，原來她也是凡人，也會生病。

"生什麼病？我去看看她。"我説。

母親要我別打擾病人休息，還是先把客人照顧好才是正事。

說的也是，山崎和彥的雙腿不方便，總不能讓他自己"開床"吧？！

我没多做考慮就答應了，母親說我真懂事，順便又在山崎桑面前誇我一番。

那個長得像竹野內豐的英俊男人轉而對我微笑，眼神很溫柔。我趕緊低下頭去，不想讓他看見我心跳加速的樣子。

第五十章/山崎珠寶店

打開玄雲海的障子門，我請客人進屋。他躊躇了一下，我才發現進屋得脫鞋，一個極爲簡單的動作，對山崎和彥來說卻不容易。

"私は靴を脫ぐてくれた"我說讓我幫他脫鞋，可好？

每當我提出要幫忙時，驕傲的山崎桑總會婉拒，這次不知爲什麼，他沒有拒絕我，於是我彎下身幫他脫鞋。

山崎和彥的腳掌比一般人小，頂多穿36碼，而且雙腿長短不一、粗細不同（右腿比左腿短2～3厘米，同時又比左腿細三分之一）。

我把脫下的鞋整齊地擺放在台階的下層，鞋頭朝外。

本田家的房舍都高出地面約十五公分，那是因爲日本是島國，濕氣重，擡高地板能防潮，但對行動不便的人來說就沒那麼方便了，哪怕只是一個台階的高度。

我小心翼翼地扶著客人跨台階，深怕有一點兒閃失。

進到屋內，客人自己找位子坐下，我則開了空調，然後把取下的床罩放進壁櫥裏。

"私の水がほしい"山崎和彥忽然說想喝水。

今晚的他不僅喝了不少茶水還吃了利尿的哈密瓜，現在又說想喝水，我懷疑他的膀胱是不是比別人的大？

没辦法，來者是客，何況本田家的服務周到是出了名的。

我不僅用燒水壺燒了滿滿一壺的熱開水，還從冰箱裏拿出一瓶礦泉水遞給他，這下子冷熱水都有了，我自認做得面面俱到。

"杉杉，ありがとう"他向我道謝。

我表明這是我應該做的，没事的話，我走了。

"待って"他喚住我。

我問他還有什麼事？他說能不能和他說會兒話？好不容易只有我們兩人在。

這正是我害怕面對的，我不希望他談過度敏感的話題，那會讓人坐立不安，於是我推說累了，想早點兒回房休息……

"あなたが雪國まいたけ人形"他竟無釐頭地說我長得像丘比娃娃。

丘比娃娃是美國人Rose以"愛、活潑、純真"爲基礎，在1909年創造出來的娃娃，並發表在婦女雜誌《LADY HOME JOURNAL》中，隨後這個娃娃便用圓滾滾的眼睛、尖尖的頭、天真浪漫的笑容征服全世界，現在還有人收集各款的丘比娃娃，蔚爲風潮。

我提醒他，丘比是個"洋"娃娃，有藍眼珠及高額頭，跟我一點兒都不像。

他答五官雖不像但氣質像，都很單純，像活在一個没有污染的世界裏……

活在一個没有污染的世界裏？那是個什麼鬼？

山崎和彥進一步解釋自己很早就步入社會，雖然家境優渥、起點高，但創業的艱辛一樣也沒落掉。商場的爾虞我詐早讓他煩透了，總想聞一點兒新鮮空氣，很幸運地，第一次與我見面便讓他沈浸在森林浴裏……

我謝謝他把我美化了，但我是俗人，是俗人就逃不開世俗的眼光與桎梏。

他小心地問我是不是……是不是他的腿讓我覺得不舒服？因爲他很想和我有進一步發展，但明顯感覺到我的抗拒。

這叫我從何說起？腿是原因，年齡差距也是原因，還有……雖然不願承認，但內心裏我還愛著那個人。

他問說的可是佐藤秀中？

我無奈點頭。

他又問我若排除秀中的因素，他還有沒有起死回生的機會？

我想回答沒有，但看到他清澈的眼眸，想著何必將人一棒打死？只要一口咬定對秀中至死不渝，也算在不傷顏面的情況下拒絕了人家。

於是我告訴他哪天不再愛秀中了，也許還能接受別人。

山崎和彥聽完鬆了一口氣，說還好自己沒被判死刑。

～

我踩著輕盈的步伐回自己房內，秀中總算在所做的諸多渣事中幫上忙，我不想傷一個好男人的心，他適時當了擋箭牌。

～

今天是秋高氣爽的好天氣，我打算穿在Muji買的開襟針織衫配灰藍色棉布裙，起風的日子就該這麼穿，既舒適又灑脫。

我拉開障子門，看見司機福山先生的太太剛從隔壁房間裏走出來，頭上紮了碎花布巾，手裏提著紅色塑料桶。

"グッドモーニング"我向她道早安並且問她怎麼會出現在這裏？

她答自己被抓來當臨時工，因爲小雪生病了。

對啊！小雪生病了，我怎麼忘了這件事？

"去哪兒？"我往小雪的房間走去，母親拉開障子門間。

我答去探望小雪，母親說待會兒再去，並且將我趕到玄雲海，因爲山崎和彥正等著和我一起吃早餐。

"他自己不會吃嗎？爲什麼要我陪？"

母親答小雪一病，本田家全亂套了，福山太太誤把兩人份的早餐送到玄雲海，而山崎和彥只有一人用餐，所以差我去把另一份早餐吃掉。

"那我不吃了。"我賭氣地說。

"吳杉杉，妳一大早就想氣死妳媽是不？"母親漲紅了臉。

"好啦！"我一跺腳，往玄雲海走去。

我和山崎和彥安靜地用著早餐，今天的醬菜不夠味，秋刀魚也鹹了點兒，難道真如同母親所言，小雪一生病，本田家就亂套了？

然而那個好男人卻吃不出好壞，反而說這是他吃過最好吃的早餐。

我冷冷地指出今天的廚子不在狀態下……

山崎和彥解釋他之所以覺得好吃是因爲和我一起食用，少了我，即使山珍海味也索然無味。

好不容易打開的話匣子被突然而至的表白給封鎖住，氣氛瞬間冷了下來。

爲了打破僵局，山崎和彥改說森進二早上11點開唱，他會讓母親有近距離和偶像接觸的機會……

森進二是母親的小鮮肉，可不是我的，但我還是謝了他。

没想到臨上車母親才說不去，因爲小雪病情加重了。

"怎麽回事？我去看看她。"我作勢要下車。

母親又把我塞回車裏，她說一切都在掌控中，要我別擔心。

"記得幫我要森進二的簽名照。"她叮囑。

"山崎珠寶"座落在永旺購物中心內，這是京都的時尚地標，兼具購物、美食和娛樂功能。

此時一樓廣場已架起小型舞台，看來待會兒森進二會在這裏登台，而不遠處的"山崎珠寶"店正張燈結彩，好不熱鬧。

山崎和彥說還有半小時才開門營業，趁著人潮還未湧入，他想帶我逛逛他的店。

我無可無不可地隨他進入。

售貨員見老闆來，一字排開地向他行最敬禮。没想到山崎

和彥答完禮後，要她們把新貨通通挑出來讓我選。我嚇壞了，今天是來聽歌的，不是來買珠寶，況且我囊中羞澀。

然而她們不明白我的心思，以爲老闆帶了個大客戶前來，紛紛把展示櫃裏最時尚且昂貴的瑪瑙、翡翠、鑽石、珍珠、玉器等拿出來讓我過目，它們動輒好幾百萬日元，不是我一個工薪階層能負擔得起的。

雖然試著不去留意那些價值不菲的珠寶，但我的火眼金睛還是在最不起眼的角落發現一枚絢麗多彩的戒指，它是我看過最美的寶石，而且標價不到五萬日元。

售貨員看我對高級品不感興趣，反而青睞一個便宜貨，多少有些失望，但還是禮貌地告訴我這寶石是蛋白石，主產地在澳大利亞，具有星光和變彩效應，雖然很美，但沒有收藏價值，升值空間幾乎爲零。

我又看了一眼手指上的蛋白石，在光線的照射下，它呈現七彩顏色，而且時現時滅，非常漂亮。我是越看越愛，遂又問售貨員15週年慶打多少折扣？無奈被告知十萬元以下的珠寶不打折，這下子換我感到失望了。

山崎和彥問我可喜歡那枚戒指？我答喜歡，但……還是下次再買吧！反正現在不打折。

還好老闆沒游說我買，反而提醒森進二就要開唱了，問我想不想在演唱前和歌星見個面？

我記起母親的叮囑，忙不疊點頭。

第五十一章/作死的前奏

我成功地要到森進二的簽名照，是用拍立得相機拍的，照片背面用黑色墨水筆寫上"森進二"三個斗大的字。

"這不是森進二，"母親看著照片，"都老到能進博物館囉！"

不是森進二？那會是誰？山崎和彥總不致於欺騙普羅大衆吧？！何況那人雖老，聲音還是可以的，一聽就知道是個老手。

"我剛來日本時，森進二年華正好。"母親跌進時光的洪流裏。

"妳剛來日本時？那不是二十年前的事？誰二十年後還會'年華正好'？"

"我不管，反正這個老男人不是我的森進二，快把照片拿開！"母親把照片塞回我手裏並且催促我回房，因爲她想休息了。

碰了一鼻子灰，我快快地離開母親的房間，正想回自己屋裏時突然想起了小雪。

她好點兒了嗎？我往她的房間走去。

已是夜裏九點，不知小雪睡了没？

我輕輕敲了兩下門，没回應，又喊了一聲"小雪"，依舊無聲無息。

想著生病的人大概已經入睡了，我轉身回自己的窩。

又是一個晴朗的好天氣，我睡到日上三竿才起床。

福山太太不像小雪，她不會喚我吃早餐，但母親竟然也將我忘了，以致於在不用上班的星期日早上，我美美地睡到自然醒。

稍微梳洗了一下，我走出房外，碰巧抓拍到走廊盡頭母親一掃而過的裙尾巴。

她難得穿上和服，而且行進的方向分明向著小雪的房間。

我想了想，還是跟了過去。

小雪的房門打開著，裏面有人在說話，中日文夾雜。

"彼はいい男だ。"是酒井太太的聲音。

小雪的日語不好，母親在旁充當翻譯，說的是"他是個好人"。

好人？誰是好人？

"あなたが過去嫁いて暮らした"酒井太太又說話了，她說"小雪嫁過去就有好日子過了"。

什麼？！小雪竟然要嫁人，我怎麼不知道？

一腳跨進小雪的房間，眼前的三個女人同時望向我，樣子有些錯愕。她們都穿上和服，可見待會兒的會面很重要。

這不是我第一次看到小雪穿和服（平常工作時，她總穿著廉價的單色和服），卻是第一次看她穿昂貴的中振袖和服，大紅底，上面有三個古董紋樣。

再說髮型，她的長辮子沿著頭型盤起，髮鬟別了朵山茶花，顯得溫婉大方。

然而在這麼華麗的衣著打扮下，小雪卻無一絲喜悅神情，反而眼睛腫得像核桃，鼻子也紅紅的，分明是哭過。

"這是怎麼回事？小雪不是生病了嗎？穿這麼漂亮的和服去哪裏？"我用普通話問，對象直指母親和小雪。

母親一臉困窘，倒是小雪像抓到救命稻草，她爬過來抱住我的大腿："小姐，我不要......不要嫁人，請妳代我跟老闆娘求情。"

看小雪淚眼婆娑的樣子，我把眼光落在母親身上，她嘆了一口氣，要我回她的房間說話。

～

"什麼？！你們怎能這樣？這是買賣人口。"我義憤填膺。

因爲拒絕和蕭十一郎相親，讓牽紅線的酒井太太下不了台，聚光燈一轉便打在未婚的小雪身上，她的年紀比我小，人也長得水嫩，滿臉的膠原蛋白......

"說什麼傻話？！"母親怪嗔，"只是去相個親，又不見得成，何況若能被蕭家看上，是她前世修來的福，哪隻野雞不想變鳳凰？她那個破敗的家也能跟著雞犬升天。"

小雪和母親一樣，都來自雲南偏遠山區，在那個小村莊裏，真要追究起來，每個人都有血緣關係。小雪就是我家的遠房親戚，上有老人，下面還有四個年幼的弟弟和妹妹，一家就靠幾分薄田過活。

在許了她家裏一筆錢後，母親將小雪帶到日本，買斷了她五年的青春。算一算，她還得在本田家做滿一年的勞役才能重獲自由身……

知道小雪頂替我去相親後，我內疚到不行，堅持把人救下，否則……否則……

母親瞪大眼睛問否則怎麼了？難不成把她給殺了？

"殺人倒不致於，但我會終身不嫁，讓吳家絕後。"

母親聽了氣得發抖，說我是白眼狼，不知感恩圖報，養我倒不如養隻畜牲……

沒等母親咀咒完，我拉開障子門奔向小雪的房間。

什麼叫"聲東擊西"，我現在終於明白了。當我和母親在房間裏爭執不下時，酒井太太已經帶著小雪相親去了。

望著空蕩蕩的房間，我很失落，彷彿自己扼殺了一位少女的夢想。沒錯，小雪是貧窮的，但不代表她不會做夢，一旦遇上蕭十一郎這個兇神惡煞，她還有什麼美夢可編織？

我連著兩餐沒吃並且早早上床，母親過來喚我幾次，我都不理睬，算是對她的無聲抗議。

"扣、扣、"隔天一大早就有人來敲我房門。

我看了一眼牆上掛鐘，7點整，是該起床了。

"小姐，起床吃早餐了。"

聽見小雪銅鈴般的聲音，我一骨碌爬起奔向房門口。

"小雪，昨天的相親……成了嗎？"我急急問。

她眉開眼笑地答大概黃了，因爲到了約會地點，她仍舊一把鼻涕一把淚，把蕭會長給惹毛了，他說真晦氣，哪有相親哭哭啼啼的？又不是辦喪事……

我聽了哈哈大笑，還是小雪冰雪聰明想出這一招，酒井太太的臉上恐怕要掛不住了。

"没錯，她一直鞠躬道歉。"小雪的臉上有勝利的笑容，"想到曾經在她的眼皮底下做事，被她以不人道的方式對待，如今再看到她誠惶誠恐的樣子，真是解氣！"

酒井太太是本田家的甜品供應商，同時也是出了名的惡老闆。當初母親落難時，曾把小雪送到酒井太太的店裏工作，以勞務換來免費食宿……

"這下子妳安全了，我也無需內疚了。"我說。

小雪如釋重負，她表示明年年底就能回老家，這些年在日本工作攢的錢雖不多，但足夠在家鄉蓋一個二層小屋，也讓弟弟妹妹們都有書可唸……

我真替她高興，只是這麼得力的助手就要離去，母親恐怕不會太開心。

因爲小雪避開了橫禍，我對母親也有了笑臉。

早餐桌上，我們彼此客氣地用著餐，没有講危險的話。

星期一近中午，林小西喚我開會。搞什麼？還有半個小時就該吃中飯，開什麼毛會？！

到了會議室我才知道這是兩個人的會議。

"今天怎麼沒人送妳花？和小日本吹了？"他問。

因爲林小西輕佻的問話及兩天前的跟蹤，我沒好氣地告訴他，和小日本沒吹，花都送到家裏去，我每天聞著花香入睡……

"那個小日本長得是不錯，人模人樣的，但日本男人都吃在嘴裏，看在碗裏，佐藤秀中就是前車之鑒，妳別又上當受騙了。"

我謝謝他的忠告，說小日本再壞也不會玩跟蹤，不像某人，專做狗仔會做的事……

"等等，妳這是在說我跟蹤妳？"他問。

"難道不是？"

林小西這下子炸開鍋了，他說那天他和孫愛梅請我吃飯，沒想到我見色忘友跟小日本跑了，然後陰錯陽差的，我們進入同一家餐廳……

"我問妳，我有沒有說請吃鯛魚飯？再問妳，'と太呂'賣不賣鯛魚飯？"林小西舉出例證。

我想了想的確如此，真糟糕！誤會人家了。

"すみません"我彎腰致歉。

林小西拒絕接受，他說沒想到我把他想得這麼齷齪。

我問他要怎樣做才能"不計前嫌"？

"把小日本的腿給剁了，讓他追不上妳。"他說。

我一頭霧水，不用剁腿，山崎和彥也追不上我啊！

他問爲什麼？

"因爲……因爲他是小兒麻痹症患者啊～"我把"啊"字拉得老長，因爲覺得太不可思議了。

林小西的表情瞬間大變，怎麼，他沒注意到嗎？

他答他真沒注意到小日本是殘疾人，大概當時氣瘋了。

"杉杉，"他清了清喉嚨,"妳要冷靜冷靜，婚姻是大事，不能當兒戲，佐藤秀中欺騙妳，不代表全天下的男人都會欺騙妳，犯不著……"

犯不著什麼？

我告訴他，和秀中的渣男行徑比，身體的殘缺根本不算什麼，況且山崎和彥是個成功的商人，不偷、不搶、不賭、不嫖、還一天24小時對我忠誠，有什麼不好的？……

我洋洋灑灑地發表自己的愛情觀，殊不知那小子早已蓄了一肚子的不痛快。

他冷冷地丟下一句："隨便妳，愛咋咋地。"，然後頭也不回地揚長而去。

看林小西面色鐵青地走了，我才頹然地找把椅子坐下，心中懊惱死了。

我是怎麼了？明明對山崎和彥不感興趣，卻一次又一次地將自己和他綁定，這不是作死的前奏嗎？

哎～

第五十二章/一步之遙

我拉開本田家的大門，門上的大分別府風鈴響了，小雪匆忙跑過來，看到是我，高興地說十分鐘前黑貓送來快遞，是給我的，她已經放在我房裏了。

這裏的"黑貓"指的是"黑貓宅急便"，即日本最大的運輸公司"ヤマト運輸"，因爲logo上有一隻大黑貓叼著小黑貓的圖案，所以常以"黑貓"取代該公司。

我謝了小雪，趕緊回房。

那是一個中號的專用包裝箱，封得很嚴實，花了我不少功夫才打開，裏面有滿滿的防擠壓泡沫球。

我掏啊掏的，掏到一個五厘米立方的精緻小盒，外面還用透明塑料袋封好。

看到日本人對快遞物件的體貼，再看看國內的暴力運輸，真要給跪了，實在太太太……細心了。

打開塑料袋，我終於看到小盒原貌，深藍色絲質面上有金色燙金字樣"山崎ジュエリー"，頓時知道是誰送的。

我不急著打開盒子，反而先讀卡片上的文字，這一次，山崎和彥不像前幾次一樣只是簽個名了事，反而洋洋灑灑地寫了一大段話。

他說我果然是他想找的人，大部份的女孩被帶到珠寶店，總理所當然地認爲男方會買單，並且盡挑貴的買，沒想到我只聽從內心的聲音，選中一枚自己喜歡卻不起眼的戒指。他相信在愛情裏，我也會不顧世俗的眼光……

我把卡片放下，默默打開盒子，當看到蛋白石戒指的那一煞那，心中真是五味雜陳，山崎和彥會是與我攜手一生的伴侶嗎？

在明媚的光線下，那枚乳白色石頭的星石效應又呈現了，閃爍著忽明忽滅的七彩顏色，這麼美的寶石，真的不起眼嗎？

本田英樹隔了近一個月才來本田家，我很識相地沒去打擾。沒想到晚餐時間母親主動過來敲門，她說本田英樹想和我共進晚餐，因爲他剛去了一趟三重縣，帶回來伊勢市有名的大龍蝦（伊勢龍蝦體型壯碩，肉質鮮美多汁，一向被視為盛宴的首選）。

面對高級食材，廚子除了把透明蝦肉做成刺身和壽司外，又裹上面糊油炸成天婦羅，再呈上用西芹、胡蘿蔔、洋蔥等熬成的龍蝦湯，最後以一道龍蝦伊麵完美收官。

因爲吃的是海鮮，本田英樹捨棄了平常愛喝的日本清酒，換上勃艮第的chablis。這款白葡萄酒有點兒發酸，搭配海鮮很對味。

我們安靜地用著餐，我因心裏有事，加上對本田英樹一直保持"有點兒粘又不會太粘"的距離，"不主動開口"情有可原，但那兩位老人竟然也不說話，這實在太奇怪了。

直到伊麵吃完，小雪把碗盤撤了，砌上一壺玄米茶後，本田英樹才開口，他問我和他的小舅子發展到什麼程度？

我拿起茶杯喝了一口由小麥與烘青茶坯拼和而成的茶水，吞吞吐吐地答我和他只是普通朋友……

"きれいな指輪だ"母親突然說上一句"好漂亮的戒指"。

我趕緊用右手捂住左手，有點兒不知所措。

母親接著不嫌事大地問是誰送的？我無奈回答山崎和彦。

"なるほど～"本田英樹感嘆一聲，並且將尾音拉長，我知道他誤會了，但又不知從何解釋起。

我的繼父開始說起新近發生的事，原來他的原配（也就是山崎和彦的姐姐）看自己的弟弟一直單著，很是心急，於是有意撮合他與一位因讀書而耽誤婚姻大事的女博士相親，没想到被山崎和彦一口回絕，因爲他有心上人了……

自己的老公被搶，連親弟弟也被小三的女兒拐跑，可想而知，那女人會有多惱火！所以當本田英樹說他的老婆情緒不太穩定，要我小心應對時，我有了不妙的感覺，她該不會提刀前來和我撕殺吧？！

没想到本田英樹接下來說如果他的老婆做了過激行爲就告訴他，他馬上家法伺候。

啥？我有没有聽錯？他竟然打算對自己的老婆動粗？！

我看了一眼母親，她没說話，倒是嘴角有一抹難以解釋的笑容，這麼說傳言是真的？

剛來日本時，我跟著母親搬過幾次家，越搬越好（搬家的速度和她換男人的速度基本一致）。記得搬到本田家的前一天，我無意間聽到家裏的鐘點工在電話中與人嚼舌根，她說母親傍上了大款，那人是S牌化妝品的老闆，老闆娘在聽到風聲後把母親堵在半路上，並且甩了她兩耳光，没想到回家後被自己的老公揍得半死，現在乖得像隻綿羊……

我感到很不自在，覺得我們吳家是"得了便宜還賣乖"。話說回來，山崎和彥的姐姐是多慮了，我對她的弟弟絲毫不來電，山崎桑若能與女博士結連理倒是不錯的結局。

"再怎麼說，求婚也得是鑽石戒指，他的店裏多的是，怎麼用個普通石頭了事？"母親用普通話說，當然是說給我聽的。

我正想解釋這不是求婚戒指，而是一般的禮物時，沒想到母親一轉頭對本田英樹說山崎和彥都向我求婚了，這婚事得快點兒辦，免得夜長夢多……

我看繼父雙手護胸作沈思狀，心中不禁叫苦連天，這如何是好？趕緊重申自己與山崎和彥只是普通朋友關係。

本田英樹反問我普通朋友會送求婚戒指嗎？況且他的小舅子已經表明這輩子非我莫娶……

我的老天！真是越描越黑，叫我從何說起？我急得像熱鍋上的螞蟻。

"杉杉，妳是怎麼了？身上有蟲嗎？動個不停。"母親問，順便要我吃飽飯回屋去，她和本田英樹還有私房話要談。

"私房話？可別把我賣給山崎和彥。"我用普通話哀求。

母親對我投來嚴厲的眼神，我只好憋著一肚子氣回房。

大和房地產公司來電，要我們派人洽談學生宿舍樓的瓷磚業務。我考慮了幾秒鐘，在商言商，如果做事都像我一樣參雜個人情感，東洋公司遲早要關門大吉。

我把洽談的工作交給安部次郎，誰知他說大和房地產要一個普通話流利的人前往，他是學過幾年漢語，但交流起來還是有些困难。

又來了，秀中又玩起他的老把戲。

我要安部次郎將此事報告社長，請他定奪。没多久，林小西不請自來。

"文京區的學生宿舍樓已接近完工，他們來電要我們過去詳談。"他說。

我告訴他，對方是佐藤秀中，雖然没指名道姓，但明顯是要我去談。

"妳怎麼想？"

"你要我去我就去，學生宿舍樓的預算不可能高，但最近生意不好，有訂單總比没有好。"

林小西考慮了一下，決定和我一起去，他可以充當我的保鏢。

再次見到秀中，心中依舊小鹿亂撞，即將當爸爸的他，自有一種熟男的魅力。

"樓高六層，共四棟，瓷磚要堅固耐用又便宜的，素色，不要太花俏。"秀中說。

我一一記錄下來，並且告訴他最近有批外貿尾貨，如果他不堅持每棟樓都統一，價格可以很優惠。

"不，一定要統一，質量好不好，不一定一眼就能看出，但顏色、樣式不統一，馬上就能察覺到。我們大和公司是講口碑的，不想落人口實。"他說。

我點頭表示知道了。

"這是樣品，"林小西打開手提箱，"學生宿舍樓我們做過，給你看的都是堅固耐用又便宜的產品，顏色也單一、不花俏。"

誰知秀中聽而不聞，看都不看林小西一眼，直接把他當空氣。

爲了緩解尷尬的氣氛，我要我的老闆去測量宿舍樓面積，這樣能快速給出報價，我則協助客戶選瓷磚，一個小時後在車上見。

"我是來當妳的保鏢的。"林小西提醒我。

我說我會把房門打開，人來人往，我很安全。

不料"保鏢"一走，秀中馬上把洞開的房門關上，他說外面正在施工，聽不清楚我說什麼。

我不想在小枝小節上與他過不去，轉身將樣品從手提箱裏取出，請他下決定。

"爲什麼不理我？"他問。

"這款淡褐色的賣得好，吸水率大於0.5%。"我答。

"我每天不停地想妳，苦死了，妳知不知道？"他又問。

"要不，這款深灰色的軟瓷磚也行，既環保又防滑。貴是貴了點兒，但質輕體薄，可減少運輸成本3%，算一算也貴不到哪裏去。"我又答。

見我答非所問，秀中憤而指著瓷磚樣品："這個、這個、這個、這個，還有⋯⋯這個，記下來了沒？我們現在可以談話了吧？"

看秀中隨便亂挑瓷磚，我無奈闔上筆記本，說自己還是回公司吧！這樣的交易很沒意思。

"杉杉，妳不愛我了。"秀中痛苦地說。

我要怎樣愛他？他已經有一位美麗的妻子，很快孩子也會出世，一家三口其樂融融，我⋯⋯算什麼？

秀中要我相信他，他最愛的人是我。

“你叫我如何相信你？”我揚起聲,“你騙我，一直都是。”

“我没騙妳。”

他接著向我大吐苦水，說半年過去了，倉本直美的小腹還是一片平坦，於是雙方家族齊力向他施壓，他也不想啊! 但傳宗接代的責任無可推諉……請放心，自從有了孩子，他已經不再碰她了，真的。

秀中說得掏心掏肺的，但我依舊無動於衷，於是他打開右手無名指和小指間的縫隙要我看。

我看到一個不到 1 厘米見方的黑色小字刻在無名指的側身。

“這……這不是手指紋身嗎？”我問。

“嗯！很痛的，如果十級算最痛，手指紋身大概能達到七、八級。當針刺入皮膚底層時，無異打在骨頭上，要多疼有多疼。妳看，我都把妳的名字刻在身上，這難道不能說明什麼嗎？”

我心疼他的魯莽，用手指輕觸那個“杉”字，他痛苦地哀叫一聲。

“怎麼了？”我著急問（難道紋身後還會疼痛？）。

他答手指不痛了，是心痛，因爲日子過去一個多月後我們才又有了“肌膚之親”。

“說什麼啊你。”我撫摸著手上的筆記本，不知所措。

“杉杉，妳……不想嗎？”他猛力抓住我的手,“看見妳，我渾身熱得難受。”

“我不想，”我放開他的手,“以後也不會想。”

秀中很失望，沈默了幾秒鐘後，他說：“那……好吧！妳走，再見。”

聽他說再見，我收起筆和本子，再把瓷磚樣品通通塞回手提箱裏，對他點了個頭後走向房門。

只剩一步之遙，一隻手突然從後捂住我的口，另一隻手將我推向左側牆壁，手提箱掉至地面，我聽見裙子拉鏈被拉開的聲音⋯⋯

第五十三章/心碎了一地

林小西喋喋不休地數落學生宿舍樓設計得不好，得房率太低；牆壁有裂縫，怕會滲水；下水管太細，將來容易堵塞……

我轉頭望向窗外，高速公路上車水馬龍，像我紊亂的心。

"即使是給學生住的，也不能這麼馬虎了事，大和房地產公司實在令人失望，妳說是不是？"他問。

"什麼？"問話進入腦海裏，我花了幾秒鐘才辨識出來。

林小西問我怎麼了？上車後就一直心不在焉，是不是……是不是佐藤秀中說了什麼或做了什麼？

"他没說什麼，也……没做什麼。"我答。

"那妳……"

"我……很好。"說完，不爭氣的眼淚還是流了下來。

我的老闆見狀把方向盤一轉下了交流道，車子剛好停在汽車旅館前。

“說！怎麼回事？”他面色凝重。

“說什麼說？！我都說自己很好了。”我抹去淚水。

林小西投來凌厲的眼神，冷冷地下結論：“他欺負妳了！”

這……這讓我如何說是好？

剛開始的確是被欺負，但後來……後來就不是這樣了。一個多月沒見面，我們像乾柴烈火般彼此燃燒，秀中還說沒想到我的“爆發力”十足，讓他很驚豔。

見我欲言又止，林小西馬上“對號入座”，並且趕我下車。

“你去哪裏？”我站在車外問。

“去懲惡揚善。”他腳踩油門，揚長而去。

我急得跳腳，偏偏這條公路上車子雖多，卻無一輛是出租車，我又不知身在何處，情急之下只能跑進汽車旅館內求助。

服務員爲我叫來一輛車，那是20分鐘以後的事了。

匆匆趕到學生宿舍樓，沒看到人，倒是看到臨時辦公室裏一片狼藉，櫃子倒了，玻璃碎了一地，桌椅也橫七豎八，水泥地上竟然還有一灘血跡。這下子不得了了，肯定有人掛彩。

我跑出屋外，逢人就問受傷的人去哪裏了？可想而知，我的慌亂非但沒問出個所以然，反被誤會是瘋子。

無奈只能叫車回公司，想著林小西也許回去了，我要當面問他把秀中怎麼了？

直到下班仍不見老闆的蹤影，打他手機也不接，我只好又叫車直奔他的住所。

是孫愛梅開的門，我表明找林小西，她說他還沒到家，我頓時洩了氣。

"怎麼了？"孫愛梅給了我一杯茶水。

" 我……哎……"我長嘆一聲，不知話從何說起。

孫愛梅不愧是"心理輔導師"，在她的循循善誘下，我全盤豁出，包括在那個小房間裏的巫山雲雨。

" 所以小西爲妳和佐藤秀中大打出手？"她問。

" 我猜是這樣的。"我小聲地答，非常氣餒。

孫愛梅說林小西的個性嫉惡如仇但還算理性，會失控打人肯定是踩了他的底線……

" 我沒讓他去打人，"我替自己辯解，"況且這是我的事，不關他的事。"

" 小西恐怕不是這樣想的，我們認識三十多年了，他的一個眼神、一個動作，我瞭若指掌，他是愛上妳了。"

愛上我？不會的，不可能，我們經常鬥嘴，再說了，林小西還要我幫他求婚呢！

孫愛梅很驚訝，直呼太突然。

" 沒錯，他愛妳至深，即使知道這可能是短暫的婚姻，他也想和妳共有那紙婚約。"

孫愛梅聽完笑了笑，樣子有些苦楚，她說林小西是爲了兌現諾言才這麼說的。如果她的身體健康，斷不會捨去幸福，但眼瞅著自己是快死的人了，還有什麼不能放下？現在他遇上對的女孩，她便希望將我留住……

不，不，不，林小西不愛我，孫愛梅完全搞錯了。

爲了讓我認清事實，那個"偉大"的女性舉了例子，她說林小西選中我爲卵子供應者時，曾說他從沒遇過這麼單純的女孩，像是長在深山裏的野百合。還有還有，在尼泊爾時，某天他們坐在高處俯瞰山下美景，林小西衝口而出：“杉杉，這風景真美。”，他喚錯了人名卻不自知。如果這些都不能證明，那麼當他們男歡女愛時，小西嘴裏喊著不是她，而是我的名字，這總說明什麼吧？！

聽完，我羞紅了臉，抱怨林小西說話不經腦子，搞什麼嘛！

“没事，我看開了，小西愛過我，這就足夠。”她握緊我的手，“現在他愛的是妳，只是不願承認罷了，尤其我病得這麼重，這時捨棄我，天地不容。”

我不知道林小西是否真如孫愛梅所說對我有超乎朋友的感情，但我愛著秀中，即使他有萬般缺點，甚至有了老婆。

孫愛梅表示這個忙她幫不上，要我捫心自問是否真不愛小西？哪怕一絲一毫；或者這樣問，我是愛著佐藤秀中還是習慣了他？這有本質上的差異。

是啊！也許我的愛不過是習慣了秀中，加上他是我的第一個男人，便順理成章地以爲那是真愛。

“嗵、嗵、嗵……”我和孫愛梅同時聽到沈重的足音由下而上。

這個家在河豚料理店的樓上，樓梯設在建築物外面呈之字形，踩上去嗵嗵作響。

門開了，我看到一個右手打上石膏的人，臉倒還好，看不出有何異樣。

“手怎麼了？”孫愛梅走過去，很關心地問。

“没什麼，”林小西特意看了我一眼，“摔了一跤。”

“要小心啊！”她輕觸他受傷的手，“手都這樣了，肯定開不了車，你的車子停哪兒？”

“文……文京區。”

孫愛梅要了車鑰匙, 順便問了詳細地點, 她說得趁天黑前把車子開回來。

她走了, 林小西問我都跟他表姐說了什麼？

"我說你打架去了。"

"妳怎麼什麼都說？到底有沒有腦子？她是生病的人呀！"

被林小西責備, 我不以為意, 反而問"他"怎麼了？

"眼球大概破了, 不知視力有沒有受損。他的老婆很強悍, 過來想賞我一巴掌, 被我逃掉了。"他有些洋洋得意地答。

聽到秀中的視力可能受損, 我擔心極了, 衝口而出："你怎麼下手這麼狠？出了人命怎麼辦？"

"出了人命更好, 這種渣男就該一命嗚呼。"

我說秀中若死了, 他不也斷送前程？"玉石俱焚"是天底下最蠢的事。

"說到蠢, 我想問妳是被逼無奈還是自願的？佐藤秀中怎麼說妳又開雙腿歡迎他？"

聽到這麼赤裸裸的表達, 我的腦袋轟的一聲, 幾乎要站不穩, 秀中怎能這麼說話？

看我受傷的神情, 林小西義憤填膺："就知道那小子說謊, 妳怎麼可能如此做賤自己？！"

哈！我的確是做賤自己啊！

"我回去了。"因為太羞愧, 只能掩面而逃。

林小西問我還好吧？！

我苦笑著說自己很不好, 心碎了一地。

第五十四章／隔岸觀虎鬥

倉本直美昨晚緊急被送往醫院安胎……

坐地鐵時，我從鄰座兩位女孩的對話中得知。

下地鐵後，我馬上走向便利店買了一份報紙就地翻看起來，果然如同女孩們所說的一樣。

閣上報紙，我不禁想著："難不成林小西連孕婦也打了？！"

"怎麼可能？都說了她想賞我一巴掌，被我逃掉了。"林小西答。

他的嘴巴吃著蛋糕，有濃濃的香蕉味，讓我想起上班途中經過的糕餅店，他肯定是從那裏買來的。

我陷入沈思，怎麼人好好的卻緊急入院了呢？

林小西說有什麼好想的？這一鬧，兩人能不吵嗎？誰能容忍自己的老公是強……強人所難？

我的老闆提起那件屈辱的事，讓我很鬱悶。

"你的手受傷了，有什麼事叫我哈！我在隔壁。"我作勢要走。

"等等，"他把蛋糕盒往我眼前一送，"Tokyo Banana的香蕉蛋糕，好吃到爆。"

我拿起一個約八公分長的香蕉造型蛋糕，上面有長頸鹿紋，輕輕咬下一口，柔滑的香蕉布丁馬上溢了出來，非常的細緻綿密。

"好吃嗎？"他問。

我點頭。

"多拿幾個吧！吃甜食能讓人心情愉悅。"他說。

我一向吃得不多，但爲了堵住林小西的嘴，怕他又說出讓人心塞的話，所以隨手從盒子裏拿走三個，然後揮手道別.

近午餐時間，孫愛梅推開我的辦公室門。

"杉杉，　·起吃中飯。"她說·

林小西的手受傷，開不了車，我還在想他中午會回家嗎？沒想到是孫愛梅過來接他。

"不了，我不餓。"我不想當電燈泡，尤其孫愛梅有意撮合我和她的愛人。

那個好心人隨即叮嚀我要按時吃飯，錢沒了可以再賺，健康沒了就什麼都沒了……

我謝了她，說自己真不餓，況且抽屜裏還有林小西給的蛋糕，餓了可以充饑。

話都講到這個份上，孫愛梅只能識相走人。

她一離開，我把便利店買來的報紙再拿出來看，倉本直美雖然戴上黑超，但看得出來臉色很差，秀中沒有入鏡，不知眼睛傷得如何？

"聖路加國際醫院⋯⋯"我默唸著報上打印出來的醫院名稱，想著從這裏到醫院需要多久時間？

～

下午 1 點，林小西從外面回來。

"給，"他遞給我一盒外帶食品，"孫愛梅說要好好吃飯。"

我告訴他自己正在減肥，不吃。

"減什麼肥？瘦就好看是不？等妳病了就知道瘦成皮包骨一點兒也不好看。"

鑒於他的愛人正受病魔折磨，我理解他的嘴碎，沒有反擊。

"那⋯⋯謝謝了。"我說。

原以爲這是下逐客令，再傻都聽得出來，沒想到林小西卻一屁股坐下："孫愛梅說要看著妳將飯吃完。"

這個"孫愛梅說"好比"老師說"或者"我媽說"，極具權威性，由此可看出她在林小西心目中的地位。

我打開餐盒，發現是海參撈飯（海參是高級食材，很貴很貴的）。

"多少錢？"我問。

他答是孫愛梅買的，沒打算讓我付。

我說自己不會那麼容易被收買，然後從皮包裏拿出兩千日元塞給他。

"什麼意思？"他問。

“孫愛梅像照顧孩子一樣地照顧你，連媳婦也幫你挑好了，這後事安排得可真是面面俱到啊！”

也不知是踩到他什麼要害，林小西突地站起身來，咬牙切齒地說：“妳也太把自己當回事，要不是看在妳被男人欺負的份上，愛梅何需同情妳？看來幫助人也得看對方值不值！”

他氣沖沖地走了。

我死鴨子嘴硬，自言自語：“誰讓你們同情來著？我……好著呢！”，然後把食慾全無的餐盒往旁邊一推，看都不看一眼。

回到本田家，出來迎接我的不是小雪,而是福山太太。

我問小雪呢？她答小雪一早跟母親出門去了。

這就奇怪了，小雪和母親很少同時出門，因爲總得留一個人看守民宿，再說，既然將福山太太喚來，可見是趕遠門（這就更蹊蹺了）。

福山太太答没錯，她得留在本田家幫忙直到明天傍晚。

我嘟囔著回到房間，一通電話打給母親，問她在哪里？她答自己正在叡山電鐵鞍馬線上，馬上就可以看到“紅葉隧道”了。

很多人關於京都的印象還停留在嵐山竹林、古風寺廟、懷石料理等，但對於當地人而言，鞍馬山才是一塊寶地，夏天可以避暑、秋天可以賞楓、冬天還可以泡溫泉，簡直是不可多得的清靜天堂。

“除了小雪之外，旁邊還有誰？”我懷疑這不是兩人行。

“一個……朋友。”她答。

我問是誰？母親突然在電話那頭喂喂喂個不停，然後說信號不好聽不見，明天回去再談。

明天回去？

意思是母親帶著小雪和一個……朋友在鞍馬山過夜，這個朋友是誰？

～

林小西一整天都繃著臉，讓人望而生畏，但手上的事又不得不交給他裁決，很是左右爲難。

趁著安部次郎來交網上交易明細，我拜托他把文京區的學生宿舍樓合同交給社長。

他有些困惑，我和林小西比鄰而居，通常這樣的事我不會假手他人。

我佯裝很忙的樣子，安部次郎只好照做，沒多久他又來敲我房門。

"社長はあなたが決定"他說社長讓我決定。

我看了一眼合同，交易價格處仍空白著，但我方簽名處已經簽上林小西的名字。這是什麼道理？讓我決定價格還是直接把合同扔進字紙簍裏？

不僅老闆的反應讓我一頭霧水，秀中也是，明明挨打了還回過頭來遞上合同，而且還是份已簽好名字的合同，也就是說價格主導權交給"東洋瓷磚"，簡直不合理到了極點！

我突然靈機一動，何不利用這個機會和秀中見上一面，順便看他傷得怎麼樣？

"再說了，價格也得磨一磨，總不能我方說了算。"我替自己的愚蠢行爲找到藉口。

～

秀中竟然跟我約在聖路加國際醫院的餐廳，他老婆安胎的醫院。

我心想他可真夠膽大的，但再一琢磨，也許他想寸步不離地守著倉本直美，所以約在就近的餐廳⋯⋯

想到此，我妒火中燒。

聖路加國際醫院位於東京都中央區，是大型綜合醫院，有新舊樓。新樓是高低雙塔型建築，我要去的餐廳就在高塔的最上層，可以俯瞰整個中央區，視野非常遼闊。

一進到餐廳我便開始尋人，客人不多，大多是穿病號服的病患，也有陪同的家屬和朋友，就是沒看到秀中，難不成我早到了？

看了一眼手錶，下午三點零五分，我還遲到五分鐘呢！

"吳—杉—杉—"聽到怪腔怪調的普通話，我的心喀噔了一下，這不是⋯⋯

我慢慢轉過頭去，果然看到穿著藍圓點病號服的倉本直美，她把一頭長髮剪了，難怪我沒在第一時間認出來。

"還是別正面交鋒吧！"我心想，並且悄悄在腳底抹油。

可惜倉本直美的動作比我還快，她屈尊紆貴地過來請我入座。

我馬上表明自己為公事而來，請她別誤會。

她答她沒誤會，秀中派她和我談公事。

秀中派她和我談公事？這是怎麼回事？

我坐了下來，倉本直美喚來服務員。

第五十五章/置死地而後生

倉本直美問我喝什麼？我答綠茶。

服務員走後，我隨即把合同拿出來，上面甲乙兩方都已簽好名，只有交易價格處空白著。

"あなたが私に多少の割引?"她問我能給到多少折扣？

我說學生宿舍樓用的都是便宜的瓷磚，加上鋪設的面積不大，我們公司能賺的利潤並不多，但爲了長遠的合作著想，10%的折扣已經是最高的了。

她答沒問題，就按我說的做。

談完公事，真不知還有什麼可講的，我邊喝茶邊思量該如何告別？

"秀の目の損傷と視力低下が多い"倉本直美突然告訴我，秀中的眼睛受損，視力下降了許多。

聽到愛人受傷，我感到心痛，但努力做到紋風不變，畢竟她才是原配，然而接下來她告訴我一個更勁爆的消息—她流產了，而且在清宮的過程中意外發現惡性子宮肌瘤，所以連子宮也摘除了，意即她這輩子不可能再有寶寶。

我感到遺憾，但隻字未提。

人在低潮時，旁人講的話都是隔靴搔癢，而且一不小心容易惹禍上身，果然她話鋒一轉，說這一切都是拜我所賜，如果不是我和她的老公大搞不倫之戀，她也不會急怒攻心而流產……

我很想說正因爲流產才發現她有惡性子宮肌瘤，說到底是撿回她一條性命，但我說不出口，因爲那不啻落井下石。

"申し訳ありません"我俯首向她道歉，畢竟我的確和她老公藕斷絲連著。

她答不必道歉，她會給我將功補過的機會。

將功補過？

倉本直美說如果不是命脈傳承的壓力，她寧願當丁克族。現在好了，想不當丁克族都不行，然而佐藤家的任務還是得完成……

她的計劃是先隱瞞流產的事實，然後讓我在排卵口和秀中xxoo，一旦懷孕了，我會有高規格的待遇，要錢要房都不成問題。第一個孩子當然得歸她，以後我想生幾個，她不管，反正我和秀中是不可能斷乾淨的，她樂得做順水人情，允許我當秀中的小老婆。

能得到原配的首肯，我應該感到高興，可是卻一點兒都高興不起來，彷彿精心熬製的牛肉湯，只能眼睜睜看別人吃肉，自己只能喝湯。

我問她秀中知道這計劃嗎？

她答不僅知道而且非常贊成，秀中還說如果這輩子只能和老婆以外的女人生孩子，他寧願是我……

真不知該高興還是生氣？我成了商品，還是男主角欽定的。

我斷然拒絕那女人的提議，她可以找任何人完成任務，但請別把我考慮進去，我要嘛當正宮，要嘛拂袖而去，没有中間灰色地帶。

倉本直美聽完冷笑一聲，說既然如此，她只好控告林小西毆打孕婦，導致她流産還失去子宮⋯⋯

這⋯⋯這簡直是無賴！我就不信世間没有正義在。

倉本直美說隨便我，反正支那人在日本低人一等，她又是名人，加上毆打孕婦"罪無可逭"，林小西就等著吃牢飯吧！

如果我能殺人，倉本直美大概早已被我碎屍萬段了。

"好きな人の姿を、特に怒ってあなた"她笑著說她喜歡看人生氣的樣子，尤其是我。

在我回击難聽的話之前，倉本直美已經起身，昂首離去。

回到本田家，出來迎接我的依舊不是小雪。

我問小雪呢？福山太太答小雪生病了。

小雪"又"生病了？這次是真病還是假病？

我趕到小雪的房間，她埋在被褥裏嗚嗚嗚地哭泣。

"小雪，妳怎麼了？哪裏不舒服？"我問。

她從被褥裏探出頭來，喚了一聲"小姐"，接著又泣不成聲。

"怎麼了？"我把她的亂髮撫順，即使哭紅了雙眼，她仍是清秀佳人。

"我⋯⋯不要嫁人，尤⋯⋯尤其是蕭十一郎。"她說。

蕭十一郎？那件事不是黄了嗎？

小雪答相親那天的確是黄了，但蕭公子看她淚眼婆娑，覺得有趣極了，說他就喜歡有個性的女人，所以轉身又讓老闆娘牽線，這可不？母親安排了鞍馬山二日遊，一路上，那男人還算規矩，沒想到半夜……

她又哭得慘兮，我問後來呢？小雪堅決不肯再透露一個字，只是嚶嚶嚶地哭。

正因爲她話說到一半，讓人更浮想聯翩。我氣沖沖地走向母親的房間，她正慢悠悠地喝著大麥茶……

"小雪是怎麼回事？"我問，然後大喇喇地坐下來呈男人的盤坐姿勢，這是極不合乎禮節的。

母親看了我一眼，似乎想糾正，話到嘴邊又吞下。

"快說呀！"我催促母親，真要急死人了。

"我們三人有愉快的鞍馬山之行，蕭十一郎還在鞍馬寺求了一個保平安的御守送給小雪。"

就這麼簡單？那小雪哭什麼？

母親答這也没什麼，男人一高興就喝多了，半夜走錯房很正常，所以……没事的，蕭公子說他會負責到底，只要小雪願意，下個月馬上明媒正娶！

聽母親這麼無視初夜對女人的意義，我氣炸了，也不管她茶杯裏的茶是冷是熱，抓起就往她臉上潑。

"妳……太讓人失望了，有妳這樣的母親，我感到羞恥！"

說完，我狂奔回房，既没有吃晚餐，連隔天的早餐也没吃。

林小西問我是否完成了交易？我答是，話不多說一句。

他在我的辦公室待了一會兒後，很無趣地走人。

人一走，我沈浸在深深的抑鬱當中，感嘆我的人生太不順，要風不得風，要水不得水，還總在關鍵時刻做錯決定，陷入萬劫不復的境地。

"嘟……嘟嘟……"山崎和彥適時打來電話，他說因公到大阪出差，問我能否一起吃個飯？

想到母親醜陋的嘴臉，我恨不得離她遠遠的，遂跟山崎桑約了五點半見。

他答沒問題，車子會準時停在停車場。

山崎和彥帶我去吃箱壽司，所謂的"箱壽司"就是將調製好的米飯放入木製框架中，然後在上面鋪滿鯛魚、星鰻、蝦等食材，再擠壓成形的簡便壽司，很受大衆喜愛。

山崎和彥問我好吃嗎？我答好吃。

他又問我最近工作順利嗎？我說順利。

然後我們陷入長長的無語當中，靜到只剩下食物在嘴巴中咀嚼的聲音。

也許意識到我們的交流不順暢，山崎和彥改弦易轍從海外下手，他說上禮拜他的新店在加拿大多倫多開幕，又說那裏的華人多，中國餐廳和超市一應俱全，我一定會喜歡那個城市。

聽他這麼一說，我忽然想到如果離開日本到別的國家（比如加拿大），就能遠離這些生活上的煩憂，開始過上新生活。

我告訴山崎和彥好想離開日本，問他能否在加拿大幫我安插個工作？

他答那裏的工作簽證不好拿，所以雇的多是當地人，但派我去當駐店經理也不是不可能，只是這樣一來，和我見面的次數又少了……

我難掩失望的神情，於是他說如果我們結婚了，就能以夫妻的名義辦理移民（意即不用考慮簽證問題），即使婚後分隔兩地，他的心也不會那麼浮躁。

我思考了一下，問他何時能結婚？

這下子換他有些手足無措，支支吾吾地說看我的決定，他配合。

我拿起佈滿三文魚的箱壽司咬了一口，想著"置死地而後生"大概就是這種感覺吧？！

第五十六章/救人如救火

山崎和彥載我回本田家，一路上他處於極度亢奮的狀態，嘰嘰喳喳說個不停。

" いいですか?"他問我可不可以？

和他的正能量比，我的腦子裏一下子是小雪，一下子又是林小西，當然秀中和倉本直美的臉孔也交錯出現，以致山崎桑說了什麼，我完全沒印象。

我期期艾艾地請他再復述一遍，還好他不在意，再次告訴我六月新娘最幸福，但在日本，六月是颱風高發期，天氣多變，很多婚禮不得不改在其他月份舉行。如果我們選在加拿大結婚，就能避開這個難題，因爲六月的加拿大天氣溫和，很少下雨，是結婚的好時期，他希望我能當上最幸福的六月新娘……

我這才意識到自己在低潮時所說的話被山崎和彥上綱上線地提上日程，還好從現在到明年六月尚有大半年，我還有時間反悔。

見我點頭，那個已屆不惑之年的男子高興壞了，眼睛笑成彎月形，他說今天一早就在庭院裏看到烏鴉，果然是來報喜訊的。

和中國人對烏鴉的反感有所不同，日本人把烏鴉當作"吉祥鳥"，所以即使叫聲不好聽，行爲也放肆（不是停在枝頭或屋檐上拉屎，就是亂翻垃圾），但日本人絲毫不以爲意，連清潔人員對它們也客氣三分。

"私の希望、少なくともすぐ結婚子供を産んで生三"山崎和彥緊接著說希望婚後馬上有孩子，至少生三個。

從"結婚月份"跳到"生孩子"，山崎桑的思緒開的可是特快車？

我婉轉地告訴他，没有哪個女人願意婚後馬上有孩子，因爲那意味著還没享受兩人世界就開始過上黄臉婆的日子。

山崎和彥笑著說怎麼會是黄臉婆？家務有助理，出外有司機，保證讓我養尊處優，過上"白富美"的生活。

我仍覺得不妥。

他接著解釋自己的年紀不小，不想讓人誤會是孩子的爺爺而非父親。

我了解他的擔憂，年紀越大帶孩子越發不容易，他想早點兒開枝散葉，何錯之有？

車子駛離羊腸小徑後往筆直的柏油路面開去，我能看見路的盡頭，那搖曳著昏黄燈光的本田家。

"ありがとうござい"車子停穩後，我向山崎桑道謝，待會兒他還得開兩個多小時的車回東京。

"杉杉，"饒是單音，他的普通話仍然說得日本味十足，"May I kiss you?"

他問可以吻我嗎？說的是英語，大概爲了掩飾說母語的尷尬。

我不知道該怎麼回答這個問題，秀中吻我時都是"水到渠成"，從没徵求過我的同意。

"あなたがキス経験はありますか？"我問他可有接吻的經驗？

他答没有。

一個四十幾歲的大叔竟然連接吻都不曾有過，這是多麼悲哀的一件事！

見我沈默許久，山崎和彥以爲我不願意，他乾笑著說没關係，有些事得慢慢來，急不……

話没說完，我給了他一個吻，嘴對嘴，讓他有些措手不及，嘴巴僵硬得像打上石膏。我試了幾次，仍打不開他的牙關，於是我邊大力吻他邊將他的右手放在我的左側乳房上，幾秒鐘後，他開始有反應，嘴巴跟著吸吮起來，連摸乳房的手也一上一下，很有規律……

我見好就收，在釀成大禍前輕輕推開他。

此時山崎和彥的臉色潮紅，正直挺挺地看著我，我對他微笑，轉身開了車門。

一進到房間没多久，母親就來敲我房門，彷彿房間裏裝了監視器，一動一靜都在她的眼皮底下。

"我累了，有話明天再說。"我決定讓她吃閉門羹。

没想到母親在房外使苦肉計，她說小雪已經兩天不吃東西了，再這麼下去恐怕要出人命……

我心裏啐了幾句："不作死就不會死，事情發展至此是誰的錯？也好在這裏貓哭耗子？"

埋怨歸埋怨，但小雪畢竟和我情同手足，再怎麼和母親置氣，也不能不管小雪死活。

我開了門，母親立刻轉話題，她涎著臉問我今晚和山崎和彥到哪裏吃飯？他好嗎？很久不見，挺想他的⋯⋯

"想他的人還是想他的錢？"我冷冷地問。

"當⋯⋯當然是想他的人，"母親有些錯愕，"再說，都快成一家人了，他的錢和我們的錢又何必分得太清楚？"

也只有母親能把寡廉鮮恥的事說得這麼理直氣壯。

"不跟妳談這個，我去看小雪。"我將房門閣上，逕自往小雪的房間走去。

小雪的房間漆黑一片，我開了小燈，她蠕動一下身子，仍看不見她的頭和臉。

我喚她一聲，她没動靜，我遂在床沿坐下。

"有些事是無法左右的，譬如我無法決定誰是我的母親⋯⋯"

不知為什麼，本來是來開導小雪的，說著說著，竟然成了自我剖析，把從小到大的委屈一傾而出，最後總結人鬥不過命運，好比我再怎麼漂白，母親一腳又將我踢進大染缸裏，能怎麼辦？除非不要這個母親⋯⋯

"她是妳母親，"小雪掀開被子坐起來，"不是我母親，她怎麼可以⋯⋯怎麼可以⋯⋯"

知道小雪又要淚奔，我趕緊擁住她："小雪，是我們吳家對不起妳，告訴我，妳需要什麼幫助？"

也許這兩天小雪已經深思熟慮過，她很快給出答案。

"没問題，來回的機票錢我出，另外我還會從自己的存款裏提出一部份給妳，這是妳應得的。"我說。

小雪答錢不是問題，她攢了一些，只是老闆娘將她的護照扣住了，她無法上飛機。

原來如此。

我要小雪放心，這兩天我會藉機到母親房裏轉轉，四十平米大的地方，東西還能藏到天上去？有了護照，我馬上上網訂機票，她很快就能回老家了。

"謝謝妳，小姐。"她終於又有了笑容。

不知爲什麼，看見小雪笑，我卻想哭，母親對不起她，她卻向我道謝，這世界真是荒唐得可笑。

我還在生母親的氣，但爲了達到目的，不得不拉下臉和她共進早餐。

"聽廚子說，今天早上小雪進食了，而且一吃飽就開始工作，妳是施了什麼魔法，讓尋死覓活的人又恢復正常了？"她問。

"有什麼魔法可施？我又不是巫婆。"我没好氣地答。

母親碰了一鼻子灰仍不死心，她接著說蕭十一郎是個癡情漢子，念念不忘小雪，讓我也幫著開導，如果這門親事能成，蕭十一郎答應給她一個大紅包。

"妳竟然爲了一個紅包出賣身邊人？"我瞠目結舌。

"這妳就不懂了，小雪家有那麼多口人要吃飯，光靠打工能造出個鳥來？我這是幫她改變命運，眼看她就要飛上枝頭變鳳凰，還整天哭哭啼啼的，簡直要笑死人了。"

我想母親的腦子一定異於常人，以致我經常和她說不到一塊兒。

"今天有什麼要忙的？"我吃了醬菜配乾飯，順便轉換話題。

"早上11點約了做頭髮，中午和蕭會長吃飯，他這個人是話癆，一開講就是好幾個小時。"

聽母親這麼一答，我當下決定中午向林小西請半天假。

母親的房間裏有個紅木五斗櫃，從外觀看是四層但實際上有五層，因爲裏面有個夾層。

我伸手進去，拉出一個用針織提花面料做的布包，裏面果然都是寶貝，有各色珠寶、玉器和手錶，其中有好幾個見都沒見過。

除了值錢的東西，我還看到母親的國內身份證，上面寫著1970年出生，可是她的護照上明明寫著1975年，到底哪個才是真的？

我没空判斷真偽，因爲没看到小雪的護照讓我的心不踏實。待我將五斗櫃全翻了個遍，還是没有，母親到底把東西藏哪兒了？

緊接著我開始做地毯式搜查，從五斗櫃擴大到整個房間，不放過一點兒蛛絲馬跡，可惜除了幾張没見過的色情碟片外，一無所獲。

"找到了嗎？"小雪探頭進來問。

"還没。"我一頁頁地翻著母親的書，希望護照夾在裏面。

"没用的，老闆娘是何等精明的人，她不可能把那麼重要的東西藏在房間裏，因爲我每天都會進來打掃。"

聽完，我洩氣地把言情小說全歸了位。她說的没錯，母親的確夠精明。

怎麼辦？没護照小雪就回不了國了。

"我想過跟大使館報遺失，然後拿臨時護照登機。"小雪說。

對呀！怎麼沒想到這法子？還不快快行動起來？

小雪面有難色，她說護照遺失要先到警察交番處做登記，再到中國駐日使館申請補發，加急的話，三天就能拿到，這些都不是難事，難的是當初她拿的是工作簽證，即使得到補發的護照，沒有簽證還是會被堵在機場，除非有人能另外給她工作簽證。

聽小雪這麼一說，我想起了林小西，救人如救火，他一定肯幫忙，我馬上拿起手機撥號。

第五十七章/小題大作

林小西聽完我的描述，雖然同情但愛莫能助，因爲日本的工作簽證必須符合"非你不可"的獨特性。也就是說，公司雇用的外國人必須擁有一般日本人不具備的知識或技能，否則即使雇主願意，入管會也不會批准，這是爲了有效保障日本人的就業機會。

"東洋瓷磚以翻譯人員的名義雇用了數名中國籍員工，這數字已是上限，除非有人離職，否則無法再給工作簽證了。"他進一步解釋。

原來還有這規定，看來我正是那萬分之一的幸運兒。

怎麼辦？林小西給不了工作簽證，還有誰可以呢？此時腦海裏浮現一個人，我趕忙又撥了電話。

山崎和彥一聽到我的聲音，很是開心，讓我又燃起了希望，趕緊表明有事請他幫忙。

由於自己的母親做了齷齪事，我只能避重就輕地說小雪和母親處不好，但又想留在日本，請他給個工作簽證，她自己會另外找事做……

山崎和彥答他不明白爲什麼要給一個虛位？況且給了工作簽證代表得付薪水和員工保險費，上面會查，馬虎不得。再說"山崎珠寶"的外國籍員工名額已滿，沒有多餘的工作簽證可給。

原來"造假"如此困難，看來小雪命運多舛，眼看是走不了了。

大概我的聲音裏參雜太多的失落與沮喪，他問我是否真的很想給小雪工作簽證？我答是。

於是他回答還有一個選項，那就是當他的看護（看護人員在日本很緊缺，收入雖然不錯，但工作時間長，內容又繁瑣，很多日本人不願幹，所以開放給外國雇工）。當然，他獨立慣了，不需要看護，但不介意利用看護的名義雇用一個生活助理。

我謝了他，說商量過後再給他答覆。

掛上電話，我問小雪怎麼想？她考慮了幾秒鐘，表示願意當日本人的看護。

"妳確定？"我問。

"本田家的工作何其多，我都應付下來了，何況只要照顧一個人？再說，山崎和彥看起來就像個好人。"

"是嗎？他看起來像好人？"

"嗯！他的眼睛很清澈，像小動物的眼睛。"

我没注意到山崎和彥的眼睛清不清澈，但他的確長得俊，脾氣也溫和，是個很好相處的人。

"那好，今天下午妳先到警察交番處做登記，再到中國駐日使館申請補發護照，郵寄地址填我的公司，等週末我帶妳去山崎和彥住處，先打包好行李，別走露風聲。"我說。

小雪聽完過來擁抱我，眼眶噙著淚水，她說我是她的再造恩人……

我也哭了，與我相比，小雪的命運更慘，我希望能盡自己的綿薄之力助她遠離厄運。

～

下班回家，我拉開本田家的大門，赫然發現迎接我的又是福山太太。

我問她小雪呢？心中有了不祥的預感。

果然福山太太答小雪吃完中飯就和老闆娘外出，不知去哪兒了，還拉了行李箱。

什麼？！

我趕緊撥打母親手機，她說她正在蕭家，蕭會長好不容易接受小雪，打鐵得趁熱，今晚小雪就不回去了，明天一早到區役所登記完，她就是蕭家的人，入籍和請客的事可以他日再辦。

“不可以！”我大喊，“小雪為我們家鞠躬盡瘁，再怎麼樣也得風風光光出嫁。”

母親說她知道，但這個小妮子脾氣太倔，要不是連哄帶騙，根本無法讓她入甕，所以擇日不如撞日，今晚就當軟禁她，明天做完登記，生米煮成熟飯，她插翅也難飛……

我既惱又氣，都什麼時代了還趕鴨子上架，到底有沒有人性？

“那好，小雪能嫁到那麼好的人家是她的福份，現在我就想見她一面，當面祝福她。”既然無法解救人質，我選擇和她一起“入甕”。

母親答不必麻煩，有話明天再談，又說她手機快沒電，先掛了……

我喂了兩聲，母親果然說到做到，電話那頭馬上沒了聲息。

這下子羊入虎口，可怎麼辦？我急得跳腳。

還好靈光乍現，我翻黃頁找到中國同鄉協會會址，忙不疊驅車前往。

在聽完我的來意後，會所的工作人員很抱歉地表示會長的家庭住址不得外洩，如真有急事，可以跟副會長說，他是會長的兒子，正在辦公室裏……

真是老天幫忙! 蕭十一郎竟然還没走，我趕緊請工作人員通報，很快的，他接見我了。

"妳就是吳杉杉？"那個滿腦肥腸的男人問。

"是的，我來是請你放過小雪，要什麼條件我都答應你。"

蕭十一郎哼哈兩聲，表示小雪已經是他的人，到口的肥肉怎能説不要就不要？

"你才高八斗、相貌堂堂、日進斗金，要什麼女人没有？小雪既没文化，大字也不識幾個，日語又不行，只會拉你後腿，要這種女人幹嘛？！"我竭盡貶人之能事。

蕭公子說他也認爲小雪配不上他，没辦法，日本的中國圈子太小加上他的名聲不好，很少有家世清白的女人願意嫁他。他倒不急，急的是父母想抱孫，俗話說得好，不孝有三，無後爲大……

"你放心，放開小雪，我保證在諾大的中國幫你找到稱心如意的女孩。"

蕭十一郎呵呵笑，說當初相親被我放鴿子，屈辱還未散去，這次不請自來，他倒想看看我有什麼能耐能讓他就範，

他直挺挺地看著我，眼神像一把利刃，把我身上的衣服一件件劃開。

我感到極度不舒服，但嘴巴仍說著好話，希望他能放過一位弱女子，我敬他是條漢子……

“切，”他向下吐了一口痰，“我還在乎自己是不是條漢子？就想問妳，如果我答應妳的請求，願不願意和我幹那事？”

啥？真是狗改不了吃屎。

“不願意。”我斬釘截鐵地回絕。

蕭十一郎聽完，雙手一攤：“那……没戲了，すみません”

我打給母親，還好她接聽了，手機也没如她所說的没電。在電話中，我哭哭啼啼地表示自己被蕭十一郎欺負了。

“妳在哪裏？”隔那麼遠，我也能聞到母親身上的戾氣。

我告訴她在同鄉協會會所裏，不到十分鐘，她赫然出現。

“人呢？”她眼露凶光。

我指著辦公室的方向，她腳踩高跟鞋殺過去，連工作人員都没能攔住。

即使蕭十一郎指天發誓没碰我一根手指頭，仍被母親連甩五、六個耳光。

“打你這隻吃在嘴裏看在碗裏的豬，老娘給你一個水嚙嚙的姑娘，你竟然連我閨女也染指，想死不？”

蕭公子捂住臉頰，可憐巴巴地說自己没吃到羊肉卻惹來一身騷……

我懶理無辜的人，仍有一搭没一搭地哭泣。

“杉杉，走！”母親發洩完畢偃兵息甲，我剛好找到台階下。

母親把我和小雪送回家後才發現我所謂的“欺負”是指蕭十

一郎用色瞇瞇的眼睛看我，並且提出"色情交易"（但被我拒絕了）。

知道小題大作後，母親趕緊打電話道歉，並且承諾明天一早就把小雪送回去……

我聽了大呼不妙，趁母親還在"說好話"，抓起小雪的手便往外跑。

"小姐，去哪裏？"小雪邊跑邊問，"我連行李都没帶。"

我說哪還有時間帶行李？我媽一掛上電話準來抓她，到時她連逃的機會都没有。

到了大馬路，我們終於攔下第一輛出租車，我告訴司機到東京的吉田小區。

"那是哪裏？"小雪問。

"妳未來雇主的家。"我答。

第五十八章/過街老鼠

好一陣子没來吉田小區，山崎和彥的房子又有了新氣象，前院栽種一整排的日本小檗，紅色的果實焰灼耀人，極具觀賞價值。

我按了門鈴，聽到山崎桑的聲音，但等了約莫兩分鐘，門才打開，可見行動不便的他的確需要家務助理的幫忙。

山崎和彥看見我和小雪，很開心的樣子，趕緊招呼我們進屋。

"これは小雪"一進屋，我忙不疊跟雇主介紹小雪。

小妮子馬上恭恭敬敬地說："はじめまして、どうぞ、よろしく　おねがいします"

山崎和彥微笑著糾正這不是初次見面，他已經在本田家見過她好幾次，很感佩她的敬業精神。

看小雪一頭霧水，我隨即翻譯。

"はい"小雪低頭表示知道了。

此時的她應該謙稱自己的不足，而不是答"知道了"，但一想到她的日語詞彙量有限，也不好做過多要求。

"お前何か飲みたい？"屋主人邊請我們入座邊問我們想喝什麼？

小雪在本田家工作久了，有關飲食的日語她多少能聽懂，二話不說地把家務活攬下。

屋主人顯得有些不知所措，我要他安心坐下，小雪是來做家務的，讓她先見習一下也好。

没多久，小雪端來用馬克杯盛裝的茶水，有些扭捏地表示找不到陶杯（說的是普通話）。

山崎和彥問我小雪需要什麼？我翻譯給他聽。他深感抱歉，因爲房子雖然裝修好了，但很多軟裝、廚具和傢俱都還没添，就想找一天和我一起去採購。

我？爲什麼？

他答因爲我是女主人。

還好小雪聽不懂，我趕緊喝一口茶水掩飾尷尬。

房子有簇新的味道，但空空蕩蕩的很没人氣。

也難怪，山崎和彥尚未搬進來，要不是爲了我和小雪這兩位不速之客，他不會連夜開車回到新房，還順便帶來兩床被子。

小雪當然是住下來，而我......

已近午夜，此時回京都既耗時又不安全，加上不想被母親疲勞轟炸，所以山崎和彥一挽留，我也順理成章地留下來過夜。

雖然我和小雪情同手足，但同床共枕卻是頭一回。

"是不是上了年紀的人都特別溫柔體貼？"小雪突然問。

"不會吧？！我也遇見過上了年紀的人既不溫柔也不體貼。"我答。

小雪停了一會兒後又說："山崎桑既溫柔又體貼，他長得像山田孝之，非常有味道。"

山田孝之？我覺得他比較像竹野內豐。不管怎樣，以女性的眼光，山崎和彥的確算得上美男子，如果......腿沒扣分的話。

"他住本田家時總在房間裏留下2000日元當小費，不像有些客人，一毛不拔。"

"'晴天'的日語叫 seiten ，'晴天娃娃'的日語叫 teruterubouzu，這是我打掃房間時，山崎桑教我的。"

"有個日本作家叫Murakami Haruki，山崎桑喜歡他寫的書，叫挪威什麼的，後來我上書店找來看，看了兩頁就看不下去，字裏行間雖然有漢字，但大部份是繁體字，猜來猜去依舊看不懂。"

"山崎桑喜歡的衣服品牌上面有閃電標誌，他有好幾件衣服都是這個牌子的。"......

我眼盯著天花板，耳朵聽著小雪講山崎和彥，在她的描述中，那男人的一舉一動歷歷在目。

"小雪，妳是不是......"

"是不是什麼？"她問。

看著她清澈的眼眸，我搖搖頭把話吞進肚裏去。

我和山崎和彥相差14歲，已是名副其實的老少配，小雪就更別說了，當人家的女兒綽綽有餘。

我是怎麼了？盡想一些亂七八糟的事。

母親果然河東獅吼，命令我火速把人交上來，我充耳不聞，將門反鎖後早早上床。

礙於本田家有住宿客人，母親敲了幾下門，得不到回應後，摸著鼻子走了。

一連幾天，我們母女就像參與商，我有意躲，她也不刻意追，直到某個黃昏……

"杉杉。"我拉開本田家的大門，聽到背後有人喊我，立馬轉過頭去。

"老……老闆。"我很吃驚。

許久沒見到林小西的父親，我幾乎快忘了他的模樣。不知爲什麼，他明顯蒼老許多。

"母親在嗎？"他問。

"也許……應該……在。"我答。

來者是客，我遂帶他去見母親。

母親聽到敲門聲沒喊請進，反而親自過來開門，可見知道來者是誰。

客人進入後，母親便收起笑臉，看都不看我一眼，直接將房門拉上。

碰了一鼻子灰，我悶悶不樂地回房。

用過晚餐，我邊看搞笑節目"新堂本兄弟"邊啃瓜子，三弦琴的音樂像一涓細流穿過門縫鑽進我耳朵裏。

母親偶爾也拉琴，但不像今晚，多了哀怨。我幾乎可以想像她低眉順眼、我見猶憐的模樣。

我了解母親，她所做的每件事都具有強烈的目的性，爲人拉琴（尤其是男人），絕不是單純的自娛娛人。

她到底想從林大東身上得到什麼？我很好奇。

昨夜沒睡好，連累了今天。

我匆匆忙忙走出房間，恰巧和林大東碰上面。他問我早飯吃了沒？我答來不及吃了，正趕著上班呢！

"我正好也要到公司看看，一起走，我開車載妳去。"他說。

求之不得。

拉開木田家的大門，迎面吹來寒風一陣，我不禁拉緊了披肩。林大東順勢擁住我的肩膀往前行，大概覺得這多少能爲我帶來溫暖吧！想著就幾步遠的路程，也沒往心裏去，沒想到……

一輛黑色捷豹的車門瞬間被打開，我看到五短身材的林夫人一身臃腫地走下來，林大東的手馬上離開我的肩膀，神情緊張得像考試作弊被抓到的小學生。

真是糟糕！眼看母親和林大東的奸情就要東窗事發了。

奇怪的是林夫人不看做錯事的老公，反而直挺挺地向我走來……

"嫦娥，不關她的事。"林大東討饒。

"滾一邊去！"那女人啐了老闆一句，反身甩我一巴掌。

如果我没記錯的話，這是她給我的第二個巴掌。

我捂著臉頰，怒火中燒，責問她爲什麽打我？

"還問爲什麽？昨天傍晚我跟蹤老林到這裏，看見你們一起進入民宿。今天一早，兩人又同時離開，還摟摟抱抱的，這不明擺著嗎？"她說。

原來林小西的媽以爲我和她老公有一腿。

"没有的事，妳誤會了……"林大東邊說邊將自己的老婆往外拉，她不願走，兩人還糾纏了好一陣子。

我站在原地像個傻子似的，平白無故被打，没人關心我一句，反倒像日出日落一樣自然。

今天開九點鐘會議，我於9:12進到會議室，怕引人注目還特地挑了最角落的位子坐。

"……人もなくて、會議の時間。"林小西說如果每個人都不守時，還開什麽鳥會？

一早積壓的怨氣正愁無處發，聽老闆指桑罵槐，我憤而將手上準備做報告的資料灑向空中。

"我遲到是因爲你父親昨晚和我母親亂搞，今天一早我卻被當成不要臉的小三，吃了你媽一巴掌，到現在牙根子還疼，你接著又捅我一刀，你們林家真夠可以的了。"我用普通話說，除了學過漢語的安部次郎投來狐疑的眼光外，其他人都一臉茫然。

林小西被我突來的言行嚇到，一時語塞。

趁他來不及反應，我轉身離開會議室，並且邊走邊低頭找紙巾，感覺鼻涕都快流出來，想必是早上的那股寒風讓我著涼了。

“杉杉，”林小西趕上我，“對不起！”

“是該說對不起。”說完，我大力擤鼻涕，連眼淚都流出來了。

“別哭，”他用手指劃去我的淚水，“看妳哭，我很難過。”

有那麼幾秒鐘我的腦子不好使，林小西是不是吃錯藥了？他很少這麼溫柔對我。

“小西，這是怎麼回事？她怎麼在這裏？”

忽聞母親喚兒聲，嚇得我魂飛魄散。

林家父子也是，像兩尊石膏像杵在那裏。

我忽然想起當年大老闆爲了粉飾太平把我塞進小老闆的分公司，這件事老闆娘並不知情。

“我來送外賣，馬上走！”我解釋，作勢要走。

“別走，”林小西抓住我的手，“杉杉是我的員工，我不許她走。”

林小西是怎麼了？嫌局勢不夠亂嗎？

“你……你們……”林夫人分別看著自己的老公和兒子，一副難以置信的表情，“家醜，真是大大的家醜，我……我死了算了。”

那個歇斯底里的女人竟然盲目到想撞牆，被手忙腳亂的父子拉開。哭鬧一陣後，她忽然憶起放過了始作俑者的我，是可忍孰不可忍？一躍而起，立馬對我左右開弓，拳頭像雨點般落下。

“杉杉，快走！”林小西抱住自己的母親大喊。

不用說，我已是一身狼狽，加上身後同事們的議論紛紛，堪比“過街老鼠”。

我攏了攏頭髮，故作鎮定地離開，心中委屈至極，

第五十九章/僕役

我不想回本田家，因爲看到母親就心塞，那麼能去哪裏呢？
我想起那個既溫柔又體貼的人。

枚方車站有京阪線，我打算坐電車到東京，然而走到離車站
不到1分鐘的步行距離時，我驚喜地發現一個斗大的銀色招
牌—蔦屋書店，它是日本新概念書店的始祖。

所謂"新概念書店"就是捨棄傳統的書店模式，店裏不僅有數
量驚人的圖書，還有音樂、娛樂、家具雜貨以及餐飲服務。
來這裏不光可以買書，還可以閒逛一整天。

我一向喜歡看書，看見書店彷彿看見阿里巴巴的寶藏，於是
很快改弦易轍，決定在自憐自艾前先沈澱一下自己，否則山
崎和彥看到一個話都說不清楚只會哭泣的人，恐怕
要退避三舍了。

買下兩本東野圭吾的推理小說後，我上到頂層，打算在觀景
餐廳吃吃東西、看看書。

服務員過來問我要什麼？我點了冰淇淋薄餅加熱可可。她走
後，另一個人拿著熱紅茶入座。

"是妳！"我太驚訝了。

孫愛梅穿著墨綠色的雙排扣軍大衣，巧妙地遮住纖瘦的身軀，但臉孔是遮不住的，她似乎比以前更瘦，臉頰整個凹陷下去，顯得顴骨高。

"家裏悶，還好有這家書店，我經常過來坐坐。"她解釋。

"也是，總待在家裏，不生病也會悶出病來。"

孫愛梅轉而問我爲什麼來這裏？現在不是上班時間嗎？

我答上什麼班？自己被林小西的母親狠揍了一頓，接著把事情經過簡單扼要地交待一遍。

她聽完後喃喃自語："没想到我公公臨老還有風流韻事。"

"公公？"

孫愛梅意識到自己說漏嘴了，有些腼腆地表示兩天前拗不過林小西，他們已經在區役所辦理結婚登記了。

"恭喜妳了。"我誠心祝福。

她答没什麼好恭喜，結婚是爲了讓林小西安心，她倒無所謂，只是那個傻小子一結完婚就通知父母，害兩老人聯袂上路，她也不知談論的結果是什麼，因爲公婆被林小西擋在門外了。

原來這就是林大東和夫人突然出現在大阪的原因，而前者面容憔悴地拜訪母親似乎也能理解。

我忽然打從心底原諒了林小西的母親，兒子的一意孤行加上意外發現老公出軌，這擱誰身上都不好受，難怪她會有過激行爲。

"遇上妳正好，妳知道倉本直美是誰嗎？"孫愛梅從皮包裏掏出一個牛皮信封袋，"今天早上收到律師事務所寄來的信函，有個叫倉本直美的女人控告小西毆打她導致流產，又說十天內若不主動和解，他們將到法院起訴他。"

没想到倉本直美來真的。

我遂將事情的來龍去脈做簡單交待，孫愛梅問我是否打算當小老婆兼解決別人家的傳宗接代大事？

“這叫我如何回答？不就範，難道眼睜睜看著林小西因我惹上麻煩？”

“聽著，倉本直美控告林小西毆打得拿出證據，她非常清楚拿不出來，才會虛張聲勢要求和解，妳可千萬別做傻事，趕緊跳出是非圈才是明智之舉。”

有了孫愛梅的醍醐灌頂，我豁然開朗。是的，不能一錯再錯，秀中是我的孽緣，就在此時此刻做個了斷吧！

～

孫愛梅和林小西有午餐約會，與她道別後，我買了開往東京的電車票。

本來想向山崎和彥訴苦，既然孫愛梅充當了傾聽者，一事不煩二主，我就藉機去看看小雪吧！她獨自一人在東京也不知適應了沒？

～

是小雪開的門。

進到屋內，我聞到滿室的肉香。

“好香啊！”我說。

“中午吃牛排，還是頂級的雪花牛肉。”她解釋。

日本和牛的大理石花紋很明顯，又稱“雪花牛肉”，不僅細嫩多汁，連飽和脂肪酸的含量也很低，在日本被視為國寶級肉品。

“雪花牛肉不便宜啊！一公斤要價五萬日元以上。”

"是不便宜，我們從Precce超市買來的，好吃極了。山崎桑還說要幫我報駕訓班，以後我就能自己開車到超市採購了。"小雪很興奮地說。

東急超市集團的Precce超市一向走高檔路線，和其他超市的擁擠不同，這家超市的擺放非常寬鬆，地面如鏡子般光亮，服務人員也熱情，當然價格絕不"親民"。

已過午餐時間，我看見廚房被清理得一塵不染，水槽有正在瀝乾的碗盤，其中有兩個陶杯。

"買了新杯子了？"我問。

"嗯！也是從Precce超市買來的。我說喝日本茶還是用陶杯合適，山崎桑就買了，還是我喜歡的顏色。"

這麼說，小雪與山崎和彥一起上超市，買了肉又買了杯子……

不知爲什麼，我聽了心一沈，嘴巴說出的話也不那麼中聽了："雖然雇主不見得小氣，但家務助理還是得守本份，趁雇主不在家偷偷食用高級食材很不妥。"

"不是的，"小雪趕緊澄清，"山崎桑和我一起吃的，他還說這種高級牛肉頂多煎三分熟鎖住水分即可，含血的肉最能吃出美味。"

沒想到不過幾天的光景，小雪和雇主已經混得這麼熟，而且看樣子溝通也不成問題。

"我以爲山崎和彥不住這裏。"我邊說邊打開冰箱，裏面有滿滿的食物。

小雪答他的確不住在這裏，但每天的午餐和晚餐還是會趕回來吃。有一次因爲工作晚了，害她足足等了三個鐘頭，把肚子都餓壞了……

我看了一眼牆上鐘，下午三點多，也就是說山崎和彥還有兩、三個鐘頭才會回到這裏。

“小雪，切點兒水果給我吃。”我說。

中午没吃加上聞到牛排的味道，我不禁饑腸轆轆。

“好的。”她爽快地答。

當我吃著水果時，小雪也没閒著，不僅擦了窗戶還拖了地，連院子裏的花花草草也給澆水了。

好不容易她的手騰出來，我撿了塊鳳梨遞給她，她把黃澄澄的果肉塞進嘴巴後，轉身又進廚房。没多久，我聽見洗切的聲音，想來小雪開始準備晚餐了。

我萬般無聊地打開電視，連續追看三個影集，直到山崎和彦進門。

他看到我很開心，問我怎麼來了？我答來看小雪。

“キミと思って私を見た。”他說他以爲我是來看他的。

我吞吞吐吐地答也看，還好他的嘴角上揚，不像生氣的樣子。

“你回來了，”小雪聽到說話聲，走出廚房接過山崎和彦的公事包，“馬上食事。”

她中日語並用，原來這就是他們溝通的方式。

晚餐吃的很家常，有烤魚、炒花菜、麻婆豆腐、炸土豆餅及煎餃。

小雪把食物都端上桌後，人也坐下來，讓我很不舒服（她是僕役，在本田家只能窩在廚房裏吃，像這樣和主人一起用餐絕無僅有）。

“小雪，妳把想吃的夾進碗裏，廚房應該很寬敞。”我說。

也許山崎和彥允許她一起用餐，但在我看來，這極不合乎禮節，我有必要讓她清楚自己的身份。

小雪噢了一聲，什麼都沒夾，拿了碗白米飯起身離去。

山崎和彥問我小雪怎麼不坐下來一起吃？我答本田家的上下階層分得很清楚，僕人不能和主人一同進食，這是爲了讓工作能更有效率地完成，他也應該如此效仿。

沒想到那個老好人說一個人吃飯多無聊，有人陪著吃，挺好的……

我答沒結婚可以，如果結了婚，我不認爲他的另一半會高興家務助理和她平起平坐。

"あなた嬉しくないの?"他問我是否也會介意？

我想了想，給了肯定的答案。

老實說，連山崎和彥買了小雪喜歡的陶杯，我都介意。

"哐啷～"什麼東西掉至地面的聲音。

我快步走向廚房。

"小姐，陶杯打破了。"小雪蹲在地上，邊撿起碎片邊說。

第六十章/彩禮

山崎和彥載我回本田家，看見家裏燈火通明，我歸心似箭。雖然唯一的親人並未給予我溫暖，但家終歸是家，聊勝於無。

"真希望每日不用道別れた"山崎和彥說真希望不用每天和我道別離。

我也想過既然秀中給不了我名份，接受山崎桑也不無可能，至少沒有那麼多牽牽絆絆、勾心鬥角的事發生。

"さようなら"我還是和他道別離。

他看著我，似乎有千言萬語，我問他怎麼了？他說我的嘴巴上有髒東西。

"どこですか？"我邊問邊去摸嘴唇。

"ここ"他答在這裏，然後將我的頭攬過去，給我深情的一吻。

和幾天前的吻不一樣，他明顯老練許多，反倒我有些被動，因爲沒料到他會神來一筆。

“杉杉，”他終於放開我，“私はあなたを愛し”

聽到有人說愛我，我有些悸動。

和秀中大起大落的愛不同，山崎和彥給我一種細水長流的安定感，那是我一直在尋找的家的感覺。

“ありがとう”我向他道謝。

山崎和彥笑問我爲什麼跟他道謝？

對呀！爲什麼說“謝謝”而不是“我愛你”？

“送ってくれてどうもありがとう”我硬拗成謝謝他送我回家。

直至走到家門口，還能感覺被一雙眼睛注視著。我沒有回頭，不想讓如火的熱情加速燃燒。

拉開本田家的大門，突來的聲浪讓我躊躇了一下，它來自母親的房間，一男一女笑得好開心。

我快步走向母親的房間，聲音越來越清晰，我的心也越跳越快，不可能的，絕對不是……

用力拉開母親的房門，我終於看到不想見的人，一顆心直線下落。

“杉杉，快看是誰來了。”母親對我微笑。

“你怎麼在這裏？”我冷冷地問來人。

秀中說來看看我和母親，好久不見，挺想念的。

“秀中很有心，特地帶來妳愛吃的栗柿。”母親討好著説。

所謂“栗柿”是在曬乾的柿子裏塞滿清甜的栗子泥，酸中帶甜，自從吃過一次後，我對它念念不忘。

"我不喜歡吃栗柿，又酸又甜，噁心死了。"我說著反話。

"那麼妳喜歡吃什麼？下次我帶給妳。"秀中好脾氣地問。

我答不必，還是買給倉本直美吃吧！她流產了，正需要進補⋯⋯

歡樂的氣氛瞬間冷了下來。

母親忙不疊要我坐下，說秀中大老遠跑來正好和他敍敍舊。

"佐藤家給了妳什麼好處？變臉變得這麼快！"我坐下，沒好氣地質問母親。

她睨了我一眼說哪有什麼好處？天下父母都希望自己的孩子好，山崎和彥我嫌腿瘸，蕭十一郎我又嫌層次低，只有秀中剛剛好，四肢健全又有文化，家境還殷實，到哪兒找那麼好的對象？

完了完了，佐藤家肯定下血本了，否則勢利的母親不會見風轉舵。

"媽，妳忘了秀中已經使君有婦了？"我提醒她。

母親反而批評一夫一妻制不合理，古代中國可以三妻四妾，現代阿拉伯國家允許娶四個老婆，在在說明這個制度是有瑕疵的⋯⋯

我早知道母親的想法異於常人，有時不能與時俱進，又有時走在時代尖端，讓人趕不上她的腳步。

"不說一夫一妻制合不合理，首先重婚是有罪的。"我直指問題所在。

"倉本直美同意我們結婚了。"秀中突然宣佈。

"什麼？！我有沒有聽錯？"我揚起聲，這消息來得太震撼了。

"沒錯，她已經做出讓步了，"母親代答，喜形於色，"你們好好談一談，我去泡個澡。"

本田家有個小型的溫泉澡堂，母親拿上浴袍施施然走了。

"怎麼回事？"我著急問。

秀中說因爲我的堅持，倉本直美鬆口讓相愛的兩人結婚以解決佐藤家傳宗接代的問題……

我沒想到那女人會做"犧牲小我，完成大我"的事，今天一早她還發律師信函給林小西，竭盡恐嚇之能事，沒想到下午又"退一步海闊天空"，這使的是什麼招數？

"林小西那傢伙下午打電話給直美，他說已經雇了律師打算與我們周旋到底。"秀中囁囁地答。

哈！這個林小西真帶種，有些人吃硬不吃軟，倉本直美恰恰是這種人。

"杉杉，"秀中握緊我的手，"對不起，讓妳久等了，還好結局是完美的，我們終於能名正言順地在一起了。"

真的嗎？幸福來得太快，讓人感覺很不真實，我問這該不會又是一場騙局吧？！

"不是騙局，"他指天發誓，"這次絕對是真的，若有造假，不得好死！"

看他信誓旦旦，我開始左右搖擺，難道會是真的？

秀中看我仍有保留，翻出手機讓我看錄像。錄像中的倉本直美仍穿著病號服，毫不客氣地把我和秀中損得體無完膚（不知他給我看這段錄像是何用意？）。

還好我隱忍下來，終於聽到原配允許我和秀中結婚的承諾，但前提是必須在美國拉斯維加斯低調結婚並且不能舉辦婚宴。

"妳體諒體諒她，她的個性好強又是公衆人物，若讓媒體知道她婚姻破裂，叫她情何以堪？"秀中說。

在海外低調結婚且不能有婚宴，這都不算什麼，重要的是我終於能和心愛的人結連理，怎不令人激動？

我不禁熱淚盈眶。

"噢！杉杉，"秀中抱緊我，"今後我們將只有歡聲笑語，没有悲傷痛苦，答應我，別再哭了，好嗎？"

"當然好，我求之不得。"

秀中因此抱我更緊。

我忽然憶起林小西曾有過的野蠻行徑，遂撫摸他的眼睛，柔聲地問："眼睛還好嗎？"

他答不好，看不清楚我。

"這麼糟糕？"我不禁憂心忡忡。

"騙妳的，"他笑了，轉而問我，"妳媽泡澡要多久時間？"

"很難說，看她疲憊的狀態，長則兩、三個小時，短則一小時。"

"那夠了。"他邊說邊褪去我的外衣。

～

完事後，秀中沒有久留，他說倉本直美最近的情緒很不穩，晚上若沒看見他回來睡覺會吵，爲了不節外生枝，還是別惹她爲妙。

"那麼久都等了，不差在一時半會兒。"說完，我催促他上路。

秀中走後，我也回到自己的房間。

擁著被子，我又再次沈浸在方才的戰役中。每次愛的接觸，秀中都能帶給我驚喜，有時不禁懷疑他A片看多了，否則哪兒來的那麼多花樣？

孫愛梅曾說我不見得愛秀中，只是習慣了他。我說不上對或錯，但可以肯定的是，他帶來的性愛歡愉讓我像嗑了藥似的欲罷不能。

~

因爲秀中，我和母親冰釋前嫌，暫時忘卻小雪帶來的齟齬。

“秀中有沒有說什麼時候結婚？”母親吃了一口山藥泥後問。

“沒有，反正不急，倉本直美已經同意了。”我答，然後喝了用鰹魚、乾貝、江魚仔等熬製而成的okayu粥。

“得催催他，免得夜長夢多。”母親提醒我。

我嗯了一聲，又去吃蛋捲。

今日的早餐，廚子煮得特別好，讓我胃口大開。

“順便告訴秀中，答應給我的彩禮得早點兒給，我還得爲妳置辦嫁妝呢！”

我心裏喀噔了一下，母親到底要了多少彩禮？

日本人結婚，男方也會給彩禮，大概在150萬～200萬日元之間，合人民幣約14萬元左右。給了彩禮後，關東地區的女方會返還50%，其他地區不一定。另外，婚禮的花費全由男方包辦。

“妳要了多少彩禮？”我小心地問。

母親說我是初婚而男方已經二婚，加上我性格好、容貌佳，當然得要多一點兒。

我問她多一點兒是多多少？

母親答少於2個億免談（2億日元相當於人民幣一千兩百萬元）。

“收了彩禮，妳會不會返還？”我想起關東人家。

母親問我豈有到嘴的肥肉又吐出來的道理？況且孤兒寡母，養我多不容易。她打算買幾件漂亮衣服和金飾讓我帶過去得了，反正佐藤家有錢，不在乎那點兒小錢……

“小錢？難怪妳在旁敲邊鼓，原來把我給賣了。”

“杉杉，”母親的聲音轉爲嚴肅，“天地良心，我若想賣，把妳賣給山崎和彥或蕭十一郎還能賣出更高的價錢，若不是看妳離不開秀中，我何苦賣低了？”

我答我哪裏離不開秀中？愛娶不娶，我……無所謂。

“能不能離開，聽聲音就知道，”母親喝了一口味噌湯，“本田家時不時有住宿客人在，下次……小聲點兒。”

聽完，我紅了臉，像做了什麼見不得人的事。

第六十一章/扣帽子

吃完早餐，我没去上班。昨天被林小西的母親狠揍了一頓，今天正好療傷，不論身體或心理。

在靠窗的小沙發上，我擺了一個最舒服的姿勢，打算把這幾天陸陸續續讀到一半的《失樂園》給讀完。

《失樂園》是日本小說家渡邊淳一的作品，故事講述一對中年男女因婚外戀而雙雙殉情的故事。

"輕井澤。"我默唸那對男女最後的殉情地。

啊！那樣空靈、美麗又浪漫的愛情，我也想要有一回。

"嘟……嘟嘟……"我看了一眼手機號，是個陌生的號碼，該不會是討厭的推銷員吧？！

"もしもし"我懷著戒備心接聽。

"是杉杉嗎？"沒想到是孫愛梅打來的，"聽小西說妳沒去上班。"

我告訴她，自己沒臉回公司,當時的場面雖然沒有同步翻譯，但同事能根據肢體語言來判斷，不用說，我肯定被歸爲狐狸精，逼得小老闆的母親不得不出面滅狐……

孫愛梅無奈一笑，她說我想多了。我倒認爲是自己想少了，所以才會一直莫名其妙地被當成替罪羔羊。

"對不起，如果我早點兒歸天，小西也不致於因爲娶了我而鬧家庭革命，甚至波及到妳。"

我要她快別這麼說，能活著就是一件幸福的事，何況有人這麼愛她，至死不渝……

"杉杉，以前和妳說過的話不變，嫁給小西才是明智之舉，妳知道他是能托付終身的人。"

我謝了她的好意，說自己已經找到托付終身的人，順便把倉本直美同意我和秀中結婚一事給交待了。

"恭喜妳。"她說，聲音非常乾澀，聽不出喜悅。

我感到不平，秀中是二婚没錯，但他本來就是我的，倉本直美才是第三者，我没做搶奪之事……

孫愛梅問我爲什麼防衛心這麼強？她没說什麼反對的話呀！

"因爲我聽出妳的恭喜不是真心的。"

她解釋希望我幸福的心一直都在，只是這個佐藤秀中實在令人不放心啊！

我答我早知道自己的決定會落人口舌，但我不後悔，因爲失去愛人的能力才是最可悲的……

當我洋洋灑灑地闡述自己的愛情觀時，孫愛梅的一句問話把我給問傻了。

"妳打算嫁給佐藤桑，山崎桑知道嗎？"她問。

想起前幾天我還答應做人家的六月新娘，今天又變卦，反反覆覆的……

"我……我會找適當的時間說。"我懦懦地回答。

那個善良的女人提醒我，既然不愛了就別拖，多拖一天不啻多凌遲別人一刀，是天底下最殘忍的事……

掛上手機，我決定不再拖，擇日不如撞日，就今天吧！

我下床打開衣櫃，沒有考慮很久，我把Burberry的灰色毛呢大衣取下，它的別緻領口能襯托出我的小圓臉。

母親問我去哪裏？我答涼被少了塊色布，得到市區買。

"別再搞什麼涼被了，快當新娘子的人還到處亂跑，"她將我大衣上的毛領翻好，"回頭我帶妳去做幾件新衣裳，現在的好裁縫難找，估計得等。"

我說買塊色布用不了多少時間，我去去就回。

母親又嘀咕了幾句才放行。

走出本田家，我忽然想到母親對我的翹班隻字不提，難道冥冥之中她早有預感我會丟了工作？

抵達吉田小區已是下午一點多，看見屋外停著車，我鬆了一口氣，還好屋主人在。

按了門鈴，許久沒人來開，又敲了幾下門，依舊無人回應，這是怎麼回事？

我下意識去轉門把，沒想到竟然沒上鎖，這安全意識也太薄弱了，回頭得說說小雪。

大概因為屋裏靜得出奇，我輕手輕腳，不想讓自己顯得太突兀。

一路走來，發現書房洞開著，山崎和彥的房間則房門緊閉。經過廚房，裏面杯盤狼藉，小雪還沒動手清洗。往前幾步，我來到餐廳，白色的大理石桌面倒是已經收拾乾淨，上面還擺放了一盆栀子花。

再往前走就是客廳了，不知爲什麼，我的心跳得好快。

最先看到的是小雪的後腦勺，她背對著我坐在五人座沙發的一端，粉色的髮箍有少女的氣息。

"小雪，山崎桑呢？"我問。

小雪猛地驚跳起來，兩眼惺忪，原來她睡著了。

"我問妳山崎和彥去哪裏了？"我再次重複問話。

"他……他……"小雪漲紅了臉，眼睛不由自主地往下看。

順著她的眼光，我看到山崎和彥那張略顯慌張的臉，他正躺在沙發上，腹部蓋著毛毯。

"あなた……"我嚇得說不出話來。

"小姐，妳別誤會，山崎桑只是睡午覺，我……來例假，太累了，所以……"

客廳很大，除了擺放一張五人座的大沙發外，左右還各放兩張單人座。小雪不去坐單人座，卻和山崎和彥擠一塊兒，而後者也沒拒絕，那兩人的私情簡直昭然若揭。

此時屋主人掙扎著起身，小雪還上前扶了一把，真是鶼鰈情深啊！

"杉杉，私はただ晝寢をした"他說他只是睡個午覺。

我因此懷疑山崎和彥的普通話比我想像的好，所以像鸚鵡學語般重複小雪說過的話。

"小姐，妳真的誤會了，若有什麼，我們還會衣冠整齊嗎？況且……我今天也不方便。"小雪低下頭去。

看那兩人像做錯事似的手足無措，我忽然覺得自己犯二，今天不是來攤牌的嗎？山崎和彥已被我三振出局，他想跟誰在一起是他的自由。

於是我態度一百八十度大轉變，忙不疊鞠了個90度大禮，說自己太小題大做了，他們男未婚女未嫁，我沒資格管，請見諒……

考慮到小雪的日語不行，我還特意用普通話再說一遍。

"小姐，妳這不是以退爲進嗎？我還有什麼臉面留下來？"她微慍，"我走就是！"

我趕緊留人，琢磨再三，還是說了："我來是要告訴你們，我即將和佐藤秀中結婚，很抱歉無法邀請你們參加，因爲沒有婚宴，婚禮又在國外舉行。"

考慮到山崎和彥的普通話不行，我用日語再說一遍。

那個好男人聽完愣了一下，問他究竟做錯了什麼？

我答什麼都沒做錯，只是我要結婚了，新郎不是他。

"說到底，妳還是以退爲進。"小雪緊咬著這個理由不放，並且怒氣升級，眼睛冒出火花。

我感到迷惑，按理說小雪應該高興我退出，怎麼反倒生氣？難道我真的誤會他倆了？

本來想再次解釋，但轉念一想何不將錯就錯？畢竟自己三番五次改主意，理都站不住腳。

"沒錯，你們兩人勾勾搭搭、暗渡陳倉，叫我情何以堪？我不會再和花花公子有任何瓜葛，請翻譯給山崎和彥聽，讓他早點兒斷了享齊人之福的念頭。"

說完，我頭也不回地走了。

老實說，我走得很不安心，因爲無端給人扣上一頂大帽子，但……長痛不如短痛，我也只能在心中向無辜的人說聲抱歉。

B杜

但……長痛不如短痛，我也只能在心中向無辜的人說聲抱歉。

第六十二章/輕井澤

從東京到京都最快的交通方式是乘坐Nozomi新幹線，需時約2小時20分。

一路上我心神不寧，好像做了件極其不道德的事。

山崎和彥一向待我不薄，要風得風,要雨得雨，而我不僅單方面提出分手，還不忘潑他一身髒水，我......還算是人嗎？然而說出去的話猶如射出去的箭，再也不能挽回，我只能暗自祈禱小雪的翻譯能力差甚至壓根兒翻譯不了，或許還能減少一些殺傷力。

下了新幹線，我打算叫出租車回家，誰知在出口處遇見了不想見到的人。

"どうした？"我問他怎麼來了？

山崎和彥答我走路太快沒趕上，知道我肯定搭新幹線回京都，所以一路追趕，還好趕上了。

我笑他傻，連火車都敢追。

他說再傻也得追，不想要我懷著猜忌回家,接著他重複下午說過的話，不外想假寐一下，没想到睡著了，毛毯還是小雪幫他蓋上的，他和那孩子之間什麼事情都没發生……

山崎桑用"子供"來稱小雪，明顯將他當成孩子（當然，小雪已是成年人，說這話是爲了拉開彼此的距離）。

那麼在他眼裏，我算不算"子供"？

他笑著答我是他的家內（愛人或妻子），不是子供。

聽了他的表白，我大受感動。我的"欲加之罪"即使鞭笞三千也不爲過，他卻以這種方式原諒我，男人如此大度不多見。

他謙虛地說我把他美化了，他也有小氣的時候，只是不知爲什麼，遇上我就特別有耐心，即使知道等待將是漫長的，波折也會有，但他願意等我，等我真正愛上他……

啊! 我何德何能，得到這麼一位好男人的寵愛？

話鋒一轉，山崎和彦說他很高興看我吃醋，那代表我在乎他。

我吃醋？我吃小雪的醋？呵呵！不可能的，我只是……只是覺得上下階層的度要掌握好，再說他們的年紀相差近二十歲，學歷、家境都不登對……

當然這些我都開不了口，貶低條件比我差的人並不會讓我顯得高尚，反而落個"氣量狹小"的惡名。

我的沈默無異作實山崎和彦的猜想，他神情愉悅地說要載我回家。

想著對方都能做到"以德報怨"，我再拒絕就太不識相了。

" はい"我接受他的好意。

說好的"分道揚鑣"最後以失敗告終，"新郎不是他"被視爲以退爲進的氣話。

山崎和彥不僅送我回家還約了週末一起看傢俱，他說新宿和澀谷附近有很多品牌及古董傢俱店，一定能讓我挑到心頭好，還說買完傢俱，家就更像家，他會正式搬過去住。如果我想過來住也行，反正六月我們會結婚。

看著他遞過來的大門鑰匙，突然感到排山倒海而來的壓力，我並不真心和眼前的這個男人過，接受鑰匙合適嗎？

"杉杉，"母親喊，"這是怎麼回事？妳不是去買色布嗎？"

真是踩了狗屎好運，母親很少出門，即使出門也是坐福山先生的車往返，我還特意要山崎桑把車停在大門處，避開司機慣常的行車路線，沒想到母親走路回家，結果我們三人就在本田家的大門口相遇了。

"我……我還順便上了一趟東京。"我期期艾艾地答。

立在一旁的山崎和彥見狀，趕緊鞠躬向長輩問好。

母親微微一點頭算是回禮了，與之前的熱絡大相徑庭。

"杉杉，快跟那人道別，我有話跟妳說。"

語畢，母親踩著木屐扣扣扣地先進門，連禮貌性的邀請客人進屋坐坐都沒有。

我趕緊謝謝山崎和彥送我回家，說今天晚了，改天請他進去坐坐，又叮嚀他回程的路上小心開車。

他答他會的，又問我離去前是否忘了什麼？

忘了什麼？

見我真想不起來，那男人提醒我忘了和他"吻別"。

這真令人爲難，今天本來要和他徹底說拜，沒想到換來一把鑰匙兼一個吻……

山崎桑大概也讀出我的"被動"，他摸摸我的頭說週末見，然後上車揚長而去。

如果他強迫給我一個吻，我大概也不會拒絕，正因為他的
"紳士"，讓我對他的好感又加深了。

我真的要放棄這個明顯愛我比我愛他多的男人嗎？秀中給我
的愛會比山崎桑給的多嗎？

我走進母親房裏，她正捧著雅緻的綠色柱形漆器吃葛切。
葛切是將葛粉和清水混合後隔水加熱製成的無味澱粉物，
沾上黑蜜食用，清甜的滋味瞬間滑入喉間，是一款能治癒
煩躁的甜品。

"好個順便上一趟東京，妳怎麼不順便上外太空？"母
親揶揄我。

"能順便上外太空，我……求之不得。"我吃起桌上的葛切。

母親搖搖頭說佐藤家是大家族，姑侄叔嫂能排一長隊，我若
不改改這個頂嘴的毛病，到了婆家肯定有苦頭吃。

"那不嫁得了。"我喝了一口黑糖蜜汁，微甜的口感真好。

母親說萬萬使不得，因為她已經收了彩禮，親眼目睹秀中把
錢滙入她的賬號……（難怪今天母親會穿上隆重的五家紋黑
留袖，這是已婚女性的最高規格禮服，特點是大黑底，只有
下擺有花色，袖子比振袖短）。

"急什麼？"我很不滿。

"當然急，以妳溫吞的個性，我怕夜長夢多，把錢先落袋才
心安，即使佐藤秀中將來反悔，也不致於人財兩失。"

我沒想到母親的佈局如此縝密，周遭的人都成了她的棋子，
即使我和她血濃於水也在所難逃。

"媽，妳好可怕呀！佐藤家族怎麼鬥得過妳？"

"說什麼傻話？我這麼汲汲營營還不是爲了妳，哪天我兩眼一閉見閻羅王去，所有的財產還不是歸妳？"母親怪嗔。

哎！我寧願有溫暖而平靜的生活，那勝過金山銀山的擁有。

母親笑我没苦過才會有不切實際的想法，窮人是不會有溫暖而平靜的生活。

話不投機，當我打算找個藉口離開時……

"怎麼又和瘸子勾搭上？"

母親喚山崎和彥"瘸子"，讓我怒火中燒。

"以前妳不這樣，總是和顏悅色地對待山崎桑，並且對他讚賞有加。"我説。

"以前是以前，現在是現在。以前的妳待價而沽，現在的妳名花有主，當然得保持好距離，何況我已經收了錢，得防著半路殺出個程咬金。"

錢、錢、錢……什麼都扯上錢，既然錢那麼重要，我就想試試母親的反應。

"山崎和彥給了我房子的鑰匙，又約我週末看傢俱。"我説。

"那房子還不是妳的，哪天過戶給妳倒可以考慮考慮，至於看傢俱……秀中約了我們這週末上輕井澤度假，除非妳有分身，否則還是趁早回了山崎和彥吧！"

輕井澤？那不是《失樂園》小説中久木和凜子的殉情地？

我很想探訪那個略帶神秘色彩的地方，遂答自己會回絕山崎桑（也是，本來就是平行的兩條線，没必要還藕斷絲連著）。

母親很滿意我的回答，高聲喚來福山太太，要她爲我們沏上一壺茶，用的是本田英樹從台灣帶回來的凍頂烏龍。

第六十三章/魂不守舍

我在電話中告訴山崎桑這週末看不了傢俱，因爲母親約我上輕井澤滑雪及泡溫泉。

他答真遺憾，還不忘祝我週末玩得愉快。

我有些內疚，山崎和彥一直等我下決定，以致大房子裏除了幾件基本配備外，空蕩蕩一片。

家不成家，他當然也無法正式入住。

"嘟……嘟嘟……"我以爲是山崎桑打來的，没想到是林小西。

"聽說妳要結婚了，還是跟個爛人。"他没好氣地說。

一早的好心情立馬消失殆盡。

我告訴他,我的確要嫁人了，對方是不是爛人見仁見智，不過肯定不比他差。

"妳拿他和我比？"他揚起聲，"有没有搞錯？我至少還從一而終。"

我答秀中也是從一而終，娶倉本直美是迫於家庭壓力，還好峰迴路轉又回到正路上，讓有情人終成眷屬……

"不許妳嫁！"他喊。

我問爲什麼？他支支吾吾地答不出個所以然。

"咱們各掃門前雪，我沒阻止你娶孫愛梅，你也別阻止我嫁爛人！"

林小西憤而說"好心當成驢肝肺"，他再也不管我了。

"不管就不管，誰讓你管來著？"我也來氣。

從京都到輕井澤最快捷的交通方式是乘坐東海道新幹線到東京，再換北陸新幹線，全程大約4小時。因爲中途停靠東京，我和秀中約了在東京站見面，然後再搭他的私家車前往目的地。

爲了趕搭一大早的新幹線，我和母親早早便上床，隔天囫圇吞棗地吃完早飯後，由福山先生送我們去搭火車

"爲什麼不讓福山先生直接載我們去東京？"我打著哈欠問。

母親答今天有住宿客人到，福山先生得去接機。

想到母親一向把客人擺在第一位，這也是本田家一直位居京都民宿滿意度前三甲的原因，遂不再抱怨。

兩個多小時後，火車順利抵達東京站，時間爲早上八點半，秀中準時來接我們。

看到他陽光般的笑容，我的心瞬間被融化。才幾天不見，秀中仍能讓我心中小鹿亂撞，看來愛情的魔力不可小覷。

"走！我的車子停在停車場內，要不了兩小時就能抵達輕井澤。"他說。

～

一路上我們有說有笑地談著瑣事，秀中忽然提到最近公司買了塊地在京都，靠近中京區麩屋町三條，他打算蓋八層樓的高檔公寓。地皮很貴，還好銀行放款了，大概看在佐藤家實力雄厚的份上……

中京區位於京都繁華地帶，鬧中取靜，一直是開發商眼中的香餑餑。

母親問公寓何時完工？秀中答最快兩年。

"兩年後要個孩子差不多，就當慶祝公寓落成。"母親說。

秀中答他早計劃好了，該公寓的頂樓是複式，有四個房間，離本田家只有十分鐘車程，方便母親隨時到訪……

我沒想到秀中打算讓我住在京都，雖然我也不願離娘家太遠，但婆家在東京，秀中的工作地點也在東京，我問這樣舟車往返不累嗎？

"只有兩個小時的車程，一點兒也不累。"他對我微笑，"婚後妳仍住在本田家，等新房子蓋好後再搬過去住。"

母親說這樣的安排很好，不用侍候公婆，但我總覺得哪裏怪怪的，好像有什麼不對勁，但又說不上來。

"我訂了王子飯店，"秀中轉移話題，"它有自己的滑雪場，附近還有個購物廣場，你們一定會喜歡。"

聽到購物廣場，母親說這個冬天她還沒買件像樣的冬衣，手上的包也用了多年，顏色早褪了。

秀中馬上答吃完中飯帶我們去買衣服和包。

"杉杉也該有件大衣，Snidel的牌子不錯，適合年輕女性。"
母親沒忘了我。

～

輕井澤位於長野縣佐久地區，地處高原地帶，夏季涼爽、
冬季多雪，四季還有不斷湧出的溫泉。從19世紀末開始，
這裏便以避暑及滑雪勝地而聞名，發展至今已成爲日本上流
社會的聚居地，有大片豪華別墅，據說明仁天皇就是在這裏
邂逅他的人生伴侶—美智子。

提到輕井澤最有名的酒店，那非王子飯店莫屬，它坐落在森
林裏，整個酒店分爲東館、西館和本館。秀中訂的小木屋在
東館（離滑雪場最近），但辦理入住手續時，母親突然提出
要住西館，因爲滑雪場會影響她的睡眠。

我感到非常奇怪，母親是那種頭一沾枕就能睡著的人，再說
了，誰半夜會滑雪？但她很堅持，秀中只好換房間。

"不，不，不，你們睡東館，我睡西館。"母親說。

這太不尋常了，我對她行注目禮，想從她的微表情中看出一
二，但母親很快轉過身去，佯裝對酒店提供的旅遊手册感興
趣的模樣。

～

"爲什麼突然想到這裏度假？"我把行李放下後問。

秀中答這是母親的提議，目的是想從旅行中觀察未
來的女婿。

這就更奇怪了，母親已收下彩禮，萬一觀察到秀中不合格，
難不成還把錢吐出來？而且說要觀察，兩個小木屋卻隔得老
遠，她有千里眼嗎？

“我覺得這樣很好，”秀中從後擁抱我，“晚上不用害怕隔牆有耳。”

“討厭！”我輕輕捶打他。

～

長野縣的氣候及水質非常適合種植蕎麥，中午我們便上輕井澤的蕎麥麵老店“鍵本屋”吃麵。

與一般的蕎麥麵相比，這家的麵條形狀較為扁長，加了淡醬油的高湯沒有油花，幾根蔥絲是唯一的作料，這樣的清湯麵宛如高冷的美人，只有知音才懂得欣賞。

吃飽喝足後，秀中載我們去購物。

“輕井澤王子購物廣場”共有兩百多間店鋪，是日本最大規模的購物天堂，聚集了多家高級名品店，選擇性多且價格不菲。

母親毫不手軟地買了大衣和包，還主動擴大範圍，連餐具、絲巾、手飾和太陽眼鏡也一併買下。

秀中很識相地去刷卡，順便交待服務員將貨送到王子飯店。

“杉杉，妳怎麼什麼都沒買？”秀中問。

我答因為沒看到喜歡的，實際上是跟母親慪氣。

原來她觀察未來女婿是否合格取決於刷卡是否勤快，我不想要秀中誤會我們吳家都是吸血鬼，所以很自覺的什麼都沒買。

因為計劃了明天滑雪，所以購物完畢，我們前往“星野溫泉”泡湯。

作為輕井澤的名泉，“星野溫泉”水質粘稠，有極好的護膚效果，被稱為“美肌溫泉”。

由於男湯和女湯分開，我與秀中約了兩個鐘頭後見，然後跟著母親一起走到更衣室更衣，其間母親接了個電話，神神秘秘的。

我把身上物取下放進儲物櫃，此時手機響了，我一看號碼是山崎和彥打來的，躊躇了一下還是接了。

他問我在哪裏？住的是哪家酒店？好玩不？

我一一回答。

他又問我明天的計劃，我答滑雪。他要我當心點，別滑得太快。

我答應他，但心中笑他迂，滑雪就圖個快感，滑慢倒不如不滑。

掛上手机，我將身體洗淨，然後拿上小毛巾走進浴池。

"星野溫泉"分爲室內和室外浴池，室內浴池充滿了檜樹的香氣，有個大窗戶，可以邊泡湯邊欣賞窗外的美景；露天浴池則以花崗岩砌成，視野能遠眺群山，享受人與大自然融爲一體的野趣。

由於日本人泡湯時總是輕聲細語甚至不說話，靜靜享受其中的樂趣，所以雖然見母親有些魂不守舍，但我沒追問，只是看著遠處的夕陽冥想。

～

泡完湯母親說累，想回房休息。

"我們送妳回酒店吧！"我說。

母親答不必，堅持自己走回去。

"妳母親怎麼了？"秀中問。

"不清楚，泡湯時她就有點兒不對勁。"

秀中又問我要不要跟著回去看看？我答不用了，也許是大姨媽來的緣故。

其實母親早停經了，說大姨媽來只是爲了結束話題，没想到秀中的普通話没好到那種程度，他說大姨媽來了更該去打聲招呼才是。

我羞紅了臉，趕緊拉他離開"星野溫泉"。

第六十四章/意外之旅

泡完湯特別容易感到饑餓，聽"星野溫泉"的前台說，出門左轉有家昭和35年就營業的若森餐廳，賣雞肉飯、雞肉串、烤雞腿、炸雞塊等雞肉料理，值得一嚐。

既然當地人都說好，肯定錯不了，於是我和秀中手牽手信步走向"若森"。

正值晚飯時間，食客超多，等了半小時才輪到我們。

如同前台所言，菜單上全是雞肉料理，吃過後，口感雖不錯，但只能偶爾吃吃，因爲它更偏向小食而不是正餐。

"要不要給妳媽帶點兒吃的？"秀中體貼地問。

想到母親没吃晚餐，我外帶了一份雞肉飯（熱騰騰的白米飯上鋪滿浸了醬汁的四方形雞肉塊，外加烤得酥脆的海苔片）。

我給母親送飯，要秀中先回東館的小木屋。

"我洗好澡等妳。"他笑得很開心。

想到回酒店的路上經過一家情趣用品店，他強拉著我進去，看到那些令人面紅耳赤的產品，我的眼睛都不知往哪裏擱。

"杉杉，"秀中手拿兩盒果味保險套，"妳喜歡草莓口味的還是檸檬口味的？"

簡直讓人無地自容。

我答隨便，然後快步走出店外。

没多久，秀中走了出來，手裏提著包裝袋，眉開眼笑地說買到了，也不知他買的是哪種口味。

我敲了門，房間內有些許騷動，但母親没開門。我又多敲了兩下，並且自報身份："媽，我是杉杉，給妳送飯。"

"妳放門口就行，我待會兒拿。"她答。

我無奈將飯盒放下，轉身走没幾步，越想越不對又匆忙趕回。

這次我不走正門，繞到小木屋的陽台處，母親果然拉上窗簾，但拉得不嚴密，留下四指寬的空隙。

我毫不費力就跨過欄桿，躡手躡腳地走向落地窗。

冬天太陽下山得早，外面已是漆黑一片，好在母親開了小燈，所以還能看清楚屋內狀況。

與我猜測的一樣，母親不是一個人，床被下有兩個交纏在一起的軀體，母親在上，她的青絲像瀑布一樣渲洩下來，隨著規律的擺動，越來越快……越來越快……

我趕緊離開窗口往回跑，跑得上氣不接下氣。

"妳怎麼了？"秀中迎我進屋，大概看我滿頭大汗，遂問。

此時的他身著白色浴袍，不用說，裏面是結實的六塊腹肌。

我粗魯地解開他的衣帶，稍微一扯，浴袍很快掉落至地面。

"杉杉～"他輕喚。

我已經堵上他的嘴。

～

當清晨的第一道陽光灑進來，我翻了個身，正好看見秀中半坐起，古銅色的胸膛很有吸引力。

"這麼早起？"我嘟囔著。

"嗯！"他輕點我的鼻尖 ，"昨晚太好了，讓我亢奮到睡不著。"

"說什麼傻話？"我鑽進棉被裏。

没想到秀中也跟著鑽進來與我在幽暗的棉被底下玩躲貓貓。敵不過他，我不僅被他啃了脖子，還再一次雲朝雨暮。

"杉杉～"秀中大喘氣，"妳和直美完……完全不一樣，有……有一天我……我會死在妳手裏。"

不知道別的情侶是不是在性事方面都配合得天衣無縫，反正我和秀中非常有默契，好比跳國標舞的舞者，他快我就快，他慢我也慢，最後兩人還一秒不差地完美收官……

"你不能死，"我躺進他懷裏，"你死了我怎麼辦？我還想當佐藤太太呢！"

秀中說在他心目中我早就是佐藤太太了，倉本直美不過是個傀儡，一隻下不了蛋的母雞。

～

冬天的輕井澤不僅多雪而且晴天率非常高，很適合滑雪。

王子飯店附屬的滑雪場備有195架降雪機和8架造雪機，可以隨時爲遊客提供良好的滑雪環境。

我不是初學者，坡度不大的滑道都能滑，但論技巧和速度，只能算是小學生級別。相比之下，秀中就厲害多了，不僅滑速快還會橫滑降、平行式轉彎及犁式刹車。

爲了遷就我，秀中和我在初級滑道上滑，四周不是菜鳥就是孩童，幾個來回下來，他索然無味，對著呼嘯而過的滑雪者流露出傾羨的神情。

"你去高級滑道上滑吧！一個小時後回來找我。"我放他當自由的小鳥。

他高興地給我一個吻，然後快速滑向索道。

我又上下滑了兩個來回，直到……

"杉杉～"我的名字在冷空氣中回蕩。

我轉過頭去，嚇得魂都飛了，山崎和彥正站在山腳咖啡館往外延伸出去的平台上衝著我笑。

"どうした？"我舉步維艱地滑向他,問他怎麼來了？

時間彷彿回到數天前的京都車站出口處，我也曾經這麼問過他。

他答他想我了，知道我在滑雪場裏，忍不住就開車過來，還讚美我滑雪滑得好。

我謝了他，問他爲什麼不滑？

話一說完真想甩自己兩耳光，我是怎麼了？腦子進水了？

山崎桑也看出我的窘態，他笑說滑雪場沒有適合他尺寸的滑雪靴，算是把尷尬的場面給應付過去。

"あの……"突來的變化讓我不知所措。

"じゃあコーヒー飲"他邀我進咖啡館喝咖啡。

喝咖啡？這也太明目張膽了。想到待會兒秀中會過來找我，我絕對不能讓不知情的兩方碰面，遂問山崎桑知不知道附近哪裏好玩？來輕井澤的這兩天裏我只滑了雪和泡溫泉，没能好好認識這個城市。

他答位於舊輕井澤與北輕井澤之間有白絲瀑布，水流如同無數匹白絹滔滔落下，很是壯觀，問我想去否？

白絲瀑布？那不是小說《失樂園》裏曾經出現的景點嗎？從白絲瀑布往下走，不到一小時車程就是男女主角殉情的別墅。

山崎和彥没料到我也看過那部極具爭議性的小說，不過他不記得書中是否提到白絲瀑布，再說了，從白絲瀑布往下走不見得有別墅，因爲小說可以天馬行空地杜撰。

我告訴他肯定有別墅，小說反映人生，像渡邊淳一這樣偉大的作家，在設定場景時一定踩過點，我就想看看久木和凜子最後殞命的別墅長什麼樣。

山崎和彥笑說我真有探索的精神，成，他陪我去。

我給秀中發短信，說在滑雪場偶遇以前全羽空的同事，約了敍舊，要他午餐自理，我會在酒店退房前回來。

當然我也給母親留言了，內容大同小異，不過我相信母親不會在意其真實性，因爲對假藉觀察未來女婿之名行幽會之實的她而言，有什麼比良宵一刻更重要的？

山崎和彥問我是否告知母親了？我答是。

他又問我可以出發了嗎？

"はい"我給予肯定的答覆。

第六十五章/愛情保鮮期

瀑布大多是上游的河川在斷崖處飛奔而下所形成，然而白絲瀑布不一樣，它是地下水從岩石縫隙中噴射而出，非常特別。

我以為這麼有名的瀑布必是超大級別，但和中國的大好河山比，只能算是小巫見大巫。好在它勝在夠寬，像窗簾般一整片一整片地滑落下來，依然有可看性。

"きれい～"山崎桑被眼前的美景驚呆了。

雖然非氣勢磅礴，但刷刷刷的流水聲及撲鼻而來的青草香的確讓人心曠神怡，像大熱天裏飲用了一瓶沁涼的山泉水般。

～

離開白絲瀑布，下山的路只有一條，我沒忘記此行目的，一邊計算時間一邊留意沿途是否有別墅。

是有那麼幾棟別緻小屋，但和書中所描述的有段距離，而且時間也對不上，從白絲瀑布到別墅應該約一小時車程。

山崎桑笑我太走火入魔了，渡邊淳一沒寫車速多少，時速三十公里和時速八十公里是有差距的。

對呀! 怎麼沒想到？我懊惱極了。

那男人說沒關係，他會將可能性拉到最大，兩個小時內若沒找到印象中的別墅才作罷。

我感謝他的體貼，很少有男人能滿足女人的異想天開，但山崎和彥做到了。

渡邊淳一果然沒讓我失望，就在離開白絲瀑布後的第43分鐘，我們看到了別墅群，它們靜靜地躺在淺間山腳下。

山崎和彥問我那是不是我腦海中的別墅樣子？我答差不多，只是顏色不一樣，我以爲屋子應該是藍瓦白牆帶點兒憂鬱色彩，沒想到是橘瓦粉牆，太過有生氣了。

"乘っ"山崎桑要我上車。

我問去哪裏？他答帶我去找藍瓦白牆。

可惜往前開半個小時，再也找不到別墅群，於是我們又回到橘瓦粉牆。

"ここだよ"望著一棟棟的二層樓別緻洋房，我感嘆原來久木和凜子的斷魂處就在這裏。

山崎和彥問我想不想進去看看？我答那是私人住宅，肯定謝絕參觀。

他表示不見得，有些別墅對外出租，即使租一晚也成，只是換算下來，比長租貴上許多。

果然管理員說有日租別墅，一晚55000日元，也就是人民幣三千多元，不算太離譜，但押金貴多了，原因是屋內的軟裝都是高級品。

我看見山崎和彦掏出信用卡。

爲了一個任性的理由白浪費錢可不好，我壓低聲音要他別租了。

他笑著說没關係，既然花了時間就得有始有終，留個懸念反而不好。

～

書中對別墅的描述不多，只知道一樓有壁爐（久木死前跟管理員說隔天要添柴火，好讓人發現屍體），房間在二樓，面向庭院。

我走進橘瓦粉牆裏，如同管理員所說，屋內是精裝修，有波斯地毯和紅木家具，但没看到壁爐，讓人有些失望。

山崎和彦安慰我也許以前真的有壁爐，但現在家家有暖氣機，那種過時產品早被淘汰了。

想想也是，現代人哪有時間和精力去添柴火？

我說想上樓看看，山崎和彦的腿雖不方便但仍堅持和我一起上樓，於是我左腋夾著他的枴杖，右手攙扶著他上樓。

樓上有三間房，我找到面向庭院那一間。

本以爲房間會大一點兒，没想到只有15個榻榻米大小，角落有個簡約衣櫃，床是偏小的Queen Size，兩旁有床頭櫃，我能想像注滿1/4瑪歌堡紅葡萄酒的大圓杯就擱在上頭......

面對"自殺現場"，我有感而發地問山崎和彦，當性愛達到極致時是否會像書中所言，讓人產生"不惜拋開人世間一切，走向極樂世界"的念頭？

他答不知道，因爲......他還是處男。

我轉頭看他，一個四十三歲、没有任何性經驗的男子就站在我面前，他的兩頰緋紅、眼神迷離，像喝醉酒似的。

"私は変人？"山崎和彥問我，像他這樣的男人是否怪異？

我微微點頭又馬上搖頭。

他笑得很淒涼，說也許這輩子都不會有性事，他是這樣卑微，沒有女人會喜歡他，尤其還瘸了腿……

"私はあなたが好き"我大喊我喜歡他（因爲忍受不了有人貶低自己）。

也許山崎和彥並不相信我所言或者想驗證我倆的親密程度，他說既然喜歡他，願不願意和他做愛？就在久木和凜子的床上，現在。

我一時語塞，張開嘴卻發不了聲，"願意"或"不願意"，兩者都不是我想說的。

大概等得夠久，山崎和彥開口打破沈默，說自己是開玩笑的，還不忘呵呵兩聲。

我也給自己找台階下，說今天來是爲了印證小說裏的場景，沒準備做那件事，也許……也許……以後……吧？

他點頭說好，那就以後。

我不知道山崎和彥是怎麼想的，也許正懊惱付了55000日元卻只停留不到一小時，這是極其愚蠢的事，然而看他神色自若的樣子，我又不禁懷疑是否自己太過小心眼了。

他把車發動，順便問我和母親約在哪裏見面？他可以一路載我們回本田家。

我馬上謝了他的好意，說福山先生會來接我們，他只需載我回王子飯店即可。

其實在往別墅的路上，秀中打了不下二十通電話給我，還好我把手機調成靜音才沒穿幫，至於母親……她留言另外有事，要我和秀中自行回家。

能有什麼事？肯定是放浪形骸、夜夜笙歌。

車子到了王子飯店大門口，我馬上跟山崎桑說拜，怕不該相見的兩個男人有了交集。

"杉杉～"山崎桑喚我，我只好把打開一半的車門又關上。

他問我覺不覺得久木和凜子在逃避現實？

這個嘛……也許在旁人看來，那兩人是吃飽了撐著，沒病沒痛也不缺錢卻自願走上黃泉道，簡直胡鬧！但我認爲他們做了件很美的事，在感情最熾熱的時候結束生命，少了爭吵和怨懟，因爲聽說愛情過了保鮮期會每下愈況……

大概"愛情保鮮期"這個詞很新奇，他煞有介事地問我期限一般有多長？

我告訴他根據科學家的研究，愛情是由大腦中的化學物質（巴胺、苯乙胺和催産素）分泌所致，它不像老酒會越陳越香，反而時間長了會産生抗體，最終讓腦中的化學物質完全失效，這個過程不會超過兩年，之後男女要嘛分手，要嘛讓愛成爲習慣。換言之，如果久木和凜子交往超過兩年，也許就不會自殺了。

他接著問我和秀中交往多久了？

我和秀中的事因倉本直美的演員身份，在日本早已人盡皆知，想必山崎和彥也有耳聞。我從未設定他會一無所知，但他如此直喇喇地問我，還是讓人有些意外。

我吞吞吐吐地說快兩年了。

他若有所思地答原來如此，又說很高興我們的婚禮訂在六月。

糟糕！他該不會以爲我和秀中快過了保鮮期，六月結婚剛好斷了我對前男友的念想吧？

當我還在臆測對方的想法時，一對男女相擁而過。

"それはあなたのお母さん?"山崎和彥問我那個女人是不是我母親？

本來還不確定，但看到女人旁邊的男人時，我百分百確認那個笑得花枝亂顫的女人正是家母。

"さようなら"我很快跟山崎桑道別。

下車後，我大踏步走向那對男女。

第六十六章／金主的兒子

"吳桃桃！"我直呼母親的舊名，她立馬轉過身來。

"杉杉～"她楞了一下，馬上眉開眼笑，"怎麼這麼巧碰見妳？這是林大東，妳以前的老闆。"

我當然知道林大東是我的前任老闆，問題是他怎麼"千里迢迢"來到輕井澤，並且和母親像對連體嬰似地走在大庭廣衆之下？

"杉杉，"這次是林大東喚我，並且很自覺地鬆開放在母親腰際上的手，"輕井澤真是個好地方，能讓人從裏到外脫胎換骨。"

如果不是對說話者的印象太好，我會誤以爲他說了個黃色笑話，尤其在和母親雲雨高唐之後。

"嗯！是的。都市叢林裏待久了，偶爾到這裏行森林浴真是不錯啊！"我說著場面話。

我的前任老闆不愧久經沙場，他很快看出我們母女倆有話要說，藉口今天還没看《朝日新聞報》，先行一步到前面的咖啡館坐坐。

等人走後，我一劈頭就質問母親要不要臉？假藉觀察未來女婿之名和有婦之夫行燕好之實，夠可以的了。

“我打算游說林大東給我買個民宿，無功不受祿，總得給人家一點兒甜頭吃。”母親一副理所當然的樣子。

“民宿？妳不是已經有本田家了嗎？”

“那不一樣，我只擁有一半的經營權，房子和地還是本田英樹的，太沒安全感了。”她忽然精神一振，“我讓林大東買的民宿在祇園附近，離妳的婚房不到十公里，已經經營好多年，有固定的客戶群，妳去了很容易上手。”

我？爲什麼是我？

原來母親認爲女人沒有自己的事業，凡事靠男人是件危險的事，反正我目前失業，接手民宿水到渠成。

其實現在的我每天無所事事很無聊，我想過找工作，並不介意接管民宿，因爲耳濡目染下，我已經掌握了許多經營技巧，但……以這種方式獲得工作勝之不武呀！

母親笑我迂，勝者爲王，況且她也是使盡了洪荒之力，不是不勞而獲。別看林大東一副道貌岸然的樣子，在床上急得像什麼似的，她總要他慢一點兒，慢一點兒才有樂趣，而且每次得變著花樣做，免得他……

老天！母親竟然光天化日之下，在人潮人往的大街上和我講風流韻事，這是什麼狀況？

“媽～”我輕嘆，“妳怎麼又走回頭路？生張熟魏的日子還沒過夠嗎？”

“妳以爲我想？若不是本田英樹對我感到厭倦，我也不會急著找下家。這次我不僅要經營權，還要土地及房子，來個一勞永逸！”

聽母親這麼一說，我想起繼父的確很久沒來本田家了。

“至少……至少妳還擁有本田家一半的經營權及……彩禮錢，肯定餓不了肚子。"我說。

"呵呵！吃飽當然没問題，吃好就無上限了，而我只吃好東西，"她拿出包裹的粉盒替自己的臉補妝，"杉杉呀！能踩著男人往上爬才是真本事，記住了。"

我還想說什麽，但母親很快蓋上粉盒對我淺然一笑。

望著她遠去的背影，我只能站在原地扯著衣袖默然無語。

我一走進王子飯店大廳，秀中便向我奔來："妳去哪裏了？手機不接、短信不回，我擔心死了！"

看他一副著急的樣子，我忍不住撫摸他的臉，柔聲地說和以前的同事聚餐，短信上已經明明白白告訴他了。

"同事？哪個同事？"他問。

想到秀中以前也是全羽空的員工，隨便唬唬可不行，遂答"趙秀雯"，那個臉上長滿痘痘的女人。

"趙秀雯？她不是嫁給了頭等艙的客人，幾天前才剛生下寶寶嗎？"秀中不解，"中國人不坐月子的嗎？"

什麽？！趙秀雯真的嫁給有錢人並且有了孩子，這坐的可是特快車呀！（天知道秀中又是怎麽知道這些瑣事的？）

我有一堆疑問要問但開不了口，因爲秀中正等著我給答案。

"嗯！這個嘛......"我開始冒冷汗，"中國人是坐月子的，但趙秀雯生性愛玩你又不是不知道，誰規定坐月子的女人一定得乖乖在家？偶爾輕鬆一下也是可以的呀！呵呵......"

任何人都聽得出這回答拗得很牽強。

秀中對我投來狐疑的眼光，我趕緊轉話題，問他行李在哪裏？然後佯裝很忙的樣子。

~

秀中問我下個月中旬結婚可好？他能空出一個禮拜的時間。

「下個月？太趕了。」我想起山崎和彥，他還不知道我有二心。

「太趕了？」他皺起眉頭，「妳母親說要快，我以爲這是一件緊急的事。」

母親說要快？

我想了想，一定是她怕夜長夢多，說到底也是爲我好，秀中現在的老婆，嘴巴雖然答應了，但拿不準哪天又反悔，先把證領了也好高枕無憂，不是嗎？

「既然母親說要快，那就照她說的做吧！」我答。

秀中終於放鬆緊繃的臉，給我一個迷人的微笑。

啊！我是如此愛他，像蝴蝶戀上花。

~

我不知道倉本直美爲什麼非規定我和秀中在拉斯維加斯結婚不可，那是賭場，毫無浪漫可言。如果讓我選，我會選在歐洲城堡或海天一色的島嶼結婚，而不是在充斥著賭桌和秀場的地方。

「當紙婚來臨的那一天，咱們再結一次，地點由妳選，想在哪兒結就在哪兒結。」秀中說著傻話，但聽在耳裏很受用，我馬上把不愉快拋諸腦後。

~

日子匆匆又過了兩天，母親告訴我林大東不鬆口，她誓不回家，所以現在我成了本田家的代理老闆娘，又是接電話，又是回答住宿客人的提問及滿足他們的各項要求，忙得昏頭轉向。

"嘟……嘟嘟……"

聽到電話響，我馬上接聽，可惜話筒中只傳來嗡嗡嗡的聲音，而鈴聲仍持續著，我才意識到是自己的手機響了。

"もしもし"我說。

"妳出來，我有話對妳說。"林小西命令我。

我馬上拒絕，因爲正忙著。

"我母親就要殺過來了，妳是出來還是不出來？"他下最後通牒。

想到方嫦娥正提刀在趕來的路上，我立馬交待福山先生前來坐鎮，自己則衝出屋外。

"怎麼回事？"我撫著手臂問。

匆匆忙忙跑出來，我的身上只著一件開司米龍套頭毛衣，而外面冷得要命。

林小西見狀把外套脫下來覆蓋在我身上，說："走！前面轉角處有家甜品店，我們進去坐坐。"

～

店很小，只有三張桌子，走的是英國風，有碎花桌布和蕾絲窗簾，非常典雅溫馨。

我要了栗子蛋糕，林小西點了泡芙，另外又加了一大壺的玫瑰花茶。

"你媽什麼時候來？爲什麼來？"我急急問，雖然心中早有答案，肯定是林大東還醉臥美人鄉，樂不思蜀的緣故。

"聽我父親說，下個月中旬妳要嫁人了。"他說。

想必是母親多嘴，把家裏事告訴不相干的人，但是……等等，我嫁不嫁人關林大東的老婆什麼事？

"我媽沒空殺過來，她正在做美甲。"他雙手一攤，"不這麼說，妳不會出來見我。"

我聽了只能舉白旗，這個林小西何時才會長大？

"說! 有什麼事？"

我趕著回去，因爲福山先生嘴笨，頭腦又不靈光，我怕他得罪客人。

"没什麼事，就想驗證事情是否屬實。對了，民宿怎麼妳在管？妳媽呢？"

"她正在輕井澤和……某人在一起。"

"本田英樹？"他挑起眉梢問。

我答不是，但轉念一想，搞不好林小西以爲我母親人盡可夫，正明目張膽地給枕邊人戴綠帽，所以直接告訴他實情，没想到林小西有被打臉的難堪，看得我好內疚。

"其實……這種事一個願打一個願挨，怨不得人。"我小心做著解釋，心中懊惱哪壺不開提哪壺。

他說他了解，因爲自己也正受此苦。

"什麼意思？"

"我太太病得很重，她是這世上最懂我的人，我愛她，真心愛她，但……我也愛上別人，愛得無法自拔。"他轉頭看我，"妳說人怎麼可能同時愛上兩個？我太不可原諒了!"

我没料到林小西會跟我講心裏事，他一向對我忽冷忽熱，有時甚至指來喝去。

鑒於他對我的信任，我洋洋灑灑地發表己見，說古代中國一直是一夫多妻制，民間和皇室都一樣，有能力者多養幾個老婆，没能力者就別娶，也没見社會因此動蕩。一夫一妻制是西方基督教的東西，因爲規定在那裏，逼得國王只能和大臣的老婆通奸，平民武士也一樣，經常找他人的老婆做情人，所以不好說"從一而終"是否更符合人性，也許骨子裏每個人都會愛上不止一人，他無庸太過自責。

"聽妳這麼說，我放心了，總算自己還不太壞。"他喝了口茶，然後撥弄一下自己的髮。

"本來就不是多大的事，況且你也没棄孫愛梅而去，頂多心裏偷偷愛著，"我吃了一口栗子蛋糕，口感綿密，有濃濃的栗子香，"她是誰？我認識嗎？"

"她……"林小西欲言又止。

我笑說肯定是我認識的，搞不好還是辦公室戀情。

林小西没反駁，反而語重心長地說："杉杉，秀中不是好人，他會讓妳受傷、流淚，所以別再作繭自縛了。"

我謝了他的好意，說各人造業各人負，他還是把心放在孫愛梅身上吧！看她瘦得……

"爲什麼……爲什麼每次我一靠近妳，妳就用力將我推開，我就這麼讓妳討厭嗎？"他忽然發怒。

這真是個好問題，有誰會想親近自己的上司？尤其那個上司的爹還是母親的相好。

"心理上我把你當哥哥，還是個脾氣很不好的哥哥。"我說。

"但我可没把妳當妹妹。"他没好氣地答。

我問没把我當妹妹，那當什麼來著？

"當……"林小西深看我一眼，"當一個没寫辭職信就擅自離職的可惡員工！"

他甚至預言我再也找不到工作，因爲他不會幫我寫推薦信，而一個没有推薦信的人，再找工作難如登天。

"哈！不用你寫，我自己就是民宿老闆娘，還是你父親送的民宿。"

我當然知道母親還在使洪荒之力，八字還沒一撇呢！這麼說是爲了激怒林小西。

"那正好，如此一來我也算在京都安了個家，妳總不會把金主的兒子給轟出去吧？！"他說。

讓我爲之氣結。

"哈！不用你寫，我自己就是民宿老闆娘，還是你父親送的民宿。"

我當然知道母親還在使洪荒之力，八字還沒一撇呢！這麼說是爲了激怒林小西。

第六十七章/玩火自焚

剛吃過午飯，母親哼著歌走進來，聽著像是美空ひばり的《大阪しぐれ》，一首很老很老的日本情歌。

"看來有人陣亡了。"我說的是林大東。

母親比了個剪刀手，非常得意地說："二十億，這次老林大出血囉！哈哈～"

二十億日元相當於一億多元人民幣。

我倒吸一口氣，没想到性的誘惑力這麼大，好比嗑了藥似地讓人義無反顧。

母親說我錯了，林大東可没那麼傻，他打算貸款買，然後拿民宿的部份收入還貸，但不管怎樣，她總算得到她想要的，這才是重點。

噓～我還以爲林老闆把所有的身家都拿出來奉獻給母親了。

"才五天的工夫，妳就讓個江湖老手伏首稱臣，厲害呀！"我正在記賬，頭擡也不擡地說。

"還說呢！我的骨頭都快散了，"母親扭動一下脖子，"使出渾身解數才見有些鬆動，若不是他兒子適時推了一把，我現在還在水深火熱之中呢！"

他兒子？林小西來湊什麼熱鬧？

"林家兒子說買民宿可以，他家出百分之五十，由我家還貸，名字寫妳的。還有還有，民宿裏最大的一間房留給他，我一週陪他父親兩天，同時答應不動搖他母親穩如泰山的地位。"母親一口氣說完，有些喘不過氣來。

我雖然知道做生意的人都很精明，但聽到這麼周密的約定還是嚇了一跳。林家是出了血，但我們吳家也非坐享其成，而且……爲什麼民宿的名字寫我的？這干我何事？

母親做出解釋："那兔崽子說我已經四十好幾，怕款沒還完就一命嗚呼，還是寫妳的名字妥當。真是的，有這麼說話的嗎？也不看看我保養得這麼好。"

想到割下一塊肉買來的民宿卻因還不了貸款而被銀行收回，的確心塞，他們的擔憂我能理解。

"所以這件事就這麼定了？"我問。

母親答是，改天帶我去看。

～

母親忙著給我做各色新衣，又與裁縫店約了趕工，叮嚀一定得在上機前做出新娘子穿的白無垢（全白拖尾和服、白帽子）以及新郎穿的附有家紋的和服。

"我們只是到美國登記一下，穿這麼隆重會笑死人的。"我很不滿。

母親說因爲那個惡毒女人的攪和，我不能在日本結婚也不能有婚宴，但再怎麼著也得拍張照，否則婚不成婚了。

"拍好的照片掛在房間裏多喜氣啊！"母親接著說。

想到母親養育我多年卻没能風風光光地參加婚禮，確是遺憾，圓了她的這個小願望也算盡了點兒孝心，於是我張開手臂讓那個秃了頂的老師傅替我量尺寸。

又到了週末，秀中約我傍晚在外頭吃飯。於是我一整天都哼著歌，心情好得不能再好。

"嘟......嘟嘟嘟......"我一看來電顯示，大好晴天一下子烏雲密佈。

"もしもし"我還是接聽了。

山崎和彦約我吃中飯，吃完飯選傢俱,還說國際會展中心有一年一度的傢俱展，網羅世界各地的奇思妙想，很值得一看。

我本來想找個藉口推掉，但眼見結婚的日子一天比一天迫近，再不說恐怕會帶給山崎桑不可計量的驚嚇與傷害。

"はい"我答應了。

天氣冷，山崎和彦帶我去吃番茄牛肉火鍋。

乍一看番茄和牛肉的組合很奇怪，但嚐過之後可就食髓知味了（番茄的酸味、洋蔥的甜味、加上頂級牛肉片，簡直是絕妙搭配，好吃到爆）。

山崎和彦問我好不好吃？我伸出大姆指予以肯定。

"小雪もそう評価"他說小雪也是這麼評價的。

什麼？！山崎和彦帶小雪吃火鍋，吃的還是米其林一星？

那個後知後覺的男人突然意識到自己說錯話了，馬上亡羊補牢。他解釋小雪過生日要他陪吃飯，他想著既然是生日，總得吃好一點兒，所以帶她來此處用餐，又特別聲明吃完飯就送壽星回去，什麼事都沒發生。

看山崎和彥一副誠惶誠恐的樣子，我突然感到悲哀，他還不知道自己被拋棄，依舊考慮我的感受。

“私は嬉しくない”我說我沒有不高興，請他放心。

他果真鬆了一口氣，盛了一碗火鍋湯遞給我，那味道真是美味極了。

山崎和彥說傢俱展就在都台場附近，開車二十分鐘就到。我要他先別忙著開車，我有話要說。

他的車子停在路邊，一小時收費一百日元。我下車投了一個銅板，希望我和他的談話不會超過一個小時。

回到車內，我問他去過拉斯維加斯沒？他答沒有，聽說那是個賭城，應該沒什麼可看性。

“來月私そこまで行く”我告訴他，下個月我就要到那裏去。

山崎桑說既然我喜歡，他當然陪我去，就當作是婚前蜜月吧！

我推說不方便，因爲有人約了我一起去。

他問我是誰？

我深呼吸一口氣，然後給出“佐藤秀で”的答案。

那個長得像竹野內豐的好看男人馬上變臉，成了我最討厭的北野武。

他問我是否還有話沒講完？如果有，請一口氣說完。

既然是他的請求，我索性坦白到底，又因考慮到說話的藝術，一句話能交待的事，我硬拗了三分鐘，一分一秒都是煎熬。

"あなたと佐藤秀で結婚しましたか?"他問我是否就要與佐藤秀中結婚了？

這是個問句，但我知道他心裏明白著。

"はい"我低下頭去，不敢看他。

山崎桑真是沈得住氣，一語不發地坐在駕駛座上，讓時間一分一秒地流逝。眼見停車管理員正往我們這邊走來，我尋思該不該再去投幣，他終於開口說還是去看傢俱展吧！讓我挑個喜歡的傢俱，權當送我的結婚禮物。

我選了一個很小的首飾盒，山崎和彥一再追問這是不是我想要的？怎麼不選 Stressless 的沙發或是 Restoration Hardware 的衣櫃？

其實我連首飾盒都不想要，若不是不想拂了他的好意……

山崎和彥沒等我做出反應，喚來服務員將一些華麗又所費不貲的傢俱全下單。我以爲他是爲自己的新居置辦的，誰知他一轉頭問我貨送到哪裏去？而那個接到大訂單的服務員正高興地拿著紙筆立在一旁等我開口。

這實在太突然了，我要山崎桑借一步說話，我們走到樓梯間。

"私はそれらの家具、どうぞ返しが必要だ"我說我不需要那些傢俱，請退回。

他表示我若不喜歡，咱們再上別家看。

我斬釘截鐵地答不需要他送的禮物，他這樣做，讓我很難堪。

他大笑兩聲說原來他讓我難堪了，是的，一個瘸了腿的男人有什麼令人驕傲的？也許這些日子以來我就等待這一刻，好將他一腳踢開……

“ない”我拼命搖頭否認，淚如雨下。

山崎和彥終究是個君子，見我梨花帶雨，他收起滿弦待發的箭，並且低頭向我道歉。

我說不是他的錯，是我的優柔寡斷傷害了他，對不起，請原諒！還不忘彎腰對他行了個九十度大禮。

他苦笑著答沒事，早先一步走出樓梯間。

秀中帶我去一家浪漫到不行的西餐廳吃飯，有整面的大型魚缸和提琴四重奏，但我一點兒都高興不起來，因爲山崎桑送我回家時哀怨的神情在腦海中揮之不去。

“妳怎麼了？”秀中問。

我推說頭疼，也許感冒了。

“妳就是這樣，一點兒也不懂得照顧自己，天氣冷了就該多加件衣服才對。”

“真是奇怪！你怎麼知道我沒多加件衣服？”

“因爲……妳感冒了呀！”

太可笑了，我不過是臨時找來的藉口，他卻上崗上線地對號入座。

“我真的得走了，”我起身，“頭痛欲裂。”

法式套餐才上了前菜，我卻要走，讓秀中很鬱悶。

“那走吧！”他也起身，“我送妳回家。”

～

我們互懷心事道別，秀中開車離去時看起來很不開心。

我又何嘗高興？傷害一個手無縛雞之力的人又毀了美好的晚餐，今天的我可真夠背的！

沒想到更背的事還在後頭，一進房就接到小雪的來電（她的新電話卡還是我買的，我當然記得這個手機號）。

"山崎桑晚飯沒吃就回房睡覺，妳到底說了什麼惹得他這麼傷心難過？"

面對質問，我老大不高興，這是我和山崎和彥之間的事，干她小雪何事？而且什麼時候屋主搬回去住了？我怎麼不知道？

她反問棄船者有什麼資格問？別以爲殘疾人就好欺負，誰想欺負山崎桑，她第一個站出來保護他。

小雪像頭護犢的母獅，對我張牙舞爪。

我告訴她，我從沒想過欺負人，尤其對象是山崎和彥，奈何魚與熊掌，我只能選擇一個。

"妳怎能這樣？山崎桑對妳多好，什麼都順著妳，妳還想怎樣？"她憤恨不已，"還說不欺負人，明明把人往死裏整！"

的確，我的行徑在外人看來活脫脫就是隻白眼狼，但事情發展至此，我發誓，絕不是我主觀刻意造成的。

"反正妳別再來找山崎桑，他已經夠苦的了。"小雪根本不信我說的。

我知道傷口癒合需要時間，也沒打算吃回頭草，但被小雪這麼明目張膽地拒於門外還是頭一遭，尤其她曾是我家的僕役，讓人更如鯁在喉。

"明天我就去看他，妳阻擋不了我。"我說。

掛上電話我才感到後悔，我是怎麼了？老是玩火自焚，哎～

東瀛之愛（繁體字版, ED 2）

掛上電話我才感到後悔，我是怎麼了？老是玩火自焚，哎～

第六十八章/桜川

昨晚聽小雪說山崎和彥的狀況很不好，今天一早，我忙不疊打電話給他，也不知故意與否，他關機了。

雖然與小雪慪氣，說了些任性的話，但心底還是掛念山崎桑。猶豫再三，我搭上往東京的新幹線。

那棟別墅依舊，只是少了生氣（像它的屋主人一樣）。我按了門鈴，無人回應，又敲了兩下門，還是靜悄悄，想著門會不會又忘了上鎖？然而這次倒是鎖住了。

我無奈拿出山崎和彥給的鑰匙，門開後，我喚了聲"小雪"，聲音在空氣中回蕩，沒有人聲，倒傳來鳥語。我狐疑地往裏走去，在客廳發現了一隻鳥。

那鳥的胸部呈黃色，下腹部爲白色，黑眼睛，有細巧的腿和淺棕色的爪，爪貌似受傷了，所以即使受到驚嚇，也只是拍打著翅膀，一步也沒邁開站棍。

"小東西，你怎麼在這裏？"我問。

籠裏的鳥啼叫兩聲，似乎在回答我的問話。

“鳥のケガをして、私と同じ足を引きずりながら歩いた”山崎和彥說鳥受傷了，和他一樣瘸了腿。

我轉過頭去，才一個晚上不見，他的鬍髭長出來了，聲音沙啞，樣子有點兒萎靡。

“元気ですか？”我問他還好嗎？

他答很好，只是感冒了，喉嚨痛，小雪幫他買藥去。

原來如此。

我沈默了一會兒，問他要不要喝點兒熱的？他答好。

於是我到廚房泡了杯熱檸檬水給他。

“ありがとう”他向我道謝後，馬上啜了一口，我要他小心燙。

然後的然後，我們陷入可怕的寂靜中，靜到只剩鳥兒摩擦翅膀的聲音。

我等著山崎和彥先開口，他卻忙著喝水，水喝完他就撫摸茶杯，一遍又一遍，把杯身都磨得發亮。

“私は歩いて、お大事に”我說。

知道山崎和彥沒尋死覓活，小雪也很盡心在照顧他，足矣。此處不宜久留，還是先走一步為妙。

誰知屋主要我稍待，他有話問我，於是我又坐了下來。

“何時に結婚?”他問我什麼時候結婚？指的當然是與佐藤秀中。

我答還有兩個禮拜，只是去美國做個結婚登記，不設婚宴，但會拍日式婚紗照。

他說很想看我穿白無垢的樣子，一定很美。

我本來想說拍完送他一張，話到嘴邊又吞了下去，真是的，山崎和彥若看到立在我身旁的新郎，豈不吐血？

"はい"我點頭稱是。

他問我什麼意思？

我再次被自己的無釐頭回話給擊敗，哪有人承認自己穿白無垢的樣子很美？只好硬拗成穿白無垢的新娘都很美，說得我面紅耳赤的。

山崎和彥似乎並不在意我的前言不搭後語，反而提出要唱首歌給我聽，當作送我的結婚禮物，因爲離開傢俱展時很匆忙，連我想要的首飾盒也忘了買，眼瞅著上機前我們是不可能再見面，所以......

我趕緊說自己洗耳恭聽並且給予熱烈掌聲。

好きなくせに、

あなたは、

これから二度と別かもあなたに出會って、

私の重要な人......

山崎和彥唱的是聲納口袋的《喜歡你哦～100次後悔》，歌詞翻譯成中文就是：明明喜歡著妳卻分開，今後或許再也不會遇見像妳這樣對我如此重要的人......

他的聲線優美，因感冒而略帶沙啞的聲音更顯哀傷，唱著唱著，那個深情的男人竟然哭了，眼淚經過鼻翼、嘴唇、下巴，然後啪的一聲滴在地板上。

我握住他的雙手求他別唱了，但他仍斷斷續續地唱著，真是一字一淚。我腦子一熱，用力吻住他的唇（藉以阻止他唱下去），他趁勢將我撲倒在沙發上並且解開我風衣上的腰帶。

也許那個場面曾經在山崎桑的腦海裏反覆倒帶無數回，以致我尚未準備好迎接，他便已進入，駕輕就熟到令人吃驚的地步。

我站起來整理衣服，山崎和彥還幫我拉上裙子的拉鏈。

“ありがとう”我向他道謝。

他答不客氣。

見我著裝完畢要走，山崎桑喚住我。

“杉杉，”他停了一會兒，“ありがとう”

這次是他向我道謝。

我們彼此心知肚明謝從何而來？因爲我，他跨越了鴻溝，脫離處男的隊伍。

我沒說“不客氣”，頭也不回地踩著高跟鞋往外走去。

這棟別墅的設計是樓梯介於大門和客廳之間，樓梯的下方還有個儲藏室，妥善地利用空間。

我經過儲藏室來到樓梯口，没料到小雪就坐在台階上，眼眶噙著淚水，很怨懟地看著我。

“小雪～”我低喚。

她突然起身往樓上衝，咚咚咚的跑步聲像交戰前的戰鼓聲，令人膽戰心驚。

我和秀中在八坂神社旁的一家照像館拍照，他們提供髮型設計、化妝以及棚拍攝影，走的是復古風。

"花嫁の頭の橫ほうだ"那個留著小鬍子的攝影師要我將頭再側一點兒。

我照辦。

他又要我開心點兒，縱使頭疼得緊，加上喉嚨劇痛，我仍努力將嘴角往上揚。

在換了很多室內場景也擺了不同姿勢後，小鬍子說休息一下吧！我趕緊找個位子坐下，又喝了秀中遞過來的熱開水，這才覺得舒服些。

"怎麼樣？還行嗎？如果不是拍照的人太多，真該改個時間，這樣病懨懨的，拍出來的效果也不會好。"

我答沒關係，自己還可以再撐一會兒……

秀中對我的"突然"感冒毫不起疑，尤其最近一次的不歡而散就是因爲"感冒"這個話題引起的，但我心裏清楚得很，感冒是山崎和彥傳染給我的，他以這種奇特的方式送我結婚禮物（當然，還包括那場急就章的男歡女愛）。

休息夠了，小鬍子走向我們，問要不要來一張裸體寫真？最近很流行，一點兒也不猥褻。

我趕緊搖頭，自己都快站不穩，再輕解羅衫恐怕得送醫院了。秀中沒勉強我，大概也覺得太前衛，接受不了。

攝影師說兩個禮拜後取照片，因爲我們指定的那款相框目前缺貨。

"怎麼辦？兩個禮拜後我們在美國了。"我啞著嗓子說。

秀中答不要緊，回國再取也一樣，反正照片已經拍好了。話鋒一轉，他問我婚後是否真的打算搬到桜川住？

桜川是林大東買來送給母親的民宿，而我將是實際的經營者。

我點點頭，這已是板上釘釘的事。

秀中的公寓兩年後才完工，本來想這兩年就住在本田家，現在既然接手掌管桜川，搬過去住也是順理成章之事，省得來回奔波。

"不過妳得答應我，等公寓落成，一定得搬回去住。"我未來的老公說。

我了解他的感受，婚後住在民宿裏總是彆扭，好比浮萍似的不踏實。

"一言爲定。"我與他打勾勾。

秀中笑得很開心。

第六十九章/美國之行

鴨川河是京都最美的一條河流，而我的桜川就依傍在河畔，是一棟擁有250年歷史的老宅。

我問母親爲什麼看中桜川？她答除了價錢好商量（業主打算賣了民宿到國外投靠女兒女婿），它坐落在祇園附近才是主因。

祇園是日本最著名的藝伎區，位於京都鴨川河以東。十九世紀初，這裏的藝伎曾多達三千人，當時的藝伎館及茶屋至今還保留著，於1999年被日本政府指定爲歷史景觀保護區。

所謂藝伎並非妓女，是一種在日本從事表演藝術的女性。除巧言利口外，她們還必須具備唱歌、跳舞和彈三味線等技能。

想著母親喜歡彈三味線，對於日本傳統舞蹈也略知一二，也許這就是她想在"花街柳巷"中開民宿的原因，因爲同樣的喜好讓她與藝伎産生了共鳴。

～

就在我大病初癒之時，母親興致勃勃地拉我去看她費盡心思所得來的戰利品，也不管我即將上飛機，衣物尚未打包，遑論這個、那個的一大堆事情等著辦。

"很晚了，明天再去吧！"我說。

已經夜裏十點，我不明白母親爲什麼非得挑這個時間去？

"去去就回，要不了多少時間。"她答。

這座老宅一百多年前曾被用來做爲茶館，裏面甚至有一個小型的表演台，後來改建成民宿，取名桜川，共有八間房。

明治維新時期，日本也曾崇洋媚外過，桜川設計之初便是爲了迎此潮流而將日本傳統與復古西洋緊密結合。瞧！拱形天花板和彩色玻璃窗是西洋痕跡，但門欄和內裝風格又是日式風情，兩大風格雖有不同卻交會融合在一起，一點兒也不顯唐突。

再看房間，打開沿河的障子門便可一邊欣賞河畔美景，一邊圍著暖桌烹茶煮酒，好不快活！

桜川的員工看見我和母親前來，個個笑臉相迎。也難怪，換了新東家總得巴結巴結，何況母親採懷柔政策，將元老舊臣全留下，即使一個月後才正式交接，但在這個月裏，我們可以陸續接手，也算得上是半個主人了。

觀察完民宿上下，穿簡易和服的女老闆問我們還需要什麼？是看最近的訂單還是查賬？

母親答什麼都不需要，然後氣定神閒地坐在大廳裏。

服務員端來茶水後離去，那個雖然上了年紀但看似精明的女老闆也重新回到櫃台，毫無疑問的，這將會是個無聊的夜晚，我不明白母親爲什麼非強拉我來不可？我寧願待在家看連續劇《請與廢柴的我談戀愛》，女主角美知子就快向老闆黑澤桑求婚了⋯⋯

時間又過去數十分鐘，終於等來客人，那是個化著濃妝的藝伎及一名有些醉意的中年男士。女老闆很快替他們辦理入住，快到只是點個頭就放行。

正當我大惑不解時，第二對又進入，同樣是藝伎和男人，然後是第三對、第四對⋯⋯我終於茅塞頓開，這不是一家普通民宿，而是專供藝伎與有錢男人過夜的場所。

"一個晚上四十萬日元，給藝伎兩成的回扣，這利潤是妥妥的，妳只需保證客人隱私及防止原配上門抓奸即可。"母親附加說明。

難怪門口站了數名壯漢，而服務員也殷勤到近似諂媚。

我聽了怒火中燒，好好的民宿成了淫窟，什麼唱歌、跳舞、彈三味線⋯⋯無非是給人肉交易披上一件高級的外衣。

去他的才藝，全是狗屎！

"我不幹，"我斬釘截鐵,"我是良家婦女，不是皮條客。"

母親說她也想當良家婦女，不想當皮條客，但是怎麼辦？銀行貸款不是普通民宿的收入能負擔得起，除非去搶銀行或索性讓銀行給拍賣了。

見我有些遲疑，母親乘勝追擊："我們的客人非富即貴，只要服侍好，他們不介意花大錢，妳到哪兒找那麼好的客源？"

原來這就是母親的如意算盤，難怪她執意要在藝伎區買民宿，也許就想在色情行業裏闖出一片天。

就在我們爭執不下時，大門突然被拉開，進來一位身穿黑底留袖和服，腰繫短結，頭頂高島田髮型的藝伎，她的身邊跟著一位高大的男士，帶著醉意。

"媽～"我喚她。

"什麼都別說！"母親一臉嚴肅，眼睛死盯著本田英樹。

母親給了那名藝伎四張褐色票子，自己則扶著本田英樹進房。

我很自覺地獨自打車回家，母親這一去，恐怕明天清晨才會回家。

山崎和彥說上機前也許我們都不會再相見，他只說對了一半。

我的東西太多，秀中提議買個大一號的行李箱，就在三越百貨公司裏，我看見他的背影了。他和小雪正在看皮手套，試過褐色的之後，小雪指著黑色的手套要售貨員取下再試。

"妳在看什麼？"秀中問。

我趕緊移開視線，但他已經看到山崎和彥了。

"呵呵！龍配龍，鳳配鳳，老鼠生的孩子會打洞，那個跛腳的跟村姑倒挺相配的。"

我聽了感到極度的不舒服，秀中的優越感没替自己加分，反倒令人不齒。山崎桑的確跛腳，但他的努力旁人都看得見；小雪也不是村姑，她做了新髮型，身上的衣服也中規中矩的，看著像是無印良品的產品。

"別說了，快走！"我拉著他快步離開。

時間一眨眼就到了上機的日子，母親送我到機場，難掩依依不捨的神情。

“我也想見證你們的結婚大事，奈何本田英樹要我陪他到濟洲島度假，妳也知道他好不容易才回頭。”她說。

自從在桜川與本田英樹不期而遇，母親感受到前所未有的壓力，她自己是小三，可不願後面還跟著小四、小五、小六……所以竭盡全力把金主往回拉。

我繼父的老婆是個軟柿子，成不了氣候，但林大東可不一樣，他的背後有頭母獅子，母親若把寶全壓在他身上，有一天會全盤皆輸，所以保留住日本人，也許有天還能扶正，這大概就是母親的想法。

“不過是做個結婚登記，没什麼大不了的，妳儘管放心。”面對母親的內疚，我故作瀟灑地說。

然而等到飛機門一關上，我還是感到前所未有的害怕，自己的下半輩子就要托付出去，這到底是對還是錯？

我轉頭看秀中，他一臉愛憐地說：“没事，飛機離地時有人會耳鳴或做嘔，升空後反倒好些。”

原來他以爲我暈機了。

我笑了笑，閉上眼睛等待飛機升空。

第七十章/終於結婚了

拉斯維加斯位居世界四大賭城之首，是一座以賭博業爲中心，兼具旅遊、餐飲、購物的度假城市，有"世界娛樂之都"的雅稱，同時也是"結婚之都"。

據說在此結婚非常簡便，民政局結婚登記處全年無休，24小時有人晝夜服務,任何時候想結婚都可以前來辦理。

爲了結婚，秀中特別騰出一個禮拜的時間，並且訂了美高梅酒店的總統套房，約有一百二十平米大。其室內設計富麗堂皇，有水床和按摩浴缸，窗外能俯瞰拉斯維加斯大道和百樂宮噴泉，還有個管家全天候待命。

"你會寵壞我。"我站在落地窗前說。

"就想寵壞妳。"秀中給我一個吻。

白天我購物、購物再購物，秀中則負責刷卡，一次又一次。到了晚上，我們聯袂看遍賭城內所有精彩的秀，如：馬戲團表演、水秀、歌劇、魔術、歌舞秀等，還意外發現我喜歡的瑪麗亞•凱莉正在凱撒宮駐唱，讓我有了第一次面對面接觸偶像的機會。

除了購物和看秀，我們也品嚐了來自世界各地的美食。拉斯維加斯雖然位處內華達州的沙漠邊緣，卻能從全球空運最新鮮的食材過來，才幾天的光景，我就肥了一圈，不禁怨起秀中。

" 都是你啦！害我胖了不止十斤。"我嘟著嘴。

" 胖好，"他將我攬了過去，" 我們未來的小寶貝需要肥沃的土壤滋長，對了，待會兒上哪裏玩？"

這也是我對此行的主要目的感到迷惑的地方。

打從來到拉斯維加斯的第一天起，我就不斷催促秀中去做結婚登記，但他總說不急，先玩了再說。

他的"玩"是真的玩，毫無冷場。有時我累了想小憩一下，他也沒閒著，馬上到賭場報到（因爲知道我對賭博不感興趣，他只能利用我休息的時間賭兩把）。

別以爲深夜來臨就是休養生息的時候，等等，還有節目呢！

秀中打開電視，很快找到付費頻道，他問我今晚想看哪個國家的？

" 隨便。"我用力跳上水床，身體不由自主地上下左右搖擺，像坐在小船上隨波蕩漾。

今天"丹麥"被秀中選中，根據過往經驗，金髮碧眼皆不對我味口，果然性感老婆送老公上班後就去敲鄰居家的門，話沒說兩句就動手動腳，然後雙雙滾到地板上……

" 太無聊了，好歹也……"我話沒說完，秀中已將我撲倒。

" 給妳來點兒不無聊的。"說完，他伸出舌頭舔我的胳肢窩。

想到白天秀中已經玩得瘋顛，再怎麼精力旺盛，夜晚總得充充電吧？！沒想到他就像打了雞血似的，可以一次又一次的來。

" 你不累？"我問。

“不累，這是撒種時期，豈能錯過？”說完，他又換了個姿勢。

早知道秀中背負著沈重的家族使命，倉本直美就是因爲生不出孩子才給了我這個扶正的機會，我得好好把握，但……

我的初潮來得晚，大概十五歲才有了第一次月經。母親很高興地宣佈我從女孩變成女人，並且遞上好幾包衛生巾，然而我一年也用不上幾包，因爲它不是月月都來，而是大約半年來一次。

爲了這個奇怪的周期，母親曾帶我上醫院檢查，驗了尿、抽了血、也照了片子，然而醫生還是說不出個所以然，只表示這種例子也是有的，女人會比較難受孕，至於立即的危險……目前看是沒有。

當時年紀小，只覺得輕鬆多了，畢竟每月失血一次並不令人愉悅，但隨著年紀漸長，我也開始擔心自己的身體，尤其半年來潮一次，大大降低受孕的機會。

我沒有告訴別人這件難以啓齒的事，母親也沒有，大概我們母女倆都不願正視它潛在的危機，好比現在，佐藤家正急著要孩子，我們卻能同時做到忽視及隱瞞“受孕不易”的事實，反而樂觀地認爲有一天一定會造人成功。

“杉杉，”秀中氣喘吁吁，“我們佐藤家就靠妳了。”

我轉過頭去，不敢看他的眼睛，因爲我知道從現在起的四個月，受孕機會幾乎爲零。

今晚的秀中又幹白工了。

一個禮拜轉眼就要過去，在我的催促下，秀中終於決定下午做登記。也是，再不登記，明天一早我們就在飛機上了。

“ 不過是幾分鐘的事，”秀中幫我拉上小禮服的拉鏈，“ 妳太緊張了。”

爲了這神聖的一刻，我在梅西百貨買了件白色禮服，及膝的長度，絲質面，胸前有朵緞帶花。至於秀中……他本來想穿件休閒服了事，被我逼著打上領帶，穿上正式西裝。

到了民政局我才感到後悔，因爲來此登記的情侶都是輕裝前來，有的甚至連妝也沒化，相形之下，我和秀中好像走錯場了。

“ 看！早告訴妳別太慎重其事。”秀中像看好戲似地看著我。

本來就是嘛！婚姻是人生大事，怎能馬虎？面對他人的輕忽，我很不解，但也莫可奈何。

民政局的登記處大廳有一排長桌子，桌上擺著登記結婚用的表格，我按照表格上的要求用碳素筆一一填寫好。

經過十幾分鐘的等待，終於輪到我們。提交表格和護照後，工作人員在電腦上操作一番，然後打印出結婚許可證讓我們核對信息，無誤後交還，接著到收銀處付費，費用爲55美元。

等我付完費，被秀中一把拉出民政局外。

“怎麼回事？”我一頭霧水。

“結束了，”秀中很開心，“妳已經是我老婆了。”

這麼快？我以爲再怎麼著也該有張證書什麼的。

秀中說在拉斯維加斯結婚就是有這等好處，連證書也沒有，快又便捷，所以很多人上這裏結婚。

“ 可是……”

“妳手上的收據就是憑證，證明我們已經在美國結婚了。”他補上一句。

我看著手中薄薄的一張紙發愣，前後不到半小時就把終身大事給辦了，這坐的可是噴射機？

"美國人辦事真有效率啊！"我忍不住說。

"的確，所以這個國家才能成爲一等一的強國，因爲節省下來的時間可以用來發射火箭到外太空。"

我笑他貧嘴，哪有那麼誇張的事？

秀中對我的取笑不以爲忤，反而問我想去哪裏吃飯慶祝一下？

想到這是我們婚後的第一餐，當然得浪漫點兒，遂告訴他想吃法國菜。

秀中說要吃好的法國菜只能上Joël Robuchon, 這是一家米其林三星餐廳，就在我們住的酒店附近，只是臨時去不見得有位子。

我要他試試由美高梅酒店的管家代訂，我們是總統套房的客人，讓客人滿意是他的職責。

果不其然，管家不負所托地訂上位子，秀中高興地說還是他的老婆聰明。

那自然是，身爲京都民宿經營者的後代，我太清楚遊戲規則了，只需彰顯客人尊貴的身份，不論餐廳、演唱會還是球賽，都能成功插隊進去，畢竟誰都想蓬蓽生輝。

"吃完飯，我們照例那個那個，嗯？"秀中在我耳邊低語。

我紅著臉推開他，往餐廳的方向走去。

空服員問我需不需要看報？我答不。

秀中倒是要了兩份，一份是《The Wall Street Journal》，另一份是《日本經濟新聞》。

我把收據從包裹拿出來，看了又看，薄薄的一張紙被我擺進六吋相框裏。

"也只有妳會把收據放進相框裏。"秀中邊搖頭邊說。

"本來嘛！那麼薄的一張紙很容易受損，我可不容許好不容易得來的證明有一點兒瑕疵。"

"隨妳！"他翻了一頁報紙，"報上說東京有大暴雪，希望成田機場別關了才好。"

我把相框重新塞回包裹，然後打開舷窗，外面是大好晴天，像我"告別黑暗、迎向光明"的美好心情。

"成田機場不會關的，我有預感。"我說。

第七十一章/欲哭無淚

我的預感還是失靈，東京的大暴雪來勢凶凶，連大阪的關西國際機場也被波及，我們的飛機不得不轉降上海浦東機場。

" 真是糟糕！明天有個我發起的重要會議，一定得到。"秀中說。

我很想告訴他，既然是大暴雪，肯定門都出不了，遑論召開會議，但看秀中眉頭深鎖，我不想再說打擊的話，轉而問他今年的計劃，算是結束不愉快的話題。

就在叫了第三杯熱飲後，秀中還是坐不住了，他說他去櫃台問問飛機何時能起飛，留我一人看守行李。

我無聊地看著機場內的過往行人，注意到剛下飛機和等待搭機的人有不一樣的面孔，前者出現疲態，後者則一臉期待，但......有個人既期待又顯疲態，他正向我的方向走來。

" Hi."我喊住他。

" 妳......妳怎麼在這裏？"林小西停下腳步。

我告訴他自己剛從美國飛回來，東京有大暴雪，不得不在此停留。

"這麼說，妳結婚了？"他在秀中的位子上坐下。

我高興地承認了。

"恭喜！"他說，但馬上將我推落懸崖，"妳這是飛蛾撲火，作死的前奏。別妄想我會喊妳一聲'佐藤太太'，因爲在我眼中，所有和外族通婚的女性都沒好下場，如：和親番邦的王昭君、文成公主以及流落異族的蔡姬、蕭后，她们要嘛在幽怨絕望中死去，要嘛被虐抑鬱而終。"

我謝了他的咀咒，說反正已經撲火了，就做隻浴火鳳凰，然後在逆境中重生……

"結婚證書拿來看看。"林小西忽然向我伸手。

我問這是幹嘛？

他說因爲我不正經的口吻，讓他有不祥的預感，覺得自己又上我當了。

"喏!給。"我把收據從包裏拿出來遞給他，心中老神在在。

"怎麼是收據？"他有些意外。

我告訴他在拉斯維加斯結婚就是有這等好處，連證書也沒有，快又便捷，所以很多人上那裏結婚。

林小西反覆看著相框裏的收據，不發一語。

"怎麼了？"我問。

他答他不清楚國外的結婚流程，但聽我這麼一說，感覺有不合理的地方，譬如夫妻若想到銀行開聯名户頭，難道拿著收據去證明兩者的關係？再說了，收據上只證明付了登記費用，連擡頭都沒寫，到底是誰跟誰結婚？難不成還得上拉斯維加斯的民政局查看記錄？

聽他這麼一分析，我心裏喀噔了一下，是呀！這麼大的漏洞我怎麼沒看出來？

"不會的，"我乾笑著，"到那裏結婚的人可多了，不可能出錯。"

林小西說隨便我，愛信不信！

爲了不讓他舊話重提，我轉而問孫愛梅的病情，好久沒看見她，心裏挺掛念的。

"她……"我的前任老闆突然陷入哀傷，"我送她回老家了。"

果然"久病床前無孝子"，林小西打算甩擔子不挑了。

"你怎能這樣？她抵住悠悠衆口隻身和你來到日本，舉目無親的，一生病你就不要人家了，你還是不是人？！"我將槍口對準他，一連開了數槍。

"我沒不要她，"林小西把臉埋入手掌裏，"我給她買了最好的棺材，還選了塊好墓地，背山面湖，她應該會喜歡。"

什麼？！孫愛梅……死了？

林小西點頭說自己就是將太太的後事處理完畢才離開，沒想到遇上日本七十年來最大的一場暴雪，和我一樣被堵在上海的機場裏。

"你……節哀順變。"我說。

"我會的，"他站起身，"不想和妳老公打招呼，我先走一步。"

我轉過頭去，秀中果然回來了，那兩人可說是擦身而過。

"妳的前老闆跟妳說了什麼？"秀中坐下後馬上提問。

我本來想答沒什麼，但轉念一想，何不藉機探探虛實？

"他說我被騙了，收據不能證明什麼，我們的婚姻實屬無效。"我一口氣說完，心中祈禱秀中會反駁，甚至將造謠者臭罵一頓，但是……他沒有。

"杉杉，"他有些灰頭土臉，"我這麼做也是情非得已。"

原來登記後必須在一年內有公開儀式的結婚典禮才能得到一紙證書，拿著證書去公證才算合法有效，加上我的國籍是中國，他的國籍是日本，我們還需要到當地大使館認證，而這些秀中提都沒提，反而流程走到第一階段就戛然而止。

我問他為什麼要騙我？

"話不能這麼說，只要在一年內舉行公開婚禮，後面的動作還是可以補上，我們仍然算是合法有效的夫妻。"秀中解釋。

我說成，一回日本我們馬上辦婚禮。

秀中面有難色地提醒我，倉本直美說不能在日本舉行婚禮……

"那……那還能怎樣？要不我們上非洲部落舉行好了，再不濟上南極或火星吧！只要能成為正式夫妻，上刀山下油鍋我也去！"我急得想哭。

秀中要我冷靜，事情很複雜，容他從頭說起。

原來倉本直美自始至終不願離婚，唯一的條件是若我能做到她所不能給的，她才願意退讓。也就是說在我懷孕之前，任何的支票只能開空頭，一旦我懷上孩子，我和秀中才能完成接下來的程序。

"你們……離婚了嗎？"我困難地問。

"等妳……我們才離。"他懦懦地答。

我的心像被無數車輛碾過，鮮血流了一地。原來過去幾天我做了場春秋大夢，和一個有婦之夫上演一齣結婚的戲碼，真是好笑、太好笑了。

我真的笑出聲，而且一發不可收拾。

"杉杉，"秀中抱住我，也不管這是公共場合，"別這樣，有話好好說，我們……我們也不是全無機會，只要能懷上孩子就好。”

秀中的一番話非但沒有打消我的疑慮，反而戳中我的痛處。

“一年兩次的受孕機會，真他媽的太好了。”

“妳說什麼？”秀中放開我。

於是我把自己的身体狀況告訴他。

“原來……原來妳也是不會下蛋的母雞，合著妳和妳媽聯手騙婚！”

事情到了這個份上，已經分不清是誰騙誰了？

“不是生不了，而是比較難受孕。”現在換我灰頭土臉地解釋。

我没看過秀中如此生氣過，他氣沖沖地拿上自己的行李離開，很快消失在茫茫人海裏，直到廣播催促飛往東京的旅客上機，我才看到他的背影。

我的“老公”加價換了頭等艙的位子，所以除了上機前的驚鴻一瞥外，一直到出了成田機場，我再也没見到他。

“秀中，”我仰望碧空如洗的天空，“難道你再一次不要我了？”

我欲哭無淚。

第七十二章/不祥之鳥

我告訴母親這趟結婚之行只完成了部份，名義上我仍然是吳小姐，而他……還是倉本直美名正言順的老公。

母親噢了一聲，繼續伏案寫字，用的是毛筆，一筆一畫地書寫，非常認真。

我問她"噢"是什麼意思？

"就是'知道了'的意思。"她答，然後將毛筆在硯台上沾了沾墨水。

就這樣？沒一絲憤怒，甚至連安慰的話也沒有。

母親要我面對現實，大家族總把傳宗接代看得很重，現在知道實情也好，省得嫁過去還得打口水戰。

我知道我們吳家也有錯，但再怎麼著，我和秀中是有感情的，他怎麼捨得一走了之？

"放心好了，他一定會回來找妳的。"母親胸有成竹地答。

真的？如果能這樣就好了。

難得看母親像個小學生似地寫字，我問她寫什麼？看起來像在寫賀卡。

"我給大老闆們寫邀請函，請他們光顧桜川。"她答。

我問爲什麼？本田家從不這麼做，都是靠口耳相傳建立起來的口碑。

母親答桜川的原東家採取保守戰略，光靠藝伎帶來客人，收入雖好，但還了每月的貸款後，基本只能算打平。她跟藝伎們說好了，請她們晚上十點以後再帶客人進來，也就是說從退房到晚上十點，我們還可以做鐘點房的生意。大老闆們都很忙，兩、三個小時足矣，這樣又是一筆不小的收入。

"我的老天！這是明目張膽地提供色情服務，日本政府不會坐視不管。"

"日本政府？"母親笑岔了氣，"前幾天還看見那個叫小林XX的日本官員挽著兩名藝伎開房，聲音大到能把屋頂給掀了，妳難道要他們'做賊的喊抓賊'？"

知道桜川的色情業務又擴大了，我感覺自己正被捲入漩渦裏，即使努力想游回岸上，仍被強而有力的水流拉走，眼看就要滅頂……

"杉杉，妳能不能跟林家兒子打個商量？他經常不回來住，房間老空著也不是辦法，看他能不能固定幾天回來，其餘的時間我們可以拿來做生意。"母親說。

"才不呢！"我答。

不幸被他言中自己的悲慘下場，我躲都來不及，哪有自投羅網的道理？

"終於寫完了，"母親拿開筆，審視她的勞動成果，"待會兒妳出門，順便把邀請函寄出去。"

我？爲什麼是我？我才剛到家，還沒休息夠呢！

母親答當然是我，我現在是桜川的老闆娘，我不做誰做？她已經來來回回奔波好幾天了，說到休息，她才更應該休息。

"好啦！等我倒完時差再說。"

"不，現在就交接，妳馬上搬過去住！"

結果屁股還没坐熱，我又拉著行李箱往外走，手上多了一沓待寄出的邀請函。

桜川有八間房，最大的一間保留給林小西，其餘七間幾乎供不應求，每晚都有客人入住。要價高理應不會虧本，但如同母親所說，銀行是吸血鬼，若不加以變通，高昂的貸款利息很快會壓垮我們，她的"旁門左道"之舉實屬無奈。

回過頭說我的住處，我是堂堂的老闆娘，卻不得不屈居在一個十平米不到，由儲藏室改造的小房間裏，衛浴還得和員工共用。當然，比起他們，我算好的，起碼有獨立空間，而他們擁有的只是床位。

當晚我就打電話跟母親抱怨，她說我有三條路走：

一、央求林大東全額付款，没有了貸款壓力，我想睡哪間就睡哪間。

二、讓佐藤秀中發慈悲把另外50%的款項給付了，我同樣也能想睡哪間就睡哪間。

三、就去睡林小西那間，反正他經常不在。

這三條路，哪一條我都不想走，但我也知道自己没其他選項了。想起本田家住的溫馨小房，真是不勝唏噓呀！

除了日常的服務外，桜川還提供餐飲，可想而知，每天的大小雜事一堆，我又剛接手，只能以"焦頭爛額"來形容，就在送往迎來中，不知不覺已過了一個禮拜。

大概母親的方法奏效，白天接二連三有大老闆訂了鐘點房（身邊無一例外都跟著年輕女子），所以當午後迎來第一位客人時，我頭擡也没擡地說我們只提供鐘點房,眼睛則盯著廚子剛好遞過來的採買明細。

"就要一間。"說的是普通話，聽著耳熟。

我慌忙擡起頭，當看見秀中那張略帶嚴肅的臉孔時，心中掀起狂風巨浪。

打發廚子走後，我從牆上拿下一串鑰匙，秀中跟著我走向走廊盡頭的那一間。

服務員送來水果盤和一壺茶，我叮嚀除非必要，否則請勿打擾。

那個笑容可掬的老媽媽諾諾稱是。

"妳是老闆娘了，和妳媽一樣。"秀中不帶感情地說。

"我是老闆娘了。"我不急不徐地答，心中納悶他爲什麽提起我媽？

下一秒秀中便解開謎團，原來他剛從本田家過來，母親還請他吃午飯，吃的是不辣的川菜。

"不辣的川菜？我不知道川菜還有不辣的，好吃嗎？"

"還行，"秀中喝了茶水後皺了皺眉，"吃什麽不重要，反正我是上門要錢的，妳母親要我跟妳商量。"

“要錢？要什麼錢？”我趕緊也喝了口茶，原來泡的是隔夜茶，說了多少遍，老媽媽還是記不住，回頭得說她去。

秀中答既然婚不成婚，當初的彩禮理當歸還，這是天經地義的事。

“我……還是願意結婚的，只要……”

“不可能，倉本直美已經不孕，我們佐藤家不可能再冒險下賭注。事實上，我母親已經找好替身，一完成生育的使命就會功成身退，不會有任何麻煩，而倉本直美也可以繼續保有佐藤家媳婦的地位，可說是皆大歡喜。”

“不～”我急得喊出聲，並且爬到秀中身邊一把擁住他，“不能，你不能這麼狠心，我是愛你的，你這樣離開我算什麼？我們過去的感情哪裏去了？”

秀中聽了非但沒感動，反而用力推開我，指責我和母親不要臉，爲了錢不惜造假，明知道他家急著要孫子，卻送來一隻不會下蛋的母雞……

“不，不是這樣的，我們努力一下還是可以的。”我邊說邊去脫秀中的外衣，被他大手一揮，像揮走一隻討厭的蒼蠅。

“滾！妳讓我倒盡胃口，”他從口袋裏掏出一張紙扔桌上，“這是我的銀行卡賬號，給妳一個禮拜的時間滙過來，否則……看著辦！”

秀中起身，我忙抱住他的大腿，哭喊著要他別走，只要他不走，什麼都好說。

他試著脫身，但都被我牢牢抱住，動彈不得。

“杉杉，難道妳就不想想這次我爲什麼這麼決絕？”他問。

這也是我百思不得其解的地方，秀中像吃了秤砣鐵了心，一點兒商量的餘地也不給。

“秀中，我愛你。”我不理會他的問話，抱他更緊。

"那個替身也是中國來的，長得跟妳很像，還是個處女，價錢好打發，妳說我還會在乎妳嗎？"

秀中的話像壓垮駱駝的最後一根稻草，我絕望地鬆開手，他大笑著揚長而去⋯⋯

我走了好幾家西藥房才湊齊足夠的量，跟上夜班的石田桑說自己不舒服別打擾我後，頹然地走向屋後的小房間。

沒想到這就是我最後的歸魂地，沒有親人和朋友，屈居在十平米的空間裏，連空調都壞了⋯⋯算了，反正要死了，冷一點兒也好，屍臭不那麼明顯。

我把房間收拾得整整齊齊，連被褥都折得有棱有角，就算死也不能落人口實，被說成邋里邋遢、不愛乾淨的人。

見收拾妥當，我把安眠藥磨碎倒進愛喝的梅酒裏，果然酒才是我最好的朋友，不僅讓我忘憂，還送了我一程，得，夠義氣！

我安安靜靜地躺在床上，屋外的貓頭鷹正咕咪、咕咪地叫著。

日本人視貓頭鷹爲"福鳥"，中國則認爲它是"不祥之鳥"，代表厄運和死亡，民間甚至有"夜貓子進宅，無事不來"之說，夜貓子指的就是貓頭鷹。

想來這就是命運，連貓頭鷹也預知我的死期，看來今晚我就要走上黃泉道⋯⋯

我安詳地閉上眼，等待死神降臨。

第七十三章/倉本直美懷孕了

走在黃泉道上，我仍然不得安寧，滿腦子都是秀中的影子……

"我對杉杉是認真的，是以結婚爲前提的交往。"

"我想我得了一種叫做'相思'的病，在飛機上，我不停地想妳。"

"哈密瓜很甜，但妳更甜，怎麽辦？好想吃妳。"

"再過兩天就滿一個月，我要告訴父母，和倉本直美徹底没戲，他們會重新考慮妳。"

"名義上的老婆我不能給妳，但我的心一直在妳這裏未曾離去。"

"杉杉，我們佐藤家就靠妳了。"

"滾！妳讓我倒盡胃口，這是我的銀行卡賬號，給妳一個禮拜的時間滙過來，否則……看著辦！"

" 那個替身也是中國來的，長得跟妳很像，還是個處女，價錢好打發，妳說我還會在乎妳嗎？"……

秀中從一個溫良恭儉讓的癡情男人變成滿腦子功利主義的負心漢，時間只用了短短不到兩年，讓我情何以堪？用心良苦得不到回報，我的一腔柔情無處安放，秀中啊秀中，但願下輩子我們有緣有份，不再擦肩而過……

我的意識漸漸走向混沌，煞那間一道白光閃過，我睜開猶如千斤重的眼皮。

" 杉杉，"是林小西的大臉,"妳終於醒了，我擔心死了。"

" 我……我怎麼了？這是哪裏？"

林小西說我在京都大學附屬醫院的觀察室裏，醫生剛幫我洗完胃，因爲我吃多了安眠藥。

聽他這麼一說，我想起了傷心事，秀中不要我了，他像甩一件舊衣服似地甩掉我，把我們兩年來的感情一筆勾銷，分手前甚至還不忘羞辱我一番……

我泣不成聲。

" 不說了，"林小西拍拍我手背,"剛從鬼門關回來別過度激動，對身體的恢復沒有幫助。"

我仍不依不饒，問他聽過殘花敗柳沒？我現在就是殘花敗柳，沒人疼沒人愛，就算死了也不會有人掉眼淚……

" 誰說的？妳若死了，我會……我會……"他突然結巴,"反正妳不能死，死了誰來還貸？總不能讓我爸的辛苦錢打水漂吧？！"

說得好，我現在連死都死不起，一張張的賬單追著我跑。

" 你怎麼會在這裏？"我擦乾眼淚問那個應該在千里之外的人。

林小西答昨晚他回到桜川住，空調壞了，半夜又被貓頭鷹吵得不能入睡，於是起床到前台抱怨。那個學生模樣的菜鳥回答空調是中央調控，他不知如何操作，我的抱怨他已經記錄下來，明天會找人修理……

林小西一聽來氣，這分明是打官腔，遂責問老闆娘在哪裏？然後不顧菜鳥的阻攔直搗黃龍，這才發現已經不省人事的我。

"我在第一時間通知了妳母親，她沒接聽，但我已留言。"他又說。

母親是個很容易入睡的人，而且一睡著就很難被吵醒，林小西的解釋我能接受。

"天亮了，你走吧！我母親大概在路上了。"

說完，我不忘向他道謝，畢竟給他帶來麻煩，但心底並不感激他，因爲他壞了我的計劃。

然而林小西說他不走，怕一走我會去跳樓，讓他白費一整晚的工夫。

"難道你打算大眼瞪小眼地等我媽來？"我問。

他答有何不可？

我說行，就大眼瞪小眼吧！誰先把眼光移開就算輸，輸的人得聽使喚（其實就想讓林小西知難而退，他在這裏很礙眼）。

"那有什麼難的？"他接受挑戰。

於是比賽開始，我看著他，他看著我……

今天的林小西穿著短款的雙排扣大衣，有外翻的衣領及可以用來暖手的大口袋。再看他的臉，膚色很白，皮膚乾燥，嘴唇有些龜裂。真是的，這種天氣就該塗乳液及護唇膏，男人就是個長不大的孩子，處處需要人照顧……

我的眼光邊盯著他邊天馬行空地遐想，時間一分一秒地過去，氣氛也開始變得詭異，我是說他的臉開始潮紅，嘴唇也像草莓果凍似地顫抖著。

"你怎麼了？"我忍不住問。

"我……"他移開目光,"我輸了，妳這麼看我，我受不了。"

這麼快就認輸？看來我高估他了。

"杉杉～"此時母親衝了進來，"怎麼了？要不要緊？"

看我媽來了，林小西很識相地走人，也是，願賭服輸。

"没事了，媽媽。"我打算輕描淡寫，但母親不放過我。

"告訴我，那兔崽子說了什麼？妳没把錢給他吧？！"

我答當然没給，因爲錢不在我這裏，至於他說了什麼……

"就知道佐藤家使陰招，那些女留學生爲了糊口，任何事都幹得出來，代孕媽媽算什麼？只要給錢，什麼骯髒的東西都能往嘴裏塞。"母親憤憤不平地說。

"媽～"我還是輕喊出聲，語氣中有制止的意味。

"不說就不說，"她握緊我的手，"妳也算認清這個男人，不怕，咱們再找，肯定比佐藤秀中好百倍、千倍。"

哎！感情不是說替代就能替代，短時間內我是不會再接受任何男人，"一朝被蛇咬，十年怕草繩"說的大概就是這個。

母親要我可千萬不能這麼想，我已經28歲，是個老姑娘囉！再不找就要發霉了。

我抽出被她緊握的手，說自己累了，然後翻過身假裝好眠。

林小西主動跟我換房睡，因爲我的房間又小又濕冷，不利

病人的休養，同時把桜川的工作往身上攬，每天忙進忙出的，讓我很過意不去。

"回去吧！公司需要你。"我說。

"別提了，公司有人照料著，妳這邊需要人，我不想看到它被拍賣。"說完，他把一匙吹涼的粥往我嘴裏送。

我把碗勺接過手，拒絕他的餵食。

"妳的確辛苦，我没想到貸款利息會這麼多，簡直在替銀行打工，如果真不行就轉手吧！壯士有時也得斷腕。"

我把頭搖得像波浪鼓。

本來我也視桜川爲燙手山芋，但漸漸地我發現這個民宿是來解救我的，讓我從母親似是而非的洪流裏脫身，少了她的24小時監督，我活得更開心。

"既然這樣，只能往前衝了，我上網看看有什麼經營的新點子。"他說。

我在林小西的房間裏待了近二十天，每天養尊處優、山珍海味的，我又四體不勤，很快磅秤上的指數就過了56，差點兒把我嚇死！

不行，再這麼下去，我肯定肥成一頭豬。

我立馬走出房外，希望忙碌的工作能讓我快速消瘦下來。

下午五點，林小西拿著一份報紙走進來，看見我坐在櫃台，很驚喜地問："痊癒了？我以爲不到開春妳不會下凡來。"

我答早痊癒了，只是犯懶。

"真痊癒了？"

"真痊癒了。"

林小西隨後將報紙扔我桌上，說："有没有痊癒，試試就知道。"

我打開報紙，很快找到頭版新聞，報上說倉本直美懷孕了，製片人急得跳腳，怕片子拍不成，但她拍胸脯保證會全力以赴，不負所托⋯⋯

"真快，"我闔上報紙，"那個中國女孩好生養。"

"就這樣？"他問。

"就這樣。"我點頭。

林小西終於有了笑顏，他說爲了慶祝我痊癒，晚飯由他買單。

我想到越夜桜川的生意越好，豈能擅離崗位？遂說："不了，出去吃總要兩、三個小時，就在這裏隨便吃吃吧！"

他不依，因爲一成不變的餐飲早吃膩了，我若不想出去，可以叫外賣。

"你該不會⋯⋯"

我還没問完，他已經拿起電話要了兩份驛便當。

第七十四章/情比姐妹深

日本的便當文化歷史悠久，最早出現在古墳時代，那時的便當很簡單，就是把做好的米飯在陽光下曬乾，做成"乾飯"便於攜帶。

到了江戶時代，便當普及化，"幕之內"就是人們去劇場觀賞歌舞伎表演時，於幕間休息所吃的食物。

如今的便當又成了表達愛意的方式，"爲孩子和老公準備便當"成了衡量家庭主婦是否合格的標桿。

很多中國人認爲日本的便當就是我們口中的盒飯，其實不然。我們的盒飯大多是簡單粗糙的家常菜，沒有"造形"。日本的便當不同，它十分重視一個"形"字，講究食物的樣子和擺放。簡單地說，日本菜餚是用眼睛吃的，味反倒成了其次。

林小西叫的驛便當就是可外賣的便當，瞧！薄木盒裏分三格，第一格有魚餅、烤豬肉、小魚、蛋塊、竹筍、昆布捲；第二格有蘿蔔乾、醃白菜、漬黃瓜，還有一小袋醬油；第三格有白飯，上面撒了些芝麻，中間點綴一粒紅色的小酸梅。

"這麼好看的便當真捨不得吃。"我說。

"早知道就叫中國城的蓋澆飯，包管妳風捲殘雲地馬上吃光光。"他答。

這倒是真的，吃蓋澆飯好像沒什麼負擔，至少不會像破壞藝術品般地忐忑不安。

見我遲遲不動筷子，林小西將他的魔爪伸向我的便當，毫不客氣地拿走一個昆布捲。

"嘿！你怎能這樣？那是我的！"我大動肝火。

他不以爲意，反而說我再不吃，很快就全到他肚子裏了。

想到此，我趕緊開動。

"妳說……"他邊咀嚼邊問，"懷孕的女人是不是吃很多？"

"不知道。"我知道他爲什麼這麼問。

"倉本直美她……"

我停箸，眼睛直盯著他："書報攤上的娛樂雜誌有巨細靡遺的報導，六、七百元有一本，你若沒錢，我買來送你。"

林小西住嘴了，我們終於可以安靜地用餐。

"咳、咳、"沒多久那人又有動靜，"明天……明天我回公司了。"

其實他早該回去，公司不是擺設，商場上也沒有僥倖。

"知道了。"我低頭扒飯。

"如果不想我走，我可以留下來。"

我反問他爲什麼我會不想讓他走？

"因爲……也許……"他支支吾吾。

我要他放心、大膽地走，我一個人應付沒問題。

“那好，我去去就回。”

有没有搞錯？我没讓他回。

看林小西一副高興的樣子，我把話吞進肚裏。這些日子難爲他了，没必要臨走前還潑他冷水。

在林小西的再三堅持下，我又繼續住在他的房間裏。

母親來看我，我將她迎入大房間內。

“妳搬過來住了？你們兩人該不會……”

直到端來茶水和甜品的服務員離去，我才没好氣地答没有的事，請她別瞎想。

“我可没瞎想，那孩子對妳動了心思，否則也不會巴巴地給佐藤秀中送錢去。”母親吃了一口水果蛋糕後說，那是我們最近從Harbs進的貨，軟綿的蛋糕裏面塞滿各種時令水果，甜而不膩。

“送錢？送什麼錢？”我一時迷惑。

母親說我貴人多忘事，佐藤秀中不是想要回彩禮錢嗎？

“媽～”我大喊，“妳怎麼可以把自己的爛攤子丟給別人？”

“是那小子自願的，他說這樣一來，杉杉就能重新出發了。”

他真的這麼說？我的心被撩撥了一下。

“我看就他了，容貌過得去，四肢也健全，雖然是二婚，但膝下無子，妳嫁過去不用當後媽，樂事一件。”

我要母親別又亂點鴛鴦譜，就算林小西有意娶我，他媽會同意嗎？不把我們母女倆梟首示衆，已是最大的恩惠……

母親聽完，若有所思：“這倒也是，別看林大東每週都上我那兒去，勤勉得像個打卡的公務員，但一接到老婆的電話，嚇得只差沒跪下去，這婚事的確有的磨。"

我鬆了口氣，很高興母親終於想明白了。

"要不……"她另起爐灶，我的心又糾了起來，"重新考慮山崎和彥吧！若再認識個新的，交往起碼得一年，還不見得成。"

什麼？！怎麼目光一轉又回到山崎桑的身上？我若猜得沒錯，小雪早對山崎和彥動了心。

"小雪她……"

糟糕！我趕緊搗住嘴，但太遲了，母親已聽到話屑子。

"別隱瞞了，"母親氣定神閒，"我早知道小雪在山崎家，就憑妳那三腳貓的功夫也想瞞住我？"

原來她早知道了。

"知道也好，山崎和彥現在有小雪照料，日子過得很幸福，我們不應打擾他們。"我說。

"哼！就憑小雪？她也配？！"母親一副輕蔑的表情。

按理說小雪是我們的遠房親戚，母親應該高興她得到幸福，但其實不然。母親的大方只限於"我吃肉，你喝湯"，顯然這次小雪把肉也給吃了，犯了母親的大忌。

"媽，反正山崎桑不是我的菜，讓給小雪又怎樣？我們毫髮無傷。"

"絕對不行，被我踩在腳底下的人永無翻身之日，山崎和彥可以娶任何人，但一定不能是小雪。"

看母親眼中流露的殺氣，我有了不祥的預感，好不容易得來的太平恐怕又要起波瀾。

果然第三天的下午，許久不見的小雪便找上門來。

“ 我想和妳說話，這裏若不方便，我們到外頭說 。” 她一臉嚴肅。

我喚來老媽媽坐陣，然後把小雪帶到房間內。

“ 老闆娘要我離開山崎桑，機票錢她出，否則就要告訴那男人我已不是完璧之身，早被蕭十一郎性侵了 。” 她哭喪著臉。

雖然胳臂往裏彎，但母親這次真的太過份了，她怎能以他人的隱私爲要挾？

“ 杉杉姐，” 小雪學日本人對我行叩拜大禮，“ 拜托妳了，我離不開山崎桑，我相信他也離不開我，這是第一次我感覺離幸福如此之近 。”

小雪沒說她愛他，但話裏透露深深的愛意，即使是鐵石心腸也做不到無動於衷。

“ 小雪，妳起來，” 我將她扶起，“ 我替母親向妳道歉，她是不對，但恐怕聽不進我的建言，妳要有心理準備，也許她真的會這麼挑撥 。”

小雪一聽大驚失色，一副天要塌下來的模樣。

我要她別往壞裏想，這件事她是受害者，即使母親嘴碎，山崎桑也不是不明事理的人……

“ 不～” 她聲嘶力竭，“ 我既没文化，長得也没妳好看，如果再加上醜聞，山崎桑肯定不會要我，我不如死了算了 。”

小雪哭得像個淚人似的。

“ 妳和山崎和彦在交往嗎 ？” 我小心地問。

她擡起頭很認真地點了一下。

這麼說母親正在做“棒打鴛鴦”的缺德事。

“ 妳放心，這件事交給我，我來解決 。” 我信誓旦旦地說。

有了我的承諾，小雪又哭又笑，她說我是她的恩人，若有來世，當湧泉相報。

這是打從我和她有嫌隙以來，第一次獲得她的善意。

我劃開小雪臉上的淚珠，她一把抱住我，我們又像姐妹般一脈同氣。

第七十五章/恨嫁之心

我和山崎和彦約在桜川見面。

"君はボスだった"山崎桑呡了一口綠茶，感慨地說我現在是老闆娘了。

"はい"我點頭稱是。

我們坐在矮几前，下午兩點多，服務員送來茶和輕食，托盤上有櫻花壽司、櫻餅、櫻花馬卡龍以及櫻花果凍。

已是春末，櫻花季來臨，整個日本彌漫著粉紅色的浪漫氣息，桜川也適時推出幾款應景的食物。

靠近陽台的障子門已打開，外面是京都最美的鴨川河，沿岸的櫻花迎風搖曳，潺潺的流水聲像一股清流，帶走世俗的喧囂與煩憂。

山崎和彥拿起櫻餅咬下一口，說這是今年他吃的第一塊櫻餅，紅豆餡很綿密，問我從哪裏買來的？

我答是本田家的糕點師傅做好送過來的，桜川的廚房小，廚子的手藝也一般，因爲民宿屬性的不同，來桜川的客人不是爲了吃。

他反問我不爲了吃，爲了什麼？

哎！我總不能說是爲了"打炮"吧？！遂告訴他祇園有很多藝伎館和茶屋，看完表演的客人會想找個地方休息或補眠。

爲了不在這個尷尬的話題上繼續打轉，我問他怎麼來的？路好不好找？

他答開車來的，小雪爲他指路，所以還算好找。

小雪？小雪也來了？我問人呢？

山崎和彥答她正在巷子口的巧克力甜品店等他。

我没忘記此次會面的目的，提醒他巧克力是愛情的象徵，也許待會兒他可以買一盒送給小雪。

他反問我爲什麼要送給小雪？

這還用問嗎？他們兩人正在交往，送盒巧克力正好表達愛意……

"ない"山崎和彥急著否認，他說他從來没對小雪動過心思，若有，天誅地滅。

這倒底是怎麼回事？小雪說她正和山崎桑交往，而後者卻信誓旦旦地否認，難道是小雪一廂情願的想法？

都說"女追男隔層紗"，我藉力使力，希望他將小雪列入考慮。

没想到山崎桑反而要我將他列入考慮，既然我和佐藤秀中的婚事已告吹……

哎！這世界還有秘密嗎？一而再、再而三地被同一個男人拋棄，也没那個誰了。

我明白告訴這位對我還有留戀的男人，有些事勉強不來，如果嫁給他，心裏還想著別人，那就是不忠誠，最後他反而要回頭怨懟我，何不……何不考慮小雪？她是個好女孩，請他珍惜。

"小雪，過來，現在。"没想到山崎桑立馬拿起手機撥打，用的是怪聲怪調的普通話。

我問他怎麼回事？他没回答，只是不停地喝著綠茶、吃著輕食，彷彿患了饑渴症。

不到十分鐘，小雪翩然而至，她跪坐在山崎和彥的身邊。

整個場面很詭異，誰都没說話，靜得像穿越到異次元，後來還是男士先開口，他要我把接下來說的話翻譯給小雪聽。

"小姐，他說什麼？"小雪急著想知道。

聽完山崎桑的陳述，我卻開不了口，我如何告訴她，她愛的人對她没感覺，但因我大力推薦，所以他想和她做愛一次，也許做完愛就有感覺了呢？

在小雪的再三逼問下，我還是給翻譯了，心中祈禱她會拒絕，畢竟那樣的要求非常無禮，而且是種恥辱。

没想到小雪一口答應，她說她等待這一刻良久。

我默默退出房外，心裏難受得很，是我親手把一個純情少女往大叔的嘴巴裏送，和老鴇無異。

經過前台，那個學生模樣的菜鳥問我去哪裏？我答到外面走走，屋裏悶得慌。

走出桜川，我才發現自己無依無靠，不能回本田家，母親的火眼金睛一眼就能將我看穿；也不能找秀中，他早已和我形同陌路。

想來想去，除了桜川這個窩，我無處可去，偏偏這個窩還不能讓人舒心，真正的"金玉其外，敗絮其中"啊！

林小西打電話來時，我已經在鴨川河畔待了好一會兒，眼睛沒離開對岸那棟老房子。小雪曾經裸體從窗口走過，但很快拉上簾子，所以我面對的是一個平凡無奇的房屋外觀。

"幹嘛妳？"他問。

"剛看完色情片，少女大戰中年大叔。"我答。

林小西聽完呵呵笑，他說沒想到我也喜歡鹹濕口味，改天請我看有劇情的毛片，他收集了一整套小澤瑪莉亞的作品……

"你對我有感覺嗎？"我突然想知道。

林小西問我所問何來？

"是不是本來沒感覺的兩人，做完愛就有感覺了？"我想起小雪與山崎和彥。

"話不能這麼說，如果真是那樣，妓女和嫖客豈不是都結連理了？"

說的也是，我轉而問他"東洋瓷磚"的運營情況可好？

他答還行，本來就是淡季，沒什麼差別。

"妳呢？生意好嗎？"他問。

這也是讓我頭痛的原因，最近經濟不景氣，連帶著大老闆也少上聲色場所，桜川一晚倒有半數房間是空著的，我怕這個月還不了貸款……

"別擔心，要真撐不下去就賣了，所得款夠你們母女過上十幾年的好日子。"他說。

我問他難道就沒懷疑過是我母親設的局，以買民宿的名義實斂財之實？

林小西答動機為何他不追究，只要父親開心就好，因為幾十年來他父親一直過得很憋屈，和妻子也早已沒有了房事。

"沒想到你父親過得這麼苦。"

"不，這不是最苦的，最苦的是沒人和你交流、對你噓寒問暖，像都市叢林裏的孤獨患者。"

我想起孫愛梅已離他而去，林小西說的正是自己。

"你不是還有個暗戀對象嗎？既然孫……走了，活著的人還是要繼續，何不藉機表白？"

"妳認爲這是個表白的好時機？"他問。

我答當然，不現在表白更待何時？

"好，明天我就表白。"

我能想像手機那端的林小西是多麼地望眼欲穿。

祝他好運後，我從草地上起身。

少女和大叔應該已經完事，我這個老闆娘得回去坐陣，都說"做一天和尚撞一天鐘"，桜川還有很多事等著我處理呢！

回到桜川，菜鳥忙不疊告訴我，兩點鐘進來的客人不僅付了鐘點費，還給了十萬元的小費，聲明是給老闆娘的。

兩點鐘進來的客人？那不是山崎和彥嗎？爲什麼給那麼多的小費？我的心蒙上陰影。

匆匆回房，房間已被整理乾淨，看不出任何大戰方休的痕跡。

我很想知道事情的結果如何，這樣被吊在半空中很難受，還好手機適時傳來短信：小姐，**謝謝妳！還是那句話，若有來世，我湧泉相報。**

看到小雪的留言，我放下心來，還好結局是好的。

"叮咚！"手機短信提示音又傳來。

我趕忙翻看，這次不是小雪，而是林小西發來的，他問我明天表白時穿什麼好？需不需要買花？

我馬上回覆穿正式點兒的西裝，什麼花不重要，能表達心意就行。

"好，聽妳的。"短信後面附上一個調皮的吐舌頭笑臉。

想到小雪和林小西都將有幸福的歸宿，我應該感到高興，不是嗎？然而現實是別人成雙成對，只有恨嫁的我還單著，而且前途茫茫，每天做著雞肋似的工作……

我不禁對著鴨川河唉聲嘆氣起來。

第七十六章/孫子兵法（完結篇）

早餐過後陸續有人退房，直到下午一點才真正空閒下來，我正想回房用餐，林小西來了。

他很難得地穿上灰色細條紋西裝搭配純色襯衫和真絲領帶，胸前的口袋裏塞了條粉色方巾，腳上的黑漆皮鞋擦得倍兒亮。

“怎麼來了？不是表白去了嗎？”我問，留意到他的手上拿著一束雛菊，剛好是我喜歡的。

“嗯！”林小西紅了臉，“和她約在桜川見面。”

什麼？！這麼重要的事怎麼不事先通知我？

“約的幾點？我没經驗，不知怎麼安排表白現場。”我急得團團轉。

林小西要我別著急，不過是普通的表白。

這怎麼成？我趕緊回廚房要廚子拿出看家本領，煮出好看又好吃的料理，接著打電話給熟識的蛋糕店，請他們送最新鮮的甜品來，轉身又找出九五年的波爾多葡萄酒，那原是我留著，打算在特別的節日裏飲用。

"杉杉，真的不需要。"林小西有些懵了。

我可不管，誠意最重要，女孩一看男孩這麼慎重，心裏一感動，事情就成了。

然而没等廚子煮好餐，蛋糕也還没送到，那女孩就來了。噢！不，不能稱爲"女孩"，那是個有點兒年紀的婦人，雖然妝化得無懈可擊，還是没能遮住眼角的魚尾紋；風韻依然猶存，但小腹的游泳圈是騙不了人的，一看就知道生過孩子。

"妳好，我姓鍾，妳一定就是小西經常提到的吳小姐。"她說，一口字正腔圓的普通話。

"是……是的，林小西也提起過妳。"我答。

"是嗎？"鍾小姐轉頭看男主角，後者没說話，算是默認了。

我趕緊要客人進房間，餐點還没準備好，在等待的當中，他們可以先飲酒……

閣上障子門後，我的心無來由的一陣悲哀，難道就因爲林小西暗戀的是一位徐娘半老，所以我覺得不值？如果他帶來的是青春洋溢的女孩，結果會有不同嗎？

我搖搖頭，想把負面情緒都甩開，自己的煩心事已過多，還是"自掃門前雪"吧！

～

甜品在一個半小時後送到，鮮奶油裹在粉色蛋糕捲裏，超有浪漫氣息。

我把它們放進精緻小碟裏，然後踩著小碎步往裏間走去。没錯，我的"親力親爲"是故意的，一方面我好奇事情的進展，另一方面我實在不相信林小西會愛上一個眼神銳利的人，送甜品只是藉口，一探虛實才是主因。

“すみません”我在門外喊了一聲，然後拉開障子門走進去。

那兩人談興正濃，桌上杯盤狼藉，顯然已酒足飯飽。

“這是Arinco的櫻花蛋糕捲，剛出爐就送過來，你們嚐嚐。”我將托盤放下。

鍾小姐說好甜品得配好茶，林小西聽了馬上表示他去沏一壺來，動作快得如同射出去的箭，我來不及阻止。

這算什麼？表白的男主角不見了，把現場留給不相干的兩個女人。

“別管他，吳小姐請坐，我們談談。”

鍾小姐爲我斟了酒，我一飲而盡，九五年的波爾多葡萄酒果真好，入口回甘没有很強的酒精味。

“妳和小西認識多久了？覺得他是怎樣的人？”她問。

認識多久了？我想了想，大概快兩年。至於是怎樣的人？嗯……算直來直往的好人吧！三、兩句話就能把你氣死，但默默行的善事又讓你亂感動一把。

鍾小姐同意我的看法，她說林小西心善，可惜嘴笨，否則也不會等到今天才表白。

“妳……答應了嗎？”我太想知道答案。

“我當然答應了，否則今天也不會上這裏來。”

聽到女主角講Yes, 我卻高興不起來，林小西值得更好的（雖然我一點兒也不了解鍾小姐）。

“噢！恭喜了。”我試著讓自己的口吻聽起來很開心。

無奈表情是騙不了人的，鍾小姐還是看出端倪。

“妳不是真心道賀，第一眼看見妳，我就知道妳對小西有不一樣的情愫。”她說。

"不，不是真的，"我急著否認，"如果有什麼冒犯之處，我道歉，那是因爲我對他的暗戀對象有過高的期待所致……"

"這麼說是我配不上小西了？"

哎！真是越描越黑，雖然我真的這麼想，但打死也不能承認，那太傷人了。

"不，不是的。"我弱弱地答。

"我有三個孩子，最小的那個今年上幼兒園。"她隨手丟來重磅炸彈。

什麼？！林小西竟然看上帶著三個拖油瓶的離婚婦人，他的品味今天我總算看清楚了。

"孩子的爸爸也是做瓷磚的，是小西多年的老戰友了。"她接著說。

這下子我炸開鍋了，敢情林小西不僅"兔子吃窩邊草"還"朋友妻更可欺"，簡直可惡到了極點！

我還沒從憤怒中走出來，那個精明的女人突然笑彎了眼："小西告訴我，面對心愛的女人他開不了口，問我願不願意當紅娘？我一口答應下來。"

"等等，這是什麼意思？"

"意思是……"鍾小姐把榻榻米上的雛菊遞給我，"小西要我把這個送給妳，順便問妳想不想和一個嘴笨的男人交往？"

我顫抖地接過花，腦子像被水泥糊住，一時轉不開。

"這是怎麼回事？一點兒徵兆也無……"我喃喃自語。

鍾小姐說不可能沒有徵兆，她要我再想一想，肯定有什麼，只是我拒絕相信或者有意忽略。

是這樣的嗎？我跌入回憶的洪流裏……

· · · ·

"我可沒把妳當妹妹。"

"別妄想我會喊妳一聲佐藤太太，因爲在我眼中，所有和外族通婚的女性都沒好下場。"

"別哭，看見妳哭，我很難過。"……

的確是有那麼點兒意思，但彼時的我要嘛是他的員工，要嘛是他父親情人的女兒，他也一路見證我的愚蠢和反反覆覆，這還有美感可言嗎？我不認爲他會願意和廢柴的我談戀愛。

"別那麼篤定，愛情若能代入公式就不叫愛情了，anyway, 我已將話帶到，妳的答案是Yes還是No?"她果然行事果斷，不拖泥帶水。

我一時語塞。

"茶來了，"林小西拉開門，"是鐵觀音。"

"我去上個廁所，酒水喝多了。"鍾小姐適時閃人。

林小西替我斟上茶水，順便夾了塊蛋糕到我的碟子裏，但我胃口全無。

"鍾小姐說花是送我的。"我指的是雛菊。

"妳喜歡嗎？"他問。

"有誰會不喜歡？是女孩都喜歡花。"我很煩躁。

"那好。"

我答不好，誰讓他送花來著？喜歡花我不會自己買嗎？

"妳到底是接受還是不接受？"他來氣了，"不接受還我，公司的清潔阿姨會喜歡在星期天收到花。"

我問他就不能對我好一點兒嗎？我的心要被蹂躪幾次他才甘

心？既没人疼也乏人愛，連被表白也這麼可憐，像趕鴨子上架似的……

"那麼我慢點兒來，"他清了清喉嚨，"吳—杉—杉—妳—願—不—願—意—當—我—的—女—朋—友？"

聽到林小西表白，我還是受到不小的驚嚇。我提醒他想清楚，我是單親家庭出身，母親拍過黃片，現在是日本人的小老婆，佐藤秀中曾是我男友，所以也別期待我是高原上的純潔牧羊女……

"但妳是吳杉杉，對我來說就已足夠，我願用我的後半輩子來保護妳，不讓妳受委屈。"

這是第一次林小西如此深情對我。

"你母親……"

"和妳交往的是我。"

"你父親……"

"他想和誰在一起，不關我事。"

"我母親……"

"她是帶妳來到這個世界的人，我會像對待自己母親一樣地待她。"

"秀中……"

"他是妳生命中曾經的煙火，稍縱即逝，現在的妳，眼中只能有我。"

噢! 我該說什麼好？

林小西要我什麼都別說，過日子最重要，他願意給我一個家，一個溫暖的家，讓我不再四處漂泊。

我把桜川賣了，另外在弟子屈町的屈斜路湖畔買了個民宿，湖水是由附近幾處的高山雪水流入而成，清晨和日落，在山嵐的烘托下，湖水異常的美麗。

"今天有三個訂單，分別來自俄羅斯、東京以及札幌。"小西說。

"住札幌的跑來這裏做什麼？"我問。

札幌是北海道的行政中心，離弟子屈町也就半小時的車程。

"也許他們是來偷情的。"小西起身往廚房走去，今天輪到他洗碗。

我在電腦前坐了下來，訂單上顯示俄羅斯的客人是一對夫妻帶一個寶寶。

"那麼我得準備好嬰兒用的澡盆，另外奶瓶清潔器也得找出來。"我心想。

再看來自東京的訂單，附注上寫著蜜月之旅，下單的人是山崎和彥......

我的心因此喀噔了一下，不單因爲人名熟悉，還因爲新娘子姓吉岡屋，不是小雪。

這是我認識的山崎桑嗎？

我還在懷疑，聽見小西大喊："杉杉快來！"，我趕緊往廚房奔去。

洗碗槽前是大片玻璃窗，窗外白雪皚皚，雪地上有兩隻灰色松鼠正在啃食玉米。

"說! 是不是你扔的？"我假裝生氣。

“反正妳不喜歡吃。”

“誰說我不喜歡來著？灑上鹽巴的熟玉米，我愛吃極了。”

“放心，冰箱裏還有，洗完碗我煮給妳吃，嗯？”小西好脾氣地說。

自從他母親知道我勾搭上她的寶貝兒子，三天兩頭便往桜川跑，尋死覓活的，搞得生意没法兒做，最後在“公公”的支持下，我們北上另闢生活，轉眼已過了大半年。

“如果......”我小心地問，“這個月還是没有呢？”

“這個月没有，還有下個月，”他轉過頭來對我微笑，任洗碗槽的水嘩嘩嘩地流，“總有一天會成功的。”

由於我奇特的生理周期，受孕非常不易，而小西打算用“孫子”兵法打破僵局，奶奶總不會讓自己的孫子没媽媽吧？！

“對不起，是我不好。”我內疚到不行。

“又來了，”小西濕著手過來擁抱我，“我說過要給妳一個家，一定會做到。”

我把頭深深埋進他懷裏，熟悉的體味讓我感到安心。

“叮咚！”聽到電腦發出的聲音，知道又有新訂單進來。

“快去回覆，我好上市場買菜。”小西催促我。

我快速在他的臉頰上小啄一下，然後笑著跳著去回覆，心中想著最好是個大訂單，因爲樓上面湖的家庭房還空著呢!

《完結》

【看不夠嗎？B杜的《新西蘭之戀》正等著您，以下是前三章，先睹爲快。】

《新西蘭之戀》

第一章/天使報佳音

初夏，微風吹過白楊樹的臂膀，稀稀疏疏的樹葉奏起沙沙的樂章，是個晴朗的好天氣，不冷也不過份酷熱，然而坐在諾大客廳裏的我卻熱得冷汗直流。

"胡語玫的臉瞬間羞紅，她是個十足的肉食主義者，她從未想過什麼吃術……素，吃素的問題，沙立人的話雖未必衝著她折……責備，不過，也夠閘……扎人的。他們……"

" Well, Miss Zhang，非常感謝妳大老遠來到寒舍，妳是A大的學生吧？"

男主人氣宇軒昂，說話中氣十足，雖然身著休閒服飾，但看得出經過細心的搭配，是個好看的中年大叔。

"還……還不算是，我的英語程度還……還不夠好，現在還……還在語言班學習，不過只要我的雅思成績達到6.5分，就可以上A大一年級。"我易緊張的毛病又犯，講話支支吾吾，像足三歲學語孩童。

男主人說語言就是要多聽多講，不要閉門造車，何況我已經

在新西蘭這個母語是英語的國家，他相信我的英語程度應該
很快得到提升。

我謝了他，說自己也希望如此。

"現在國內的家庭都富足起來，來這裏學習的孩子都不缺
錢，不像我那時候，如果不在校外打工，馬上就有斷糧的可
能，更別提高昂的學費了。"他說。

我趕緊解釋我家不富有，來這裏學習是因為新西蘭的學費跟
英美比起來便宜一些，治安也好，所以……

"妳知道我給的時薪並不高，妳倒不如去中國餐廳端盤子或
到比薩店送外賣，賺的錢還比我這裏多。"他建議。

哎！我怎麼會不知道？端盤子、洗盤子、打掃衛生……這些
沒有技術含量的活，鄉下阿媽都幹得來，我沒有理由做不
了。真正讓我卻步的是廚師間的淫聲穢語和餐廳老闆的毛手
毛腳，這足以讓我這個來自保守家庭的乖乖女，嚇得三天
不敢出門。

送外賣就更別提了，一來我不會開車，二來我從小就是個大
路癡，加上新西蘭的市區道路又動不動就是單行道，很可能
五分鐘的路程，左拐右繞又多出20分鐘，顧客不投訴
我才怪！

也是湊巧，那天下完課，我在中國城的茶餐廳裏吃了一碗雲
吞，桌上恰好有前面客人留下的中文報，這類報紙通常是免
費的，在琳瑯滿目的廣告中穿插幾條舊新聞，便是海外華人
慰藉鄉愁最好的良方。

【征普通話流利婦女一名，為視力不佳的老人朗讀書報，時
間報酬面議】

當我看到這則廣告時，心喀噔了一下，我已經快付不出下個
月的房租了，這莫非是天使來報佳音？

而現在……情況似乎不太樂觀，我的糟糕表現即使上帝來了
也救不了，我等著男主人跟我說不，然後我可以昂首微笑而

去。當然，我已決定要躲在棉被裏好好地大哭一場。

"妳知道的，廣告上說得很清楚，我要的是普通話流利的。"

"我講的就是普通話，"我乾笑兩聲，"當然，今天我太緊張了，所以說得不太流利。"

男主人表示他不是這個意思，而是我的南方腔太重，而且說話不帶情感，他的母親聽起來可能不會太悅耳。

果然天使沒來報佳音。

"很抱歉我沒能達到您的期望，還是謝謝您給我這個面試的機會。"

我努力把即將溢出的淚水給逼回去，然後站起來和男主人握了握手，打算以"雖敗猶榮"的戰士之姿離開這座豪宅。

"胡語玫怎麼了？妳怎麼不繼續唸下去？"坐在貴妃椅上的花白老人終於開口說話。

男主人看了我一眼，樣子有些尷尬："媽，張小姐待會兒還有課，所以不能唸給您聽。"

"你以爲我老糊塗了？她不是剛到？繼續唸下去！"老人命令著。

"媽，"男主人仍試著力挽狂瀾，"您不是喜歡北方口音嗎？明天約的就是地地道道的北京女孩，咱們看看再做決定，好嗎？"

然而老人對兒子說的話充耳不聞，她佈滿青筋的手向我伸來，我趕緊握住，順勢坐在她身旁。

"妳聽到我的鳥在叫嗎？"她問。

我傾聽了一會兒，回答沒有。

老人有些感慨地表示她的鳥越來越不叫了，可能和她一樣老，所以叫不動了。

“奶奶一點兒也不老，會長命百歲多活20年。”我说。

“呵呵！叫我奶奶，好,好，我這個兒子長這麼大，也没生個一兒半女叫我奶奶，”她忽然在我耳邊壓低聲音，“學人家當什麼丁客族，妳說這是不是不孝？”

男主人大力咳嗽兩聲，說：“ Miss Zhang ，請繼續唸剛剛未完成的章節。”

這……難道我被錄用了？

那個好看的男人無奈地表示他母親是老闆，她说了算。

我開心地歡呼起來，擁抱了身旁的老人，站起身來也想擁抱男主人，但理智告訴我要含蓄一點兒，所以只是用力握住他的手，嘴巴不停地說著：“謝謝！謝謝！……”

男主人給了我一個不太自然的笑臉。

啊！天使真的報了佳音。

第二章/吃河豚的何麗

何麗穿著寬大的男士白襯衫，剛好蓋住她圓翹的屁股，底下露出兩條光溜溜的大腿，神情恍惚地走進我的房間。

我還在爲老師佈的功課焦頭爛額，她就那麼大喇喇地躺在我床上。

"再也沒有，再也不會有一個男孩子，讓我那麼……那麼的欲仙欲死。"她長長地嘆了一口氣，彷彿還沈浸在方才的戰役之中。

我不動聲色，眼睛盯著莎士比亞，並且努力去消化那些拗口的語句。

她轉過身來，非常興奮地說："告訴妳，昨晚在酒吧，那雙藍眼睛一直望著我，我知道他在看我，要看就給他看唄！沒多久他走過來請我喝酒，還說我長得像他的小學老師，呵呵！我哪有那麼老？他又說他的小學老師沒把他的九九乘法表教好，到現在他還不知道5乘以5是多少，我說哪有那麼笨的人？"

"所以妳就把學生帶回來指導？"我問。

"嗯！現在他五位數的乘除法都會了。"

"真屬害！"

"屬害的還不只這些，他的生物學得不錯，知道用什麼體位女人最舒服，一個晚上他變了好多花樣，把我翻過來翻過去，折騰得我......嘻嘻！"

我的老天！真是口無遮攔，我還以爲她的菜是那個糖果店老闆。

何麗睨了我一眼，說早八百年前的事還提? 而且糖果店老闆是清粥小菜，她要的是加了芥末的大龍蝦，噢！不，是......河豚，明知吃了可能會死，還是擋不住誘惑地咬上一口.........

她舔了舔嘴，彷彿真的吃到河豚肉。

見我不吱聲，何麗話鋒一轉，壓低聲音問："妳......那個了没？"

"哪個？"

"就是那個那個......"

我用三秒鐘離開李爾王，再用三秒鐘想何麗的"那個"。

"噢！妳說那個，我的那個要和老公分享，因爲身體是聖潔的。"

"Oh my God！妳該不會是教徒或女德班學員吧？都什麼時候了，還有那麼嚴重的處女情結！"她一臉不屑。

"何麗，"我坐直了身子，調好音量，試著不讓自己那麼老生常談，"我真不覺得妳這樣做是對的，那些男孩子只是利用妳、佔妳便宜，壓根兒不會和妳結婚。"

"結婚？"她揚起聲，"我還那麼年輕，結什麼婚？再說利用，還不知道誰利用誰呢！爽了就沒被利用，沒爽才是被利用，OK？"

她敏捷地跳下床，動手翻找我的床頭櫃。

"妳找什麼？"我問。

"髮夾，妳上次戴的，有可愛貓咪的那一個。"

我打開抽屜，把她要的東西拿出來，被她一把搶過去。

"妳好壞，好東西藏起來也不和我分享。"她馬上把髮夾別在頭髮上，"學校那些韓國棒子最喜歡可愛型的妹紙，下課後我帶泡菜給妳吃，嗯？"

第三章/富家子弟莫亦辰

下課鈴響，我疾步走出教室，心情低落到不行,爲何總是那樣壞運氣？

上禮拜二我奮戰到凌晨兩點，何麗和她的韓國棒子也在那時偃兵息甲。今天發成績，莎士比亞給了我一個大D，何麗得了C，連看似弱智的中東和非裔學生，考的也比我好，我是怎麼了？真想捶捶自己的笨腦袋。

Ke Ke Ke的聲音在耳邊吹過，我無暇顧及，快步疾走，忽然一個小紙團擊中我的後腦勺，我突地轉身......

"趕著參加妳前男友的喪禮嗎？"莫亦辰小跑步過來，"叫了妳老半天！"

被紙團擊中並不疼，但我的心很疼，豆大的眼淚狂奔而出，再也止不住。

"妳......妳別......我......我怎麼......很疼嗎？可可。"他嚇得手足無措，伸出手來撫摸我的後腦勺，彷彿這樣就能減輕我的疼痛。

我把他的手推開，要他滾遠一點兒，我心情不好。

"原來妳哭是因爲沒來得及參加前男友的喪禮。"他又嘻皮笑臉起來。

"什麼前男友？告訴你幾百次，我沒有男朋友，沒有～沒有～"我幾乎是聲嘶力竭。

"沒男友也不是什麼世界末日，瞧妳哭得......對了，剛剛聽同學說圖書館裏有一本《Allegories in Shakespeare》，上禮拜考的答案都在裏面，我們一起把它找出來，嗯？"

莫亦辰考了個A，不明白他爲何還要看解析，我拒絕他的同情，藉口待會兒得去賺錢，沒空！

"妳是每星期二、四下午四點到六點的班，今天星期三，You are free."他說。

我瞪大了雙眼。

"在 Tuhaere Street 上, 妳當雙目失明可憐老太太的貼身丫鬟。"他繼續炫耀。

我難以置信到無法言語的地步。

他的頭微微傾向我，壓低聲音說："不用崇拜我，我的真正身份是中央情報局特工，代號oo7。"

"莫—亦—辰—"我幾乎是從牙縫裏嘶吼出來。

"Here."他舉起右手，彷彿回應上課老師的點名。

我問他知不知道偷窺別人的隱私是極其不道德的事？他點點頭。

"而且你說錯了三件事, 一、老太太的家不在 Tuhaere Street 上。二、老太太沒有雙目失明，她只是視力不好。三、我不是貼身丫鬟，我的工作是唸書給老太太聽。"

"不在 Tuhaere Street 上，那在哪裏？"他問。

"在......"

我看到莫亦辰從背包裏拿出紙和筆，該死！我又上大當了。

"你不是oo7嗎？自己找去！"我轉身想走。

"別，逗妳玩的。"他拉住我的馬尾，害我差點兒跟蹌倒地。

待我站定，無名火已燒得我面目全非。

"莫亦辰你聽好，我明明白白、清清楚楚地告訴你，我來新西蘭是爲了學習，不是來玩。你要找人玩，別找我，一堆廉價、拜金的女孩等著你挑。"說完，覺得意猶未盡，我繼續發飆，"我没錢，我得養活自己，不像某些富二代，一生下來，什麼都替他準備好了。"

等我發洩完畢，莫亦辰的笑臉没了，他正色地說："我父母有錢怎麼了？他們也是辛辛苦苦、起早貪黑掙來的;我誕生在那樣的家庭怎麼了？我父母從來不鼓勵我亂花錢，每個月的開銷我不見得比妳多;同學間開個玩笑怎麼了？妳以爲閉門造車、杜絕社交就能考出好成績？別以爲妳很不幸，別人就該爲妳的不幸買單！"

"你……你……莫亦辰，我再也不理你了！"被他訓得啞口無言，只有逃離現場才能掩飾我的尷尬。

他没有追來。

作者介紹

在異國的背景下加入纏綿悱惻的愛情故事是B杜小說的一大特點，她的文筆清新、筆觸詼諧、畫面感很強，讀完小說有種看完一部愛情偶像劇的感覺，特別適合懷春少女及對愛情有憧憬的女性閱讀。

B杜創作了一系列異國戀情N部曲，包括《法蘭西情人》、《東瀛之愛》、《新西蘭之戀》、《英倫玫瑰》、《愛在暹羅》、《情定布拉格》、《獅城情緣》、《愛上比佛利》、《夢回楓葉國》……等作品，歡迎關注。

ALSO BY B杜

东瀛之爱（简体字，Ed 2）Love in Japan (simplified character version, Ed 2)

~

《愛上比佛利》Love in Beverly Hills

《法蘭西情人》Love in France

《新西蘭之戀》Love in New Zealand

《愛在暹羅》Love in Thailand

《情定布拉格》Love in Prague

《獅城情緣》Love in Singapore

《夢回楓葉國》Love in Canada

《英倫玫瑰》Love in England

《英倫玫瑰》Love in England